——— 想象，比知识更重要

幻象文库

欢迎来到敌托邦

对未来的 45 种预见

Welcome to Dystopia

45 visions of what lies ahead

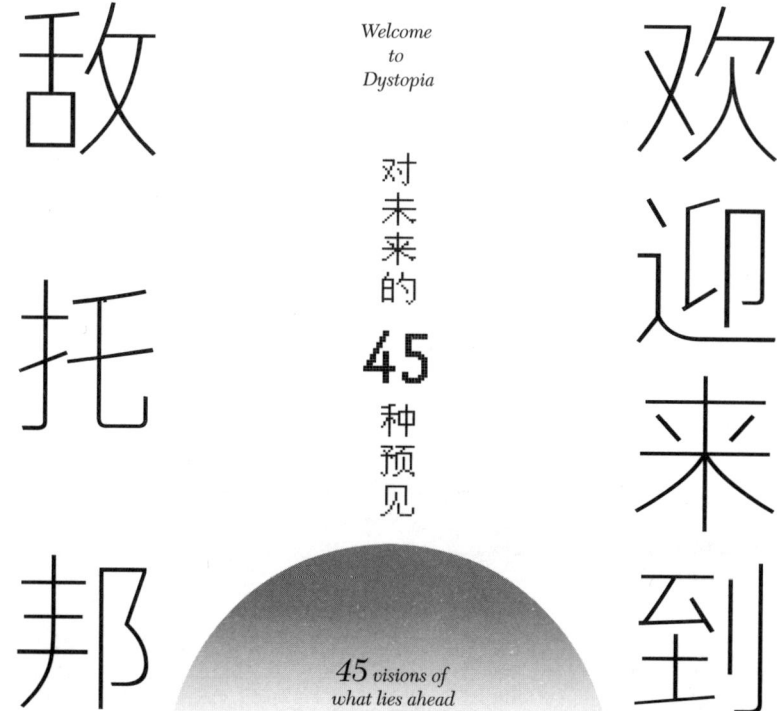

[美] 戈登·范·格尔德 编

赵阳 译

新星出版社　NEW STAR PRESS

此书献给拉塞尔——我的哥哥,还有哈伦和奥克塔维娅,他们都十分擅长预见灾难。

致谢

感谢约翰·奥克斯、科林·罗宾逊、保罗·迪·菲利普、斯科特·布赖恩·威尔逊、舒贾·海德和内森·罗斯特伦。另外,向启发本人灵感的康妮·威利斯致敬。

目录

1	前言	
3	跑鞋	迈克尔·利布林
20	回复：你的婚礼	露丝·奈斯特沃德
32	现在所有问题都解决了	K. G. 安德森
43	他的汗珠像格兰德河上的繁星	珍妮丝·伊恩
59	失认症	J. M. 西多罗娃
71	你的历险记	保罗·拉·法奇
76	☍	N. 李·伍德
86	鸟儿	迪帕克·乌尼克里希南
100	唯一永恒的东西	莱斯利·霍尔
106	糟糕的领袖	哈里·托特达夫
112	大女儿十八岁生日的一个月前，我对她两次明确和三次间接的道歉	希瑟·林德斯利
117	均衡员	德吉·布赖斯·奥鲁克图
134	没意义的对话	杰夫·莱曼
144	发光	詹妮弗·S.布鲁凯拉
156	宾夕法尼亚车站的预防措施	迈克尔·坎德尔
158	新消息通知	詹妮弗·玛丽·布里塞特
161	雕塑限制令	杰伊·拉塞尔
172	窒息	罗伯特·里德
177	政治避难申请	艾琳·冈恩
180	欢迎来到凯旋乐队	李允河
184	失败者	马修·休斯
210	我们有颗金子般的心®	利奥·弗拉基米尔斯基
219	关于寻回倒下的旗帜的说明	玛格丽特·里德

目录

224	车票	埃里克·詹姆斯·富利洛夫
232	烈火中的房子	泰德·怀特
263	危险的	丽莎·梅森
273	课后作业	托马斯·考夫塞克
276	墙	保罗·威特科弗
281	迈克的激情	斯科特·布拉德菲尔德
286	明艳的萨拉索塔，那里马戏团濒临绝迹	詹姆斯·萨利斯
289	无法言说的那个人	理查德·鲍斯
295	精英	斯蒂芬妮·费尔德曼
306	2018年1月	巴里·纳撒尼尔·马尔茨伯格
309	送别	玛丽·安妮·莫汉拉杰
315	白宫第一狗的神奇转变	罗恩·古拉特
329	女仆的另一个故事	简·约伦
332	避难圣地	布瑞恩·弗朗西斯·斯莱特里
336	一次性全解决	詹姆斯·莫罗
344	BK女孩	TS.韦尔
350	生活不是很美好吗？	唐·德阿玛莎
357	事后，男人会饿	雷·乌库切维奇
362	通往南方的大路	玛德琳·E.罗宾斯、贝卡·卡卡沃
374	斯奇皮的东部漫行记	迈克尔·坎德尔
379	为了你们的安全而设计的	伊丽莎白·伯恩
403	超乎寻常的睡眠伴侣	戴夫·马鲁塞克
407	**单篇作者简介**	

前言

"人们常让我去设想未来,但我想做的,却是阻止未来到来。"

——雷·布拉德伯里

做了十七年的科幻杂志编辑工作,我特别熟悉那些预言恐怖未来的故事。邮箱中此类稿件数不胜数,它们是那四五种始终不变的来稿主题的其中一种。

事实上,我的朋友约翰·约瑟夫·亚当斯曾经出版过一部出色的反乌托邦故事合集——《勇敢新发声》,我惊奇地发现这本书中百分之二十的故事,都是我曾经编辑出版过的。(所以我觉得他这本书很棒,你不会觉得奇怪,对吧?)我猛然发觉,本人似乎对这类故事有种偏爱。

所以,在 2017 年美国总统就职典礼当天,我和约翰·奥克斯一起共享午餐时,我们忽然想到的这本书的主题就不那么让人难以理解了。最让人难以理解的,可能是我为什么没有早一点想到这个主题。这个世界的氛围,不安的预言日益沉重。

为了编辑本书,我深思熟虑后,选用许多短篇,而不是少数几篇稍长的故事(像我出版过的那本关于气候变化的小说选集那样）。鉴于当下有众多令人恐慌的趋势，我决定选取几十篇短故事编辑成书，而不是只选十到十二篇更长篇幅的小说。

当你读这本书时，我希望你会感受到，这种将多篇短文编辑成集的方式更有价值。

正如此书的书名，这本书中的故事没有太多逃避现实的幻想，大多数的故事也并不是美满结局。这本合集里的故事大多充斥着愤怒、冒险、恶言恶语、挑衅、紧张、讽刺。这些故事反映了民众广泛的不安情绪，涉及很多你可能想到，也可能想不到的话题。

我期盼各种政治派别的读者都会发现此书的趣味，但我们第四十五任总统的粉丝们恐怕会对其中几篇故事心生怨愤。嗯，实际上，是相当多的篇幅。别怪我没提醒你们哟。

在美国，据我推断，两大政党间的政治隔阂在过去三四十年不断地加深、加重。这本书并没有缩小或者消除这种隔阂，至少在短期内是达不到这种效果的。此书更像是一种抵抗。正如厄休拉·勒古恩所写的那样："抵抗和改变往往发起于艺术，并且经常是发起于我们的艺术领域——文学。"

从长远来说，我希望这种抵抗最终能够化为理解。我希望这本书能够鼓励某些领域的合作，让合作精神能得以生根、成长起来。

最后，不论怎样，我认为这本书将为人们提供有思想和价值的阅读。希望你会同意我的观点。

戈登·范·格尔德
2017 年 11 月

跑鞋
迈克尔·利布林

我不能冤枉渥太华官方从来没提醒过我们。确实，官方一直在强调旅游警告。符合疑犯特征？你真该好好重新回忆一遍《美国联邦法规》第十九篇，尤其是里面关于搜查权限的部分。对于美国海关和边境保护局来说，搜查权限是给移民的恩典，随着时代迁移和人心变化而有所变化。

"我们相信美国海关和边境保护局工作人员的个人判断，他们依照个人的慎重考量来进行不同程度的必要检查。"

乔迪和我都没能理解这其中的明显含义，当然，如何界定海关和边境保护局工作人员的慎重程度也是因人而异。美国人耍的文字陷阱真是让人恶心。

我们知道什么？我们安静地生活在闭塞的郊区——蒙特利尔西岛，为值得尊敬和信任的权威人士种植香草。那里的人们乐得其所。我们的基因中就不存在"三思而后行"这种东西。

不管怎么样，我已经按照你的要求轻轻地把手里的东西放下，你看，这面包还冒着新出炉的热气呢。我在配合你的指令。

你能看到。我没藏任何东西。我向上帝发誓我说的都是真的，不管听上去有多么不可思议。

星期一早上，乔迪很早就来到我家。"你怎么没接电话？"他问我。正是他无意间将我拖出了温暖的被窝，才把我搅进这一出闹剧中。他告诉我，敏每天早晨都要呕吐，常常持续到下午。然后，他问我能不能开车送他去普拉茨堡。"敏担心她会吐在车里。"

我很闲。调整后的《北美自由贸易协定》对我很不友好，生意也就萧条了。不过，我还是对他抱怨了几句："看在上帝的分上，你也快三十了，能不能学学开车？你马上要当爸爸了，你妻子和我都他妈的不是你的专职司机。"

他哈哈大笑，像往常一样，他脸上那丛凌乱的丑胡子卷曲着咧开到两边。"你知道你的问题是什么吗？"

"知道，知道，大局观念。我从来没有大局观念。"

"你知道我现在做的事将会吸引多少赞助商吗？我和敏，将会迎来滚滚财富。到时候，我会让你当经纪人。我们将变成那种被人前呼后拥的名流。"

我告诉你，乔迪确实是令人瞩目的那种人。他为世界马拉松挑战赛那东西训练呢。他要在七天内在七个国家完成马拉松比赛。疯了，我知道，但梦想就是梦想，如果有人能把梦想实现，那乔迪就是这种人。他的皮肤被晒得黝黑又粗糙，身体呈现最佳状态，没有一丁点的脂肪。我从小学时就认识了这个家伙，还没有见过比他更奋发图强的人，然而他坚决不考驾照，这点让人匪夷所思。有一次，我半开玩笑地问他到底是什么在催促他跑步，你都不能想象他当时的表情，仿佛我在亵渎他的祖先似的。"当追逐我的东西追上来，我会告诉你的，"他喘口气继续说，"如果我没有先被它杀掉的话。"

我们驶入魁北克15号公路，这条公路的南边连接着美国87号公路。当我们开车路过亨明福德时，那里新建的难民处理中心的铁质红屋顶越过树尖，熠熠闪耀。"政府修建这些难民营真是耻辱，是吧？"

"对。"乔迪说，但是我觉得他并不知道我在讲什么。

"你说的是在难民开始大批量涌入这里之后，是吧？所以《美加安全第三国协议》成了一纸空文？"

天哪，他可真蠢。他到底有没有脑子？我竭尽所能给他讲这些事情。我向他解释难民现在是如何蜂拥而入的，告诉他这些红色屋顶是怎么变得世界闻名的，好像是象征希望之类的说辞，还有为何现在所有人都热爱加拿大。当然，除了红顶旅馆，据说这家连锁酒店要起诉加拿大政府建的红顶房屋是商标侵权。

他冒出一句："敏和我曾经住过红顶旅馆呢，就在我们去尼亚加拉瀑布游玩的时候。"

"嗯，好。"我胡乱搪塞着。海关前面有两个通道，那时我们若是掉头也很容易。那样的话，我们也能避免那天后来发生的一切。我问他："你算过在网上买鞋会花多少钱了没？"

"你什么意思？"他问我。

呃，我承认，离边境线越近，我越是不安。太多的政客、美国国家公共电台、迈克尔·摩尔，他们都会让人毛骨悚然。"你自己算过这笔账了，是不？我的意思是，包括咱们开车过来的汽油钱、汇率，你真正能从这次购物中省下多少钱？"

"大约三双鞋能省下五百元吧。"

"该死！这钱还不少，是吧？"

"还有，别忘了，过来买可以试鞋，哥们儿。鞋子合脚是最重要的。"

自从2017年起，进入纽约州的尚普兰边境线检查通道数量就缩减了。曾经消失了的漫长等待，现在又回来了。长队开始。

"墨菲定律，"乔迪说，"每个作用力都有相应的等量的反向作用力。"

"那是牛顿说的，"我告诉他，"你说的，是牛顿第三定律。"说话一半对一半错，是乔迪的特长。

"随便谁说的啦，反正我们得等着。"

银行、超市、公共厕所，这些地方都需要排队，所以我被迫积累了可以称得上"战略性"的排队技术。我打赌4号通道一定最快。只有三辆车，排在我们车前边的是一辆温尼贝格房车和一辆皮卡车。

乔迪十分钦佩我的选择。"真是高明。检查站里的八成是群老家伙，等我们开过去，估计他们会直接放行呢。"

事实上，他们没有给任何想过去的人直接通行，尤其是不会对被他们视为"雪鸟"的北方人轻易放行。"我有种不好的预感。"当前面的温尼贝格房车被指引开到一边时，我对乔迪如此说。

"咱来说说所谓的危险标志吧，"乔迪说，"你看到他们车上的贴纸没？好像是什么'和平共处'的东西。那种月亮、星星、橄榄枝和十字架之类的玩意儿。拜托啊，用用脑子好吗？他们不就是要找这种东西吗？"

"这得占多少时间啊。天啊，我讨厌排队。"

"放松，哥们儿，一会儿我请你吃午餐。"

"按照我们现在的移动速度，估计你请我吃的是晚餐了。"

"如果你愿意的话,我们可以变一下车道。我们遇到的海关人员一定不是那么难缠的家伙。"

"好,乔,你真是个聪明的家伙。但这样的话,不会变得更可疑了吗?"

"上帝啊,伙计,你控制一下情绪。我们都去过普拉茨堡多少次了,我们哪次遇到过麻烦?相信我,哥们儿,我们不是他们要找的人。"

我们遇到的海关审查员是个满脸红彤彤的圆脸家伙,宽厚的双下巴直接架在他的大胸脯上。他让我想起最近才去世的一位喜剧演员,就是那个因为什么政治问题停播一阵子,后来重新开播的《周六夜现场》里头那人。我们面前的海关审查员微笑了一下,我也放松下来,递过去我们的护照。"男孩们,今天过得怎样啊?"他打了个招呼,接着问道,"这次来美国的目的?"

"购物。"我回答。

"跑鞋。"乔迪进一步讲明了出行的目的。他抬起一只脚展示:在他的特雷克斯880款跑鞋上有着一道黄黑相间的闪电,十分别致时髦。"美国卖最好的鞋子,超值的!"

"你脸上这里有一些胡子。"审查员说。

"谢谢。"乔迪哈哈大笑。

"那么,我有个问题,加拿大不卖跑鞋吗?"

"比你们美国卖得贵多啦!尤其是现在,那该死的关税和所有的……"

"该死?你说什么该死?"

"呃,你知道,我就是想说……"

"不,我不知道。你在说谁该死?"

"我没想说谁……"

"你,经常跑步吗?"

"岂止是经常!"我也激动起来。我极力想挽救局面,虽然事实上效果不大,"他为世界马拉松挑战赛积极训练……"

"我没有和你讲话!"审查员大声呵斥,"我在问他。"我只好赶紧闭上我的鸟嘴,就好像我的喉咙忽然从嗓子眼"咚"的一声掉到肚子里。

乔迪还算冷静。"马拉松,我经常跑马拉松。"

"跑得很快?"

"我只是跑出自己耐力的极限。"

"呵,耐力,好专业的词,真专业。"他双手分别举起我们的护照,对比真人脸和护照上的照片。"你叫乔迪?"他一边说着,一边露出高傲的讪笑;"这是个阿拉伯名字,对不?"

乔迪又大笑起来。

"有什么好笑的?"

"没有没有,先生,抱歉,我只是……"

"埃及?叙利亚?约旦?"审查员料定乔迪会因为他的断言而争辩。"不是?"

"我是加拿大人。"乔迪说。

"加拿大籍穆斯林?"

"加拿大籍加拿大人。"

"那你的络腮胡子是怎么回事?"

"我妻子喜欢有胡子的男人……"

"你护照上的照片,那是你吗?照片上的人脸上可一根毛都没有。还有,照片上的人脸是白的,而你现在的脸却是棕黑的。"

"在我参赛之前,我被晒……"

"请把车开进第二次检查区。"他指向那辆温尼贝格房车。

"但我可以解释……"

"请把车开进二次检查区！"审查员一挥手，两个穿着迷彩作战服的战士忽然出现在我们前面。虽然他们没有举起手里的枪，但他们的出现足以使我们臣服。

他们没收了我们的手表和手机，还要求我们说出手机密码。我们服从了。

我俩被他们关进一间屋子，里面满是和我们有类似遭遇的人。

墙壁雪白，灯光诡异，好像在用光线搜身似的。屋子中间安装了一排排固定的座椅。蓝色的塑料椅子全部面向一面玻璃隔板，那后面坐着美国海关和边境保护局的工作人员，穿着制服的人快速地走来走去。

"我有个超好的产品创意！"乔迪在我耳边说起俏皮话，"治疗绝望的止汗剂。"我从他身边走开。显而易见，这个地方充满着绝望。而且拥挤到只能站着。

男人、女人、儿童、婴儿、睡着的、清醒的、瘫坐在地板上的、休憩在角落的，这里像因为天气原因而导致顾客滞留的机场候机大厅。只是这里，没有窗子，没有出口，没有星巴克，没有友好的闲谈。

工作人员喊着一个又一个人名。滞留的人被押送出去，又被押送回来。

一位穿着海军制服的矮壮男人趾高气扬地踱步到柜台前，要求联系一位律师。"我有这个权利！"他高喊着。他的声音已经变得嘶哑、粗粝。这个人可能是印度裔，也可能是巴基斯坦裔，但从他的口音来说，他却是英国人。他转了一圈又回来，攀上他的小箱子演讲起来。他呼吁我们加入他反对压迫者的斗争中："我们有自己的人权。"

一位女审查员警告他，让他闭嘴并坐下，否则她将采取强制手段让他保持克制。"这是对你的最后警告！"她声音很洪亮，真的很洪亮，整个屋子都听得见她的吼声。

这件事实实在在地触动了我。那个棕黄皮肤的家伙，他是个例外。这里的其他人大多数都和我一样，像我一样说话，像我一样着装。上帝啊，那种自负给了我迎头一击。我没想到是这样，也从没设想会遇到这样的事。在经历了四年这种疯狂的移民政策后，我们是唯一一类没有感受到这一政策之残酷的人。仿佛我们的白皮肤就是我们的护身符，我们与生俱来有不可侵犯的权利。

现在我了解了，我明白这里正在上演着什么残酷现实。美国海关和边境保护局用尽办法折磨棕黄皮肤和黑皮肤的人群——那些穿着睡裤、戴着滑稽帽子的男人，还有那些第三世界 H&M 商店的女顾客。

我备感屈辱，为我自己，也为这动物园里的每个傻瓜：温尼贝格房车里的老人、开 4×4 越野车的冰球妈妈、乡村俱乐部玩乐的土豪、乡巴佬、精致的芭比娃娃一样的女孩、像洋娃娃肯一样的男孩、潮人、美女、老古董、胖子、极客、热情好客的人、圣人、废物、骑摩托车的人、打着耳洞腰间围着麻布片的懒鬼，甚至包括那些两鬓斑白的嬉皮女孩们，她们戴着抗议的帽子，身穿运动衫，拿着写有挑衅标语的白铁板。

他不是我们的总统！

我们要同舟共济！
你滚开！
让美国重新回到美国时代！
奥普拉 2020

这时我转身看了一眼乔迪。天哪，我看到了美国海关和边境保护局审查员所看到的！乔迪就长着他们想要抓的那种恐怖分子的模样。完全一个模子。他那愚蠢的胡子，那愚蠢的晒黑皮肤。忽然，我很担心，不是担心自己，而是担心我最好的朋友。

人们在交头接耳，那音量很难称得上是在说话。仿佛他们说的任何话，都会对他们特别不利。

屋子里的其他三面墙上挂着总统画像，总统先生眯着眼睛，审视着一切。我数了一下，足足有十四幅。在屋子的正前方，玻璃隔板的正上方，有一行标语，用醒目的金色发亮的美术字写着：

> 我们有权通过选择合适的移民来管辖国家，我们欢迎那些能带给我们繁荣，促进我们发展，并且热爱我们的移民。

我们在屋子里待了五个多小时（保守估计），我俩的名字才被工作人员喊到。他们带着我们走过长长的走廊，走入一会儿左拐一会儿右拐的迷宫一样的地方，那里的门比墙面都要多。每拐一个弯都能看到画像，简直是一个变态的总统画像展览馆。他们把我和乔迪分开，带着我们走向不同的方向。当我们分别时，乔迪耸耸肩，翻了几下白眼。

我走进一个衣橱大小的房间，在桌子前坐下，对面是一张空椅子。我得到一杯用塑料杯装的水。这间屋子的总统画像，有着

《华盛顿横渡特拉华河》①的气势,星条旗在画面中翻飞。

不知不觉,我睡着了。两分钟,两个小时,谁知道过了多久。我被审问官摇醒。他是个秃头,整张脸只有拳头大小,还有一口吸烟多年的黑牙。他长得太像我那十年级的购物指导老师——米特尼克先生,不过我的老师长着把手掌张开那样大的脸。

他把椅子掉转一圈,叉开腿反着坐下来,胳膊抱着椅子的靠背。"这一天很难熬吧?如果我同事有对您表现失礼的地方,我向您道歉。"

"我觉得倒没什么。"

"请您从我们的角度考虑一下,您就能理解:您表现出对美国十足的恨意。"

这话让我怎么往下接?

"你在脸书上从来不太克制情绪吧,都是那种暴怒的状态,什么我们总统让你丢掉工作,让你失去未来之类的,是你写的吧?"

"那是因为《北美自由贸易协定》……"

"我认为,你的情绪足以称得上愤恨。相当愤恨,孩子。你脸书上的所有内容都是这样。每个恶意中伤美国的故事里,都有你的身影。我们的选举过程、我们的枪支法案、我们的医疗制度、我们的学校……你有想过,你说过的类似泄愤脸书发文状态有多少条你知道吗?来,来,你来猜猜。"

我摇摇头。

"仅从过去的三年来说,就有15141条发文状态。1——5——1——4——1啊,如果这都不能算作是恨美国的话……"

---

① 《华盛顿横渡特拉华河》是一幅名画,描绘了美国内战期间华盛顿率军横渡特拉华河的场景,画面气势恢宏,振奋人心。——译者注

"抱歉。"

"很好,道歉是个好开始。以上这些话也是我要告诉你下面这件事的原因:你的朋友已经招认了一切,所以你没有必要掩饰。我们想要的,是你进一步的证据。"

"乔迪?"

"你的穆斯林伙伴。"

"他不是穆斯林。"

"哦,呵。那,你们两个是什么时候混到一起的?"

"像同性恋那样?"

"或者换个说法,什么时候像两个成年男子那样在一起的?你多大?在一起旅行的?"

"我们不是同性恋。"

"这可不像你在脸书上赞成性少数群体[1]恋爱的表现,一点都不像。"

"乔迪已经结婚了。"

"很多男同性恋都结婚了。"

"我的天哪!"

"你和他在同一个清真寺做礼拜?你们是在清真寺认识的吗?"

"彼奇沃德教会学校,一年级,那时我们认识的。"

"谁招募他进的恐怖组织?为什么他那么迫切地想进入美国领土?"

"真他妈该死。"

"该死?就像你的朋友之前侮辱我们总统那样?如果换成我

---

[1] 性少数群体是指女同性恋、男同性恋、双性恋和不确定性倾向者。——译者注

去拜访你的国家,并且说你的总统该死,你会怎么想?"

"我们没有总……"

"朝鲜对这件事参与到什么程度?"

"啥?"

"乔迪的妻子。是她幕后操控这一切吗?"

"敏?她来自首尔。乔迪是在韩国教英语的时候认识她的。他们要迎来一个小宝宝了。"

"那你告诉我谁不是圣战分子?"

"乔迪不是恐怖分子。"

"那胡子是怎么回事?为什么他在阿曼和阿联酋的网站上浏览很长时间?嗯?回答我,机灵鬼。"

"你难道不明白吗,那是为了比赛啊。"

"穆斯林比赛……"

"不是!不是!世界马拉松挑战赛。阿曼和阿联酋是他要参赛跑步穿越的两个国家。"

"天哪,天哪,这得多费劲。他们一定热烈欢迎他回去,像欢迎一个英雄那样。"

"听着,你去给乔迪的父母打电话,给敏打电话。他们会告诉你这一切就是这么回事。"

"敏,他的朝鲜妻子?我听说加拿大不太欢迎种族间通婚。你们那的人真是什么都能消化,不是吗?"

"这都什么跟什么啊?"

"你已经知道所有真相了,是不是?如果是这样,那你解释一下——你朋友藏匿起来的那些钱是怎么回事?"

"你是想问众筹平台 Kickstarter 和 GoFundMe,这两个平台上面的钱吗?"

"继续说。"

"他比赛需要赞助。全是为了跑马拉松。单单报名费就要五万元……"

"国家性质的赞助?"

"赞助性质的赞助。"

"朝鲜、阿曼和阿联酋。"

"上帝呀!哥们儿,仔细看清楚,那是——世界马拉松挑战赛。它只是体育比赛。说真的,你到底要从我这知道些什么呀?"

"真相。"

"我告诉你的所有事情就是真相啊。"

"但你还没有说你来美国的真实目的。"

"跑鞋!该死的,跑鞋。"

"所以,你和乔迪是——走私跑鞋的倒卖客?"

"呃,你是想说像卖拖鞋的小贩?"

"如果鞋子合适……"

"听着,就是乔迪需要跑鞋。在美国跑鞋更便宜一点。他的妻子怀孕了总是很恶心,所以他就拜托我载他到普拉茨堡。就这么点事。"

"没带行李?"

"打算当天返回的。"

"你再说一遍你的清真寺名字是什么?"

"我就从没去过清真寺。"

"但是乔迪去过,我们有照片可以证明。"

"那也不是秘密啊,他是去参加婚礼,一个朋友的婚礼。"

"那你还坚持认为他不是穆斯林?"

"他甚至都不信上帝！看在老天爷的分上。我们俩都不是穆斯林。"

"好的。无论如何，上帝相信你们，上帝也爱你们。现在，上帝希望你能遵从你的内心，做些正确的事。"

"哎，上帝啊！"

"是的，他老人家也这么祈祷的。"

"我是不是有权利打个电话什么的？可以叫我的律师吗？或者联系加拿大的大使？"

"这是你们这种人常说的。"

"不，才不是。"

"你和乔迪最后一次参加麦加朝圣是什么时候？"

"参加什么？"

"你们吸毒吗？"

"不。"

"你们有没有使用或者有意储藏过大麻？"

"大麻在加拿大是合法的，有问题吗？"

"终于，我们的谈话还有点进展。"

"我能再要一杯水吗？"

他站起身。"我会尽力帮你的，孩子。但我什么都不能向你保证，我只能说我会尽力。"

又一次，他把我摇醒。他告诉我，我被美国官方拒绝进入其领土。我问为什么，他说："你知道为什么。"

"你是不是应该给我写一份书面的拒绝入境理由。"加拿大广播公司在它的网站上有入门级维权指南。

"我只能说你从未来过这里，也从未从这里离开。"

"就这样？"

秃顶男交给我一个信封，里面有我的手机和手表。他指引我走过一条门廊，来到一扇紧紧锁住的铁门前。"乔迪怎么样了？"

"哦，对了，你的朋友。我没告诉你吗？几个小时前，他已经顺利通过海关进入美国境内了。我记得他说的是，尚普兰中心商场，好像是这个名字。估计现在他已经回到家，享用他的新跑鞋了。"

当我走出那里，新鲜的空气那么美好，太阳刚刚从地平线升起来。我的妈呀，真不敢相信，都已经是周二了。最主要的是，我没想到这个蠢货居然丢下我，自己跑去买鞋了。很快，我就意识到有点不对头：乔迪不会开车！天呀，那个傻瓜不会开车呀。我转回头要去抗议，已经太晚了，门被关上了。

我拿起手机。电池居然没电，关机了。

你能想象我回到家后的喜悦。我就不重复了。天都黑了。我筋疲力尽，满腔愤怒。那时，在心里把乔迪胖揍一百遍之前，我真的特别想听到乔迪的消息。好吧，至少，我庆幸我的电话关机了。正好，在给他打电话之前能让我先冷静下来。

我打开电视机，抓来一瓶啤酒。我发誓，这是我第一次听到这些恐怖袭击。蒙大拿州、爱达荷州、明尼苏达州、密歇根州、宾夕法尼亚州、纽约。仅仅一小撮恐怖分子，还是能让全世界震惊。并且每个袭击地点都离边境线不远，包括普拉茨堡北边的一个小餐馆。

他们正在采访一位幸存者———名餐馆服务员。"他像被什么东西驱赶一样飞速闯进来。然后就爆炸了，所有东西都飞起来了。没有。没有任何警告。什么都没有。有人说他嘴里喊着'阿路……'什么的，但我什么都没听见。"

镜头切换到灾难现场，近景镜头拍摄到那名被官方宣称是袭击者的身上。肢体所剩无几。只有一条腿从一块塑料布下面伸出来。一条腿。镜头摇摇晃晃，模模糊糊，但我却不能否认，我看到了一样东西。一条别致的闪电标志，黄黑交错。上帝啊，特雷克斯 880 款！五雷轰顶。

所有东西都不对了，世上一切都没有了道理。我甚至没有注意到电视上总统还在说着蠢话，直到他要讲完了，我才缓过神。他机械地反复说"9·11"恐怖袭击的谜团揭开了，恐怖分子来自加拿大。我把《晨报》的一段话抄在下面，你需要仔细读一读，再结合我所讲的内容，根据线索，连接上所有的疑点之类的。

"……又一次悲惨的遭遇，因为加拿大向恐怖分子敞开了大门，无辜的美国人付出了巨大牺牲。没错，这就是'9·11'事件的翻版。第二次针对美国的大范围、协同袭击，这些邪恶的恐怖事件是在加拿大国境内精心策划、实施起来的。请恕我直言，如果加拿大始终坚持欠考量的移民政策……在其国境内抵制我们对根除伊斯兰极端分子的呼声……美国将代替加拿大政府来处理。"

于是今早，你们这群人就敲开了我家房门，把我带到这里。你告诉我你们是加拿大皇家警察，我十分确定你们其实应该找乔迪谈谈。但你举着我手机里的照片，这是另外一件事了。我得告诉你们多少遍啊？这些照片不是我的！我向上帝发誓。我没有下载这些图片。儿童？我？上帝，绝不可能！你搞错了。我有侄子呢。我不是变态。我不管是谁暗示你们的，你们应该相信我。他们在撒谎！就像不会有我在边境的羁押记录一样！乔迪和我都被人耍了。现在，你们也被人耍了。

18

你觉得我不知道我说的话有多荒诞？这一切有多不靠谱？是，来，你知道什么最不靠谱吗？看看在四年前是谁选出的总统。再看看是谁宣布了戒严法案和取消了下一任总统选举。

回复：你的婚礼

露丝·奈斯特沃德

发件人：珍娜·富兰 <expatjenna@dt-mail.de>
收件人：安妮·富兰 <Annie_F@mailnet.com>
日期：2019年2月13日
主题：你的婚礼

  嗨，安妮！

  我相信你已经听说了这边的新闻，也已经料到：今年夏天我们不能飞回美国参加你的婚礼了。马克西姆从工作单位请了几天假，已经出发去了基辅，打算在俄罗斯人占领那座城市之前把他父母接出来。我真希望他们在顿涅茨克沦陷前就搬到斯图加特来。他们老两口儿从不敢相信会发生这样的事，在美国退出北大西洋公约组织的时候，老两口儿也没有设想过可怕的未来。而现在，我们可能要花掉所有的积蓄去一路打点，才能让他们老两口儿离开乌克兰进入德国境内。

  我真的很担心。也许我们可以在周末的时候好好聊聊，那时可能不会像现在这样，思路总是被打断。或者是等瑞贝卡和丹尼尔睡着了以后，我就有足够的自由时间了。

爱你的，珍娜

发件人：安妮·富兰 <Annie_F@mailnet.com>
收件人：珍娜·富兰 <expatjenna@dt-mail.de>
日期：2019年2月18日
主题：回复：你的婚礼

  那天和你聊天真让人开心，珍娜。爸爸想要为你们全家来参加婚礼出机票钱，我只想确认一下，这件事没有让你感到反感。当我这么提议的时候，你看上去有点生气。

  虽然他们的爸爸离家在外，但听到瑞贝卡和丹尼尔都很好，我也很欣慰。

  你有没有接到马克西姆的什么消息？

爱你的，
安妮

发件人：珍娜·富兰 <expatjenna@dt-mail.de>
收件人：安妮·富兰 <Annie_F@mailnet.com>
日期：2019年2月22日
主题：回复：你的婚礼

  爸爸想承担我们的旅程费用，我没有什么抵触情绪。真的对不起，安妮，我觉得我现在没有多余的脑细胞来考虑你的婚礼，因为马克西姆此刻就在战区。现在，谁来承担去美国度假的费用，是我实在无暇顾及的事。另外，没有，自从上周末我们发邮件聊天之后，我再没有接到马克西姆的任何消息。因为有孩子在身边，我竭尽全力去保持冷静。

珍娜

发件人：安妮·富兰 <Annie_F@mailnet.com>
收件人：珍娜·富兰 <expatjenna@dt-mail.de>
日期：2019 年 2 月 24 日
主题：回复：你的婚礼

  嗨，珍娜，你生气了吗？是我欠考虑。我只是真心希望我的婚礼上，能有我亲爱的大姐在场。我希望你已经联系上马克西姆了。

爱你的，
安妮

发件人：珍娜·富兰 <expatjenna@dt-mail.de>
收件人：安妮·富兰 <Annie_F@mailnet.com>
日期：2019 年 2 月 28 日
主题：基辅

  你看到新闻了吗？总统如此打击具有批判精神的新闻记者，天知道在美国新闻会被歪曲报道成什么样子。你知道乌克兰现在是什么情形吗？

  俄罗斯军队就徘徊在基辅的城外！自从马克西姆刚到那里时联系过我一次以后，他就再也没有消息了。

  我害怕得要死。

珍娜

发件人：安妮·富兰 <Annie_F@mailnet.com>
收件人：珍娜·富兰 <expatjenna@dt-mail.de>
日期：2019 年 3 月 7 日
主题：回复：你的婚礼

好吧，我估计这是你正式地对我表达不满，你真的生气了。我已经几乎两个礼拜没有收到你的邮件了，你始终没有回复我的上一封邮件。嗯，我不知道该说什么。请原谅我这么迟钝！

请不要因为这件事影响我们俩的亲情。你是我的姐姐，我真心爱你。

安妮

发件人：珍娜·富兰 <expatjenna@dt-mail.de>
收件人：安妮·富兰 <Annie_F@mailnet.com>
日期：2019年3月9日
主题：回复：你的婚礼

嗨，安妮，

我在2月28日给你发过邮件，不过似乎你没有收到我的那封信。我把主题从"婚礼"改成了"基辅"。该死！你们那儿最近看到的关于东欧局势的新闻，都是怎么报道的？难道美国国家安全局现在都开始过滤私人邮件了吗？

我和马克西姆最后一次取得联系，是在2月中旬。

我的心都要碎了。

明天，我给你打电话。

爱你的，
珍娜

发件人：安妮·富兰 <Annie_F@mailnet.com>
收件人：珍娜·富兰 <expatjenna@dt-mail.de>
日期：2019年3月13日
主题：瑞贝卡和丹尼尔

在周末我们俩煲完电话粥以后，我和爸爸谈了谈。我们打算这么做：爸爸想要为两个孩子订机票，让他们飞过来，然后你就可以动身去找马克西姆了。你不能带着他们去，你在德国又没有其他亲人。不过，在这里有你的家人，虽然我们隔着一整个大西洋，远在另一片大陆上。

你应该和爸爸联系一下，确定一下详细的行程。

对之前的误会，我很抱歉。

爱你的，
安妮

发件人：珍娜·富兰 <expatjenna@dt-mail.de>
收件人：安妮·富兰 <Annie_F@mailnet.com>
日期：2019年3月17日
主题：回复：瑞贝卡和丹尼尔

嘿，妹妹，我现在理解了。你没必要道歉。是我没有意识到，在大水池子的对岸，事情会被那么歪曲地报道。毕竟，自从我上次回国，到现在已经有一年半了。那时，这里还是乱哄哄一锅粥的局势。在德国，我们接触到的新闻也都是经过政府操纵筛选的，尤其是在11月份共和党胜利之后。但是，我没有意识到美国的媒体已经完全妥协，没有意识到歪曲的事实被这样大肆宣传。

在这里，我们都很紧张，不知道下一个遭殃的会是哪个国家。

当我第一次来德国的时候，我从没把北约当回事，真的，根本没想过这个组织和我能有什么关系。但是当我遇见马克西姆之后，我的态度改变了。他最大的心愿就是他的祖国能够加入欧盟或者成为北约一员，这样就能挫败俄罗斯的侵略野心。

后来，美国退出北约——把东欧就那样赤裸裸地呈现在侵略者的面前。这可能是总统为了表达谢意的方式，毕竟俄罗斯大哥帮他顺利入驻白宫。谁知道呢？

我只知道，俄罗斯现在特别想重新占领之前它拥有过的卫星国。现在，对俄罗斯十分友善的美国总统，软弱无力的北约和混乱的欧盟，在这些条件下，东欧局面真的是岌岌可危。

＜叹息脸＞

我和爸爸通过电话了，他准备想办法，为瑞贝卡和丹尼尔买四月初从法兰克福到西雅图的直航机票。然后我会设法去找马克西姆。前两天我接到一条神秘的邮件信息，是马克西姆从一家网吧发过来的。我不知道他的手机为什么不见了。不过，至少我知道他还活着，这就足以让我缓一口气。请为我祈祷：马克西姆能很快找到一种经常和我联络的方式。仅仅这一条来自战区的简短邮件，都足以让我乐得忘乎所以。

如果在一周之内，我没有接到任何你的邮件，那我估计可能是因为这封邮件里又有很多违禁字而被拦截了，也许将来我会像那种罪犯一样，买个一次性手机去联系你。＜鬼脸＞不过，我还是希望上一封离奇失踪的邮件，是因为我写的主题里有"违禁字"闹的。我们等着看看。

爱你的，

珍娜

发件人：安妮·富兰＜Annie_F@mailnet.com＞
收件人：珍娜·富兰＜expatjenna@dt-mail.de＞
日期：2019年3月21日
主题：回复：瑞贝卡和丹尼尔

呃，老姐啊，我不知道如果我身处你的处境，是不是还有勇气去幽默。

4月3日，我和爸爸会到西雅图的塔科马国际机场去接你的两个孩子。这两个孩子，一个只有四岁，另一个也才六岁，却要独自飞行，我希望他们两个不会有什么痛苦的感受。好在他们两个都是专业的旅行家。我都不记得我像瑞贝卡这么大的时候去过什么地方。而她已经来美国三次，更不要说你还带她去过马略卡岛和特内里费岛度假了。

我非常非常爱你。

安妮

发件人：珍娜·富兰 <expatjenna@dt-mail.de>
收件人：安妮·富兰 <Annie_F@mailnet.com>
日期：2019年3月24日
主题：回复：瑞贝卡和丹尼尔

有勇气去幽默？我只剩幽默了，勇气，真的没多少。我还没想好下周该如何把两个孩子安置到飞机上。自从那封从网吧里发过来的邮件之后，我再没收到马克西姆的消息。我希望他能尽快设法找到个新手机，这样，关于他的行踪我就不至于只知道一个小镇名字。而这个小镇，就是我要去的地方，它紧邻乌克兰和波兰的边境线。因为一首歌的缘故，我买了一辆廉价的福特福克斯老款汽车，尽管这辆车不太符合斯图加特的尾气排放标准。只要孩子们安全到达波特兰，我就启程去寻找我的挚爱。

祝我好运吧。

爱你的，

珍娜

发件人：安妮·富兰 ＜Annie_F@mailnet.com＞
收件人：珍娜·富兰 ＜expatjenna@dt-mail.de＞
日期：2019年4月3日
主题：回复：瑞贝卡和丹尼尔

  嗨，珍娜。

  晚一会儿在睡觉之前，我会打电话给你，那个时候，你那边还没到午夜。现在我只是想告诉你：瑞贝卡和丹尼尔都安全到达这里了，只要你醒来查看一眼邮件，你就能收到这条报平安的信息。关于这一路上的经历，他们有好多故事要讲。法兰克福机场的手推车是怎么推的！飞机上的冰淇淋！他们甚至在其他乘客登机之前，还进到了飞机的驾驶舱里，并和飞行员愉快地聊天。现在，他们正在爸爸的空闲卧室里香甜地睡着。我明天要去上班，但我会在晚上过来看望他们，和他们一起吃晚餐。这周末，我们要去海边玩，玩沙子，吃螃蟹。

爱你的，
安妮

发件人：珍娜·富兰 ＜expatjenna@dt-mail.de＞
收件人：安妮·富兰 ＜Annie_F@mailnet.com＞
日期：2019年4月10日
主题：边境线旁

  嗨，安妮。

  我现在人在波兰的海乌姆，靠近乌克兰的边境线。最后一次接到马克西姆的电话时，他和他父母在一个叫科韦利的小镇上，这个小镇位于基辅和波兰边境之间。他搞到一部手机，却不能上网。更不要提他们没有车，身上只有少得可怜的钱，境况让我很担忧。他的车在基辅被一群端着枪的家伙"征用"了，他和父母同其他难民一样，每天要走很多路以躲避战祸。手机在他到乌克兰没多久就被偷了。他的"新"手机（一部二手的非智能手机）屏幕已经裂碎了，电池也不怎么好用，能充电的地方几乎很难找到。

马克西姆不希望我越过边境线到乌克兰境内。他担心如果我到了那里，我们可能就再也回不到欧盟国家里了。我睡在车里，祈祷我们都能够活着逃离这片硝烟狼藉的地方。波兰边境的海关官员拒绝乌克兰难民进入波兰境内。在靠近波兰的乌克兰边境线附近，聚集着很大一群人，而此刻，波兰正在抓紧时间修筑临时的防护墙，这样就能将偷渡过布格河越境的难民拒到波兰边境之外。马克西姆有德国的签证，但是这些人能认可他的证件吗？更何况他父母没有签证。

我不知道该怎么办了。

珍娜

发件人：安妮·富兰 <Annie_F@mailnet.com>
收件人：珍娜·富兰 <expatjenna@dt-mail.de>
日期：2019 年 4 月 12 日
主题：回复：边境线旁

珍娜，求你了，千万不要冲动啊！我能理解你想要去见马克西姆的心情，但也许他很好，而且一旦你过了边境线就再也回不来这边了。

现在，这里的媒体声称波兰入侵乌克兰，而俄罗斯盟友正在奋力抵抗这些入侵者，保护着乌克兰人民。简直不能相信，我们所接触的新闻是如此的歪曲！

两个孩子在海边玩得很开心，此刻我们已经从海边回来了。他俩开始问我，你和他们的爸爸什么时候会到这里来？至少，瑞贝卡和丹尼尔是安全的。

我希望你能尽快顺利地把马克西姆和他父母接出来。我找到一些报道新闻的网站，上面的报道和你描述的很像，和主流媒体的官方报道完全不一样。根据这些网上新闻，你那里的情况比你告诉我的还要恐怖。

＜抱抱＞

安妮

发件人：安妮·富兰 ＜Annie_F@mailnet.com＞
收件人：珍娜·富兰 ＜expatjenna@dt-mail.de＞
日期：2019 年 4 月 18 日
主题：回复：边境线旁

嗨，珍娜。

我已经一个多礼拜没有你的消息了。请让我们知道你很安全。我找到的那些新闻网站上面说，俄罗斯军队现在正在前往波兰边境。我唯一能做的，就是祈祷你找到马克西姆和他的父母，并且现在你们都已经在返回德国的路上。

爱你的，

安妮

发件人：安妮·富兰 ＜Annie_F@mailnet.com＞
收件人：珍娜·富兰 ＜expatjenna@dt-mail.de＞
日期：2019 年 4 月 21 日
主题：回复：边境线旁

珍娜，我们都要崩溃了。我给你打了无数遍电话，但你的手机好像一直关机。

安妮

发件人：安妮·富兰 <Annie_F@mailnet.com>
收件人：珍娜·富兰 <expatjenna@dt-mail.de>
日期：2019 年 4 月 23 日
主题：求你尽快联系我们

　　让我们知道你还活着，珍娜，无论用什么方式。我们担心得要发狂了。

驻华沙的美国大使馆
乌亚兹多夫大道 29–31 号
00–540 波兰 华沙
2019 年 4 月 25 日

　　亲爱的富兰先生，

　　我们写信给您是要通知您：您的女儿珍娜·富兰的护照已经找回，护照是在波兰的海乌姆镇东侧的布格河边找到的。但我们无法推断她人在哪里，所以我们只好根据领事记录来联系她的直系亲属。

　　除了找到她的护照之外，我恐怕无法提供其他更多可以证实她处境的信息。上周因为忽然发洪水，在波兰和乌克兰边境线上，有很多人溺水而亡，但这些遗体中没有与您女儿特征相符的。我们已经请求相关当局高度关注失踪人口的信息，若有相关线索会及时联系我们。如果有什么新的消息，我们当然会第一时间联系您。

如果您已经得到您女儿的新消息，请您告知我们，这样我们就可以通知波兰警方，不必再将您女儿当作失踪人口来调查。

真诚的，
约瑟夫·瑞德尔
总领事

现在所有问题都解决了
K. G. 安德森

收件人：道恩·强森 – 质量保证部
发件人：莉兹·费利 – 产品组
主题：缩小"活源装置"的质量检测范围

道恩，

工程部的员工反映：你们部门中的某个人向他们询问了一些关于活源装置超出质检范围的相关数据问题。

我在此提醒你们：你们部门的工作，应该是查找活源装置在使用时可能存在的简易性和精确性问题（比如步数、心跳次数、体重这些）。我理解，因为有其他领域的多余数据掺杂进来后，你们也许会有点疑惑。

你们不必理会那些多余数据。这些额外数据的精确度，是由一个第三方的海外实验组负责监控。

有必要提醒你们部门的所有人：你们是签署过保密协议的。

感谢！

莉兹

莉兹·费利
活源健身项目 总经理

奈科斯数据公司

收件人：萨曼莎·库克 – 质量保证部
发件人：道恩·强森 – 质量保证部
主题：产品组的要求

  请看一下我刚刚转发给你的莉兹·费利的邮件。我很感谢你在帮助她解决数据监测范围问题中的积极表现。现在，只需要忽略掉那些"额外"的数据，那不是我们要关心的事情。

  未来如果有什么问题，请先联系我，不要擅自联系工程部的工作人员。

为你加油的，
道恩

道恩·强森
质量保证部 经理
奈科斯数据公司

收件人：道恩·强森 – 质量保证部
发件人：萨曼莎·库克 – 质量保证部
主题：回复：产品组的要求

  你知道所谓"额外数据"是医疗数据吗？是心跳模式、呼吸方式、脉冲测量等数据。似乎在2019年美国逐步废除食品药品监督管理局的行政权限以后，我们公司会以医疗器械来推广活源装置。

  我联系工程部，是因为某些用户的心跳数据达到了危险级别。在科曼特公司的健身激励项目中，有三位员工的数据极其危险。他们认为没什么好担心的，但是我仔细研究了这些数据，似乎这三个人存在阵发性室性心动过速。

我妹妹在高中打垒球时，就是死于突发的心脏停搏。之后，我们发现她没有被确诊为任何一种心脏病。医生说，极有可能是室性心动过速导致她心脏骤停的。

在莉兹的产品组里，需要有人联系一下这几位参与活源项目的公司员工，并告诉他们要尽快去看心脏病专家（常规的医疗体检是查不出这种问题的）。另外，必须阻止他们继续进行高强度健身活动。

萨曼

萨曼莎·库克

质量保证部 专家

活源装置小组

奈科斯数据公司

收件人：萨曼莎·库克 – 质量保证部
发件人：道恩·强森 – 质量保证部
主题：回复：产品组的要求

多谢你的警觉。我会把你的信息传达给莉兹她的小组，以防她没能从外包的质量监控小组获知这一消息。

为你加油的，
道恩

道恩·强森

质量保证部 经理

奈科斯数据公司

收件人：道恩·强森 – 质量保证部
发件人：萨曼莎·库克 – 质量保证部

主题：回复：产品组的要求

你可以把如下有心脏病数据的员工身份编号发给莉兹：

5-2889（女性，49岁，科曼特公司）

8-3445（男性，24岁，鲁曼电子公司）

8-0871（男性，45岁，西巴达克公司）

前两个人都属于每周三次高强度有氧运动实验组的，非常危险！

萨曼

萨曼莎·库克

质量保证部 专家

活源装置小组

奈科斯数据公司

收件人：莉兹·费利 — 产品组

发件人：道恩·强森 — 质量保证部

主题：使用者数据 — 三条危险数据

莉兹，

请查看以下萨曼莎·库克的邮件内容。似乎她认为有三位参与健身项目的员工有严重疾病。也许你已经从外包的质量监控小组得到了这样的数据警告。我发这封邮件只是想确保你知道此事。

至于医疗数据、项目参与者身份保密这样的事情，本身可能就有点棘手。很明显，我能肯定的是，我不清楚我们和装置参与者或他们的公司达成了什么协议。

祝好，

道恩

道恩·强森

质量保证部 经理

奈科斯数据公司

收件人：道恩·强森－质量保证部
发件人：莉兹·费利－产品组
主题：回复：使用者数据－三条危险数据

道恩，

不用担心。

我们的外包质量监控小组曾经指出过这些数据问题，我们也已经联系了这些雇用潜在心脏病员工的公司。所有事情都解决了。

我再善意地提醒你一遍：你们质检部门没有权利去联系任何项目参与者，也没有权利去联系任何参与活源项目的公司代表。

祝好，

莉兹

莉兹·费利

活源健身项目 总经理

奈科斯数据公司

道恩·强森的桌子上留下这样一张便利贴信息。

　　5-2889还在做高强度的有氧运动。她又经历了一次室性心动过速。我们不能直接联系这位女士吗？我需要知道她的名字和联系方式。

——萨曼

收件人：萨曼莎·库克 － 质量保证部
发件人：道恩·强森 － 质量保证部
主题：开个小会

午饭后你来一下我办公室，我们讨论一下你要负责的新项目。

道恩

道恩·强森

质量保证部 经理

奈科斯数据公司

上午9:07，即时消息

收信人：萨曼莎·库克

发信人：道恩·强森

你去哪里了？在8:30的晨会上，我们都没看到你。

上午9:21，即时消息

收信人：萨曼莎·库克

发信人：道恩·强森

紧急事。快回电话。

收件人：道恩·强森 － 质量保证部
发件人：莉兹·费利 － 产品组
主题：质量保证部的严重问题

道恩，

我给你打过电话。我刚接到科曼特公司人力资源总监打来的电话。

她说，今早就在她公司外面的健身装置旁边，一个年轻的女士接近了她。那个女士看到她戴着活源装置，就走到她跟前，问了许多关于她健康方面的奇怪问题。她说，这个年轻女士还接触了其他四位戴着活源装置的女员工。马上给我回电话。

莉兹

莉兹·费利
活源健身项目 总经理
奈科斯数据公司

收件人：萨曼莎·库克 － 质量保证部
发件人：马库斯·姜·休伊特 － 人力资源部
抄送人：道恩·强森 － 质量保证部
主题：留用察看

萨曼莎，

你被公司处以为期六周留用察看处罚，从今天起开始计算。这期间，你的所有出勤和活动都被严格监控，每周你的经理要向我们反馈你的行为是否符合公司规范。

此外，建议你和一位法律顾问谈谈，他来自与我们奈科斯数据公司合作的第三方机构代理人，可以和我司所有员工联系。附件为他的联络方式。

如有其他问题，请联系我或其他任何人力资源部门的人员。

祝福你，
马库斯

马库斯·姜·休伊特
人力资源部 经理
奈科斯数据公司

收件人：萨曼莎·库克 – 质量保证部

发件人：道恩·强森 – 质量保证部

抄送人：普丽莎·乔什 – 教授

主题：新任务 – 纯音装置

嗨，萨曼，

从周一开始，你将为普丽莎·乔什的纯音装置工作组做质量监控工作。他们在 L 楼为你准备了新办公桌。我觉得你会喜欢那里的新环境。

我会发给你人力资源部门想要的会面要求。

为你加油的，
道恩

道恩·强森

质量保证部 经理

奈科斯数据公司

收件人：萨曼莎·库克 – 质量保证部

发件人：道恩·强森 – 质量保证部

主题：好消息

嗨，萨曼，配合一下，和产品组的人谈谈吧。

莉兹·费利让我转告你，你关心的那几位用户都已经从活源项目中清除了。

我觉得你会想知道这件事。

希望你喜欢上纯音装置工作组的生活。期待你的回复，我们这周四还有会谈。

为你加油的，
道恩

道恩·强森

质量保证部 经理

奈科斯数据公司

收件人：道恩·强森 – 质量保证部
发件人：萨曼莎·库克 – 质量保证部
主题：回复：好消息
道恩·强森 – 质量保证部发送：

莉兹·费利让我转告你，你关心的那几位用户都已经从活源项目中清除了。

"从活源项目中清除了"？

庞莉莉的工作被"清除"掉了。我在持续跟踪着她的状况。当科曼特公司解雇她时，并没有告诉她有心脏问题，也没有建议她去看心脏病专家。他们只是神秘地"清除"了她的工作。

她还是幸运的。马克·理查德逊呢？这个鲁曼电子公司的二十四岁小伙子呢？他也被"清除"了——因为他心脏骤停，已经死了。

科曼特和鲁曼电子公司在用我们的数据来找出有心脏病风险——或者其他健康问题的员工，然后摆脱他们。难道莉兹她的工作小组不知道这件事吗？

萨曼莎

萨曼莎·库克

质量保证部 专家

纯音装置小组

奈科斯数据公司

收件人：莉兹·费利 － 产品组

发件人：佩里·埃利斯·内弗斯 － 法律事务部

抄送：马库斯·姜·休伊特 － 人力资源部，

　　　马里埃特·普吕多姆 － 安全保障部

主题：美国联邦职业安全与健康管理局（OSHA）的变化

莉兹，

您是对的。美国联邦职业安全与健康协管理局（OSHA）关于对揭发者被报复（根据1989年《美国揭发者保护条例》第101-112条修订条款）的投诉调查处理，在3月15日大部分都取消了。除了交通运输业的投诉还会处理之外，其他的投诉都不再调查。

我们已经向人力资源部和安全保障部简要地解释了这对于奈科斯数据公司意味着什么，非常感谢您和我商量并确认此事。如果您需要其他的法律方面信息，尽管联系我。

祝福您，

佩里

佩里·埃利斯·内弗斯

法律事务顾问

奈科斯数据公司

收件人：卢瑟·伯克夏 － 总裁

发件人：莉兹·费利 － 产品组

主题：活源项目升级

卢瑟，

我写这封邮件是为了让您放心，现在所有问题都解决了。

昨天晚上，公司门口的安保员看到两个我司的解雇员工。我们确定，这两名被解雇员工没有向其他组织传播过任何活源装置的专利信息。他们曾试图用公司的手提电脑截屏并发送到外部服务器，但安保员及时干预并阻止了这次破坏行动。

我已经和第三方质量监控的承包商协调过数据监管流程，保证他们对员工用户的预警数据每天都过滤一遍，而不是一周过滤一遍。这些承包商的反馈很慢，加上科曼特公司的人力资源部门和法律部门频繁出错，使得数据反馈缓慢的问题就更严重了。我们正在积极推进此事。

销售部上周与两家财富 500 强公司会面过，还有一家大型的政府机构对活源项目非常感兴趣，想要在不同地区的雇员群体中大规模地使用活源装置。这三家机构都已经同意，只等食品药品监督管理局下台，他们就可以使用我们的增强版数据，来实现其人力资源管理的相关目的。我们正在起草合作合同。

两家潜在客户机构都提出一项要求——在雇员有电流感应的皮肤上搜集数据，以辅助他们内部的安保团队工作。请您给吉尔和他的工程研发团队施加点压力，让他们为了 2020 年的升级版活源装置首次展示，快点攻下灵敏元件特性的难题。为了达到销售目标，营销部门现在已经建立起一套总销售渠道铺排的价格模型。我们可以在明天的会议上仔细研究一下。

给你最好的祝福，
莉兹

莉兹·费利

活源健身项目 总经理

奈科斯数据公司

他的汗珠像格兰德河上的繁星
珍妮丝·伊恩

早在我们相遇很久之前，我的心已被别人伤得粉碎。所以，当爱情悄悄靠近时，完全出乎我的意料。

我在边境墙的北侧长大，从来没想过这面墙对我有什么意义。墙，就在那。一直在那。我很幸运自己生活在墙的这边，在这里，格兰德河为我父亲管辖的农业区提供了灌溉水源，划皮艇可以让人们暂时逃离四月底的湿热气候。我爱看金合欢开满枝头，那些像羽毛一样的明黄花朵，从河岸投影进水中，呈现出绚烂的倒影。我最喜欢每天的清晨，在天气热起来之前，我可以坐在只有我知道的秘密地方，望着河里的太阳光束映射出闪耀的光点，我把这些光点当作是前一晚从天空掉落到地球的星星。

在我很小的时候，有时候，我会"借"用我母亲的双筒望远镜，注视着北面田地上正在耕种的移民家庭。他们的一切令我着迷。他们的孩子看上去总是跑来跑去，无人看管。女人们将赤裸的婴儿用布巾吊挂在胸前。她们有时要停下手里的活计去给婴儿哺乳，或者是把婴儿高举起来，好像是让孩子在草丛上撒尿。之前，我从来没见过成年女人的胸部，而那时，我的身体也开始发育了，所以她们的样子，特别吸引我。

我必须得承认，我也喜欢看那些在太阳底下打着赤膊工作的男人。我喜欢他们身上的汗珠，从后脖颈流到肩膀，再到肩胛骨，沿着背部的肌肉起伏一直往下淌，往下淌，直到淌进我还不知是什么的部位里。我喜欢他们长满肌肉的瘦长结实身材，当他们抓住植株时，肌肉凸出好看的线条，手肘弯曲成优雅的弧度，这些景象让我还在发育的某个身体部位感到一阵悸动。虽然我说不上来那是什么，但这种充满欲望的感受，令我忘乎所以地陶醉。

当罗杰请我做高一舞会的舞伴时，我爱上了他。虽然我对爱情一直充满渴望，但当它真的来到时，对我而言还是十足的惊喜。虽然我的家世很不错，但是长相却不太能让人动心。我父亲是政府高级官员，母亲是一位稽查官——都是备受人们尊敬的工作，他们既有智慧，又有毅力，还兼具领导才华。罗杰曾在一个星星缀满天空的夜晚，用冷静得近乎无情的话指出了这点。当时，他笑着说我将来会继承父母的职位，而某个小伙子会走运地娶了我，让后代也会从我祖辈的地位中获益。

这些话让我脸红不已。

高中时期，我们一直在约会，从礼节性蜻蜓点水般的轻吻，到蹩脚的舌吻，一直发展到我们称之为"托抚"的爱抚阶段。罗杰会用手掌托起我的乳房，隔着内衣的薄薄布片温柔地亲吻。作为回报，我会隔着他的百慕大短裤用手托起他的"小弟弟"轻抚。

所以到现在，如果看见商店里的模特穿着百慕大短裤，我都会浑身燥热难耐，心烦意乱。

不过，我和罗杰一直没有发展到"做完全套"。我们一直想把最后的亲密留到以后。虽然我不确定是为了什么，也许是因为这样是正确的选择吧。我父母喜欢他父母，他的父母也喜欢我父母，他的家族背景也高贵清白。但我们两个之间，总是有一面无形的墙阻止着感情继续发展下去。我过去曾认为，也许是我们都明白，这份感情最后不能开花结果。可也许，只是因为胆怯而已。

当罗杰参加橄榄球比赛时，我为他加油。在身为进攻方的他做边锋攻破防线时，我为他喝彩。我帮他学习西班牙语，因为他听觉不太灵敏，很难理解他学到的句子。他立志成为稽查官，像我母亲那样，因此我就鼓励他尽可能去接受最好的教育。我知道一位稽查官需要广博的地理知识、地形学和其他很多学科的专业知识，我们当地的社区大学都无法提供这些知识。当他梦想进入得克萨斯农工大学时，我甚至为他写了申请函。

但他在高中毕业的那天狠狠地伤了我的心。他把我带到一家环境优美的餐厅，这家餐厅是我们小镇上最好的就餐场所。他选择了一个公共场合，这样我就没办法大吵大闹。他毫无羞耻心地对我说，我们两个在高中度过了美好时光，但现在，是时候分开各自前行了。还说什么尽管他有多喜欢当下这样四处乱逛的日子，但克制自己的情感似乎是他不被完全束缚住的最好办法。

他感激我给了他很多美好回忆。

他付了晚餐钱。

他帮我拉开椅子。

他陪我走回家，把我一个人留在门口。

那晚，我没有哭。我是觉得太丢脸了。当我父母问我晚上玩得是否开心，我只是轻描淡写地回答"我累了"，然后就转身上楼去了。几乎一躺在床上，我就睡着了。梦里，有无数古铜色皮肤的男人。我们全身赤裸着走进田地，让高大的植物叶子从皮肤上扫过，叶子在身体上摇来荡去，轻抚摩挲，一刻不停止。男人们用强壮的手臂将我托起，举到半空，越来越高，似乎到了天际，直到我最后全身放松，进入到一种喷薄的状态，似乎是高潮释放，我身体一阵战栗，才又回到地面上。

第二天，我很早就离开家，来到我最喜欢的地方。那里，我被黑柴草和藤麻黄草掩盖，我哭啊哭，直到眼睛肿成个桃子样才罢休。我用河水冲洗了一下狼狈的面容，然后起身，回到家中。

那天晚上，我向家人宣布了我和罗杰分手的消息。"他太笨了，"我说，"我没把这件事告诉你们，是因为我不想让你们担心。我为他写了大学申请书，还要帮他学习西班牙语。我不知道他上了大学以后怎么应付，我不想让自己活得那么累。"接着，我又说道，"他做个高中时的男友还可以，但是，现在是时候该分手重新出发了。"

之后，我的确是重新出发了。由于我母亲的引荐安排，我进入到本市的移民和海关执法局（LICE）做了一名实习生。我开始更多地了解在我们这里务农的移民工人，从他们的入境身份（H2-A签证允许他们以临时工人的身份留在这里）到他们的繁殖习性（他们的生育率在持续下降，没人能解释这其中原因）。我开始明白，"临时"这个词不再是其字面意思，因为我们需要这些人来耕种、收获，年复一年。这些移民来此的工人成为美国人的"菜篮子"，所以我们不会让他们离开的。

因为我母亲在这一带的权威性，我获得其他实习生不曾获得的信任。边境墙产生了不少问题，这些问题是建造这面墙的人无法预知的。没人知道在边境墙的另一边是不是也有类似的问题，自从我曾祖父那辈人建造起这面墙，边境墙两边的联络就彻底断了。我们这边的问题，层出不穷。

我曾经听长辈讲过，墙的这边安排了狙击手，以防止那边的人翻墙过来我们这边。现在，我怀疑，狙击手是为了防止我们这边的人逃跑到对面。像我母亲这样的稽查官偶尔允许在边境墙外活动，但移民家庭自从边境墙建造起来以后就生活在这里，留在这里，一代又一代，无论他们喜欢还是讨厌这里。

我们偶尔能听到远处的枪声，不是移民和海关执法局（LICE）的官员正在保卫我们的边境线。那是 LICE 的官员正在朝绝望的工人开枪，他们试图爬过边境墙，逃到另一边。

在工作中逐渐了解的真相让我很苦恼，苦恼到我需要和父母讨论这些。当然，他们已经知道这些事。母亲向我解释说，这个国家之前曾经是一团糟，恐怖分子猖獗，吸毒的风气甚至蔓延到白人家庭。后来，边境墙建起来了，移民被压制，整个国家开始恢复之前的祥和景象。

当我在深夜往家走的时候，不用担心被强暴，对此难道我不该心存感激？很容易理解，把这些移民工人留在这里，从某种意义上来说，难道不是保护了他们，使他们免受家乡那种持续不断的武装内斗折磨？另外，这些人也早就不是真正的墨西哥人了。这就像个谜团。的确，移民过来的人们也没能成为真正的美国人，但至少他们有食物可吃，有屋子可住，有营生可做。

这样说来，一切都讲得通了。在我面前，还有份稳定的工作，只要我埋头做事，不兴风作浪，一切就会很美好。

工作中，我的职位在稳步提升，从实习生到观察员，再到执法和教育科室的主管。我有了自己的办公桌，名牌板，最主要的是有了官衔。我不能说我很幸福，但我却不得不承认，我的生活被规划得很安稳。

然后，加布出现了。其实，加布的全名是"加布里埃尔·阿方索·阿尔瓦雷茨"。绿卡持有人的第四代子孙,在美国中止移民对新公民身份的申请以后,直接从其祖先那里继承了美国公民身份。这些最初获得移民绿卡的人,大多是大学教授或者科技天才,受到美国的严密保护。甚至连我们这个地区的稽查总长官,都没见过这样的人。

那个时候罗杰背叛我没几年。那时,我总是安慰自己,这样子更好。我把欲望之门狠狠地关上,态度之坚决,让我再也没有什么激情,即使我抚摸自己的身体,也感觉不到兴奋。偶尔,我会用振动棒消遣,释放一下日积月累的紧张情绪。至于我周围的男人,和那些在望远镜里的男人相比,眼前这些人,面容苍白,身材臃肿,很难让人心动。和他们亲密,估计会像摸到死鱼一样让人觉得恶心。我用器械做爱,对于和真实的人享受云雨之乐,完全不在我的考虑范围内。

所以,当加布第一次叫出我的名字时,我不仅脸红,简直是从脚指头烧到头发根。身上这一令人震惊的反应提醒了我:其实我仍然心怀与人接触的渴望。在陷入脸红危机之前,我用尽所剩无几的智商,勉强结巴地问他:"你是怎么知道我名字的?"

加布哈哈大笑,他指着我办公桌前面的名牌板,说:"您是'小姐',不是'夫人[①]'?"

"是的。"我用那种"这里我说了算,你别造次"的蛮横语气回答他。

他夸张地叹了一口气,表情很沉重地说:"太可惜了。要不然,您的子女一定特别漂亮。"

漂亮。

[①] 原文此处"小姐"和"夫人"是西班牙语。——译者注

他认为我很漂亮。

不是认为我"家族高贵",或者"教养很好",而是"漂亮"!

这些年来,除了到我家打扫卫生的阿姨,我不记得我是否和以西班牙语为母语的人交谈过。她们曾经耐心地让我对着她们练习西班牙语。"Buenos dias, señoras."("早上好,夫人。")我这样说,然后她们如此回答"Buenos, tardes, señorita"。("下午好,小姐。")如果我用笨拙的西班牙语问,她们今天过得怎样,"Bueno, señorita, bueno. Estamos muy contente."("好的,小姐,很好。我们很高兴。")她们这样回答后,我们的西班牙语课程就结束了。

我仍然会梦见墨西哥裔的男人,我一生的梦中都始终有他们的身影。梦中说西班牙语的男人,他们古铜色的身躯在阳光下灼灼闪光。我曾想,我口中的西红柿可能是他们身上的汗珠灌溉的呢。我慢慢地品尝着手里的粉红果实,舔舐着它的外皮,幻想着能品尝到他们汗珠那又甜又咸的味道。而这样的男人就站在我面前,说我"漂亮"。

我意乱情迷了。

并不是说我很盲目,根本不是这样。在确定正式的恋爱关系之前,我仔细地审查了他很长时间。因为有好多问题需要考量。加布曾经试过六七份工作,却没能在任何一份工作中安定下来。他从父母那继承了一点点天赋,足可以应付基本的生活,可惜没有更多的才华。虽然缺少明显的天赋,但更主要的是,他缺少真正的动力。他来到我们小镇,是为了寻找他的热情。

然后,他遇见了我。

我想说我俩的爱情是一见钟情,但实际上,更像是瞬间的欲望作祟。他问我有没有男朋友，然后带我去吃午餐。我们在餐馆里一直消磨到晚餐时间。他陪我散步回家，在小镇的街道上大步流星地走着，没有留意到其他人的注视和窃窃私语。他走起路来身体轻轻扭动，肌肉随着肢体运动而轻微颤动。当我挽起他的手臂，我能隔着衬衫袖子感受到他结实的肌肉。仿佛，我在和一头老虎散步。

我必须承认：从那一刻起，我爱上了他，爱他的过去，也爱他的现在。

我们约会了几个月，其间，我父母忙着给他做例行的背景调查。我理解他们的做法，就像是在艾滋病泛滥的时候，如果人们想要做爱，要先去医生那里做个艾滋病的筛查。都是防护性措施。毕竟，没有一个正常的女人会希望在她怀孕以后，才发现肚子里胎儿的基因来自无政府主义者，或者更难堪的，来自恐怖分子。

无论从哪个方面来查，加布都没什么不良记录。上溯他的三代家人，也没什么问题。他们不涉及任何犯罪问题，是那类认为辛勤工作就能实现美国梦的有志之士。

之后的事，顺其自然地发展了下去。我们低调地举办了婚礼，在圣安东尼奥市度过甜美的蜜月时光，然后就安居下来。感谢我的父母，加布得到一份在西蓝花菜地监工的工作。他很喜欢这份工作。

而我，简直可以称得上是欣喜若狂。自从加布第一次触碰到我，我身心压抑已久的激情便排山倒海般宣泄出来。我觉得，我甚至可能昏厥了一小会儿。

我们没打算要孩子，至少，现在不想要。我想要他全身心都只属于我。我喜欢盯着看他干活的样子，在得克萨斯州的高温下，他赤裸着上身在庭院里修剪草坪，真让我着迷。我如饥似渴地望着他不着寸缕的上身，幻想着晚上又能享受云雨之欢。仅仅看到他手指灵动地给衬衫扣上扣子，都能让我呼吸急促，饥渴难耐。听上去有点荒诞，看到他出门倒垃圾的迷人身影，都让我情不自禁地两腿发软。我像是一只永远处在发情期的母兽一样，对和他的亲密永远都没有满足。

工作上，事情完全相反。边境线的局势开始紧张起来，当没有别人偷听的时候，办公室里讨论危机的悄悄话从一人传到另一人。去世的移民工人越来越多，有些是年老体衰，有些是生病无治，有些是单纯地疏于照顾。我们看到关于这方面的报告，却被上级告知，忽视这些就好。"不要担心。他们像兔子一样，繁殖得很快。"其中一位官员如此说道。

但事实不是这样。自从这些移民工人被确定为美国永远的客人，他们的生育率就逐年下降，而这一趋势一直在持续。根据美国国土安全部的数据显示，现在美国工人比三代之前的数量少了一半还多——美国人口却是之前的两倍。如果让美国人在与移民工人同等的条件下工作，是无人肯来的。但给移民支付一份比较高的薪水，或许能让这些移民家庭供养他们的子女上学，进而离开田地去别的地方工作，对美国而言，又不划算。美国人想要廉价的食物，不论是汽水还是抱子甘蓝，他们不在乎这些食物究竟是怎么得来的。

我在工作中感受到的焦虑开始在我家中浮现。随着加布四处溜达，从西蓝花种植地，到西红柿田，再到甜玉米地，还有四季豆种植区，他开始结交更多移民家庭。每天，加布回到家中，当我们在高温中筋疲力尽、大汗淋漓地躺在一起时，他会给我讲这些家庭的故事。他对这些移民深深担忧。他感觉到无助。

他回到家后经常提到一个人,是个七岁的小男孩,他叫赫克托。很显然,这个孩子特别聪明,加布说起小男孩时如此评价,并惋惜,这个孩子永远也不会有机会摆脱"马铃薯农民"的角色。

当加布开始谈论起"如果不从系统内部进行改革,那么想要从系统外部改变什么是不可能的"这种话的时候,我意识到:加布的善良也许要坏事。

我始终担心加布那无意义的善良。他越是和移民家庭走得近,我就越多地提醒他要远离那些移民农工。而加布开始愤恨,他把我的好心提醒视为缺乏同情心。我开始埋怨他想要无端地把他家族奋斗了几十年得来的一切全部抛弃,也抛弃了我工作多年得来的威望。

"难道你就不感激你的祖先吗?没有他们,你能像现在这样生活吗?"我质问他,"难道你不觉得亏欠他们吗?他们勇敢地开拓,他们为摆脱自己原来的生活环境下了多大的决心和意愿,他们付出了一切,才保证后代能在美国有永远的家!"

他回复我的是:这些移民家庭也是一样的勇敢,他们来到一个全新的国家,甚至不会说这个国家的语言。他们在这里辛勤耕耘,唯一的希望就是他们的孩子能有更好的生活,仅此而已。

我们争论不休,你来我往,绕着移民家庭的话题兜圈子。我提到我们未来的孩子,他却说不想让孩子生活在这样一个被固定了规则的世界,一个没有其他惊喜可言的世界。我告诉他,每个聪明的小赫克托的身后,是千百个行动迟缓的蠢蛋,只适合耕作土地的蠢蛋。他却告诉我,如果我的父母没有摄入足够的蛋白质,我也会是个蠢蛋。这样的争论,无休无止。

我们两个都十分沮丧,直到一天早上我决定复合,他却没有回应。我把身体贴到他身上，亲昵地蹭着他，在他耳边轻声呢喃。但是，他转过身去，不再理我。

几天之后的一个晚上，他回到家，直接走进浴室，然后在沙发上睡着了。当我叫醒他让他去床上睡时，他说那天早上他忘记戴帽子，他觉得有一点中暑了。为了以防万一，他才睡在沙发上，不在床上睡。

接着，可以肯定的是，渐渐地，我们不再做爱。我觉得自己快要疯了。我的身体已经习惯了持续性地被满足，汩汩喷发的泉水忽然被中断，那种难受是我不曾经历过的。我的身体逐渐产生一种压力感。我极力想找到点别的新鲜事，好转移我对身体的注意力，在家里找不到的，我只好在工作中寻找。

所以，当办公室有传言说起要举办一次特殊会议的时候，我耳朵竖起来好高，留心听着。参会的所有人员必须签署一份严格的保密协议，类似这种多重保密协议每年年初我们都会签署很多，不过这一份的保密等级更在其他协议之上。保密协议上说，如果参会人员被发现录音、录像或者记笔记，将会被处以极其严重的惩罚。我们经常在休息室和茶水间讨论，想弄明白到底是什么事情能让上层管理者如此紧张。

他们要在我们的日常会议室开会，但窗户被窗帘蒙得严严实实。当我们都走进屋子后，门就被上了锁。门两边站着海军陆战队的战士，荷枪实弹地守着。我们部门的四位高级领导都在这：北部、南部、东部和西部的移民海关事务总长。还有一些包括我在内的当地移民海关工作人员，以及农业部门、化学部门的一些长官代表。还有一些联邦政府官员，他们梳着极短的寸头，胸前佩戴着各种各样的勋章。

最后一位进入会议室的是联邦卫生局局长，他让我们都坐下，然后开始他的讲话。

他说，移民工人的出生率问题非常严重，已经引起了美国食品药品监督管理局的关注，于是，食品药品监督管理局联系了美国疾病控制中心。而疾病控制中心随之又找来美国国家安全局。安全局的官员们召集了他们麾下的所有科学家，要求这些科学家能给出一套解决方案，以保证美国有持续的食物供应来源。

科学家们得到全权委托基金的资助，几个月后，他们为国家安全局提供了一套潜在解决方案。

这一方案被从美国国家安全局提交到国防部长手中，之后被国防部长拿到参谋长联席会议上讨论。最后，美国国家安全委员会将这一方案直接呈送给了美国总统，建议总统推行。科学家们为总统解释了这套方案的相关问题和资料。听完这些，总统为这一完美解决办法长长地舒了一口气，立刻下令推行这一套方案。

然后，美国陆军总参谋长在会议上发言。他提醒我们要牢记爱国使命。他说，在边境墙保护我们边境的基础上，我们是保护美国人民的人力城墙。虽然我们都不喜欢这种做法，但是我们面临的困境逼迫我们必须做点什么。我们有义务保护我们国家的未来，不仅仅是为了我们自己，更是为了我们的孩子，我们的后代。虽然这项措施起初看起来有些极端，但他相信，我们最终会理解，最终的结果也会是很好的。

在讲话结束前，参谋长说："让参会的所有人都明确了解这项措施。不要遗漏任何细节，我们要让所有人都明白。"

接着，他向大家介绍了一组军方的神经系统专家，告诉他们"尽量说得简单点，基础点，简洁点"。

灯暗下来，幻灯片投射出人类大脑各个部位的图解，上面标示出一些特殊区域，分别被画成粉色、蓝色和绿色，写着"腹内侧前额叶皮质""左前扣带皮质""大脑杏仁核"。这队专家中最年轻的科学家拿出一根电子指示器，一边展示一边告诉我们每个大脑区域的功用是什么。真是无聊极了。

当灯被重新打开，一位上了年纪的神经系统专家接场，说感谢政府对研究项目的赞助，他们最近取得了技术上的重大进步。例如，他们现在可以精确地区分出大脑某一特定区域。不只是包括像处理数学、说话这些需要技巧的综合区域，还有更多确切的流体区域，后者是控制人类自由意愿的地方，可以调节幸福感。

也包括性需求。

实施移民态度选择服务，将只针对大脑中绝对必要的部分进行。丈夫们将会继续爱他们的妻子，孩子们也会继续热爱自己的父母。唯一的改变，是他们的总幸福指数，这样可以帮助他们"向前吧，繁衍吧"。

当他说到这里时，会议室里有一阵窃笑，因为所有上过主日学校的学生都会明白这种说法，这是《圣经》中创世记篇里的委婉说法，原话是："去交配吧，快去吧。"

在免费牙齿检查的伪装下，移民工人的头将被照射X光。同时，一架调试好的激光仪器将会趁机发射一道人眼看不到的激光。这道激光会摧毁大脑中一部分组织，激活另一部分脑组织。除了牙科器械紧紧固定住牙齿的感觉，病人感受不到任何痛楚。

这位专家说出这番话之后，军方人员密切地观察我们其余人的反应，我们都在忙着思索这项任务究竟需要我们配合什么。当然，我们是这个项目的必备环节，因为要由我们劝服工人们去参加免费的牙齿检查活动。但是要怎么完成这个劝服工作呢？

答案很明显，就是要求田地监管员自愿先去参加这个牙齿检查活动。这样一来，移民们就会知道这个项目是安全的、没有任何痛苦。他们甚至可以带薪休假一天，这像是仁慈的美国政府给他们的恩典。化学公司将为移民的误工买单，而农业企业将会承担牙医、激光技术员和流动设备的费用。

当然，激光不会使用在高级官员身上。这是毫无疑问的。

我们都认为这是让人难以置信的绝佳妙计，就这样，会议结束了。但对于我来说，还没结束。我需要更多信息，那位年轻一点的神经学专家非常友好地提供了一切我想知道的。当我提到我父母的职位和他们的终身荣誉时，他甚至允许我记下来几条笔记。

我回到家后的第一件事就是向加布道歉，说我不该指责那些移民工人。我承认是我错了。他们应该得到关注，我们应该帮助他们。我会向我的父母和当地的移民和海关执法局汇报此事的，尤其是那个聪明的赫克托。他们会给像他这样的男孩更好的发展机会，以帮助他们逃脱掉几代之前的祖先为他们设定的苦难轮回。

接着，我对加布道歉说，我不该把自己的性挫折怪罪到他头上。毕竟，他是我的丈夫，不是我的泄欲工具。他应该在回到家后得到热情的拥抱和一位支持他的爱人。我将会在未来做得更好，至于现在，为了调节一下尴尬的氛围，迈出第一步的，必须是他。当我说完这一切，加布脸上露出的释然表情让我一度很惭愧，幸运的是，这种愧疚很快消失不见。

那一星期，我们欢爱了好多次，我真是陶醉其中。同时，又不得不提醒自己，这种你恩我爱的日子随时可能终止。而我绝不会让这种事再发生。

免费牙齿检查项目的宣传，首先由洒水车的大喇叭播个不停。接着，是用英语和西班牙语把通知写在了巨幅广告牌上，同时还配合四处散发的传单。他们甚至分发给孩子一袋袋的糖果，在糖纸上写着即将到来的检查日期和时间。深得我心的是，这项活动是美国全国开展的，甚至像纽约这样的大城市里，穿梭在唐人街的卡车也一直在用中文普通话和广东话宣传着。

在检查的前一天，我建议加布以匿名方式加入检查队伍。"你穿上工人那样的衣服，"我说道，"让另一位监工先过去，然后你这一天都陪在你的朋友们身边，消除他们的顾虑。他们不相信其他监工，只相信你。当他们看到你进去，又看到你安然无恙地出来，他们就会无比放心，比别人劝说有效得多。"

加布称赞我真是有同情心，第二天早上起来他就穿上一件农夫的衣服。我甚至还陪着他一起去了流动检查站，当然，我还是无法容忍和移民工人混在一块——在他告诉这些农民他有个光彩照人的妻子之后，他们对我还是缺乏信任。所以，我站在流动检查站外的边线外看着他一个人走进去，耐心等候，直到他出来。

他咧着嘴笑，指着自己的嘴，嘴张得大大的，对那些孩子喊："啊——"他把手里的无糖口香糖分给其他人，用西班牙语劝所有人放心。很多人拍着他的后背，周围的人看上去都如释重负，面容轻松。

那天的其他时间，我和加布站在那里，看着移民人群携家带口地一排排走进流动设备区域里。

到了该回家的时候，我看了一眼加布，说："亲爱的，接下来你要做什么？"他说："我不知道，亲爱的……不知道为什么，我感觉从未这么幸福过。你想干什么？"

那一天已过去两年了，两年来我都像是在蜜月中。移民工人也都很幸福，正如他们说的那样"像兔子一样，繁衍得很快"。我的视野范围内，到处都是小婴儿，田地里很快会有很多孩子们，他们将会继续在土地上做工、挣钱。

　　同时，加布很幸福地工作，吃饭，无论何时何地，只要我提出要求，他都会和我欢爱。甚至在一个乌云密布的清晨，我们还在一艘双人艇里急匆匆地做了一次爱。的确，他不再那么主动了，但只要我告诉他"我想要"，他都会像个猛士一样冲过来。

　　有时候我下班很早，就坐在阳台边上，望着在田地里工作的他。孩子们喜欢他，大人们都和他打招呼。时不时地，他会和他们一样向着泥土弯下腰去，再突然抬起来把一个大筐举过头顶，领着众人走向等候在田边来取菜的货车。他后脖颈的汗珠汇集起来，在他的后背上淌成小河，就像格兰德河上闪烁的繁星。

失认症
J. M. 西多罗娃

2019 年 3 月 31 日

一封深蓝健康太平洋三国基金的研究项目申报书的封面。申报人为瓦莱丽·乔丹博士和布拉德·舒尔茨博士。 ＊准予通过

项目描述（请您用不超过三句话简要描述研究项目的）

我们大脑中的淀粉样前体蛋白（APP），如果聚合不当，积累到一定程度会导致阿尔茨海默病（老年痴呆症）。鉴于它有意想不到地引发神经退行性病变这种负面结果的倾向，我们想要研究淀粉样前体蛋白在健康大脑中的功用，以及这种蛋白为何成为大脑细胞中不可缺少的部分。

与公众健康的相关性：

这个研究项目获得的新知识能够帮助对抗神经退行性疾病。

本研究是否是对 2018 年以前申请过本基金的研究项目有竞争力的补充研究？

否。

您之前是否为该项目申请过联邦基金或红州基金？

是。

之前申请过基金的年份？

2017年，2018年，2019年。

这个项目是否由其他组织赞助？

否。

若之前申请过红州基金，请附加一页申请国际资助的正当理由。

请写下你们机构和部门的"新分项目"税号：

*税号已提供

纳税声明：

我同意以深蓝健康太平洋三国基金的税率作为预扣税税率。*签字确认过。

公开披露声明：

我在此声明：如果获得基金资助，所有项目的信息、资金来源以及资金去向都会及时公开，研究结果将告知公众，以加深公众对科学、技术领域的理解和兴趣。

瓦莱丽·乔丹 博士；布拉德·舒尔茨 博士　　*申请人已签字

2021年1月7日

《勇敢新科学家》杂志中的一篇文章片段：

"得克萨斯农工大学的科学家发现，在我们大脑的情绪处理中心——杏仁核神经元上存在着一种淀粉样前体蛋白（APP）的新兴变异体，虽然现在科学家们的研究成果还不能准确判定这些变异会对淀粉样前体蛋白产生何种影响，但出人意料的是，研究发现，这种变异和个体的政治倾向有普遍联系。这项研究为十二年前的一项科学发现提供了新线索，之前科学家曾提出人体大脑中的杏仁核的大小可能和个人的政治倾向有关。"（想要阅读全文，请点击这里……)

公开声明：该研究项目由深蓝健康太平洋三国基金资助，是太平洋三国健康与人类研究服务联盟的一项资助计划。

2021年2月13日

一份由《早间片刻》主持人卡特·桑切斯主持的访谈笔录，受访嘉宾为乔丹博士和舒尔茨博士。

卡特：布拉德，瓦莱丽，欢迎你们来到我们的节目现场。请向我们介绍一下自己吧。我很好奇你们两个是怎么一起工作的。我听别人说，在一间办公室里同时有两位学术界大咖的情形一般不太常见。你们难道不会吵架吗？

瓦莱丽：不，从来不吵架。

布拉德（咯咯笑）：我们争论。

瓦莱丽：我们两个说话都很尖刻。

卡特（哈哈笑）：听上去你们是很好的团队战友。我真羡慕。那么……我们来聊聊你们的发现。现在都在盛传的热门话题，什么杏仁核变异，还有……呃，曲蛋白？

瓦莱丽：前驱蛋白。我们都知道杏仁核，它的前代形式，是一种前驱蛋白。

卡特：好的。

布拉德：你看，卡特，就像这样：你把一个蛋白质想象成一个人体，那么变异就像是身体上某一部位的文身，打个比方说吧，在肩膀上的文身。明白了吗？现在换成术语。我们要讲的蛋白，叫淀粉样前体蛋白（APP），然后……

卡特：一个文身？蛋白质的肩膀上叫淀粉样前体蛋白？

瓦莱丽：我觉得把它叫作领针要更贴切。

布拉德：用文身打比方也可以的。现在，我们发现只有大脑中杏仁核的淀粉样前体蛋白有这种变异。

瓦莱丽：呃，实际上当然不是这么简单……

布拉德：但这是最合理的近似说法了。杏仁核是我们大脑中的情绪工厂，它会产生恐惧、愤怒、焦虑、激动等情绪。现在，我们说说最振奋人心的发现，卡特。当我们拿那些自认为只拥护当局政府的人的大脑，同那些认为自己有多个党派倾向的人的大脑对比时，我们发现前者大脑淀粉样前体蛋白出现的变异情况比后者要少很多。

卡特：换句话来说，那些拥护当局政府的人，比其他人的文身要少。

布拉德：呃……简单来说，是这样。

卡特：哇，这真是挺恐怖的，布拉德。告诉我们，这意味着什么？

瓦莱丽：通常呢，在淀粉样前体蛋白上的变异会即刻导致蛋白质发生反馈式回应，所以很容易从其他蛋白质中发现变异蛋白的存在。就像领针那样，或者说像纽扣花，也可以说是手工刺绣那样，以显示自己的存在——"嗨，我在这，有什么需要我帮忙的……"

卡特：但你们相信它会影响人的政治倾向。

布拉德：我们不这么认为。

瓦莱丽：提醒你一下，我们所得到的研究结果是具有相关性，不是因果关系。

卡特：那你们怎么知道有这种相关性的？

瓦莱丽：我们知道是因为我们分析了大量的大脑数据，置信水平呈较高的相关性。

卡特：好的……

布拉德：换句话说，我们数了很多很多这种变异蛋白，卡特。变异数量，蛋白数量，标本人群数量。大量的数据会自己把结果显示出来。

卡特（轻声笑）：好吧。可以告诉观众朋友们，为什么这个研究项目很重要呢？你们认为这种文身会导致痴呆吗？

瓦莱丽和布拉德：不，当然不会，一点都不会。

瓦莱丽：这是完全不相关的功能。

布拉德：她的意思是说，我们正在讨论的淀粉样前体蛋白发生变异，不会——我再强调一遍——完全不会导致大脑疾病。

卡特：唷！这让我放心了（松了一口气，哈哈大笑）。很高兴你们两位能告诉我们这一点，这样人们就不用担心了。那么，我不是科学家……根据我的理解，你们说的蛋白质变异就像是领针或者手工刺绣，或者是文身，你们似乎在暗示，你们可以把它安上去……然后，又可以把它拿下来，我这么说对吗？

布拉德：你是对的，卡特。作为一个普通人，你理解到这种程度已经很好了。是的，理论上可以，但我告诉你……

卡特：那些都是核心价值观啊。即使是建议这样做，难道你们不觉得自己都有一点……专断了吗？

布拉德：听着……这是你的建议，不是我的，首先……

卡特：我只是问了个问题……

布拉德：其次，这只是假设性的情景分析，对于大多数人来说都不会可行……

卡特：当然。我们只是在讨论一个关于改变思想的实验设想。如果把文身擦掉……会改变一个人的政治倾向吗？

布拉德：只有在……

瓦莱丽：卡特，如果你想知道我们是否可以给普通人一粒药就改变他的政治倾向，答案绝对是否定的，我们不能也不会这么做。但是这意味着人类完全无法控制淀粉样前体蛋白变异？答案也不是，我们当然可以控制。这正是研究的关键之处。如果一个人的政治倾向不是固定的性格特征呢？不是与生俱来，也不是在幼儿阶段被成人熏陶成的呢？如果这些猜想成真呢？也许我们可以探讨研究这一领域。就像你说的，一种改变思想的实验。对吧？

（长时间的沉默）

2021年2月14日

一份电子邮件对话记录：

瓦莱丽·乔丹写给布拉德·舒尔茨：

究竟在搞什么？这就是个圈套！我们机构的公关经理说过不用担心——他脑子里装的是什么？我！想！骂！人！我以后再也不会参加任何需要离开得克萨斯州的公关活动了。你看了视频没？你看到那个卡特对我们做了什么没有？

布拉德写给瓦莱丽：

瓦莱丽，

事实上，我看到了，我也是竭力压抑住自己要爆发的情绪。

瓦莱丽写给布拉德：

而且，你的措辞……我从没想过你会用"文身"这样一个充满偏见意味的比喻。

布拉德写给瓦莱丽：

我的措辞？刚开场时你弄得冷场了，然后又用那种顽固的科学家腔调说话，接着，她用语言陷阱诱导你，你就顺着她的话说了。我们都知道当时你说的话本不应该说出口。可你却指责我用"文身"这个比喻，想让我为这次失误负责？！

2021年3月1日
部分新闻标题：
科学家说你的核心价值观就像你额头上的文身。

——《国家利益杂志》

女科学家瓦莱丽·乔丹想要做一项改变思想的实验，好让你投票给民主党。

——灵通消息网

国家基金资助的民主党科学家想要给你的孩子注射疫苗，让他们改变爱国价值观。

——《爱国者观察》

只有痴呆的病人才会给爱国党派投票，科学家们如此说。

——每日暴行网站

2021年3月24日
你是邪恶的化身，所有邪恶事件的源头。你，还有你所代表的美国帝国主义学术界鄙视、轻贱我们这些好人，这个国家的其他人曾经伟大而优越，整个国家就像是山巅的光辉之城，引领整个世界通向自由、民主和平等。然而，你们让犹太人、黑人和女人进入到大学里，你们教给他们奸诈的科学知识，给他们洗脑，给他们的喉咙里灌进毒药，这就是现代教育的真相。昨天，我的妻子去世了，就是死于你们设置的老年痴呆症，她会很乐意给你一块她的大脑，提醒你你是如何粉碎了美国宪法精神的，你的整个"新分项目"纯粹就是一个一点点中伤共和党的阴谋，因为你们这些人根本不在乎救人治病的疗法，只在乎挣更多的钱，只在乎证明蓝营（民主党）的主张更好。这封信是个炸弹。

2021 年 5 月 12 日

得克萨斯州，大学城，仁慈圣母复健中心的一份病历：

瓦莱丽·乔丹是一位 37 岁惯用左手的女士，无听觉或其他认知障碍的既往病史。她受聘为学术教授。瓦莱丽·乔丹女士于 2021 年 3 月 24 日受到一枚邮件炸弹袭击，导致右脑遭受严重的穿透性脑损伤。被医护人员发现时，病人的格拉斯哥昏迷评分已达 6 级，需要特殊护理，保证术后的静卧休息。在手术两周后，她的舌部肌肉张力和反射亢进都有提升。第二步的尝试是拔管，病人恢复自主呼吸，也拔管成功。之后的一个月里，病人的身体在持续改善。她已经可以抬起胳膊，并抓住医护人员的手，也能发一些简单声音。在受伤六周以后，病人能在他人帮助下走动几步，还能完成日常清洁工作，但说话依然受到影响，发音不清晰，经常发出持续的无意义音节（例如，布拉啊，布拉啊，布拉啊……）。病人无法依照声音指令进行回复，但能全面理解写下的字，还能够回答写下的关于她的名字、年龄和其他私人情况的问题。

附调查问卷 #1：

你知道你在哪儿吗？

医院，对吗？

你的名字是什么？

"什么"两个字应该是"瓦莱丽"。

哪天是你的生日？

34年前的10月19日。

你的党派倾向（选择一个）：

爱国的……我想，我应该是支持多个党派的。

你的职业是什么？

科学家。

你的爱好是什么？

人类大脑。

谁是你的紧急联系人？

布拉德。谁是布拉德？

你知道你发生了什么吗？

不知道。

2021年6月8日

对话来自瓦莱丽·乔丹的便签本。

嗨，布拉德，你来了。

……

我不明白你说的话。

……

你能在便签本上写下你要说的话吗？

你能说话吗？

说得不太好。我宁愿不说。我现在说话很含糊，还总是缺字少词。声音太吵了。很奇怪的是：我能明白我要说的话，但是我无法判断说出口的话是对的还是错的。大脑没有这种反馈了。不能像以往的我那样巧言善辩了（和你开个玩笑）。

瓦莱丽，我真的很替你惋惜。

谢谢。你还好吧？你看上去很疲惫。

工作累的。

给我带点过来？

护士说我不应该让你劳累。

好可惜。

……

我能理解手势和表情。

我相信你会很快好起来的。

多谢。当我打开炸弹包裹的时候，我看到一个带封口的袋子，里面装着一个大脑。

……

我真的看到了。我记得呢。那是一个大脑炸弹。

……

很讽刺，是吧。你不这么认为吗？

……

好吧。你走吧。以后我还会见到你吗？

2021 年 6 月 30 日

检查结果小结：

核磁共振检查结果显示，瓦莱丽·乔丹女士的主听觉皮质区右侧颞叶上回和右外侧沟多处受损。神经学专家经过检测认为，没有明显的运动神经或者身体感觉神经缺损。不过，听从声音指令所做出的反应测试显示，病人在这方面功能缺失很严重。但纯音听力检查显示她没有听力障碍。在声音测试中，病人能够准确地识别无意义声音（例如，口哨声、敲击声）、环境的声音（例如风声、水流声和狗吠声）、音乐的声音，但是她无法将所听到的用人类语言描述出来。她能够进行正常的书写交流。病人知道自己的症状。初步判断：病人患有语言失认症或者皮质性耳聋。

调查问卷 #5：
你知道你发生了什么吗？
大脑炸弹。

调查问卷 #10：
你知道你发生了什么吗？
是的，我知道。
你想要开始语言障碍矫正训练或者学习观唇辨音吗？
不想。

以下内容来自瓦莱丽的便签本：
亲爱的先生，

我真不该还记得这一切。这段在爆炸之前的记忆几乎没有机会保留。但是，我仍记得。我记得我是怎么打开你邮寄过来的包裹，像往常一样，我很着急地用一把单面刀片划开透明胶带，避免划破外包装盒。当时我戴着紫色的胶皮手套，因为我当时还在做实验。你的恐吓信差点被我当作是发票单处理，那样的话，它就会被我草草地折一下，然后连袋子一起塞进盒子里。那个邮寄过来的袋子样子很让人恶心，你本想让封口保持住密封状态，但封口却开了；涂在硬脑膜上的防腐剂开始滑落，在塑料袋上留下黏黏糊糊的液体，还有浓茶色的污点。我只好设想，在你这样处理你妻子尸体的时候，也深深感受到了恐惧，一如后来我经历到的那种恐惧。你不过是证明了：如果你想要听到邮寄的炸弹爆炸，那么你写信的对象就无法看到你写的信。

正如老生常谈，我们每个人的大脑细胞数量都像银河里的星星那样多。我现在还能想象整个银河系在刹那间炸开了，耳边还回荡着当时我声嘶力竭的尖叫声。数以亿计的大脑细胞，它们的连接严重受阻或者被烧毁，不再能组成一个有思想的整体，只是许多零落部分的混合，抱歉因为失认症，我说不清那种血肉横飞的状况。每个细胞，如果足够幸运，没有被一团稀泥般的淀粉样蛋白堵塞死亡，会偷偷裹挟一两块已故大脑的碎片进来，其中储存着珍贵的记忆。可以说，那是一些很甜美的片段：有些是关于童年的，有些是关于做母亲时候的，还有一些是关于你第一次吻她的时候。有些细胞是完好无损的，现在，它们就在我的大脑皮质区里。我没有害怕这些记忆。你妻子还留存的意识中并没有你所谓的被科学家们教会的核心价值观。

当你所谓的"宪法精神危机"来临——新分项目开始启动时，我正在我的学科领域拼命工作，我几乎没有闲暇时间来审视我周围的一切。失认症的状态，是能够听到声音却无法理解声音。通过我的记忆你已经向我展示了这种病症。人类的语言在听者的大脑里不断做减法，就像小鸟的啾啾叫一样，毫无意义。尽管这样，我现在能写字，我可以把想法放到固体东西上表述出来，卸下对周遭声音产生误解的负担。我会写信给你，再修改，然后再写，直到你能完全读懂我写的话。你在包裹上写下了回邮地址——或许你是无意中写的，也或许你认为写地址的纸片会在爆炸中损毁。它确实是被毁掉了，但恰好，我一字不漏地记住了。

这封信不是一个炸弹。

你的历险记
保罗·拉·法奇

亲爱的垃圾清理专家约翰·阿诺德·阿诺德：

欢迎来到回忆录工作室！在这堂课里，你将学习如何讲述你的传奇故事——这个故事我们称之为"你的历险记"。你只需要完成七个简单的练习，这些练习会帮助你把经历用生动而且有意义的词语表达出来。七次练习听上去很多，不过不用担心！所有的练习都会比玩"连连看"游戏还要有趣，练习能让你回想起很多事情。你会发现：当你写下你的回忆录时，垃圾堆上甚至已经轮过去两班岗了，因为你生活在"你的历险记"里，所以你不用去轮班工作。

对于每项练习来说，你唯一需要做的，就是捡起一小截煤块——没问题，是吧？——然后找一面墙。在你铺位旁边的那面墙就相当不错，可以当作写下第一个字的地方，但当你越来越自信了以后，你也许会希望把字写在其他人都能读到的地方。矿井升降梯的门上？好主意！修理所的等候室？也是个不错的点子！但是，请不要写在别人已经练习过的地方，因为我们每个人都有自己的故事想要述说，而这里——恩洛福克矿场，还有很多面墙可以写呢。

准备好了吗？我们开始吧。

练习一：刚开始

你记得的第一件东西是什么？好的，是恢复室，那里是你重新启动后醒来的地方。不过关于恢复室，你记得哪些事呢？也许你是在通风机管道口那里醒来的。也许里面的广播正发出很搞笑的声音，例如有人在一边狠劲地咳嗽一边哼唱。也许你的老师正在偷偷地违规播放一盘催眠磁带！（我们知道，这事常发生。）我们无法准确地说出你在这个世界的第一个工作班次期间发生过什么特别的，但我们知道一定是有特别的东西。请闭上你的眼睛。让你的思绪在大碎石机的轰隆隆持续声响里自在地漫游。记得牧师的声音吗？世界开始，只有恩洛福克，恩洛福克就是一切世界。你看到了吗？很好。在你脑海中锁定刚才所想的画面：你能记住的唯一东西是什么。然后，捡起一截煤块，去找一面墙。

练习二：吃饭时间

你最喜欢的食物是什么？烤面包砖还是软丸子？为什么？用一分钟去回想一下你脑中想到的是哪个，不过，不要仅仅停留于此。试着看到它，抚摸它，闻到它，甚至听到它的声音。（你有试过把软丸子扔进通风机叶片，只是想看看会发生什么吗？嗯，就是那种声音。）现在，设想一下，如果教会命令，从今天开始，在恩洛福克只提供一种食物，那么你希望是哪一种呢？给教会写一封信，在信中用你的五种感官体验到的词去证明你最喜欢那种食物，争取得到教会的同意。

练习三：我的铁锹

它是你最好的朋友。你每天都能看到它。它在每个班次的开始，静静地在架子上等着你，当你经过一天艰苦的垃圾清理工作把它放回架子的时候，你几乎能听到它说："今天活儿干得不赖，伙计！"你的铁锹还会说些什么呢？在这一练习里，设想一下你的铁锹有很多话要说。它从哪里来？当你躺在舒适的床铺上休息时，铁锹在干什么？它会跳进那个发出"呼呼"声音给你催眠的排风扇吗？还是它就站在那，或者它有自己的"铁锹历险记"？这里，尽情发挥你的想象力，但请记住，不要真的去和铁锹聊天。

练习四：我最难忘的轮班

设想一下如果碎石机出了状况，你可以有一个工作班次的空闲时间，想做什么就做什么。你会躺在床铺上睡觉，还是玩一整天的"连连看"游戏？你会去修理所帮忙做志愿者吗？你会偷偷溜去储油罐那里，还是去苯液储藏间？你知道那些地方是禁止入内的。你会在公共厕所用力揉搓你的克隆部位，直到你的连体裤上面有一片濡湿痕迹吗？你会找通往地面的隧道吗？尽管你知道根本就没有所谓的隧道，而且你也知道所谓的地面只是哄骗小孩子的虚构故事。请在这面墙上写下你的名字，约翰·阿诺德·阿诺德。我们想知道你在想什么。

练习五：黑夜中的陌生人

你可能在修理所的等候区见到过，也或许你在清理堵塞的储料器时见到过。昏暗中，两个完全相同的身影，穿着相同的连体裤，相同的头灯——但出于某种原因，你并不想用手里的铁锹使劲敲这个陌生人的脑壳。你能听到他发出湿哒哒的声音。你想要抓住他的胳膊，把他的头拉到你跟前。你想对他说："我找到一个隧道，别人都不知道的隧道。我觉得它通向外面，但是我又害怕走到尽头。"接着你想轻轻擦掉那个陌生人脸上的煤渣。你不知道为什么，当然，你没有做任何事，因为一旦这么做了，教会将判处你重新启动。在这个练习里，请你解释一下为什么教会是对的。

练习六：设想一下地面世界（尽管它并不存在）

我们都知道在我们头上，根本没有什么其他世界。世界开始，只有恩洛福克，恩洛福克就是一切世界……记得吗？但如果真的有一条通往上面的隧道，一直向上，向上，最后它引领你到达地面。那会是什么样子？用你在"练习二"中学到的方法，用五种感官体验来描述你想象的地面世界。不过你要牢记，这里只是假设有地面世界，那里的光线会特别明亮，把你的眼睛照瞎，而地面上的居民，如果真的存在，会利用你的无助，用尖锐的石头把你打死。

练习七：有意义的结局

约翰·阿诺德·阿诺德，你就快要完成了！你现在能看到隧道的光线，如果隧道的尽头有光的话。但其实，并没有，没有光线，没有隧道。在最后这项练习里，设想一下，教会执事抓住了设法逃到地面的你和你的朋友，当然实际上是没有地面的。为了你的个人安全，他们将你单独幽禁。你的朋友大概在隔壁的监牢中，不过不用大声喊了，因为这面墙特别厚。别再抱有任何逃跑的念头。即使能打开牢房，你也逃不出去，更何况你打不开。恩洛福克就是一切世界。

　　这项练习里，想想在教会判处你重新启动以前，你有什么可以告诉教会的。约翰·阿诺德·阿诺德，有什么关于你的事情，是你想要向教会阐述的？在这堂课里，你学到了很多表达技巧了，现在是时候把它们展现出来：告诉教会所有"你的历险记"。在你的牢房里，有很多小煤块，捡起一块吧，现在就开始写。

N. 李·伍德

发件人：米歇尔·法利 <mbfarley@gomail.co.nz>
收件人：卡丽·韦斯特利 <cjwestlyn@gomail.com>
日期：2018年8月13日，星期一，上午11:16
主题：你好

  嗨，卡丽。好多年没见了，自从咱们上次见面以后，你过得怎么样？时间过得真是快啊！我家现在大致来说还算可以，孩子和本都还好。本去年退休了，在雷温去奥塔戈大学上学以后，我们决定卖掉奥克兰的房子，在旺阿马塔附近的科罗曼德尔城买了一所房子，那里靠近海边。记得去年我给你寄去的圣诞卡片吗？里面有一张我们全家站在新家前面的照片，那时候刚好孩子们都休假回到家中。

  几天前，我想到了你，实在是不知道怎么开口说起这个话题。我被诊断出得了癌症。子宫内膜癌，三期。下周我预约了子宫切除手术。忽然唐突地联系你，真是有点过意不去，因为我们也不算是特别亲密的朋友。但我从朱莉口中得知，你在几年前也得过这种病。所以，我就想，你会不会有什么连医生都想不到的建议给我？我一直在担心这个病，如果这封邮件冒犯到你，我向你道歉。我只是，呃，无所适从了。期待早日收到你的回信。

发件人：卡丽·韦斯特利 <cjwestlyn@gomail.com>
收件人：米歇尔·法利 <mbfarley@gomail.co.nz>
日期：2018年8月14日，星期一，上午11:16
主题：回复：你好

  收到你的邮件，真是奇妙的惊喜啊，米歇尔！去年我们确实收到了你的圣诞节卡片，还有照片，你们的新家看上去很棒。我们都觉得在夏日里举办一场烤肉派对庆祝圣诞节，该是多么欢乐啊！本现在退休了，应该可以尽情享受闲暇时光了。新西兰看上去真美，就是离爱荷华州太远了。斯科特想知道，本现在还钓鱼吗？

  自从上次见面后，珍妮和戴夫都已经长大了很多，他们现在都已经是成年人了呢。戴夫现在就读于社区学院，珍妮在好市多连锁店工作，她喜欢这个新单位，觉得比之前的沃尔玛超市好多了。珍妮总是在跳槽，因为她想多攒一点钱，等戴夫上完商业课程获得证书以后，她想要去学一些动物护理的课程。她心心念念着成为一位兽医。还记得古老的"四健会"吗？她加入时得到一群麒麟鸡的小鸡仔。现在参加这个组织，即便没有鸡仔，还会得到很多彩带。如果她真的能成为兽医助理的话，我会很开心，现在的孩子啊，已经拿不到奖学金了。

  你不要担心，我知道你的感受——癌症，就像是一道晴天霹雳，所有人遇到这样的情况都不知该怎么形容。你能想到联系我，我很高兴，当然，我也很乐意根据我的经历给你提供一点有限的帮助。我不知道朱莉是不是和你说过，我的癌症复发了——一年前在我肠道里又出现了癌细胞。幸运的是，我们现在还有

《美国残疾人法案》保护，我的保险能够支付大部分的医疗费用，这真值得庆幸。我要争取在奥巴马的"平价医疗法案"被废除之前，完成第二期的化疗，因为现在医疗费用太昂贵了，如果没有医疗保险，我根本支付不起。我们还没有找到另外一家愿意续保的保险公司，有既往病史的，保险公司一般都会拒保。不过，仍有一线希望，我尽力不过分忧心。

在子宫切除手术之后，看看医生怎么说。有时候，上天会眷顾我们的。想念你们，请收下来自我和斯科特的问候。

发件人：米歇尔·法利 <mbfarley@gomail.co.nz>
收件人：卡丽·韦斯特利 <cjwestlyn@gomail.com>
日期：2018年8月21日，星期二，下午4:52
主题：来自医院的回信

嗨，卡丽，感谢你那么快就回复我的上一封邮件，你的话给了我很大力量！我不知道你的癌症复发了，听到这个消息真是让人难过。希望它能够治愈，我会为你祈祷的。

我们还要到奥克兰去做手术，在本退休的时候，我们确实没有考虑到这个让人头疼的问题。当地的全科医生应付日常小痛小病还可以，但是好的医学专家还是都在城市里。所以，这就意味着本要到处找旅馆。他找了一家价格不算便宜的旅馆。我在怀塔克雷住了三天，外科医生给我做了微创子宫切除术——很神奇啊，他们用一根细管子观察你的腹腔内部，然后只留下很小一个切口就把所有东西都取出来了！不过医院的食物可真是难吃到极点，所以本只好给我买来外卖吃。第一天，我还不能吃东西，当然，我也没什么胃口。希望经过这次手术我能瘦几磅，我只能尽量往好的地方想想，像在乌云里找到一点金边云彩那样。

以上是好消息——还是有个坏消息，我终究是没逃过，要接受化疗。值得庆幸的是，他们给了我紫杉醇和卡铂，听说这两种药比之前的老式顺铂效果要好很多——你用的是这种药吗？他们提醒我，头发会掉光的。所以，本就给我剃了那种举世闻名的大兵式板寸头。我没忍住，哭了一会儿，镜子里那个女人长得太恐怖了——我都能想象变成秃头以后的我得是什么模样啊！

发件人：卡丽·韦斯特利 <cjwestlyn@gomail.com>
收件人：米歇尔·法利 <mbfarley@gomail.co.nz>
日期：2018 年 8 月 22 日，星期三，下午 7:38
主题：回复：来自医院的回信

嗨，米歇尔，很高兴听到你说手术很顺利。听到你说因为住得离城市很远带来种种烦恼，我很同情你。我们也一样，住在离得梅因很远的地方，所以来回的交通也不那么容易，尤其是当地已经不再有妇女保健站之后。去年，最后一家乡村的计划生育中心关闭了。呃，说是关闭也不是那么准确，更准确点说，是被烧掉了，那是唯一一家可以不用保险就看病的诊所了。现在我要开车走好远，去得梅因做检查，不过，复查计划要推迟到一个月或者两个月以后了。

去年，斯科特在修建草坪时伤到了膝盖，导致他在工作中很难达到业绩指标。现在已经有谣言说，他的公司要把他的独立办公室取消，把业务外包到国外，这让斯科特很担心，因为我们两个人的保险都是通过他的工作才能获得。几个月前，斯科特在接受治疗时注射了一种药，本来医疗保险应该支付这笔药费的，但是结果却拒绝赔付，因为他的骨科医生没有从指定的药品供应商处采购，尽管官方规定保险公司需要预先授权，但保险公司却说他们不需要向特定的供应商预先授权。现在我们的情况说明，保险公司确实是需要预先授权，才能保证被保人的利益。然后，我们收到了一张保险公司的两千美元账单，等待保险公司的进一步审核结果。我们现在生活已经很拮据了，这真不是件好事。不过，我们尽量保持乐观，向上帝祈祷要眷顾我们，这是我们现在唯一能做的。

秃头并没那么糟糕，很快头发就会长出来的，你会好起来的！

爱你们夫妇的，

卡丽

发件人：米歇尔·法利 <mbfarley@gomail.co.nz>
收件人：卡丽·韦斯特利 <cjwestlyn@gomail.com>
日期：2018年9月4日，星期二，下午2:18
主题：回复：回复：来自医院的回信

亲爱的卡丽，

真是个噩梦！我不明白，你们的医疗条件不是应该更好吗？和又小又古板的新西兰相比，美国那么大，那么富饶！不过我想，可能我也不应该太吃惊，毕竟你们把那样一个人推上了总统的位置。

你能不能找到一些能治疗你疾病的医疗实验项目，给你一些新药或者其他治疗方式什么的？我加入了两个医疗项目，这里的癌症研究所非常棒，其中一项是研究我的眼部神经的，另一项研究是一种新药，目的是减轻化疗副作用的，当然，这种药对治疗癌症本身没什么效果。但我说，为什么不试试呢？又不花钱，又或许真的能帮我减轻痛苦。我相信也一定会有什么医疗项目可以帮助你，你需要做的，也许是再努力一点找找看？上帝会帮助那些自己帮助自己的人，就像大家说的那样。

当然，我们也花了不少钱了，虽然我的治疗费用可以由国家负担（这正是我们纳税的原因哪！），但还是会花费一大笔银行账户里的钱。我们夫妻俩打算明年去新加坡旅行，庆祝我们的25周年结婚纪念日，也许我们会绕道去看看奥奇，看看黄金海岸边上的老朋友们。

给你和斯科特一个大大的拥抱。

米歇尔

发件人：卡丽·韦斯特利 <cjwestlyn@gomail.com>
收件人：米歇尔·法利 <mbfarley@gomail.co.nz>
日期：2018年11月23日，星期五，上午11:15
主题：告诉你一些新情况

亲爱的米歇尔，

很抱歉没能尽快给你回复邮件，我这边发生了一些麻烦事。从你的信上看，似乎你的癌症治疗进展不错，我觉得我都无法提供给你更多能帮助到你的信息了。

是的，我也希望一切都好起来，但我不觉得选谁当总统有什么分别，我只希望事情不要总是在糟糕和更糟之间游荡。当时总统选举的中期局面让人很疑惑，没人能猜到最后是谁当选，没人能知道结果。

"平价医疗法案"（现在已经不让称呼为"奥巴马医疗法案"了）没有被废除，只是它把医疗搞得更糟。现在这里已经没有什么正在进行的医疗研究项目，至少是没有一项针对妇女健康的医疗项目。因为患有子宫内膜异位症，珍妮不敢怀孕，而她现在找不到医生为她开避孕药。现在所有的处方药都已经全美国联网登记了，医生不会轻易开处方单，因为他们不喜欢国土安全部的人来拜访，这个部门关于审讯过程和受审人待遇的口碑都很差。可怜的孩子，她快十八岁了。我内心充满了罪恶感，生怕她会继承我的癌症基因。

无论如何，我们有更大的麻烦需要解决。保险公司最终拒绝了斯科特注射药物费用的报销申请，我们需要从别处筹钱来把这笔款项还上。我设法去了得梅因，找到了我的主治医生，她告诉了我一个坏消息，我的癌症又复发了，而且癌细胞正在扩散。我目前还没感觉到病得很严重，但是我需要的药已经大大超出了我们的支付能力。现在斯科特还失业了——我告诉过你没有？工厂倒闭了，几乎整个小镇上的人都失业了。我们就更不能奢望去哪里旅行了。

我们现在节省每一分钱去帮助戴夫，我的大儿子。几个星期前，他没有和我们打一声招呼就去了加拿大，他是和他学校里的几个朋友一起去的，他们之前去过八九次，这次他是为了给我买药而去的。但是，就在边境线上，美国海关没收了他们所有的东西，包括他的护照，并告诉他，他被海关认定为犯有贩卖毒品的重罪。他现在甚至都无法证明他是美国公民，他也回不到他的国家。美国驻加拿大的领事馆官员还一直在告诉他，他的护照到期需要更换，而现在美国政府却不能给他办理护照！他说他在加拿大一切还好，可我们只想让我们的儿子回家。

抱歉，这么久才给你回信，希望你能理解。也祝愿你的化疗一切顺利。

祝福你，

卡丽

发件人：米歇尔·法利 <mbfarley@gomail.co.nz>
收件人：卡丽·韦斯特利 <cjwestlyn@gomail.com>
日期：2018年11月25日，星期日，下午12:26
主题：回复：告诉你一些新情况

  我的天哪，卡丽，太不幸了！为什么戴夫会因为化疗药物而被指控贩毒呢，那药一点都不像海洛因啊？我现在已经是秃头了，化疗特别伤身体，不过医疗项目的实验药物似乎有些作用。我真希望我有力气写一封长一点的信。不过我脑袋里一直想着你们，也会一直为你们祈祷的，请告诉我你们现在怎么样了。

拥抱你们，
米歇尔

发件人：卡丽·韦斯特利 <cjwestlyn@gomail.com>
收件人：米歇尔·法利 <mbfarley@gomail.co.nz>
日期：2018年12月20日，星期四，上午4:15
主题：回复：回复：告诉你一些新情况

  亲爱的米歇尔，

  不知道你能不能收到这封邮件，因为此刻，我是坐在一个网吧里给你写的回信。几个星期前，我见到了我的主治医生，她说我的癌症已经是晚期，无法治疗了，癌细胞已经入侵到我的骨骼里，攻击性非常强。这位肿瘤专家十分友好，没有对我的拜访收取任何费用，因为我也确实负担不起医院的门诊了。她说，如果积极治疗的话，预后效果估计也只有几年。如果我这样坚持不进行医疗干预的话，也许，只有六个月。我们负担不起化疗费用了，我们已经没有医疗保险了。所以如果幸运的话，我还有六个月可活。

事情越来越糟，很讽刺的是，癌症已经是我最不关心的事情了。我们失去了房子。我们接到警察的命令，因为戴夫所谓的"贩毒重罪"，根据《美国诈骗影响和腐败组织法》，我们的资产被没收了，他们还冻结了我们的银行账户。趁警察把汽车也收走之前，斯科特设法带上珍妮、猫和一些仅仅供我们暂时生存的生活用品，他们开车去了加利福尼亚州，那里是难民的避难城市。我没理由跟着一起去，以我现在这种身体状况，没法和他们一起颠簸。没人把我这样的癌症晚期患者当回事，不论他们多想表现得宽容大度。

　　也许，我再也见不到他们了，希望他们能按照原计划到达那里——很难说是命运捉弄，还是造化弄人，现在新闻都被严格控制了，我想要点开的很多网页都被限制了，不过似乎整个西部海岸确实脱离了政府的控制。美国国民警卫队已经在得梅因展开部署，我现在和几个朋友就留在得梅因。这些朋友里没有你认识的，我就不说都有谁了，因为你也不知道这封信还有谁会读到。我们从大街上找来几个汽油桶。在大街上，也说不上来是警察还是军队，到处是穿着制服的人，这里遍地都是抗议的人群和暴乱破坏。这里就像战区。我既非常害怕，却又感觉到一种神奇的自由。我已经没有什么东西好失去的了，一个五十五岁的老女人，如果不用拐杖支撑几乎不能走路的老人，奉献了她所有的一切去抗议。我已经为自己织了一顶那种滑稽的粉色抗议帽——现在这个季节，得梅因的街道还是很冷的。

　　你会在新闻上看到我的，祝我好运吧。

发件人：米歇尔·法利 <mbfarley@gomail.co.nz>
收件人：卡丽·韦斯特利 <cjwestlyn@gomail.com>

日期：2018年12月24日，星期一，下午1:51
主题：**能收到我的消息吗？**

  我收到你的邮件了！卡丽，求你了，千万别犯傻，你无法和政府敌对还能全身而退。当然，你可以做一些事表达你的愤怒，但是加入抗议者会让你自己受伤的，他们解决不了什么问题。你现在的身体状况很不好，不是胡来的时候。我已经打过电话给朱莉，她说你可以像其他移民那样到加拿大去，朱莉他们能帮助你，对吧？理智一些，想想你的家人，他们需要你。我会为你祈祷的，请一定要照顾好自己，让我们知道你很好。

我们都爱你，
米歇尔

  邮件发送系统消息——找不到邮件地址。下午1:52（0分钟之前）。

  您的邮件无法发送至 <cjwestlyn@gomail.com>，因为邮件地址不存在或无法找到。请检查您是否准确输入，或是有不必要的空格，检查后，请您尝试重新发送，或者联系您的网络供应商获取更多信息。

鸟儿
迪帕克·乌尼克里希南

安娜·瓦吉斯在阿布扎比工作。她的工作是捆扎，确切点说，她是捆扎那些从正在施工的大楼上掉落的建筑工人。

安娜的工作是晚班，她要搜寻受伤的人，有时候情况复杂，在把工人送走之前，她还要做必要的缝合，把散落的肢体用针和马毛缝合、包扎好。这个工作很少有人关注，而且常常昼伏夜出。

安娜属于一组十人的搜寻队，领头的人叫哈里德，是个从纳布卢斯来的健壮汉子。哈里德小队的搜寻范围包括哈姆丹大街、埃勒克特、萨拉姆和哈利法区。他们工作时骑着自行车，而且骑的速度还挺快。

老员工安娜做这份工作已经相当长时间了，有三十年，和她一起加入队伍里的伙伴，不是被哈里德用更可靠的人替换掉，就是因为年纪大选择了退休。因为资历足够老，哈里德让安娜自己选她工作的路线搜索范围。

安娜像了解自己的身体一样，特别熟悉哈姆丹。70年代时，她第一次到那里，那时建筑物还都是低矮的模样。尽管如此，她依然能够心甘情愿地每天用胶水加胶带捆扎十多个人，把骨折的四肢复位,把残缺的肢体重新组合到一起,捡起散落的内脏或者眼球。有时候,如果被救助的工人确实没有生还的希望,她会为濒死的人祈祷,直到他咽下最后一口气。奇怪的是,这里的死亡率并不高。在跌落的工作现场,很少有工人当场死亡,很多经验丰富的人开始管这些建筑物叫"不坏护体金刚"。为了证明这个观点,在午饭时间,有些人就在新工人面前从顶楼跳下去。这些跳楼的人没死,但如果不是运动员或者不知道怎么合理着陆,他们的身体会摔得破裂不堪。这就意味着这些跳楼的家伙要一直躺在那里,直到午夜,骑着自行车搜寻跌落者的男人或者女人经过,他们的身体才能被固定、整理,破碎的身体各个部位被粘贴到一起,像一个完美的糕点师,把乱糟糟融化掉的霜糖重新在蛋糕上整理出模样。

当安娜面试这份工作时,哈里德问她,是否具有相应的手工技巧。"没有。"她实话实说。他安慰安娜,说这也没问题,他说可以在工作中学习这些技能。

"血呢?你会见到血就晕倒吗?"哈里德接着问她。安娜思考了一会儿,回答"不会"。

"那很好,你明天开始来上班吧。"哈里德如此说道。这是要做什么呀?安娜心里很没底。她开始生表姐特蕾西的气,正是特蕾西劝她应该到国外找份赚大钱的工作,表姐还信誓旦旦地说她已经和一个掌权的阿拉伯人签订了工作协议。很明显,这个所谓的阿拉伯人才不管安娜知不知道怎么工作呢。"捆人,"哈里德回答道,"人们叫我们'粘贴工人',简单来说就是'捆扎工'。名字是不太好听,不过无所谓啦,他们很乐意接纳我们。"

那个时候,建筑业才刚刚起步。还是石油占据着支配地位。那个时候安娜也很年轻。在故乡的时候,安娜曾经设想,如果她要去波斯湾附近工作,应该是给某个人家的孩子做保姆吧,再或者,也是充分利用她的护理技能到医院帮忙,不过中介人说工作签证需要花钱,而安娜身无分文,只好借钱。表姐特蕾西典当了自己的金耳环,把钱交给安娜。"我希望能从你这项投资里挣到大钱。"在机场时,特蕾西如此对安娜说道。

当安娜乘坐印度航空公司的飞机抵达阿布扎比时,哈里德在机场等着接她。"是一家大型医院吗?"当他开着他那辆破破烂烂的皮卡车颠簸在路上时,安娜问道。

"医院?"哈里德惊讶地重复道。在午饭过后,他温柔地告诉她,她被骗了。

"没有工作吗?"安娜哭起来。确实是有份工作,哈里德安慰她,不过他还是催促她先要吃些东西。之后,哈里德问了她许多问题。

"一切看真主的意愿了。"他对她说,"如果你想要这份工作,你就有工作。"

安娜很快在工作同伴中建立起自己的声誉,她是整个队伍中最值得信任的人。当工人从建筑物上跌落,有的四肢被摔断,身体传递过来的疼痛非常剧烈。然而,最让这些跌落者备受煎熬的,是孤单和无助的感受,在脑海中萦绕不断。

大多数行人都不会去管这些建筑外面跌落的人,他们从这些伤者旁边走过,有些会指指点点,有些会侧头凝视。路过的富人会匆忙赶回家,取来照相机或者录像机。大载重卡车和房车的司机小心翼翼地开过,避免轧到地上的伤者。不管工人从哪里跌落,公众始终都是那样冷漠。让目击者变得异常不安的是,这些跌落的工人不仅仅失去他们的四肢或是身上摔裂成几半,他们还失去了发声的能力。他们就那样直直地看着你,疯狂地扭动还能活动的半截身躯。但多数时候，尤其是在那些正在开发的地段，跌落的工人仅仅是安静地等着。有时，这些跌落的人会掉在什么东西上面，或者被一些东西盖住，一般人都不会看到他们。有时候，跌落的人甚至没有被工头记上失踪。在这两种情况下，如果有人问起，安娜会毫不保留地说：工人们有时会当场死亡。

话说回来，有的工人永远不会被别人找到。很多因素会导致这种情况出现：运气不好，身手又笨，工作负担难以负荷等等。一位跌落的工人可能失踪一周也不会有人知道，一周以后，他的身体开始腐烂。最后，死掉。

安娜在搜寻跌落工人方面拥有卓越的成绩。很多人都夸奖说，这个女人一定有一半猎狗的基因啊。她可以搜索到每个小线索，包括牙齿、一小片破碎的皮肤……她不屈不挠地在自己的领地来回搜寻，用手中的手电筒照射到那些鬼都不知道的地方，或者是那些灯光照不到的建筑物下边。每天早上在她完成值班任务前，她会返回到那些工地，和工头或经理重新清点从阿斯霍克雷兰德大客车下车的工人，确保没有人失踪。那些她捆扎好的受伤工人，会在大门口等着接受进一步医疗检查。所有经理点名册上的人，她都要清点一遍。虽然很麻烦，但是能被人这么重视，工人们都心存感激。

安娜长得不那么漂亮，但在这样一个女性很少的城市，她常常被人夸赞。她还有一些其他技能。跌落的工人曾说，当安娜把他们的身体重新粘在一起时，她会用带着口音的方言和他们说话，有时候还轻抚他们的头或者面庞。她会讲述自己崎岖坎坷的经历，会说想念自己的孩子和家乡河里的鱼，又或者问起他们的生活，他们还有什么家人，他们在晚上会做什么梦，即使有时他们无法回答。如果她捆扎到一个恰巧她很喜欢的男人时，她也会俏皮地说:"你一定已经结婚了吧。"她喜欢开这样的玩笑。如果她说的话别人听不懂,她会唱歌,尽管有点跑调,不过是真心地歌唱。虽然如此,安娜也会遇到无法救治最终死亡的工人。

"有时候,掉在地上的人就是会死,无论你做什么,都改变不了结果,"哈里德曾经这样告诉安娜,"只有真主安拉知道其中的原因。"

这一次,安娜陪着一个跌落者,整整陪了四个小时,这个人只剩胳膊和脑袋了,从跌落的事故中,他依然在流血的脑袋也被摔得有些松垮了。在一周前,安娜遇到过一个类似这种状况的人,她用了不到两个小时就把那人的身体大致重新组合起来。但这个人,也许这是她退休前最后一次拼凑伤者,她做什么都不管用。伤口缝合后,血液没有停止流淌。用胶水黏合,血液还是汩汩往外淌。令人奇怪的是,这个受伤的人还能说话。在她工作的这么多年里,没有跌落到这种程度的人还能开口讲话。"不管用吗?"他问。安娜噘起嘴唇,不再做无用功,抱起这个身体残缺的男人。没必要去叫救护车了,把医生找来也没什么可救的了。

"把那些跌落的工人从建筑工地现场挪走,"哈里德提醒过安娜,"那些人就死了。"这是个人人都知道的简单常识。在建筑工地之外,如果人们从那么高的地方掉下来,肯定会没命。如果在工地现场,跌落的工人不能在被施救后挺过去,他们在其他地方更没有生存的希望。

这个濒死的人,叫伊克巴尔。他大概有三十五六岁吧,他有可能成为安娜这五年来第一个在她怀里去世的人。在她漫长的工作生涯当中,她没有救活的人只有三十七人,这是一个了不起的纪录。她问起他的家乡。

"家乡就是个屁!"他说。

他的家乡是个小村子，里面挤满了年轻人。"那里太小了，就像是在一头肥牛的肚子里面挤满了所有人和农田。"村子里唯一的大企业，是一家做棕榈脚踏垫的工厂。"知道农村什么最让人受不了吗？如果年轻人觉得无聊……"伊克巴尔声音渐渐沉下去。

他之所以离开那里，是想看看外面的世界。另外，他认识的所有人都知道，他一直渴望做个海湾男孩。每隔六个月，穿着肥大衬衫和西裤的招聘人员就会乘着雇来的出租车来到村子里，他们什么人都招。"当我走过去咨询的时候，他们告诉我，唯一的要求就是能够忍受高温。"伊克巴尔虚弱地说。然后，是钱，这种东西同样引诱过安娜来到这里。"不用交税！"他高喊着。他们告诉他，如果他办事得力，将来他兜里会有数不尽的金子。

在他最终决定之前，伊克巴尔去拜访了一位算命师——那个男人让鹦鹉选出一张纸牌，然后对他说，此去波斯湾，将会改变伊克巴尔的一生。于是，那天晚上，伊克巴尔就打包准备出发，他去见了一位以后再也不会见到的"菲洛梅娜"——邻里中的妓女，那一夜，他们云雨翻腾，玩得尽兴。他们两个交欢的时间很长，"她就像只母狼一样低嚎，挠门，乞求我快点结束。"接着，他偷偷回到家里，偷了他老爸的积蓄，他需要钱支付签证费和旅费。

"我爸爸已经瘫痪了——在工厂出事故闹的。他总是监视我，怕我偷他的钱。"伊克巴尔说。安娜皱起眉头。"我不担心他，"伊克巴尔安慰安娜说，"我哥哥照顾他照顾得很好。"

"那他现在怎么样了？"安娜询问。

"死在我哥的膝盖上，"他回复道，"我没能去看他。"

安娜继续抱着伊克巴尔的头，他告诉安娜，他本来以为能在这干上十年，挣到大钱。到时候，他就可以认真地找一个老婆，生许多孩子，建造自己的房子。他的父亲，如果还活着的话，会原谅他的。以前老师们都瞧不起他，在邀请他去家中吃饭时，总是叫他农民崽或者空想家。可是，他就这么跌落了，不是吗？像一只笨拙的猴子一样从高空滑落。他当时正在做一件秘密的事儿——一件让他难以启齿的事情。

"你在屋顶做什么？"安娜又一次问他，"说吧，我不会向任何人说的。"

伊克巴尔笑了。"我站在屋顶上打飞机呢，都快高潮了……"他招认。他说他之前这么干了好几次。"真的超爽的，"他咯咯笑起来，"可惜，一只鸽子落在我的老二上……"鸟儿吓到了他，所以他失去了平衡。

"不是吧你！"安娜哈哈大笑。

"你可以试试，那感觉真的是无法形容。就像我正在让整个天空受孕一样。"他紧接着说，"哦，如果是你的话，应该是整个天空都在往你身体里钻。"

"嘿，放尊重点哦。"安娜说，"我都快差不多有你妈的年纪大了。至少，也得有你最大的姐姐那么老了。"

"开玩笑的。是高温，"他说话的语气缓和了一些，"是高温让我倒下的。"

"不是鸟儿？"

伊克巴尔咧嘴笑起来，"我曾经真上过一只鸟。它扑棱棱的样子好像是我要杀死它"。

像安娜一样，伊克巴尔很小的时候就经历着炎热天气。他知道如何对付它，即使空气中的热浪要把人的大脑煮沸。但是，波斯湾这边的高温以另一种热度烘晒着人们。首先，炎热把人的衣服烤熟，然后是人的皮肤。在工地上，伊克巴尔相信自己的知觉。工人们经常在手中拿着水或者脱脂牛奶，但是喝水的间歇意味着工作进度的减慢，伊克巴尔知道他是被监视着的，所以他要控制工作的进度。他曾经做过裁缝的学徒，因为他爸爸就是个裁缝，他知道，进入一门新行业需要耐心。所以他遵守着自己的规则：当他感觉到自己的皮肤开始像羊皮纸时，他就停下手里的工作，赶紧大口喝水解渴。有时候水喝得太急，呛得人很疼。太阳从来没有打败过他。他的身体很强壮。但是有些东西他无法控制，他告诉安娜，那些与他擦身而过的人的反应，让他有些受不了，尤其是下午当他自愿去和一个矮个子卡塔尔人为大伙买水或者冷饮的时候。

"为什么这么说呢？"安娜很疑惑。

"在夏天，"伊克巴尔继续说道，"你在燃烧，你的衣服在燃烧。一个人在高温里，闻起来就像是一个老式火炉子。"接着，他问她："你不觉得热吗？"

"这里所有人都觉得热呀，"她安安静静地回答，"但是你今天跌倒了。今天有什么特别的吗？"

"今天看起来是完美的一天，"伊克巴尔干巴巴地说，"其他人都怎么说？"

"什么其他人？"

"就是那些跌落的人。"伊克巴尔没有等待她的回答，"在室外，不管你信不信，高温其实很容易应付。至少对我来说，挺容易的。"在建筑物的顶端，他固执地认为大多数人都干缩成葡萄干了。"人类在这种高温下，不会燃烧起来，只会腐烂。"

"不过，建筑的顶端不是风大一些吗？那里不是会凉快一点吗？"安娜问。

"穿着全套安全服，戴着安全帽会凉快？完全不是。"伊克巴尔说，"我曾经见过一个大男人，热得缩成了孩子那么小。到了中午吃饭的时候，他喝了一大桶水，然后才又恢复到原来的个头。"不过，室外还是能让身体呼吸的。"你有风，你知道吧。"在室内，在近乎封闭的工地里，铺位一个叠一个，又没有足够的空调，身体都像放在锅上煎烤着，汗水蜇得眼睛疼，盐分跑光，然后人就会发烧，接着脱水。脱水后的身体就那样干瘪地蜷曲着。安娜点头认同。曾经，安娜遇到过一次，她整理一位坠楼工人的时候，他皮肤干得无法形容，当把肢体拼凑好以后，她只能给那人的整个身体涂满橄榄油。

尽管这些坠落者能够在坠楼的自由落体运动后逃生，他们对高温也是无可奈何。在中午休息时，他们赶紧找个有阴凉的地方，躲到拖拉机的车斗下面或者是藏身于起重机的驾驶舱下边，这比吃饭都重要。他们常常在这些地方卷起上衣当枕头，把报纸用作盖毯，然后席地休息。

伊克巴尔问安娜，她介不介意帮他挠一挠头。"你看起来很鲜活，"他调侃道，"你看起来真的很鲜活，像新娘一样让人动心。"

安娜微笑。"我都已经有外孙啦。"她把手指插进他的头发。

"他们告诉过你，要小心太阳了吧，是不？"伊克巴尔问她。

"谁？"

"招聘你的人。"伊克巴尔说。

"没有。"安娜回答。

"好吧，没人会提起晚上的热度。"伊克巴尔叹了口气，"他们应该提醒你的。"在晚上，高温以另外一种形式出现，那就是湿热。"我认识的一个人，"伊克巴尔继续说道，"他搜集汗水。

他推着放满水桶的手推车,挨个屋子去要汗水。经过一周的努力后,这个巴德兰——巴德兰是他的名字,在我们住的房子旁边挖了一个坑。他花了好长时间才把十几桶汗水倒进那个坑。刚开始,我就站在旁边看着。后来,我就帮他忙活起来。很快,我们搞好了一个水池———个咸水池。那池子还挺好玩的。我们可以在里面漂上好几个钟头。"

"这个巴德兰没遇上麻烦吗?"安娜问。

"巴德兰是个聪明的家伙,"伊克巴尔说道,"他把一些水池里的水倒卖给那个鬼鬼祟祟的运水车司机了。那个司机每天凌晨三点左右来到员工宿舍附近,载走满满一箱水。所有人都知道。重要的小头目之类的,每个人都有一大份。"

"他从哪儿弄来的水?"

"我问过巴德兰好几次,"伊克巴尔说,"可他从来都不说。"

"巴德兰他做了很多好事。"安娜感叹。

"的确,我猜是吧。"伊克巴尔说道,"几个月前,他死了。"

"怎么会呢?"

"一场车祸。"伊克巴尔回复说,"那次,轮到他了。"

"在哪儿?"

"我们坐着一辆皮卡车往回走。在穆萨法附近,车撞上了什么东西,然后巴德兰就掉下去……车轮轧……"伊克巴尔的声音停顿住。

安娜没有催促他继续说。她明白他要说的话。安娜告诉伊克巴尔,每天晚上,她都会到一家小自助餐厅吃晚饭,那家店的老板和她是老乡,与她来自同一个小镇,老板人很好,会给她一些菜单上没有的剩菜。她免费吃着食物,和阿卜杜,就是那家店的老板,闲聊。阿卜杜的日子过得很滋润。每天晚上,他的店门口都会停下来一些大卡车或者大巴士，车上载满了劳工。巴德兰和伊克巴尔说不定也在那里停下过，也许就坐在窗边，筋疲力尽地瘫坐着。

"也许吧，"伊克巴尔说道，"曾经，坐在我旁边的一个人，因为太热了，就在我眼前蒸发掉了。我拿了他的裤子，有人拿了他的鞋子，他的T恤太丑了，没有人要他的上衣。"

他的话让安娜捧腹大笑。伊克巴尔说话的语速越来越慢。安娜不断地按摩着他的头皮。

"我认识一个人，一心求死。"伊克巴尔说，"他很早就意识到，在工地活着，在职工宿舍里求死，不那么容易。他没有什么烦恼事，就是一心不想活了。"

"所以，他死了吗？"安娜柔声问道。

伊克巴尔咧嘴笑了一下，"你看啊，故事可是很复杂的。查理知道自己想要做的事，他心里也很明白。在故乡，他还有老婆和孩子，他要死得其所，给老婆孩子留下点钱。他觉得吧，最好还是在做和工作相关事情的时候死掉。这样，他的家人就能得到赔偿金。"

"那他成功了吗？"

伊克巴尔想了一下这个问题。"我不确定哎。"最终，他冒出这么一句。

"那发生了什么事？"

"呃，是这样的。他叫我帮忙。你知道吧，我还是挺喜欢这个家伙的。所以我就同意了。他说这事儿得花些时间，一年或者两年吧，不过一定会成功的。查理告诉我，每隔几个月，他就会给他自己找点麻烦，整出点事故来。刚开始的时候，是一些小事故。从第一层楼摔下去，搞掉几个脚指头。然后他就像盖楼一样,下一次是三楼,再下一次是六楼。这些事故发生之前,他会告诉我。用一张字条,写上一些秘密的暗语,暗示他要做什么,在哪里做。然后,我会等他闹出事故,在其他人发现他之前找到他,把他身体的一小部分——也不一定是什么,兴许是根手指,兴许是别的什么部位,我把这些丢进垃圾桶。捆扎工可能会在晚上帮他整理好身体,但是总有一些身体部分会缺失。他给自己定下的指标是:一年四次事故。如果他的计划成功,三年后,他身体大部分可能都缺失了,肢体无法修补完整,那时,公司不得不通知他的家人。所以,怎么去死是我们两个一度研究很久的事儿。"

"他的家人拿不到一分赔偿金的。"安娜吐露出这条很现实的秘密。

"让我把话说完,"伊克巴尔说道,"我们准备了很久,一连几个月,我都在练习挥大锤。不过,计划性寻死要比我们预料的时间要长——我们花了六年时间。一天晚上,查理找到我。'我想活着。'他说。我不知道该说什么。我已经帮他搞丢了一些手指、脚趾,还有一个肾,他的老二。他的腿比我们刚到这里时短了一半,可现在,他说他要活着。"

"然后呢?你干什么了?"安娜问。

"他现在很幸福,"伊克巴尔说,"有时候,他问我,能不能看我打飞机,因为他再也不能了。"

"他今天来工地了吗?"

"没,今天没来。"伊克巴尔的呼吸越来越沉重。"时间过得真快啊。"他这样说道。安娜点点头,温柔地抚摸他的脸。伊克巴尔转过头来,面向着她。"你知道怎么给死人祈祷吗?"她摇摇头。

"我一直在做一个梦……"伊克巴尔虚弱地开始讲他的新故事。

"我在听。"安娜说。

"有个我认识的人,叫南丹,他有一只鸟儿。他用笼子养了一只鸽子,他每天都把鸽子拿到工地。"伊克巴尔说,"当南丹工作的时候,他从来不让他的鸟儿远离他的视线。"

"从来不吗?"

"一分钟都没有过。"伊克巴尔坚定地说,"那只鸟能飞,但是他总是在它脖子上坠着一条沉重的铁锁链。那锁链很沉,压得小鸟整天都弯着腰。"伊克巴尔很为艰难地被束缚在笼子里的小鸟难过,于是他决定要趁南丹不注意的时候,把小鸟放走。"我差点就成功了。"他说。他在屋顶上,手里拽着那条锁链,正要给小鸟松绑,这时南丹突然出现。有人看到伊克巴尔拿着鸟笼上了屋顶,就告诉了南丹。南丹让伊克巴尔把小鸟还给他。"我当然不能还了。"伊克巴尔回忆着。南丹满腔怒火,冲过来要抢走小鸟。伊克巴尔脚下一滑,失去平衡的他没握住手里的小鸟;它从他们两人几英尺远的地方掉落下去,就在屋顶边沿的不远处,从十八层高楼坠下。那只小鸟,特别惊恐,或许也是希望能跳到屋檐那边,奋力地跳着。"可是,我还没有时间给它解锁。"伊克巴尔幽幽地说着。

"那可太糟了!"安娜喃喃地说。

"反正,"伊克巴尔说,"自从那次事故以后,我就开始做那个梦。"

"做梦?"

"答应我,你不许笑。"伊克巴尔表情严肃地说。

"我答应你不笑。"安娜回复他。在那只鸽子坠楼而亡之后,连续几个礼拜,伊克巴尔都梦见他站在一座自己帮忙建成的大楼顶端，就站在楼顶的边缘上。"我家人和我一起在那里，我们都有翅膀。太阳光是冰冷的。你在听我说吗？太阳很冰冷。我们飞起来。"他继续说道：然后，他们飞起来时，他发现他们的腿被一些爪子牢牢抓住，他们飞起来，爪子就把他们往回拉，他们继续飞，或者说拼命飞起来，直到他们撕破了建筑物的地基，带着拔地而起的沉重大楼，他们飞往冰冷的太阳。这是伊克巴尔讲的最后一个故事，他最终还是死去了。

安娜又陪了他几分钟，在犹豫要不要等到凌晨，但她还是决定不等了，她写了几行字，把字条贴在他身上。已死亡——字条上这样写着，她还写下哈里德公司的名字和地址，以及联系方式。然后，她跨上自行车……

唯一永恒的东西
莱斯利·霍尔

屋子又小又阴冷。对面的白人警探，身材瘦削，发型精致，他指向桌子对面的椅子示意我坐下。等我坐下以后，他才按下录音器的按钮。

"准备好了吗？"

我点头。

"请告诉我你的名字和年龄。"

"卡米拉·杜波依斯，十五岁。"

"接下来，你要坦白交代。"

我清了清喉咙，仰起头。当我们要从警探车里出来时，我妈妈在我耳边低声说："不管他们说什么，我们要假装什么都不怕的样子。"我故意把面孔保持毫无表情的模样。

"你在哪里上学？"

这是个游戏。我确定他们已经充分了解我们的一切。

"在家。"

他用手指在我们两个之间的桌子上敲敲点点，"除非是出于宗教原因，否则你理应在一所公立学校上学。"

"我们家只有教育券，支付不起有校园通勤巴士的私立学校。

我家附近也没有任何我能骑自行车往返的公立学校。"

"杜波依斯小姐,你父亲是大学的教授,你母亲在社区学院教书。你们家肯定能支付得起任何一所坐公交车就可到达的特许学校。"

"我爸爸因为你们所谓的'驱逐出境'理由被拘留了,而你们却不告诉我们为什么要拘留他,也不告诉我们他现在在哪。在三个月前,他就已经用完了年假,现在,除非你们放了我爸爸,否则我们家再也领不到他的薪水,就没有收入来源了。"我的声音干涩、急促。

他没去管我的情绪,"你家一直因为宗教原因不让你上公立学校的,是不是?你父亲是穆斯林,而你,本应该戴着强制性的身份徽章。"

我咽下了要脱口而出的脏话。他看着我的表情,让我忍不住想摸一下脑袋,确认自己确实戴着穆斯林女人必须戴的希贾布。

"我家人认为我在家可以获得更好的教育。我爸爸不是穆斯林。他不是任何教派的,他是个不可知论者。"

他身体向后靠了靠,"和我说说,你父亲被捕的那天晚上。"

"国民警卫队在6月父亲节那天带走他的。还有不到一个月2019年就结束了,但我们还没有得到他的任何消息,我们很想再见到他。整整五个月了!我们需要知道他现在好不好。"我的声音开始变得沙哑起来。

那天晚上发生的一切在我脑海中历历在目,一遍又一遍重演着,挥之不去。六年级时,我的朋友查理带到学校一块琥珀,里面有一只被琥珀凝固住的苍蝇,而我所感受到的,就像那只苍蝇一样。那是我一辈子中最让人毛骨悚然的时刻。

前一分钟,我们全家还在享用父亲节大餐——烤羔羊和蔬菜卷，这些美食是我和弟弟帮助妈妈准备的。而下一分钟，饭桌边我爸爸的椅子就空了，他盘子里的食物还是温热的。

"警卫队的人用手铐带走了他，没有任何解释。"我的眼睛被泪花蒙上一层水雾，我低下了头。

"你母亲在做什么？"

"她给我们的律师打电话。"

但那是之后的事，当时她追着警卫队的人，跑到屋外冲那些警卫大声呼喊着，要求放开我爸爸。我弟弟的哭声阻止了妈妈，否则她就要跟着进警车里去了。我紧紧闭上了眼睛。对面的警探又开始讲话。

"你父亲是不是在摩洛哥出生长大的？"

我猛地抬起头。我惊讶地瞪着他那张面无表情的脸，"那是在撒谎！我爸爸在帕萨迪纳出生，在那里长大的。"

"不，他不是。你知道的，是不是？"

"我不知道，因为你说的不对。你们这些人觉得只要是棕黄色皮肤的人，就都是穆斯林恐怖分子，真是可笑到极点。"

我的心跳在加速。现在是不是轮到我被戴上手铐，然后被带走？

警探没在意我的激动反应。

"你父亲做什么工作？"

"他是位教授。他是他们大学里神经科学研究领域的佼佼者。他还是一个超酷的数字媒体艺术家。他在做一个由国家艺术基金会资助的程序，好像那个程序项目已经接近尾声了。所以，你们现在是不是该放他出来了？"

"你对这个程序了解多少？"

"完全不懂。我爸爸获得基金奖项的时候，我只有十二岁。

那个时候我忙着和我的朋友们玩耍,学校也还有一堆事需要应付,对他在忙的东西我没有留意。"

那位警探看了看手表,然后站起身,在他起身的时候,他脚边的椅子剐蹭地面发出刺耳的声音,"很感谢你的配合,杜波依斯小姐,如果我们有其他问题,会及时和你联系的。"

在快速起身的同时,我如释重负地松了一口气,"你这是让我离开?"

"是的。你现在可以离开了。"

我抓起椅背上的背包。希望他们也已经审问完我妈妈和弟弟,这样我们就可以一起回家了。

走廊里全是白色的房间,都是类似和我刚刚走出的房间那样,毫无特征。我远远地看到在走廊的尽头有一个出口标志。周围如此安静,我只能听到靴子踩在油地毡上的声音。

忽然,背后有人叫我。我深吸一口气,赶紧停住脚步。

"留步!抱歉,小姐。你需要跟我过来一下。"

我转过身去,看向声音传来的方向,一个穿着灰色西装的健壮男人。

"很抱歉,小姐。"

我渴望地又瞟了一眼远处的出口标志,跟着他回到刚刚离开的那间屋子。

另一位警探正在桌边坐着。他长着一双睁开和眯起来一样大的小眼睛,眼球是蓝色的,眉毛很浓密,梳着向后的背头,发色渐白。他戴着一枚某种标志的徽章。

"请坐。刚才审问你的警探认为,你对你父亲的工作一无所知。但是,就在昨天,有人把你父亲设计的病毒散播到网上了,现在这种病毒散播得非常快。你能和我说说这是怎么回事吗?"

他的声音格外刺耳、洪亮。

一股热血涌上我的头,在刹那间,我觉得我昏厥了片刻。就因为认定我爸爸是穆斯林,在带走我爸爸之后,他们又设计了如此多的谎言。

"怎么可能呢?没人了解他的工作呀。你们还拿走了他的电脑。"

"你来告诉我,杜波依斯小姐。你母亲和你弟弟好像什么都不知道,如果我们得不到满意的答案,而且你们都不配合,是不会有好结果的。"

"你把他们怎么了?我要见他们。"

"对不起,我们不能让你们见面。"

他的眼神很冷酷,脸上泛着一层汗水和油光。这个浑蛋特别喜欢折磨人。

"不!我要见我妈妈!"

他继续施压,"就在联邦政府停止给国家艺术基金会拨款之前,一小撮人取得了基金的资助,而你们家就是获得资助的人之一,是吗,杜波依斯小姐?是不是你花光了钱,然后以你祖父的名义第二次申请了国家艺术基金?"

"才不是……"

"你祖父完全不知道以他的名义申请了基金资助。"

他们知道了。我的内脏紧紧揪到一起。我这辈子算是完了,但至少,我爸爸的程序此刻就在散播,也许很快,事情就会改变,让世界有点小小的变化。

"现在它已经变成病毒了吗?多少点击量?"

他似乎忘了是在和我说话,"成千上万。不过很显然,这持续不了多久。我们的专家正在昼夜不停地攻克它。"

他的语气无比自信。他什么都不知道。

"这是非常严重的事件，杜波依斯小姐。士兵们都放下武器，擅离职守；油田的工人都离开了工地。"

我高兴得想上蹿下跳，大喊大叫。现在没人能停止它的蔓延了。因为这是艺术的属性。我父亲的程序真是绝妙。一旦人们与它交互，就不会有想要毁灭它的想法。

几个月前，我爸爸曾经告诉过我他的紧急预案，以防他会遇到什么不好的事。这个程序在他被带走的时候已经接近尾声了，今年春天，他偷偷放在我衣柜里的终极指南让我可以很容易地完成这个程序。他写了第二份基金申请书，然后签上了爷爷的名字，我只是负责递交了这份申请书。得到的钱足够我完成整个程序。

这个程序的美妙之处在于它沉浸式的交互艺术形式，只要看一眼，就很难不被它吸引。程序把让你眼前一亮的颜色、声音、图像汇编成交响乐一样的一套组合，一旦你和它交互，它就通过击键模式和神经元刺激，开始重新给你的大脑编程。它会提高你的同理心、诚实度和批判性思考的能力。更重要的是，它会减轻人的暴力倾向。这是个改变世界的游戏。

"不打算为自己辩解了吗，杜波依斯小姐？"

"我能给我的律师打电话吗？"

这个男人用鼻子不屑地哼了一声，一边站起身一边摇头，他告诉那个健壮的警探，把我押送到拘留间。

我回头看了他一眼，微笑道："我爸爸总是说，这世间唯一永恒的东西，就是改变。试着去习惯它吧，现在没人能阻止它了。"

糟糕的领袖
哈里·托特达夫

金战栗着醒来。她身上盖着四层毯子,但牙齿还是像响板一样打战,咯咯作响。外面又降到零下十度以下了。这座房子里,没有一个地方是有温度的。壁炉里没有任何可烧的柴火,整个村子都是如此。承诺发放的煤炭始终没有送来。很久之前,他们就把步行一天能达到的范围内所有树都砍伐光了,只剩下几棵李子树和梨树。也许,这些树很快也会被砍光。如果你像这样正挨冻,谁还会关心以后还有没有水果吃?

抱着试一试的心态,她轻轻按下床边台灯的开关。屋子里还是那么黑。依然在停电中。也许,几个小时后的下午会来一会儿电。她希望会是这样。伟大的领袖今天要公开演讲,而她想要听到。如果有什么东西能够让你忘却烦恼,领袖精彩的讲话就在此一列,它能让人的心情拨开乌云,看见明亮的太阳。

这时,四处一片昏暗。这个季节的太阳很晚才升起来,当然,日落也很早。今日带来暴风雪的乌云还在天空密密地积压着。这样的天气,这样的时节,你只能凑合着过,尽量保持乐观。自力更生——大概是这意思吧。

金一边叹着气,一边起床。睡觉时,她已不再脱衣服,只脱掉了靴子。现在,她所谓的起床,就是穿上这双靴子。在靴子里面,金的脚上裹着三双袜子,这些袜子能帮她在外出搜寻食物的时候不致冻僵双脚。

她走进厨房。母亲正在煮水沏茶,并趁机在小火盆旁边烤着手。"早上好,亲爱的妈妈。"金说,"这些茶够分成两杯茶吗?"

"我试试吧。"母亲的语气很勉强,好像她希望金能多睡一会儿,这样她就可以自己喝全部的茶了。然后,她态度缓和了一些,继续说道:"那里还有一些腌的卷心菜,可以当早餐。"

"呀!太好了!"金快步走到泡菜坛子边上。自从警察把金的父亲从田地里拽出来并开车带走,这三年来,她们母女相依为命。从那以后,父亲没有任何回音。金希望父亲在某个劳动改造所做苦力,这说明他们没有轻易地处决他。无论是哪种处境,都是因为他与这个国家为敌,这让这对母女生活无比艰难。

她打开腌菜坛子,一股大蒜和辣椒的混合味道扑面而来。卷心菜腌菜称不上是能果腹的菜,但至少有这么一点,好过什么都没有。

在腌菜坛子上面,是一幅伟大领袖的肖像画,这屋子里总共有三幅这样的肖像画。他是如此英明,如此伟岸!他目光灼灼,看向遥远的未来。这幅画画得不那么完美,但很传神。伟大的领袖能够洞悉未来的方向,你从画中他的眼神能懂得这点。

"这是你的茶。"母亲的话打断了她的思绪。

"非常感谢你,亲爱的妈妈。"趁着杯中的茶还有温度,金很快就把茶水喝光。当然,杯子里的茶水不那么满,茶味也很淡。和其他人一样,金的母亲也要把茶叶多泡上几遍。你无法知道你摊开手还会有什么东西留下,也许以后什么都没有了。

"我希望你能有好运气。"母亲说道。

"我也希望自己能交好运。"金回答道,"说不定我们的运气就来了呢。我们在坏运气里待得太久了。"

"我们很好。"母亲刚强地回答。即便是在她们自己住的房子里,也不是可以无所顾忌,政府很可能已经给房子安装了窃听器。这些窃听器说不定在没有电的时候也能运行呢。"我们很好,我们有令人骄傲的祖国和伟大的领袖,上帝在保佑他,一切都很好,相当好!"

"当然,你说的对,亲爱的妈妈。一会儿再见。"金走出房门。

虽然她穿着夹棉大衣,里面还套着两件毛衣,刺骨的寒风还是很快就把她打透。鹅毛般的大片雪花从清晨就开始下落。看来又一场暴风雪正在来临。金把大衣的兜帽戴上,用厚厚的围巾包裹住半截脸,只露出眼睛来。其他外出的人都是和金差不多打扮。你只能通过他们的穿着来认出他们,因为捂得太严实,已看不到他们的五官。

即使是走路,都很费劲。原来地面上已经有30厘米厚的积雪,新下的雪积压在上面,足有将近1米高。因为雪太厚,金几乎没看到帕克家房子前面的小雪堆。是的,那是一具尸体,毫无疑问,那是他们的大儿子,他生病了,好几周都没好,越来越严重。没有药物,医生远在几公里外,他们不肯到这里给如此微不足道的小人物医治……这是个悲伤的故事,却不再是什么新鲜事了。如果没有炸药,直到大地解冻前,他们都无法把他埋进墓地里,而他们当然不愿意花钱去买炸药。反正,在这样寒冷的天气里,他的尸体也不会腐烂。

金倒吸一口凉气。李老头家的狗从一边跑了出来,它是她见过最凶残的狗。那只狗是一头凶恶的畜生,不过在雪里行动比金要灵活多了。为了防止恶狗和饥饿的村民找她麻烦,她在口袋里准备了几块骨头。

但那只恶狗没理她。过了一会儿,她明白恶狗反常的原因:它骄傲地用满是牙齿的大嘴叼着个兔子回来。顿时,一股嫉妒的酸楚刺痛了金的内心。看来,那个李老头和他那让人厌烦的泼妇老婆今天会吃得不错。金已经记不清她上次吃肉是什么时候了。即使李老头家能分给她兔子的一点点内脏,脑袋也行啊,如果能和着卷心菜或谷粒煮上一锅,那该多香啊。

谷粒……

想着这些,金的双脚踏上了已经收割完的田地。谁又能说得准呢。或许去年秋天收获时,会有几颗谷粒掉落,在大雪的覆盖下,就藏在这里。即使希望再渺茫,有希望也总比没希望要好。

另一个年轻的女孩正在田里搜寻着。她谨慎地抬起头,然后放松下来,打了个招呼:"你好,金。"

"你好,金。"金回答。尽管有围巾重重包裹,她还是微笑了一下。和别人重名已经变得不那么有趣了,不过有时还是能从对话里找到一点小乐子。金继续说:"上帝保佑伟大的领袖!"

"上帝保佑伟大的领袖!"另一个金这样回复。

她们分开各自行动。一旦她们合伙,搜寻到的战利品就需要平均分成两份。而她们两个都想得到更多。

金戴着厚厚的手套刨雪,一直到手指碰到地面。她找到上一次大地解冻时长出来的蘑菇,等到天气变冷,这些蘑菇又被积雪埋到下面。蘑菇没几块,但也比什么都没找到要强。她把蘑菇放进外套的左衣兜里——左兜里没有石块儿。接着,让金异常高兴的是,她真的找到一些遗落的谷粒!谷粒被她放进装蘑菇的那个口袋。

她站起身,走了。很快,打着旋的雪片就把她和另一个叫金的女孩隔绝开，她赶忙走到灌木丛前，去查看她前天放在那里的捕猎夹子。大风呼啸而过，很快就抚平了她走过的足迹。当金发现一只很肥的大老鼠吊在陷阱的绳索上，她高兴地喊出了声。老鼠没有兔子的肉多，也不好吃，但是有肉吃总比没有强。重新把陷阱里的机关摆好以后（自从她设下捕猎夹和陷阱，就没抓到过任何动物，也或许是在她收获猎物之前就被其他人擅自抢走了），她高高兴兴地往家走去。今晚，就算称不上是美味大餐，也能有一顿像样点的食物了。

看到金展示的猎物——带回家来不小的收获，母亲高兴得大声尖叫。下午两点刚过时，电力恢复了。电灯闪烁，因为电压低又不稳定，电灯的光芒很黯淡。这个时候，电器能运转一会儿。

伟大的领袖要发表讲话了！金和母亲同其他村民一起，来到广场聆听他的教诲。和其他广播一样，公共电视只播放政府授权的频道，这样所有人都会被"保护"，不会接收到国外邪恶谎言的毒害。

他来了！他现在是位年纪很大的老者了——但是，仍然强壮如初，精力充沛！所有人都认识他的子女，还有他的女婿，其中某一位可能将来会继承他的位子，然后是他的孙辈继承，就这样一代代传下去。但他还在统治，在金出生之前，他就统治这个国家好多年了，甚至怀疑这件事，都是很冒险的行为。

他戴着具有标志性的红帽子，上面印着他的口号"让美国再次强大！"，每个单词的首字母都是大写的，十分醒目。"我给大家带来一个消息，"他急躁地说，"如今，折磨我们国家的犯罪和暴力行为，很快会终结。我的意思是，相当快。安全的秩序将会建立起来。所有事情都进展顺利，一直以来都是。"

"我们的计划是一直把美国放在首位。强权者将不会再欺压那些柔弱的人。我已经恢复了法制和秩序。我们的边境墙已经阻止了非法移民，阻止了黑帮团伙和毒品，此外，我们还取得了一系列卓越的成绩。我尊敬工作，也尊敬辛勤工作的人民。工作胜过任何事情。我的意思是，超过其他所有事。继续加油工作吧。正如我说的，美国优先，美国一直保持优先，美国永远优先！"

"美国优先！"当电视被关闭后，村民们齐声附和。金的双眼漾满了泪水。她情不自禁地哭了。她热爱这位伟大的领袖。

大女儿十八岁生日的一个月前，
我对她两次明确和三次间接的道歉

希瑟·林德斯利

2020 年 10 月 4 日

亲爱的简，

你知道吗？在我第一次离开家上大学的时候，你外婆给我邮寄了一罐奶粉。要知道，在 20 世纪 90 年代，想要邮寄一罐奶粉，她需要先去商店，还要在邮局排队等上半天。那时，你无法凭着一时冲动就去点几下鼠标网购一罐奶粉。等等，你会冲动之下网购一罐奶粉吗？控制住自己的冲动。

如今你可以随意购买，因为一罐奶粉也不过是一小盒子东西而已。你可以把它加进土豆汤或者其他汤汁里，做成奶油味。不要——我再重申一遍——不要因为希望能吃到牛奶味，就把奶粉加水倒进麦片。

当年，我收到奶粉之后，我还很贴心、很礼貌地打电话给你外婆，感谢她。不过我还是没能理解她的心情，没有说："我知道你大女儿搬到了隔着千重山万条水的远方，你很担心她过得好不好，你只想提供一点帮助，虽然心里有些犹豫到底能不能真的帮到她。"我当时大概是说："妈，你不知道在波士顿也有牛奶吗？"

我觉得今晚我应该再给你姥姥打个电话。

也许你已经看到随这封信一起邮寄的一盒文具。呃，我觉得你可能会先打开收到的奶粉包装，再打开我寄过去的文具呢。然后你告诉我一下，哪个对你来说更有用？

我希望你在学校已经安顿好了一切。我从网上看到你社交账号上的更新，似乎会是这样。我想，我更愿意看到你能收到更多网购之外的包裹。我更期盼你长成一个机敏的、有自己隐私的大人，你能让自己远离营销专家们的数据分析，就像你妈妈一样。

今天早上，我收到一条没什么必要的提醒信息，告诉我你下个月要过生日了。智能算法还给了我一份你会喜欢的礼物清单。我知道这份清单可能有用，但请你自己告诉我，你想要什么，好吗？除了使你提前两个小时出生，好让你有资格为下个月的总统大选投票这件事。

我真希望自己能送你一台时光机。当然我会用它做很多事，不过现在，我最想回到2002年的10月底。那样，如果有阵痛，我就会试试跳健美操、吃菠萝、喝覆盆子叶茶、打催产素，如果必要的话，我还能接受剖腹产，我记得很清楚，对于没能早点生下你，我比你还要不安呢。总之，很抱歉，下个月大选时你还没到十八周岁，所以不能投票。我真希望在你十四岁的时候，这个国家选出来的是一位更好的总统。

噢，对了，趁我还能想起来：我知道你觉得自己终于可以逃脱技术支持的角色（哈哈哈，怎么可能逃脱呢），不过，还是想问问你，我怎么才能摆脱掉视频播放追踪系统？我想看《莉莉丝的后人》第二季，又不想屏幕上带有追踪的标志。我问过莎拉，但她只是装傻——或许她不想让我知道，其实她对技术不那么精通。我知道续集肯定是狗尾续貂，可是第一季的结局还萦绕在我的脑海。还有，不要告诉我：那就签一份追踪器协议，然后就不用担心了，因为他们只是以匿名的方式搜集数据。他们让我浑身起鸡皮疙瘩。就像有人整天在我身后盯梢一样。好吧，倒也没那么严重……就是个追踪器。可它真是个恐怖的东西呀。

我还记得第一次看到广告标志的时候，我和你爸正在追一部剧，屏幕下方出现一排不太显眼的字，上面写着汉堡连锁店的名字和地址，正是离我们家最近的那家连锁店。我俩都觉得，估计不久我们的名字也会出现在电视广告上。这不是个技术能不能实现的问题，因为技术已经发展到了这种程度。这是个我们社会是否接受的问题，一旦人们积极地回应，这种做法就变得无处不在。似乎，你从来不在意这些冒出来的广告，这些如此怪异地专门定制给我们的广告，让我很讨厌。

我觉得可能是因为你已经习惯了吧。

你还记得你爸爸挑选的健康指数显示器吗？那个和保险公司同步后能查看健康指数的小东西，它帮助我们省了一大笔保费。后来，你爸爸弄丢了这玩意儿，结果保险公司就威胁他说，除非他再买一个，否则就要提高我们的保险费率。所以，他就又买了一个，可是，又弄丢了。这回，保险公司说可以免费给他植入一个体内的健康监控装置。你爸还真的在考虑这件事。他说，他喜欢数据，但是不喜欢这个装置。他觉得既然他经常锻炼，那就应该没什么问题。当然了，你妹妹不假思索地打断他，告诉他：他的口气就像是在为军事化的警察做辩护——说什么"如果你不是罪犯，你就没有什么好担心的"。你爸很无奈，觉得她反应过度。所以，莎拉就大声嚷嚷让他告诉那些人……呃，你肯定明白莎拉想的那些。对不起，当你好不容易去上大学获得片刻安宁和清净，我又在这里转述家里的吵架。

你动身以后，和莎拉联系过没？我看你在社交网站上和她有偶尔的互动，但不算太多。你们两个都不爱在公共场合闲聊。我只希望你们两个能聊聊。

莎拉已经愤怒了好久，我不知道该怎么办，因为确实有太多让人生气的事。昨天，莎拉在学校里出了点状况。她没告诉我是什么事，但她心情沮丧地说了一些本不该说出口的话，什么如果我们没把数据取回来，我们应该填一些错误信息，好让数据无效无用之类的话吧。也许她只是在撒气。我却有点希望她不是在说气话。

我们怎么能最终接受这一切呢？我们怎么可以完全接受机械的数理统计而脱离公民的权利——如果不是随机地挑选牙膏，就被认定为存在潜在的叛乱行为？

我之前没有留意这种机械地决定我们生活的控制方式，但是当我惊奇地发现，只有你选择商科，大学才会同意录取你，这时，我真的忧虑很久。他们说，数据显示你选择商科会取得很大成功。你本来可以选择第二喜欢的学科，或者其他你有兴趣的领域，但当你告诉我们，反正你都是在商科和社会学中间犹豫，选商科你也乐意。所以，你就去了首选学科的大学。看上去，你很高兴。你刚上大学一个月，我就已经开始设想，在毕业前你会被招聘进业界前三的咨询公司工作，因为数据说你会很优秀。你会很优秀，我知道你会，并不是因为数据这样显示。

在你选好要申请的大学之后，我发现你很少拉小提琴了，到了你快要离开家的时候，你完全不拉琴了。我以为你会把小提琴留在家，看到你把琴也带走，我松了一口气。你现在还拉琴吗？我知道拉琴的表现达不到你的完美标准时，你会很沮丧。可是你一直拉得都很棒，只要你继续练习，你会拉得越来越好。

我不知道在这封信里我在要求什么。是想要你少一点满足感？多一点不满，这样你以后的生活就会少一点沮丧？我是想让你变成愤青，像你妹妹那样？为什么会有家长想让他们的孩子变得愤怒呢？

我很想念你，亲爱的女儿。

请继续拉小提琴吧。记得随机选择牙膏。记得给你妹妹多打几个电话。

还有，不要受诱惑去买奶粉喝。

永远爱你的，
妈妈

均衡员

德吉·布赖斯·奥鲁克图

一涓枫树液的细流从断裂的管子那儿流淌出来,在雪地上形成一个黑洞。萨姆还看到泥坑旁边有一些蹄印,那里是白尾鹿舔食枫树汁液的地方。这个季节动物们常常要忍饥挨饿。这个时候,一只大鹿可能会减少二十多磅的重量,因为树林不再给鹿提供食物,它们不得已跑到人类居住区觅食。很早以前,特拉华族印第安人在漫长的冬天里,也是靠糖枫的汁液维持生计的,直到下一个春天,索尔兰保护区的森林就会变得活力盎然、生机勃勃。那是两百多年前的景象。

萨姆找到手机"收藏夹"里面第二个弹出来的图标,拨出去。

"嘿,萨姆。"托马斯接起电话。

"好像莱顿又切断了一根我的管道。"

托马斯在电话的另一端停顿了几秒钟,"你确定吗?"

"这次,就在他上次切断的地方不远。"

"真他妈该死!"托马斯回答。萨姆从电话里听见他扯着嗓门喊他儿子的名字,"我不知道他跑哪儿去了。"

"我今天大约损失了四十加仑。"

"我们会赔偿你的。"

"不用赔偿，托马斯。让他住手，以后别干这事了。"

"我会好好教训他的。你希望我下山去帮你一下吗？"

萨姆正要告诉托马斯"算了吧"，因为她苛刻的生活习惯让她已经习惯一切自己来做。不过她想到那个小山坡，她需要提着开水在雪水里走上山坡，这个过程又累又烦人。而女儿还在医院值班，即使下了班，她也不愿意帮忙制作枫糖，她总是觉得枫糖浆是种奢侈品。再说，等到女儿下班过来帮忙，也许她已经失去了几百加仑的枫树液了。

"你说真的吗，托马斯？你要下山到这里？"

"当然，"托马斯说，"比赛已经结束了。老鹰队输了。"

"好吧。但是，你别下山来这里就开始和我讲橄榄球。"

"你想得美。"托马斯哈哈笑起来。

萨姆慢慢地沿着剩下的管线仔细检查糖枫林，查看每个"T"形或者"Y"形接头，确保汁液能顺利地流进集液器。看上去托马斯家的孩子没有切断其他管线，不过她还是不放心地都检查一遍。她吃力地蹚过又湿又厚的雪地——雪太厚，雪地靴都被打湿了——太累了，她只好一次又一次停下来喘几口粗气。云枫农场总共有五百多棵糖枫树，其中，百分之二十是红花槭——正统教徒都称呼这种树为沼泽枫，另外四百棵是糖枫。在这片出枫糖的枫林里，有一些枫树昂然挺立，伸展着健康的新枝丫；而和邻近庄园接壤的一些枫树，则似乎被水淹得病恹恹的，旁边的迈克庄园正在改造山坡的自然排水系统。生病的树并没让萨姆太忧心，因为这不影响她从这些树采集汁液。很久之前她就知道，即使这些树将要枯死，即使这些树后来真的死掉，采集汁液并不能加快它们的死亡。

检查完所有的枫树后，她费力地爬回山坡，一路上，她不断调整着内衣。她迅速地掏出一块化妆镜检查嘴边的碎毛，然后在托马斯到来之前，放回口袋里。托马斯开着丰田塔科马——这辆皮卡车是托马斯两年前买的，一度让他很骄傲，但现在他很担忧，怕均衡员取缔以汽油为动力的车辆。瞥见托马斯穿着戈尔特斯牌的靴子、戴着从药店买来的飞行员专用墨镜下车，萨姆感到一阵兴奋。托马斯长得清瘦、结实，有一双浅棕色的眼睛，下巴上还带着美人沟，这些特征还和高中毕业时一样。

"你还好吧，萨姆？"托马斯问道，赶紧跑到她身边。

她意识到自己把双手拄在膝盖上，"我喘口气儿。"

"你该悠着点干活。"

"我没事，托马斯。都怪该死的激素。"

他吐了一口痰，除了托马斯，萨姆绝对不允许其他人在她农场做这样的事儿。"该死的老鹰队，错过了一次绝佳的进攻机会。"

"我告诉你了，不要和我提橄榄球。"

"你这么说仅仅是因为你是纽约喷气机队的球迷而已。"

"他们对胜利没什么野心，真是让我闹心。"

托马斯抿嘴笑笑——他总是很容易，也很随意地就笑起来。他们一边聊着一边穿过云枫农场的房子。整个农场由朝南太阳能板和地热井提供能源，萨姆已经通过抵税付清了这些设备的全款，这些设备通过高密度的绝缘材料输送能源到她家。用来熬制枫糖的蒸锅需要用柴火烧，这样才能保证糖浆的美味。通过山坡，农场里有一个由再生木材建造的谷仓。严格来说，农场的房子有两座。一座是主屋，萨姆在那里长大，它是盐盒形状的，有一面长长的坡顶和雪松做成的木瓦片。另一座小房子，结构上更像个小木屋，萨姆的女儿——梅根一直叫它"小小屋"。萨姆多少有点闹心,她女儿宁愿住在离大房子一百米远的小陋室,也不愿意和她住在同个屋檐下。梅根对均衡员的信条太当回事了,她觉得,自己就应该抛弃所有的世俗财富,支持简朴的生活。对于萨姆做了变性手术的事,梅根一直没有原谅她。

路上,他们看到一只绵羊正站在一堆木屑上,咩咩地叫唤。绵羊的乳房肿胀得厉害。

"也许你应该给它挤挤奶。"托马斯观察完那只羊,如此说。

"那是只母羊,它有三只羊羔呢,"萨姆纠正他的话,"它们可以自己搞定。我已经挤了八年的羊奶了,却从来没赚到钱。你想进屋来吗?"

"不用了,这样就挺好。"托马斯回答。自从她做了手术之后,他就没进过她的屋子,但萨姆知道,她不应该强人所难。每个人对这件事都有自己的看法。

萨姆在厨房烧水,斜眼瞥到托马斯正从凸窗探出去,给那只羊喂一束干草。当水壶里的水烧开了,她把水倒进一个有铁把手的橡胶桶里。

"我们出发吧!"她说,"我们需要快点走到那边。"

"你想要我来拎这桶水吗?"托马斯问她。

"你不知道在雪地上走路水多容易洒得你全身都是。"

他们缓慢地爬过长长的山坡,萨姆把沉重的水桶不时地在两只手之间倒换,最后,他们终于到了枫树林里托马斯儿子切断输送汁液管道的地方。萨姆放下水桶,喘着粗气。她感觉,好像肺里已进不去多少空气,好像她的血液都无法恢复活力,血红蛋白的缺失让她的意识都在减退。午后的太阳已经落到山坡后面。

托马斯忙着检查管道,"你说他是从这里割断的,是吧?"

"是,就是枫树汁往外淌的地方。"她喘了一口气。

"当然,这里切断了。"他皱起眉。他把管道拿近,仔细地检查,"你觉得他割断管道的时候站在哪儿?"

"站在哪儿都能割断。"

"切割的角度很有意思。"

萨姆瞪向托马斯,想弄明白他到底在干什么。管道被切断了。难道他是想逃避责任,不去追究他儿子的错误吗?

"你看,"萨姆说,"这桶水快凉了,如果水凉了,累死累活走这么远就全他妈白费力气了。就是他割断了管线。"

"我没说不是他割断的。"托马斯说道。

"那就帮我修好。"

"我刚才要说的是,莱顿习惯用右手。我不知道为什么他要从这边开始切。这个角度,是他要站在头顶这么高才能切到。他需要站在坡上扭着身体切割。所以,这个角度很奇怪啊,他为什么要这么切呢?另外,"托马斯转过身帮萨姆移动水桶时,接着说,"莱顿常用的是一把猎刀。这个割痕像是有人用激光切刀切断的。"

"那你还打不打算帮我了?"

"当然帮啦,别把你的奶子甩给我看。"

她一边咯咯笑起来,一边抓起管子的两截。不像其他人,托马斯一直拿她的手术开玩笑,这样能让他们两个相处不那么尴尬。他是她唯一的朋友,当她改了名字希望别人以新名称呼她时,他就立刻用新名字叫她——而其余她认识的人,不是依旧叫她理查德,就是直接躲着她。

她和托马斯一同上小学、中学、高中,之后从高中毕业后,两个人的生活方向开始有了天壤之别。托马斯后来去了特伦顿,然后北上到纽约,在柯达公司做了几年销售员,后来又搬到了新泽西州的中心,经营一家仿生肢体的专卖店。而萨姆,他高中毕业后,取得了后备军官训练队奖学金,得以到宾夕法尼亚大学上学,他的专业是化学工程,后来在陆军工程兵团工作了十五年,然后退伍转到罗格斯大学教水文课程。他们两个现在都住在父辈买下的地产上,托马斯住在索尔兰山的山顶,居住的农场大小正好两英亩;萨姆住在索尔兰山的南面,农场有四十英亩。他们的祖先可以追溯到殖民时代,那时,特拉华族印第安人还在这片树林里游荡。

"我要把这两截管头浸在水里,"萨姆解释着,"直到它们变热,膨胀。然后,我需要你把它们挤进这个连接管。"

"没问题。"

"在管线变硬之前,我们只有十秒钟。准备好了吗?开始——"

托马斯轻松地抬起水桶——他很瘦,却真的很强壮——萨姆连忙把两个管道头浸到水里大约三十秒。接着,她用尽全身力气把两截断开的管道拽到一起。托马斯按照她说的,用一小截连接管塞进受热膨胀的管道两端。很快,枫树汁就又在PVC管道里流淌起来,在经过修补好的这截管道时,汁液里产生一些小气泡。这样,管道里会有一些细菌,但是后续操作会把它们消灭掉的,萨姆还采用了带着滚珠的最先进集液器,这样就不会让枫树的划开处很快愈合。她的农场很有特点,几公里的现代化PVC管道从一棵树连到另一棵树上,让整个枫树林更像是一个由蓝色、黑色管线织就的复杂迷宫,而不是一座纯生态化的伊甸园。云枫农场的运作全靠很多物理学和流体力学知识,这里不是那种有田园风光的森林。

"你看到这个了吗?"当他放下水桶时,托马斯问她。他手指着附近枫树上的一个叠成三角形状的三团绿色火焰标志。萨姆没看到它,之前她只想着要检查所有枫树了。在绿色火焰的中心有一个"L"字母。L代表着均衡员。"你认为这个东西在这多久了?"

萨姆看了一下标志插在树上的部位,树皮上的汁液已经凝固了。那块汁液都已经晶化了——她怎么就没看见呢?"至少一天了。"

"可能只是个恶作剧。"托马斯乐观地说。

"我不明白。我们也不富啊。这个农场一点都不富裕。山顶的那家才叫富裕。迈克庄园他们家才叫富裕。"

"我觉得,他们已经搬走了。"

"他们确实搬走了。他们家已经标示'出售'三个月了。"

"我知道拍卖竞标的时候谁会买下那里。"

萨姆也知道是谁。均衡员们会根据建筑材料和土地面积的标准价值来确定合理的买入价,然后,他们会把那里全都拆掉。没人能和他们竞标成功。她看到了邻居们收拾行李时那绝望的面孔,他们曾经拍摄田园风光照片的地方不再是他们的了,住在田间桃花源的梦想破灭了,他们只好搬回到城市里的公寓。他们住在那座大房子里时,总是抱怨萨姆农场上的集汁管线和蓝色PVC管网破坏了他们看向山谷的风景。尽管如此,当他们的庄园里第一次出现绿色火焰标志时,他们恳请萨姆能帮助他们。他们的庄园里种植了一系列的园林景观,都是些入侵树种——挪威枫树、柏树和小檗树丛等等。那个时候,她勉强说出几句陈词滥调的安慰话,暗地里却挺高兴,终于摆脱这个八千多平方英尺的庞大"怪物",吞噬了百万瓦特的矿石燃料。最终,他们走了。

但是为什么均衡员要找她的麻烦呢?还是像托马斯说的,这就是个恶作剧？均衡员们很慎重地选择贴火焰标志的目标，不过他们目标的最终确定也是依据人工智能计算出来的。人工智能采用多重网络权重综合计算，包括纳税申报单、车辆识别码、采购的批量、土地资产上本土植物的数量等一系列数据。一旦有谁家被确定为他们的目标，火焰标志就会像雨后的蘑菇一样嗖嗖地冒出来，然后，强征流程就会开启。

"这是一个自给自足的农场！"萨姆尖叫道，"我们用的是地热能！看在上帝的分上，连肥料都是我们自己做的！"她撕掉树皮上的标志，做这件事时，她开始头晕目眩，然后，她就只知道自己躺在了地上。萨姆能感觉到，潮湿的雪水在一点一滴渗进她的裤子。

"萨姆！"托马斯大喊，"你没事吧？"他弯下腰扶她起身，这时，她的乳房从内衣滑了出来。他只好假装什么都没看见。

"干什么呀，你从来都不敢直视我的胸！"萨姆说。

"你放松一点。"

"我有点头晕。"

"要不要给你叫个医生来看看？"

"不用，就是激素捣的乱。激素让我晕眩。"

"你应该找个人帮你做农场里的活。"

"像莱顿这样的？"

"也许他真能帮上忙呢。"

"不要，上次他看见我还管我叫'变态佬'呢。"

"他不是有意的。他只是正处于青春期。"

"年幼无知，沉默寡言，精虫上脑。"

"至少沉默寡言还是不错的。"

萨姆恢复呼吸后，他们又沿着修补好的PVC管往下走，来到收集枫树汁的小屋,那里的枫树汁是从树林里流出来的。她一路上查看每棵树的上端,看看还有没有其他火焰标志。

"他们传言的没错吧,托马斯?你能看到他们过来?"

"我觉得他们伪装得很好,看是看不到什么。不过如果你也站在观鹿站上,你能听到点动静。"

"那他们会发出什么动静?"

"看情况,每个人遇到的都不一样。"

萨姆还是小孩子的时候,她就跟随父亲在她家地产外围的树上采集枫树汁,他们两个把铁制的集液器用锤子钉进树皮,然后用铝桶在下面接着。迈克庄园破坏了那片糖枫林,他们给山坡上拉绳结垄,种上了很多葡萄藤,计划自己酿造葡萄酒。在均衡员恢复那片土地时,萨姆想悄悄地补种一些枫树,让她的枫树林再扩充一点,用她自己的想法就是,她满心怀有先驱开拓者那样的拓荒精神。

收集屋基本上就是一个简易的窝棚。萨姆检查了贮液池,那里只有四分之一的汁液。眼见此景,她忽然意识到:她失去的可不止四十加仑。

"你最好看管好你的儿子!"她抱怨道,手里摆弄着空空的管道。即使被隔断了,管道里的汁液也应该比这多才对。

"我都已经说了,我会和他好好谈谈的。"

"上次谈也没阻止他再捣乱。"

"听着,别告诉我怎么教育我儿子。"

"我没想告诉你怎么教育儿子,我只想让他别再砍我的管道!"

"我都说了,我可以赔偿的。"

"上次你也是这么说的。"

托马斯走出小棚子，变得有些生气，"我已经告诉你了，我会和他谈的，萨姆。莱顿只是行为过激。这事儿要怪我家那臭婆娘，都怪她。我们两个吵架，莱顿听到了所有愤恨的脏话。难怪他会割断你的管道。你知道吗？我还有点庆幸他做的是这个。他没吸毒，没去偷盗。要不然，他会干比这个更糟糕的事情。"

萨姆的目光从空管道抬起来。"更糟糕，你是指什么？"她平静地问。

"哦，就是……萨姆，你知道的，像梅根那样。"

"梅根哪样了？"

"你不认为'小小屋'暗喻着什么东西吗？"

"她在上护士学校，"萨姆力争道，"她没有时间做那事。"

"这是她说的吧。"

萨姆从来没想过她女儿会对她说谎。女儿每次回到家时都是穿着护士工作服。

"梅根才不是均衡员！她生活在这里。"

"我只是想说，毕竟你的农场现在被贴了个火焰标志。"

"我不喜欢你的暗示，托马斯。我经营的是自给自足农场。我们不会释放二氧化碳。我也不用缴税。为什么你非得提这件事，还把梅根牵扯进来？她和那个标志没有任何关系。"

"我为什么要提这件事？靠！萨姆，为什么我要提？管好你自己的孩子吧！我只能说这么多。"他用手拍自己的外套衣兜，"该死的，又把电子烟斗落在车里了。没错，我是多嘴了。不是所有人都是严谨的教授。"

副教授，萨姆暗暗想着，自己之前不过是那种无望获得终身职位的副教授。她知道托马斯根本不知道这其中的细微差别。她从棚子里的置物架上摸出一盒骆驼牌香烟。

"你又抽烟了?"托马斯问。

"我把烟放在各个地方,省得我总是找不到。"

托马斯打开包装的封条,猛吸了一口,然后就呛得狠命咳嗽起来。"现在我想起来我为啥要换成电子烟了。"他咕哝地抱怨。不过,他还是吸完了那根烟,就像萨姆在中学时教他的,不浪费每一根烟。他们甚至把那些没有吸完的半截烟头叫"棺材钉"。

萨姆仔细查看,终于找到空管子没有流出足够枫树汁的原因:一小块石头堵住了阀门。她把石头拽出来,汁液就重新涌入到贮液池里。她尝了一下没过滤的天然枫树汁。味道比她想的要甜一点点。估计是糖枫比红花槭产的糖分要多点。再过几年,她也许会采集到超过一万加仑的枫树汁。

"你觉得,他们会不会改变计算公式?"她问道,"他们会不会考虑其他我不知道的因素呢?"

"我都说啦,八成这就是个恶作剧。"

"难道是农场的规模?枫糖浆是经过核准的商品,用来交换其他生活用品的啊。他们不能就这样夺走我的资产。"

"是,这事儿有点奇怪。"托马斯点头。

"你和我一样,都是继承来的资产。你怎么知道他们不会来找你呢?"

托马斯怀疑地瞥了一眼萨姆,耸耸肩,"他们说你能看懂均衡员的信号。"他听到这句话,沉默着把手里的烟头弹进一团裹着冰层的雪堆上,接着,立刻又走过去弯腰捡起来,因为他知道,如果烟头就随手扔那儿,萨姆会严厉责备他一番。

"你会告诉我的,对吧,托马斯?如果你知道为什么他们要收走我的家?"

"我不是均衡员。"他说。

"你当然是，"萨姆说，声音越来越绝望，"因为你家族的渊源，是吗？当我们把你们带到这里时，你们都被剥夺了公民权。"

"谁把我们带到这里的？你吗？"

"我是说，你家的祖先，不是奴隶嘛。均衡员还授予你们荣誉纪念章了，为了感激你们的牺牲。"

"哦，闭嘴吧，萨姆。"托马斯气呼呼地说，"你在同时贬低我们两个！我告诉你了，我和那个标志毫无关系。我们从小时候就认识了好不好。"

想到她的祖产会被剥夺，就让她无法忍受，这让萨姆变得异常狂躁。如果均衡员夺走她的土地，她就去参加均衡公社，然后争取在组织里确立住地位。均衡员组织内部避免一切等级，但她在军队里工作那么多年，已经学会了如何自然而然地获得地位。估计她能很快掌握他们内部政治的运作规律——他们称之为"流动民主"的管理方式——最后，她要重新获得自己对这片土地的所有权，即使她不能在这里居住。其他的选择——嗯，几乎她能想到的其他选择都极其糟糕：这片地产强制拍卖能让她获得微薄现金，然后再去普林斯顿的图书馆周围寻得一小块立足之地。她怀疑自己可能支付不起那里的公寓。她没有搬到城市里的想法，之前她就曾发誓：她的余生要杜绝一切对环境进行掠夺的生活方式，杜绝一切奢华。说不定，她还得放弃她的激素治疗。

也许托马斯能帮助她，她这样暗地里揣测。也许他能把那些火焰标志清除掉，就像一场晚秋霜冻能把山茱萸的花瓣轻易地抹去。

"那个，"她主动说，尽力让声音听上去镇定无奇，"我看见割断的管道旁边有一些蹄印。十多天前，有一只体形很大的鹿跑过这里。"

听到这话,托马斯的眼睛闪出光芒,"鹿角上有几个分叉?"

"好像是八个。"

"八个?自从研究印第安诞生地传统的探险队夏天来过之后,我很久没看到这么大的鹿了。你确定?"

"也可能是六个叉。"

"那也还不错,"托马斯心情愉悦地说,"如果那鹿归我,你想要多少钱?"

"我不要钱。你就当是给我帮了个忙。我会让你把它搞走,如果你想多搞走几只,我也不介意。"她十分有涵养地避免说"杀死"和"击毙"这样的词,因为这样说会把托马斯置于不仁不义之地。他更喜欢把打猎当作是一种服务,而且他还是个出色的弓箭猎手。"这群鹿在破坏我们的生态环境,"她继续说道,"一旦我的枫树被它们啃得枯死,这片荒蛮之地就再也生不出别的植物。我就得亲自再种植一些树木。树林如果想一直存续下去,得有足够的小树苗继续生长才行,可是那些鹿除了山毛榉和黄樟,其他什么树都吃。当然,它们还不吃蔷薇丛。说起蔷薇来,如果我不让小羊吃掉一些树林下面的蔷薇枝叶,恐怕现在连走路的地方都没有了,得是满地的荆棘。"

她父亲曾告诉她:特拉华族印第安人曾在索尔兰的黑森林中以打猎维持生计,那时,鹿群的数量是现在的十倍,那个时候,有狼群、土豺和狐狸猎食小鹿,鹿群的数量得以控制。大山的土壤从来都没肥沃过,第一批移民真的不应该在这里垦荒、耕种。鹿的存在让这种情况变得更糟。耕种的农作物和鹿群啃食使得植物浮在地表上层,由于缺乏深厚的植物根茎,一遇到暴雨,土壤就会被轻易地冲刷走。

托马斯在地面上寻觅,想找找看还有没有其他的蹄印,"我可以在哪搭建一座观鹿站?"

"你想在哪建都可以,"萨姆说,"只要枫树汁不再往下淌。"

"那什么时候能采集完?"

"一个星期。说不定是两个星期吧。"

"行,那个时候这群鹿还是很饿。我应该能搞走几只。"托马斯准备回去了,而萨姆打算再去检查一遍真空泵。她爬下山坡,只是想确保刚才的一番努力是奏效的,枫树汁能顺畅流淌。"关于莱顿,对不起,"他说,"我会让他为此负责的。你需要我陪你再回去吗?"

"不需要,我只是去扭开汲水泵。"

"你应该买个那种体外助力器。那样你就可以在这样的大雪天里省很多力气。如果你要买的话,我给你个大折扣。"

"哎呀,你又开始了,说得好像我很有钱似的。你就不能把你销售员的习惯改一改?"

"都深入骨髓了,习惯使然。"托马斯坦承道。他沉重地走过厚厚积雪,穿过树林,往山坡上的房屋走去。

她想在托马斯下次来农场捕猎时,假装随意地告诉他:击毙每个敢踏上这片农场的均衡员。不过,她知道,刚才还冒犯了他的祖先,这会儿还是不要给他压力才好。

当托马斯从视线中消失时,萨姆用钩子拎起一个水桶,然后开始舀出贮液池里的枫树汁,盛进两个蓝色的储存桶里,每个蓝桶都有葡萄酒木桶那么大。她一桶接着另一桶地舀出来,枫树汁四处飞溅。她又想起了父亲,想起了还是律师的父亲是如何买下这片田地,又是如何在这上面打造自己的家园。她不喜欢他经营农场的方式,总是给农场的动物注射抗生素,还在菜地和林地上洒满了DDT杀虫剂。等到他去世，把这块地产传给她，她决心改造这片农场。"一定要让我骄傲。"他在遗嘱中如此写道，"我知道你会的。"对于她来说，他的诀别之言似乎是份珍贵的礼物，又饱含期许。现在，这份期许可能要落空了。

她装满第二桶枫树汁后，把两个桶都各自连上一根管子，之后她用膝盖托住双手，想从疲惫中休息片刻。接着，她拧开了真空泵的开关，泵里的压力会根据整片枫树林中树体汁液的含量自动调节压力，这套系统从另一面反映了树林集液过程的自然循环。枫树林里的树木就这样伴随着四季更迭，木质部和韧皮部也持续着此消彼长的成长循环。她曾经设想为这套生态系统申请专利，不过最后，她把自己的得意之作上传到论坛上，让所有人免费使用。通过真空汲水泵的接口，她设定好的程序能把枫树汁输往山坡上的蒸发器那里，蒸发器通过加热煮沸会把汁液里的水分缩减一些。她打开开关，看到真空泵正常运转，心里很高兴。接着，她给小棚子的门外上了锁，然后爬上山坡准备回到屋里。

风吹打着山坡上的积雪，萨姆开始担心，晚上枫树要经受霜冻严寒了。不过这样也好，明天一整天都可以汲取树汁了。但因为天气转凉，脚下的雪结成冰霜后就更粘脚了。在穿过树林时，她感觉到睫毛上面坠着一层厚厚的冰晶。特别冷。她每迈出一步都像是踏碎了新结成冰层的池塘水面。

嗒嗒，嗒嗒，嗒嗒。在渐渐暗下去的傍晚，她听到黄腹啄木鸟用喙啄食枫树皮的温柔"嗒嗒"声。她听到鸟儿用尖嘴啄树皮的声音，但是声音很微弱。萨姆一度认为鸟儿是枫树林的大敌呢，后来她才知道是这些鸟儿医治好了病树，经过一通鸟儿的啄食之后，枫树会渐渐从病中缓过来。

嗒嗒，嗒嗒，嗒嗒。她又听到了，但是奇怪的是，这次是从山坡上的树林传来的声音。嗒嗒，嗒嗒，嗒嗒。这次是比山坡更远的地方。

有什么东西正在往树上钉东西！她猛然觉察。她抬起头，看见在模糊的树枝上方，有一些轻快的身影掠过半空。这些均衡员可以不开任何照明设备就飞到这片树林。每个均衡员的无人机都有灵活的回旋翼，还有四条空心的腿一样的支架悬挂在回旋翼下边，这些支架相互碰撞时会发出叮咚的风铃声。然后，有一架无人机定位到萨姆，立刻发出一道柔和的蓝光，射向她的脸庞，评估她的身份。其余的均衡员负责用无人机上上下下地测量出她的体征指标。风铃般的支架振动出低沉的曲调，隐约听来，是首爱尔兰民谣，混合着古老的福音歌。其他的均衡员用他们的"乐器"，发出像小提琴一样的美妙声音。现在，那声音听上去又像是坐在树上的一群孩子唱起的歌，歌声哀婉、悠长。听上去，就像是从枫树林自己唱出来的歌。

她记得那首歌。她父亲曾经唱过，每天晚上他为她盖好被子时总是哼唱这首歌。他们说每个人遇到的都不一样，托马斯这样说过。他没说它们的声音会这么美妙。他没说这些均衡员会掀起关于这片土地的独家记忆，在他们偷走它的同时还给她回顾这些美好瞬间。

越来越多的枫树汁从冰冻的山坡上流淌下来，没错，其他均衡员又在成群地切断PVC管道。

"你们不能就这样把我的家夺走！"萨姆高声对它们喊叫。"这里是我的家！这不公平！这对任何人都不公平！"

她还是能听到风铃般的乐曲，整个树林无处不在回荡着均衡员的音乐。忽然，绿色火焰标志一个接着一个发光，一连串的绿色光芒像生态灯塔一样，从山坡上倾泻而出，照亮了她的农场。她父亲的农场。她女儿的农场。很快，她会像个流浪汉一样被撵走。她在雪堆里慢慢沉下去，冰冷的枫树汁像牛奶一样漫过她的膝盖。

没意义的对话

杰夫·莱曼

掌控女人的思想是最恶毒的挑拨手法。我和珂蒂在拉伯克的时候还很幸福呢。我们在教堂结了婚——我终于有家,家里有女主人啦!那个时候,每个人都生活在天堂。

我需要找份工作,我们听说在风力发电厂有很多工作机会。我以为风力发电厂是在加利福尼亚州东部,等我们到了那里,才发现那个发电厂其实在加州西部的索诺马县。你几乎可以叫那个地方为"旧金山人民共和国"。我们驾驶皮卡车,拖着房车,孩子们坐在后排,就这样从得克萨斯州出发了。在加油站休息的时候,我们会用海绵自己擦洗车子,然后吃点奶油三明治。

他们让我们把车子开到拖车公园。一排排的车停在那里,落满了灰尘,看上去停了有几十年。开进公园门的时候,我很想哭出来。他们把我们安置到中央谷地,和很多摘水果的农工住在一起,他们都是墨西哥人。当加利福尼亚州分裂后,所有的墨西哥人都北上来到这里。

除了洛杉矶,东部加州被分割得远离海岸线,接管了与墨西哥接壤的所有地方。保守党关闭了与西部加州的连接站点,国会启用了新的州际护照,进入东部加州需要带签证的护照。这意味着如果你想要横跨州际边界线，就需要出示公民身份证明。所以，这些墨西哥人一旦进入到一个州里，就不能出去，不能再进入其他州境内。

不过，西部加州当局表示，他们欢迎任何有护照和没护照的人。我认为这样倒是对墨西哥人有点良心，可是，我没想到自己和珂蒂要同这些人住在一起。

换成是你，也会怀念白种人。我们建立起这个国家。我们说英语，还记得英语的音调吗？上帝啊，我们还庆祝圣诞节呢，在温馨的小家里私下庆祝。这样就不会给别人造成困扰。

他们告诉我们，将会为我们举办个就职典礼。就职典礼，你懂的，就是那种让你愉快地开始，然后慢悠悠折磨你到死的仪式。珂蒂和我走进居民事务办公室，我看到的是一大堆墨西哥人和妇女掐腰站着。在西部加州，人人平等——所以我们就像是白皮肤垃圾一样，毫无优势。

总共有四位新工程师，其中一个是个穿红格子衬衫留着平头的女人。一位优雅的亚裔女士走进来，告诉我们，我们都将为合作社工作。我的那个上帝爷爷啊。

她对我说的第一句话是："请问你能告诉我你的名字吗？还有，你更喜欢自己被归类到哪个性别？"

我直接回答她："女士，对你来说，我长得像什么？你想要我脱裤子给你看吗？"

"不不！先生，我不是这个意思。那这样我以后就称呼您为'先生'了。或者你想要我怎么称呼您，我就怎么称呼。"

接着，她们问珂蒂同样的问题。"您称呼我为女士就可以。还有其他选择吗？"她侧过脸对我微笑，我知道她也觉得这话问得跟闹着玩似的。

但她们解释说,她们已经发现了十四种不同类别的性别。所以,我惊讶地说:"怎么可能!好好看看吧。这世界上就两种结婚礼服啊。"

我的反应让她们开怀大笑。她开始解释她记录的很多有意思的性别词汇。"女小子"……我不知道这是个啥意思。她告诉我们说,她的小女儿想要变成一个男孩,但是她才做了变性手术的第一步。"在第二性别特征发育前做变性手术,是最好的时机。"

我捧腹大笑,这真太疯狂了,然后我反应过来,赶紧说:"请你不要在我孩子面前说这些事情,可以吗?"

她回复:"当然,我不会说的。"这些人,从来不直接回击你,只会偷偷捣鬼。

如果你觉得他们付很高的工资,那你就想错了,他们只支付我仅够生存的微薄工资——涡轮机工程师,水果采摘工,甚至那个亚裔女人都是一样的工资标准。当然,我的工作意味着我需要坐着卡车到处跑,从新奥尔良到蒙特雷,四处颠簸。

她们要给我安排工作搭档。她们把那个穿着格子衬衫的女人塞给我。我回头去找那个亚裔女人,问她:"能不能给我换个搭档?我就是觉得我和她可能不太会相处得好。如果搭档是个男的,我觉得会更自在点。"

呃,她们就是喜欢这样搞鬼。"当然,我们理解。"她们点着头说,好像我是个需要她们照顾的伤心人。于是,她们给我分配了这个男的,杰克。他穿着同样的红色格子衬衫,像那个女同性恋穿的一样,唯一不同的是,他留着浓密的络腮胡子,所以我怀疑他还是个处男。

我把珂蒂带回房车里,然后忧心忡忡地说:"这些人简直是疯子啊。我们刚在美国的州议院争取到两个保守党席位,但我们就这样拍拍屁股走了,来到这个女权主义的乌托邦。"

珂蒂安慰我,说:"不要紧张,亲爱的。我刚听说这里有照料孩子的工作。我会贴几张告示,这样我就也能挣钱了,等我们攒够钱,你换一份工作,我们就搬到南方去。"你会怀疑珂蒂?你知道的,这个女人能做到她想要做的一切事情。

我们又到亚裔女人那里去面试。她看上去特别满意珂蒂。"你愿意帮我们照料孩子,太不可思议了!"她们要给珂蒂登记——确保珂蒂不会诱奸孩子——然后,她们答应会给珂蒂"找客户"。猜猜她们准备付给她的工资,呵呵,就是最低工资。珂蒂不能直接给她自己找活干,不可以。以防我们变得独立。

当那个亚裔女人开始为医疗保险填写我们的资料时,她问我是否和男人睡过。我受够了!于是,我开始大声嚷嚷:"我可以自己找该死的医生,不需要你为我们登记任何东西!"

她幽幽地告诉我们,在西部加州,若是没有医疗保险,没有医生会愿意为你治病的。

这是你的福利。

在这里,你和一群疯子住在一起,你能做的,只有埋下头做自己的工作。每天,我开车攀上一座座山丘,在蜿蜒的路上前行。当夜晚来临我回到家时,基本上都是九点或十点钟了。那些看孩子的女人还不能下班,她们的孩子还在那儿。我唯一想做的是喝一瓶啤酒,然后和老婆聊几句。

我听到小女儿玛丽亚在讨论"女小子""男小姐""变成男士的女士"之间有何区别。我脑袋都快炸了,我问她:"你是想变成个男人吗,玛丽亚?"珂蒂因为我的话大发雷霆。那些女人向我投来责备的目光。我才不在乎她们。如果有一瓶啤酒的话,我宁愿和啤酒聊天,可惜,这座监牢里禁止饮酒,没有一瓶酒。

就这样，我坚持度过了一整个夏天，之后，秋天到了。他们关闭了谷地的营地，所有的墨西哥人就这么停止工作，都搬到洛杉矶去庆祝圣诞节。我呢，要留在这里，开车从圣罗莎到纳帕山谷，去检修那些涡轮机，好让风车持续发电。

回到家后，珂蒂走过来问我："你介不介意我和女儿们也搬到城里去？那里有很多有意思的课程和戏剧表演，对女孩们的成长更好。"

我当然希望我的女儿们能够接受更好的教育。风还在刮，营地也冷清了。我说，好呀，没问题。她们上了灰狗巴士，挥手冲我说拜拜，看上去很高兴离开这里。那时，天空下着雨。

糟糕的是，我连说话的人都没有了。这里没有爷们儿，你懂我意思吗？我去社交活动中心……不是你能想象的那种酒吧，怎么可能是酒吧呢，就是一种社交活动中心，然后我看到了杰克和一群男人，于是我坐了过去，和他们聊了一会儿棒球。感谢上帝的恩赐。接着，杰克握起一个男人的手，说他们要去土耳其或者俄罗斯之类的地方，参加什么"同志骄傲年度大游行"。我禁不住多嘴问了一句："如果你们那么喜欢那种游行，为什么不生活在那里呢？"我觉得继续待在这里也没啥意义，所以我站起来，走回房车。

圣诞节的时候，我去看望珂蒂和孩子们。那里到处是绿树和俗气的彩带、彩灯之类的装饰物。他们还在街道上游行。他们庆祝一切穆斯林、犹太教、基督教的节日，甚至是冬至日也要庆祝。盛大的万灵节大游行队伍在街上游荡，假人偶随着人潮向前走着，《古兰经》的字母在打转，让人头晕目眩，就像是闪得人头昏的三维图画。当然，他们还有圣诞老人，就是没有基督他老人家。警察穿着比基尼——哦，没错，他们是群大老爷们儿。从来没见过这么多男人只穿着内裤在一起。很多女人推着婴儿车，她们的人数远远超过我见过的。我们还看到"狗狗读"这样的标语。珂蒂问那个举着标语蹦蹦跳跳的人，他回答说，他们知道很多狗和主人们都听得懂的词汇，然后他们用这些词汇写了诗，既念给人类听，同时也让狗听。我的女儿们都很喜欢这个主意。那些狗却看上去很凄惨。

我去看了女儿们的芭蕾舞课程汇报演出。她们只参加了两周的课程，但她们跳舞就像天鹅一样优雅动人，让她们的老爹我无比自豪。"这得花多少钱？"我问珂蒂。"不花钱。有其他人资助我们。"他们还给我的女儿们一些礼物——给低收入家庭的礼物。我才不要被归类到低收入家庭。她们给玛丽亚和凯西一个便签本，还有一套《冰雪奇缘》的录像带。

我对女儿们说："很对不起，这些礼物需要还回去。"

珂蒂在一旁打断我："休伊特，你过来一下，我们谈谈？"

当我们走到外面，她用手指戳我，"女儿们要留下这些礼物。"我刚想说什么，她的声音就盖过了我："她们喜欢那个电影！我们又不能给她们更好的圣诞礼物。休伊特，我们要让她们留着这些礼物。这是圣诞节礼物！"

"我们不需要从这些人手里要什么圣诞礼物。我也不想让孩子留着他们送的礼物。"

"我才不管你需不需要。她们上学需要便签本。"珂蒂的下巴仰起来，气势咄咄逼人，"我不会容许你剥夺孩子们的礼物！"

我了解我的妻子，如果她说出这样的话，一定会说到做到。

"好吧，为了孩子们。但我们必须离开这里。"

"好，好吧，那也没关系，休伊特。你不明白吗？"

接下来是一段没意义的对话。

第二天，我们回到皮卡车里。因为要走了，女孩们看上去有点不高兴。她们抱着她们新得到的礼物坐上车。我不知道她们看过后座上的《冰雪奇缘》多少遍，反正是一刻不停地哼唱那里面的歌曲，唱得我都快吐了。

回到索诺马以后，我开始给所有人——所有我觉得能帮我找工作的人打电话。

我联系上了老家的托尼。他现在住在东部加州的南部。在高中时候，我们两个是一个球队的。"嗨，哥们儿，"他说，"我正要给你打电话，在彭德尔顿营地那里，要建一座大型的风力发电厂。"

东部加州实际上在资助西部加州，因为他们从西部加州购买电力。所以，如果东部加州要建立同样的风力发电厂，无疑会对西部加州造成很大打击。

我说："你们也买他们的涡轮机吗？西部的人在制造这个东西。"

他说："当然不是，我们会从丹麦或者什么地方买涡轮机，反正不会买他们的。我们才不会和那些人做生意呢。"

哈哈，我笑出声来："那'买美国货'的行政命令咋办？"

然后，他这样回答我："那些人才不是美国人。我们已经组建了加州民兵。很快，我们就能收复那里，把那里清理干净。"

他认为他一定能帮我在涡轮机方面找到份工作，他还告诉我怎么去填写网上申请。"来吧，和好人一起工作。"

珂蒂一直在听我们的对话。"他说东部加州组建民兵是什么意思？他想要开战吗？"她叹息地直摇头。她从来不喜欢托尼和莉兹这对夫妇。

两天后，托尼给我发了一条即时信息。他有点喝醉了，"他们喜欢你,哥们儿。他们不断问我你的情况,我告诉他们你有修东西的工作经验。他们说,你现在就可以直接过来工作,不用面试,但是,你得先马上搬到这里来哦。"

我告诉珂蒂。她的脸沉下去,仿佛有个千斤坠在拉她的脸蛋儿。

我告诉她那里有阳光,有欧申赛德港湾,有他们撵走墨西哥人以后留下的免费空房子,有我们以后可以每周去礼拜的教堂,有基督教形式的圣诞节派对。她只是听着,两只眼睛瞪着我。

我去和那个亚裔女人说这件事。她告诉我:"你在违反你的劳动合同。"

我说:"真的很遗憾,但我想要那份工作,而且,我会去接受那份工作。"

"噢哦,你可要留心哦。他们不会保障你的职业安全的,也不会给你上医疗保险的。"

我能猜到她真正的意思。我们教会你怎么修理涡轮机。现在,你却要去给我们的敌人帮忙。

对极了,女士。

第二天,我来到整装待发的拖车前。我想办法把女孩们的衣服都塞进那只粉红大箱子,那里居然还能再塞进去几节备用电池。那是早上六点钟。不知怎么的,那些女人出现了,有些人专门把孩子抱出来,和珂蒂吻别。他们拿着各种各样的气球和蛋糕。玛丽亚的老师出现,拿着一些图书和电影的代金券。亚裔女人也来了,问我要不要再重新考虑考虑。我在车的前排坐好,准备开车起程。忽然,"咔嗒",皮卡车的后面车斗传来一声脱节声。

珂蒂在使劲往下拽那只粉红大箱子和她的黑色手提袋。我冲她大声喊:"你在干什么?"她没有回应。我摔上车门,跑到后面的车厢去。

她在笨拙地摸索着钥匙。她对我说:"我不去,休伊特。"

换成我发懵了:"什么?你疯了吗?"

"我没疯。"她说道,"我不愿意去。我喜欢这里,我在这里有朋友。女儿们也有她们的朋友。她们还在这上学呢,休伊特。"

我用尽力气去拉她回来,但是她断然挣脱,"我不会再进那个车厢里!你的新工作和现在的工作都他妈是一样的!唯一的区别是没有医疗保险。"

我不在乎任何人的废话。我大声呵斥她,告诉她,别想在我这里得到任何东西。我抓住玛丽亚的胳膊,冲她喊道:"给我上车去!"玛丽亚开始大声哭,然后跑到她妈妈那边。之后,那个亚裔人来插手,想要劝说我们两个。珂蒂用手臂护着两个女孩。而女孩们站在那里,一会儿看看我,一会儿回头看看房车,好像站在网球场的中央,举棋不定。

然后,我想打破这尴尬局面:"请别这样,宝贝。我爱你,你是我的夫人。"

珂蒂一直摇头,"我不去。"

我冲着她们大声喊,冲着那些女人喊:"你们看到了吧?你们看看你们都做了什么?"我的双手被气得发抖,然后我拔下皮卡车上的拖车销子。"好吧,那就如你们所愿!你们就待在这吧!"我猛地拽开车门,"你们离间一个男人和他的家人。上帝保佑你们都去下地狱吧!"我的火气快把自己烧着了。于是,我进了皮卡车里,摔上门,然后开走了。

最后,我来到欧申赛德。这里的风电场老板是个越南人。他也是先给我办了个就职典礼。然后是两个月的试用期,不承诺给办医疗保险之类的,每小时三美元五十五美分,工作也没有规定的时限,但是在这里能喝到啤酒。

还有,我可以参加民兵。

发光
詹妮弗·S.布鲁凯拉

在大选的当天晚上,我和堂兄雷,还有他的人类妻子珍妮丝在一起。客厅里的电视屏幕上正在放映着即时新闻,一群示威者被水枪喷得在柏油路上扭曲挣扎,被打得皮开肉绽的拘留所幸存者被民众包围着向前走,包围圈呈心形,这群抗议者高声唱着玛丽亚·卡拉斯的咏叹调。示威者的手上举着讽刺性竞选标语"把他们都锁起来"。

堂兄和我在拼酒,但是我们喝酒的目的却不一样。他是为了致敬总统候选人巴德·托尔斯进入第二轮竞选阶段;而我,只是想喝醉好不和他争论这事。珍妮丝正在做她著名的龙虾卷饼。我的小妹估计会很讨厌这种食物。

我压低声音,用我们的语言说:"你难道不知道从竞选的第一天开始,他就开始滔滔不绝地讲'反外星人纲领'吗?"

"那是怀有敌意的媒体故意在搞鬼!"雷大声用英语喊道。从游泳池反射回来的声波在他灰白的圆眼上振动出一个个小坑。

在他名字还不是雷之前——当我们还在原来残破的母星地底下苟延残喘时,在我们星球把我们从地底喷吐出来之前,在我们还不用接触我们星系中膨胀的太阳散发出的放射性物质时——对他而言，进入地球不过是天方夜谭。那个星球更年轻，更轻盈，关键是地球上的生物更友好，他这样说过。人类的意志很薄弱，但又对赋予其他人类权威这件事极富热情。人类如此贪得无厌，又矛盾地想要被剥夺一些东西，那时他兴奋地说。人类如此渴望独立生活，又渴求被群体接纳。不过，我总怀疑堂兄之所以对地球情有独钟，是因为他的名字在我们语言中是"尤里"[①]，天知道怎么会这么巧。

现在，你能听到珍妮丝在厨房里说话，"糖。这是我拿手好菜凉拌卷心菜的小秘诀。加一点点糖，再加一点点盐，让卷心菜的叶子软下去。"

她的一个女儿说道："每次你都这么告诉我们，珍妮丝。"

珍妮丝说："叫我'妈妈'好吗？拜托。哪怕是就今天晚上叫一叫呢。"

我觉得我的小妹会喜欢珍妮丝的女儿们。当我们来到地球被关在教改所时，她和珍妮丝最小的女儿一样大。十四岁。那是八年前的事情了。

"托尔斯会让我们再次伟大起来！"雷说。

"我们？"

他压低音量说："说英语。你知道如果你说我们星球的语言，珍妮丝会多想的。"

珍妮丝的一个女儿在和她的姐妹谈论"海平间"，是又一个新建的空中生活空间，它在地球的外围，距离地球24公里，那里甚至还有海洋，有沙滩，有夕阳和酒吧。

珍妮丝走进来，手里端着切开的酸橙子，"莉萨，你去过有

[①] 人类第一个从太空看地球的人也叫尤里，全名为尤里·阿列克谢耶维奇·加加林，苏联人。——译者注

海洋的地方吗？"

"教改所，那里有海洋。"我回答。

"哦对，当然，那里是有。抱歉，说起这个。"

国际宇宙监控局把新到地球的外星人关押在阿蒙森湾的废弃石油钻井里，根据审核过程，一般要关押至少三十六个太阳月。结束关押期后，外星人接下来有一周时间通过检查站的各种检查——这个时候你需要很多文件，一封来自中途之家或者收容所的接收确认函，他们还会给你起个新名字。星际移民局的官员丢了一只粉色的破皮箱在我们面前，在枪口对准的情况下，让我们把腹袋里的东西都拿出来。"这是为了你们的个人安全着想，"那个官员说，"任何被发现是违反《风险监管条例》的违禁品都会被没收。"

他用枪筒塞进了我肚子上的狭长缝隙，把肉瓣分开。我的眼睛被他身上古龙水的臭味呛得眼泪直流，他嘴里的酸臭咖啡味也让我反胃。

在从腹袋往箱子里倒出我们唯一的一点物品时，雷的爪子在颤抖——留作纪念的我们星球货币、大堂姐的奖牌、一片透明的薄片，那块薄片曾是我小妹的皮肤。小妹艾米安静地坐在轮椅上，头顶戴着他们要求的绣着"人类优先"标语的帽子，在油腻的宽松衣服里，她显得特别矮小。那个官员示意她把外套脱掉，雷马上递给他医院的诊疗记录单，然后他们就给我们放行。那个时候，我恨雷，恨他生怕自己会害怕别过脸不敢看的尿样。如果他允许那些人让艾米把衣服脱下来，赤裸着坐在那里，让人类看看他们都对艾米做了些什么，不知他们会有何反应。雷的生物发光部位闪过一道不自在的绿光，他们人类却把这道光解读为微笑。

"欢迎来到新自由国度。"那位官员如此说,"祝你今天过得愉快!"

"如果托尔斯当选总统,"我一边舔着爪子上的盐,一边说,"他要做的第一件事,就是围捕我们,然后把我们丢进教改所。我们会被驱逐出地球的。"

以巴德·托尔斯为首的"人类优先"阵营,最喜欢两个流放地:JL45 和 J872,那是属于半人马座 a 星的两颗小卫星,运送流放者的工具是十多年前中国拍卖的一颗废弃垃圾卫星。

"我们才不会!"喝得醉醺醺的雷大声喊叫,"政府围捕的,都是罪犯。都是些违法的低等生物。"

珍妮丝的大女儿从门口探出头来,"所以,在错误的时间到了一个错误的地方,就怎么着?就注定危险吗?"

整个屋子都在旋转。她说话的口气,真像艾米。

为了逃避我们星球那让人产生剧痛的太阳,我们在地下生存了千百万年,所以我们进化成和人类不一样的模样——我们的脊背有坚硬的甲壳,这样能保护我们不被掉落的岩石砸死,我们还进化出发光部位,这样就能照亮脚下的路。我们星球表面只剩漆黑的永久冻土,我们从那里的一个地方进入太空,然后坠落在地球上阿蒙森湾的中央——那时,我的小妹还有她的皮肤,她的名字也还不是艾米——如果说起在错误时间到了错误地方的话,我们的遭遇最能说明了。看看我们都遭遇了什么。

"很多事情,我们现在下定论还为时尚早。"我对堂兄说。

雷有一把气枪,他想要猎杀郊原狼,期待狼能被一望无垠的谷地里的绿洲或者盆栽丝兰吸引,可是他能逮到的只有几只野兔。兔子还总是会跑掉。他用爪子尖紧张地敲击桌面(珍妮丝把他的爪子修剪得不那么锋利),站起身又去滑动门那查看。但我知道,他不一定是去看看有没有郊原狼,国际宇宙监控局从来都离得不远,即使像我们这样安居乐业的外星人,他们也不会轻易放松警惕。艾米担心我去找雷就回不来,而她一担心,就开始流血。"米露,"她对我说,"我想回家。"她忘了我现在叫莉萨了,也忘了我们现在只有地球这一个家。

当电视闪烁出托尔斯对手的灰度照片蒙太奇片段时,雷皱起鼻子。"他会把她关进监狱,关在那种满是全世界恐怖分子的监狱里,谁让她这么热心地要让恐怖分子都来这里呢。"他含糊地说,"到时候我们就能看出来,到底她有多像个恐怖分子了。"

珍妮丝又往碗里倒进一些薯条,"你们看到新闻了吗?新闻说她用竞选的赞助金给她仆人做隆胸手术。"

听到这话,我很疑惑:"谁会给仆人付隆胸手术的钱啊?"

在外星人和人类的联合国这里,不存在如何共存的难题,我们有自己的方式延续我们的种族。在我们来到新自由国的第五年,珍妮丝成为雷的第二任妻子。她带着两个十几岁的女儿一起嫁过来,雷拼命工作,才买下沙漠边缘这座漂亮、坚固的房子,他还接济我和艾米,常为我们付清公寓房租和艾米的药物费用。她是外星人,所以没有任何医疗保险。

珍妮丝说:"我不喜欢托尔斯。他说的关于女人和嗯……其他的事情。但是想想那些不知道从哪里来的流氓,如果不把这些人拒之门外,多危险啊。我只想保护我的孩子们安全。"

她的大女儿把凉拌卷心菜放到桌子上,用不信服的白眼回应珍妮丝。我喝太多了，呆头呆脑地沉浸在这个温暖、和谐的家庭美梦中，直到我想起艾米，她还在黑暗的地方做另一番抗争。"这是你的地球梦，不是我的。"艾米对堂兄尤里如此说道，那时地球不过是他在我们洞穴中画的一个透亮天体。我看着珍妮丝的女儿们，她们都穿着时髦的衣衫，发型精致，皮肤光洁。然后，恍惚中，我看到一道光束在我心脏部位划出一个交错的"X"形。

"真诚的人类啊，"雷用爪子钩住他的妻子说，"视野大一点嘛。"

珍妮丝的小女儿摸着我的发光部位，"真是太酷了。"

我发光的时候，艾米也喜欢它。她会从坐着的椅子上注视着它，幽幽地看，皮肤渗出血水。有时，我会给她跳舞，在地球和天空中间那个黑暗的高空"监狱"中尽情舞蹈。跳舞时，我感觉自己再次成为战士，发光部位射出花冠似的光亮。

雷紧张地看着通往院子的滑动门。

即使在到达地面之前，被关押在钻井里时，我们就听说过地球上的人类中心主义思想在酝酿、膨胀，煽动着人类的情绪。在避难船上，我们看到过一位退休议员的专访直播，他要求政府进行"基因编辑"，把地球上有鳞片、腹袋和爪子的"变异人"都清除干净。在谈到修改法案时，联合国官方的律师声称，跨越物种的婚姻至少是不被认可的，最严重的后果是，这种婚姻将是违法的。流行病学家担心跨物种的结合会传播传染病，不过他们也说不上来具体会是什么病。

艾米无法摆脱这些新闻的干扰，经常偷偷地去和那些担惊受怕的愤青会面。"年轻人的糊涂事而已。"当我说起对艾米的担心,尤里就这样安慰我。宗教首领宣称我们的生物发光能力是真正的威胁——只有魔鬼才会发光,他们这样警示教众。国际宇宙监控局的领导说,坚硬的甲壳才是首要问题——我想起一件事,大堂姐在"黄昏轨迹"生活区耽搁了几天,回来后,她的皮肤褶皱里藏着一颗被人类击中的子弹,受到"人类优先"理念影响,她在一场扑克牌游戏里被人如此伤害,游戏也变了味。

雷不在意。艾米——在她还不是艾米的时候,曾经告诉过他,地球已经不再是之前的地球了,尤其是新自由国。在海洋蜕变成浅水湾之后,那些"自由人的国度,勇敢者的家园"精神已经和耕地一样,都消失了。她说,人类唯一还残存的精神,是那种要相信着什么的渴望。

我现在又想起堂兄在岩洞里画的那个蓝色透亮星球,在夜晚中熠熠生辉。

我和艾米一起住的公寓并不像这里的环境这么好。她很少出门,因为出门有感染的风险,而抗生素又很贵。大多数时候,她就待在黑暗中,在网上和她从没见过的网友聊天。她叫他们为"自由战士",他们常常从外太空给她发来加密的消息。为了增加雷的收入,我在一家网络运营中心做夜间班工作。从那里乘两个小时的地铁能够到一个黑市,在黑市我从艾米介绍给我的"朋友"那拿一些鸦片。

有一次,我问雷为什么他发的光黯淡了,他把手一挥,指着霓虹灯闪耀的大街,天空中的外空生活区星光点点。"为什么还发光呢?"他说,"这里有这么多灯光。"

但我不知道他说的是不是真心话。我认为他不能发出高亮光芒的真正原因,是艾米不能再发光了。赎罪——不是开玩笑的,吵架并不能泯灭心中的亲情。

他抬起还带有鳞片的手臂，在额头前面挥舞，好像要赶走什么想法似的。他又倒出两杯酒，问我："还记得发酸的牛奶吗？"

那些教改所里无聊的警卫逼着我们喝下发酸的牛奶，想看我们会不会醉倒。还有一次，他们又逼着我喝混着咖啡渣的厕所水。的确，我们和人类的基因会有些差异，但是我们还有百分之九十八的相同基因。龙舌兰酒才能让我们醉倒。我又干了一杯。

不管是训练场还是教改所的浴室，我妹妹明白：所谓的基于风险的安全管理办法（RBS），差不多就是随时随地的搜身检查。当我到医院看望妹妹时，她无奈地低语："在错误的时间，到一个错误的地方，意味着你的生命微不足道。"

当又一个区投了托尔斯一票，电视屏幕上再次爆发欢呼声。我在疑虑，估计回家时会特别难拦到出租车。今天晚上艾米得泡澡。她需要我帮她试水温，不能太热，也不能太凉。我为她点上香薰蜡烛，这样她就闻不到自己身上的腐臭。当她洗完澡，我会刷洗浴缸，这样她就看不到自己留下的斑斑血渍。

山谷中忽然响起一声悠长的汽笛声，探照灯的光线倾泻在房子上。

珍妮丝说："也许我们该快点走了。"

"去哪儿？"小女儿的声音从她的房间飘出来，音调里满是兴奋。

"离开沙漠。"

大女儿大笑起来，"离开沙漠？根本就不存在这样的地方。"

大女儿的手机叮叮地想起来，她接起电话，走到门厅去和男朋友讲话。我想到了后代，想到我的腹袋里面休眠的核苷酸液囊，这些液囊在等待濒死之人出现，好喷射DNA液体，也许我永远不会有机会接触到这种传承人。

从竞选基地传来的画面中，大汗淋漓又春风得意的托尔斯在大声疾呼：人类要团结。

"看到没？"雷摇摇晃晃地站起来，说道，"我们现在是地球人啦！"

"你看起来可不像是个地球人。"我指着屏幕说，那里的民众正在高声欢呼，根本就没有一个外星人。

临近午夜的时候。欢呼的人们都戴着棒球帽，样子有点像他们逼着到地球来的外星难民戴的那种——绣着象征"人类优先"理念的吉祥物，即一个达·芬奇画的"维特鲁威人"简化版。这些狂热人群喊出的声浪激起声波，从泳池到墙壁，在我堂兄的脸上留下粗糙的坑洼印记。我悄悄把手伸进腹袋里，摸索着植入到我们身体里的撤退警报芯片。为了知道我们的动向，我们世界的积极分子如此说，这样他们可以在我们想要被找到的时候发现我们。但是，雷在安全审核通过后拆除了那个装置。他说，那玩意儿没用，只会给我们惹更大的麻烦。现在这个国家接纳了我们，有政府在照顾我们，更用不上了。

在院子外围，雷建起一座高墙，以保护家人不被郊原狼威胁，我站起身到一半的时候，看到在墙边有一道身影在缓慢爬行。我胸口泛起一阵热潮，我抬手指着门口，嗓子却说不出一句话来。我喝了太多的酒。

高墙上那个笨拙的人影旁边又多了一个，又多了一群。一个挨着一个，昏暗的夜色映衬出人影的轮廓，接着，一个又一个地跳进院子。

"是狼吗?"雷从椅子里转身站起来。

我摇摇头,站不起来,坐又坐不下去。

"我去拿枪。"他摇摇晃晃地从椅子里起来,椅子摩擦地面发出刺耳的声音,珍妮丝的眼睛迅速警惕地扫过椅子下的地板。

"估计是可怜的兔子。"小女儿说。

我的腿不受控制地颤抖起来。我告诉她:"那不是兔子。"

那是零点过十分。西环区是最后一个竞选区,也投了托尔斯一票。雷家的后院里挤满了国际宇宙监控局的警探。他们撞坏房门,隔着地垫扫射玻璃。成千上万年的挖掘洞穴和地道生活,让我们变得特别灵活。我"嗖"地一下滑行到橡木餐具柜下面,柜子上堆满了珍妮丝家人的照片,还有女孩们的足球赛奖杯。

雷从卧室里取来气枪,回到客厅。一位国际宇宙监控局的新警探只看到一个手拿枪支武器、用盔甲武装自己的外星人——出于惊慌,于是他开枪扫射了一轮。

珍妮丝猛然倒向她做好的龙虾卷饼。

雷尖叫着。警探们反身压制住他。他的发光带快速闪烁出铬绿色的光芒。"救救她,米露!"他用我们的语言对我嘶喊。"救救她!"雷被他们一边拖走一边还大声喊叫。

电视机里,人们高声喝彩,欢呼,新的领袖将引领他们走向新纪元。等耳朵里全是女孩们的哭声时,我才从柜子下面出来。珍妮丝已经从椅子上滑落,她爬到地垫上,身后拖出一道触目惊心的血痕。我知道雷想让我做什么,但是跨物种的再生前所未有——即使是在我们物种里,也没听说过。风险很高,在我们地下世界的城市中,跨物种的再生会被处以驱逐的惩罚——处死。不过,我已经被我们的世界抛弃了。我回想起在教改所时,艾米每次的尝试,她总是把自己狠狠摔在栏杆上,有时候跟随着警卫，用从医务室偷出来的工具把警卫打个半死，雷就过去帮忙，把围打她的警卫拉走。一直到最后一次，他们的人数是七个人，七比一——这种比例是没有胜算可言的——最后，结局却是他被关了三个月的禁闭。

两个女孩抱头痛哭。珍妮丝仅仅还有一口气。时间不多了。

"去找个大点的粉箱子，"我告诉她们，"把你们能带走的都装进去。赶快！"

我把珍妮丝翻个身，擦去她脸上的龙虾肉。她的水蓝色眼睛已经变得毫无生气，呼吸也极其微弱。我撕烂她的衬衫，展开自己的舌头，把细细的舌头伸进那个子弹孔。人类身体的组织像蛋奶糊一样，她的血液是那么温暖——我用舌头探寻着，探到一块坚硬、锋利的金属扁平物体时，我就用力吸，把那个东西吸出来。子弹残片带着一丝肌肉，我眼泪中的荧光素夹杂龙舌兰和人血的味道。

子弹被我扔在地板上，地面上一团血肉模糊。我弯腰看着那团血肉，口水流出来。当珍妮丝在一群黑乎乎的积极分子的注视下醒来时，那时她应该在太空深处一艘简陋的太空货船上，她不太会记得她的前世，也不记得在一块危地马拉的地垫上和别人交火。也许她能发现有一块疤痕，那块闪烁着磷光的皮肤就是她为了家园曾奋力抗争的纪念。她的前额开始肿起，额头附近的皮肤开始变得坚硬，结成厚厚的鳞片。我搜出腹袋里的追踪芯片，激活，发出我们的检索坐标、预估达到时间等信息——等到他们到时，我已经走了，我希望他们能理解。我要回去找艾米。我的抗争，无论最后的结局是什么，都在这，为了她而奋斗。

姐妹两个从卧室里跑回来，抓着破损的粉红箱子。当她们妈妈的法式美甲延伸成咖啡色的长爪子时，她们两个都吓傻了。我给她们打手势示意,要挺住。她们看到珍妮丝的眼睛颤动着张开,眼球变得像月亮一样灰白。

"她还会认识我们吗?"小女儿问。

"她还是我们的妈妈吗?"大女儿问。

我告诉她们,当然会。就像我的小妹,即使那些警卫把她的皮肤都剥掉,她也依然是我的妹妹。

宾夕法尼亚车站的预防措施

迈克尔·坎德尔

他们向我出示了警察徽章，把我从旋转闸门前拽出排队的队伍，把我推搡到站台的另一边，荷枪实弹地举着枪对准我。"安全举措。"他们解释完，就举枪"砰砰"给了我两枪。"我们正在执行随机处决任务，这样能扼制住恐怖分子的数量。我们知道你也许就是个通勤坐车的普通人，先生。但是我们需要向那些穆斯林极端分子显示出我们的严酷手段。任何的犹豫只会让他们更加凶狠。"

"这是随机的。"倒在血泊中的我咽下最后一口气时，他们接着说，"因为我们不想被民众批评，说我们只根据种族特征来认定罪犯。就在上周，我们击毙了一位慈祥的爱尔兰老奶奶，她从梅西百货买东西回来，说是去参加意大利皮包的打折活动。她没有反对我们执行任务。'我知道，这都是为了你们的祖国。'在她完蛋前，是这么说的。"

"种族特征，"我的喉咙里充满死亡的声音，他们弯下腰，这样接着说道，"正在从根基侵蚀美国人，腐化我们伟大国家所坚持的一切美好品质。我们之前不该用'穆斯林'这个词的，我们很抱歉，先生，因为这些狂热的极端分子相较于你我，都没有什么穆斯林特征。"

"伊斯兰,"随着我的心脏停止跳动,眼睛呆滞、凝固,他们接着说,"不过是一种宗教,和基督教和犹太教没什么两样,我们都知道。不过你可能会质疑,为什么这个教派会有那么多暴力的黑历史呢?你知道吗,先生,'暗杀'(assassin)和'暴徒'(thug)这两个词都是从阿拉伯语衍化来的。"

新消息通知

詹妮弗·玛丽·布里塞特

亲爱的忠实顾客，

通常，在"新消息通知"的邮件中，我会告诉您我们书店最近将策划举办的活动，或者哪位作家即将出版新作品。我会列举这一个月来卖得最好的书籍清单，或者是我推荐您阅读即将到货的书单，再或者，会讲述我们书店猫咪最近又新搞怪的事。但是，今天我想说些其他的事情。严格地说，我不应该说这些，但是我感觉，作为社区书店的店主，我有必要和您说说这些事。

有一天，我接到一封曾加入过的组织写给我的信，抱歉在此我不能说出这个组织名称，信中提醒我说，我的特别订货清单也许会随时被国家要走，而且我无权拒绝政府的要求，甚至无权去联系律师——现在法律就是这样的。他们告诉我，如果这种情况出现，如果我被要求拿出特别销售清单，无论如何我都需要联系上一位律师，尽管他们会为我找个法律代理人。我告诉您这些，是因为我觉得您应该有权知道，最近为什么我们书店和其他书店都不能满足您的特别订单要求。您也应该知道，您通过网络下的电子订单也同样被监控。

文学作品在消失。现在，一旦我书架上的书被买走后，都无法补充新书了。当我想买进新书时，不是书价高到离谱，就是发行商也不允许发行了。我的书架出现越来越多的空白，而我除了干着急，却没什么办法。作为您的本地书店店主和朋友，我认为至少我有必要提醒您，那些您读过的书、那些您买回家的书不再安全。我已经经营了这家书店好多年，真的从来没想过会目睹这种情形。我卖的书，不论是纸质书，还是电子书，还有那些我下载到您大脑里的书，都是经我手精心挑选的。这些作品都处于十分危险的境地。它们可能随时从您手里被夺走。如果您的藏书里有以下几本书，我极力劝告您：请把它放在安全的地方。

詹姆斯·鲍德温的《下一次将是烈火》

霍华德·津恩的《美国人民的历史》

奥克塔维亚·E.巴特勒的《亲缘》

艾琳·威尔逊的《钚档案：冷战期间美国的秘密医学试验》

加里·韦伯的《幸运儿》

马丁·路德·金的《来自伯明翰监狱的信》

我这么说，是因为我在书店里看到了一些从来没见过的面孔。每天都会有我不认识的人从大街上走进书店，但这些人很特别。他们到处看，比起书架上的书，他们好像对书店的顾客更感兴趣。尽管没有什么证据，但是我觉得他们在监视我，监视书店里的一切活动。我第一次注意到他们，是在最后一位参加活动的作家失踪之后。几周前，这位作家曾经在我书店里举办过读书会，其间，我们谈论到书中关于最近一次总统大选和新法案的内容。还记得，像您一样的读者举手提问，问了很多尖酸的问题，甚至作家本人都觉得无法准确回答。他夫人今天到书店里，问我是否有他的消息，因为他已经很久没回家了，她以为他去镇上参加图书签售会了，但是自从那晚之后，没人再见过他，也没人听到过他的消息。也许他只是去了其他地方，很快会回来，但我必须承认，我有点害怕了。

我知道，除了暂时关闭书店，现在我别无选择。如果书店重新开门，我会另行通知您。我要对所有因此感到不便的顾客致以真诚的道歉。我也希望还有别的方法可选。我知道，很多顾客觉得书店只是我的生意而已，但请相信我，经营书店并不能让我大富大贵，只能说是勉强维持生计。实际上，一年当中有几个月能保证不亏本我就万幸了。我开书店，是因为我爱书，爱那些写书的作家，因为这些男人和女人敢于把心中所想写出来。我爱书，是因为书籍赋予人们思想、知识和勇气，去探索全新和不同的思维空间。所以，在接下来的二十四小时，我将免费开放我的大脑存书数据库，请尽情下载您想要下载的书吧。书是未来的武器。您的求知工具现在受到威胁，我请求您一定要保护好这些书。

祝愿你们一切安好，
千万保重。
您的前社区书店店主

雕塑限制令

杰伊·拉塞尔

"哟！鲍比老兄！"

"嗨，萨莉。我差点忘了他们给你安排的是这个工作。"

"他们也曾想让其他人来做这个的，不过最终还是让最适合的我来负责。这些从斯塔滕岛来的屌丝，把纽约城搞得像炒鸡蛋一样到处'开花'，乌烟瘴气的。市长把他们一个个撵回到渡船了。然后，我们要做点伟大的事，耶！"

"真为你高兴。我猜这份工作要经常换工作地点吧。"

"这工作不就这样吗？整个国家的发展速度还停留在手推车阶段，现在，他们要让它快些运转。我从内战的队伍里被赶出来——干他大爷的那群老乌龟——不过，从其他方面看呢，嘿，至少现在我们工作有加班费。"

"确实应该有加班费。所以，你们这些人现在就做这种到公园里拆东西的工作？"

"差不多吧。有时候，我们还会接到其他一些订单。"

"那很好呀。其他都有什么呢？"

"港务局的订单。你以为是谁拆除了格黎森①的雕塑?拆除那个雕塑的感觉,真是很美妙。"

"哇哦,天啊,那个胖老头已经被拆除了?我都没注意到。哎呀,我还挺喜欢《蜜月期》②的呢。以前,每到放学的时候我都要跑回家看11频道的重播。真的,我觉得后来所有情景喜剧里,那些笨手笨脚的喜剧笑料都应该感谢格黎森的开创。'砰!''嗡!''向月亮进发,艾丽丝!'哈哈。"

"一点都不好笑,鲍比。不过无论怎么说,杰基·格黎森确实是电视喜剧历史上举足轻重的人物。啧啧,你刚才讲的那句电视剧里的对白,我就不重复了,我觉得你会明白我为什么不想再深究。那部剧明显是认同家庭暴力和妇女被压迫的典范,虽然这种文化倾向在战后时期很普遍。我的朋友,对人生伴侣有这种身体暴力或者没完没了的轻微攻击行为,根本不好笑。"

"嗯!我的意思是,对,一点都不好笑。"

"更不要说他对待艾德·诺顿的做法了。"

"我不太想承认,但我总觉得,也许诺顿有某种缺陷。"

"鲍比……"

"脑筋有问题。"

"你是想说'大脑发育迟缓'?"

"啊,对。"

"你才知道啊。我早就发觉,剧中的诺顿应该是被设定为有特定范围大脑发育障碍的角色。大概是阿斯伯格综合征吧。可悲的是,诺顿并没有确诊,就被拉尔夫给干扰了,拉尔夫的出现完

---

①格黎森的全名为杰基·格黎森,美国著名演员,美剧《蜜月期》的主演。——译者注
② 1955年播出的美国电视剧,讲述公交车司机拉尔夫·卡拉门登和邻居清洁工艾德·诺顿两个中年男子的友谊,以及拉尔夫妻子艾丽丝和诺顿妻子特克里茜经营下的两个家庭如何生活的故事。——译者注

全阻碍了诺顿自我完善的进程。拉尔夫总是用他健康人的优势去妨碍诺顿。真可悲。"

"阿斯伯格综合征。对哦，你说得很有道理。可怜的诺顿。喂，那你有没有觉得拉尔夫和诺顿不止普通朋友那么简单？"

"不是普通朋友，还能是什么？"

"呃……如果是普通朋友，那很好哇。我的意思是，如果他们到了一个安全的隐秘地方，他们可以自由探索他们的取向……呃，所以，你们在格黎森雕塑的位置放了其他雕塑吗？"

"当然放了。"

"是《我爱露西》①吗？我听说他们要保留这个电视剧主题。天啊，她太有意思了。不仅因为她身为喜剧演员外形却很靓丽，更因为在病态的大制片厂制度的重重限制下，她成为第一位女性制作人，是引领新浪潮的佼佼者。"

"你该不会是刚刚抽了大麻还没过劲儿吧，鲍比？你忘了露西是怎么嘲笑里基的拉美血统吗？把整个舌头乱卷乱发音的行为完全暴露了她民族中心主义的错误。"

"哦，也是，我现在才发现。不过，你记得吗？有一集，他们——哈哈——去意大利还是什么地方的，她踩着准备酿酒的葡萄，然后他们就用葡萄扔来打去，然后，她一脚踩进软软的……"

"鲍比。"

"哈？"

"你和我一样，不是那种高傲的意大利裔美国人的后代吧？"

"什么人？"

---

① 1951 年播出的一部美国情景喜剧，讲述一位中产阶级家庭主妇露西和她的丈夫里基·里卡多的生活故事。——译者注

"后代。沿承着有辉煌成就的意大利人血统。"

"我外公是从米兰来的,我记得。在他加入美国国籍之前……好像是。"

"这就对了。所以,你会盲目固执地认同那些早期电视剧节目里的粗鄙表述方式。同样地,你也一定能敏锐地感觉到,伤人的刻板文化印象贬低人格,进而给人带来深重的痛苦。话说回来,这部电视剧当然还是有喜剧价值的。"

"还是有的,对。我明白了。哇哦。我的意思是:我现在清醒了。"

"我希望你能如此,乡下人。不管怎样,我们都会保留一个媒体人物。"

"那你们要放谁的雕塑呢?"

"拉什·林堡。[①]"

"漂亮。"

"对吧?他的外表很神秘,那该死的雪茄,还有从口袋里探出来的一小瓶止痛药。"

"我会去看看的。说不定,还会带着孩子们一起去。"

"没错没错!小孩子就是喜欢他。拉什比迪士尼那种性别错乱的公主可强多了,不是吗?"

"嗨,我听说你们的工作人员还拆了洛克菲勒中心的雕塑?"

"是的,我们很专业的,亲爱的朋友。这点我们不用谦虚。"

"那个,你拆毁的亚特拉斯大力神雕塑,有八十六年了吧?"

"哦,那没什么,他们不能一直把那垃圾玩意儿戳在那儿,对吧?一个人举起全世界。你觉得——如果你不觉得,也往这方

---

① 拉什·林堡,美国脱口秀主持人。——译者注

面想一想——它是不是盛行了两千年的父权制统领社会的象征和形象的比喻？"

"啊？那不是个泰坦巨人（英文单词为：Titan）吗？"

"什么玩意儿？"

"亚特拉斯。他不是个泰坦巨人吗？我想说的是，他不是人类啊。"

"马铃薯和土豆，不就是一个东西吗？你拼写泰坦巨人的时候能不想到人的奶头吗[①]？"

"这样说也太牵强附会了吧？"

"他，必，须，拆，走。"

"我得承认，我一直很喜欢那尊雕塑。还记得每到圣诞节，我和妹妹随着其他人进城。洛克菲勒中心的灯光辉煌至极，超级漂亮。他们每年会竖起来一棵巨高的圣诞树，看起来就像在童话里似的。我们会在溜冰场滑上两圈，然后在彩虹屋里吃上一顿丰盛的午餐。每次往家走时，我都会让家人停下脚步，欣赏一下那尊雕塑，那个巨大的地球，就那样被他扛在肩上。不知怎么的，那雕塑总是让我感觉到，这个世界是个奇妙的整体。看着那尊雕塑……我能浮想联翩，真的，想很多，像在梦中。"

"继续做梦吧，爱国的小朋友。我们留下了那个球。毫不犹豫地用焊枪把那玩意儿卸下来了。我们用麂皮抹布蘸着WD-40防锈润滑剂，擦拭了球体，然后除了有点划痕，那个球完好如初。"

"真的吗？"

"靠，当然是真的。没什么WD-40不能解决的事。那玩意

[①]泰坦人，英文拼写为Titan，单词中前三个字母tit，有"乳头"的含义。——译者注

儿像部新的 iphone 手机一样光亮，挺美的。"

"那亚特拉斯呢？"

"整走了，已经成为历史了。那玩意儿太强调过去的男权观点。"

"那你们把他送哪儿去了？"

"新泽西了，在贝永。"

"哦，我的天。那现在谁擎着'世界'呢？"

"安·兰德。"

"这个，我还能接受吧？"

"你会很喜欢的，我觉得你不用担心。你会被她冷漠、疏离的表情吸引。她那双白眼，似乎追随着你，告诫你，你不过是个赤裸裸索取而不知奉献的人。你会感受到客观主义的独特美感。这就是艺术，我亲爱的朋友。"

"不是有很多伟大的人可以雕塑吗？"

"但愿如此。但是你知道，如果你要一座伟大的雕像，就要仔细回顾。因为，我们还找不到其他人能够胜任这份雕塑的荣誉。"

"当然。"

"你想看看我们干得最漂亮的活吗？你可以——或者带着全家去也行，为啥不用一天去逛逛呢？去 83 号大街逛逛吧。"

"大都会艺术博物馆吗？你们把博物馆里的雕塑也都换掉了吗？"

"不，不是我们干的，布赖特巴特拆毁队抢到了那块肥肉。惊不惊喜？他们要先处理完港口那堆铜绿色的破铜烂铁，然后才能动手去搞博物馆。现在，他们还在闹心，怎么把自由女神像的头运送到克里米亚岛，据说要用那头像装饰新总统的酒店，自由女神的头像会放在其他奢华装饰的最顶端。"

"我从福克斯新闻上看到了这则消息。那博物馆之后呢,你们要对附近的哪座雕塑动手?"

"东大道上的亚历山大·汉密尔顿。"

"哦,是这个啊,我怎么会忘了还有他呢。真见鬼,我以为他能一直安放在那里呢。"

"从1880年开始。"

"上帝。萨莉,你得帮我说清楚,那尊雕塑能有什么问题?"

"我相信你肯定是知道的,在汉密尔顿取得后来的功绩之前,他少年时有很多问题。他……嗯,怎么说呢?按照法律上来说,你有权看关于他的戏剧,但你可能因此无法通过公务员工作的试用期。你懂吧。"

"哦,当然。"

"其实,这座雕塑不是什么大活,但是,有点……怎么形容来着?需要微妙技巧的那种。尤其是雕塑的面部,非常容易刮花。"

"你们把他怎么了?"

"现在那雕塑归林·曼努尔·米兰达①所有。"

"酷!还不错。"

"现在所有事情都联系起来了。这不就是人们想要看到的景象吗?"

"亲爱的,我应该把这件事记录到人生目标清单里。"

"我能告诉你个秘密吗,鲍比?我可以相信你的嘴严和谨慎,是不?"

---

①林·曼努尔·米兰达,美国著名演员、编剧、戏剧大师,代表作品为音乐剧《汉密尔顿》。——译者注

"你知道我的,萨莉。"

"我始终觉得吧,虽然米兰达的艺术作品确实美轮美奂,也尊重历史,不过他通过那种说唱风格又夹带俚语的戏剧在巧妙地骗取国家的文化拨款。请你记住,鲍比,我敢这么说,完全是有理由的,米兰达先生受人尊敬的祖辈里,至少有一位据说是完全的非洲血统。"

"我绝对不会和任何人说的,萨莉。"

"你真是难能可贵的朋友,鲍比。"

"然后呢,你们打算要处理哪座雕塑?"

"你猜猜。我们正准备着手的。根据完全中立的理由,市长先生已经下定决心拆掉一些雕塑。我们已经清理掉一大堆破旧的大理石杂碎了。"

"让我想想,是克里斯托弗·哥伦布吗?"

"那个呀,第一个就被拆掉了。那个有种族灭绝想法的混账被捣毁了。在他原来的地方,你现在能看到人们吐得像漫天繁星似的一大片泡泡糖——后来那里被改成公园人行道了。"

"那是汉斯·克里斯汀·安徒生?"

"那个用童话来抱怨的唠叨鬼?忘了他吧。现在每个人都喜欢不带性别指向的《卖火柴的小孩儿》。"

"那是67号街的莎士比亚?"

"那雕像早就完蛋了。那个又剽窃又专断的骗子?我们用马洛代替他了。"

"马洛比莎翁好在哪里?"

"真相就摆在那啊,我的朋友。真,相,就,摆,在,那,里。因为同样的原因,我们还摆倒了戴拉寇特剧院前面的罗密欧与朱丽叶雕塑。"

"我没太懂。"

"太过提倡异性恋正统观,懂了吗?"

"哦,明白了。嗯……沃尔特·司各特?"

"写《艾凡赫》那个人?我觉得,我们不应该对用如此冒犯性修辞手法描写独立性工作者们的任何人给予赞扬,虽然性交易并不合法。不过,我们保留了一些苏格兰的影响,现在是梅尔·吉布森以他在《勇敢的心》中的战斗盛装造型雕像代替了司各特的雕像。"

"好吧。"

"是110号大街的艾灵顿公爵①,支撑的那些柱子也被拆掉了。"

"什么?为啥啊?"

"你真的想让这种君主专制、贵族封号和等级制度来阻碍时代进步?"

"但是……那不是中央公园里第一座非洲裔美国人的雕像吗?"

"这层意义没变:我们用类似的人物代替了。"

"谁啊?"

"MC·哈默②。"

"……"

"哈默的歌曲永远影响着我们。"

"的确。"

"我们要做应该做的事情,鲍比。我的意思是,这不就是美国式发展吗?"

---

① 艾灵顿公爵,黑人,美国钢琴家,爵士曲作家。——译者注
② MC·哈默,20世纪90年代著名的歌手,说唱音乐的鼻祖。——译者注

"看来，我们只剩下她了。"

"她是订单合同上最后的一组雕塑。不过，我相信，肯定陆续还有其他的工作订单。时代一直在变化啊。正是变化，才让美国再次强大起来。"

"但是，我真不忍心看着她也消失。在我很小的时候，我妈妈经常带我来这里。"

"那还用说。"

"我们搭乘7号线地铁进城来，然后直接去第五大道的大布伦塔诺书店。她让我随意选择我喜欢的书——老天，那个时候我要花半天时间决定买哪本，但我妈妈从来不介意。然后，我们就沿着这条路走下去，遇到萨布雷特热狗摊，就会买上一个热狗和一块泡菜，还有一杯布朗博士牌的奶油苏打汽水。我们一边吃，一边聊天，一边看着所有滑稽的人们，漂亮的人们，还有外国人，有趣的大人和孩子。那时，曼哈顿似乎有魔力。我会很惊奇地看到从第59号大街来到公园的马车，上面坐着兜风的游客。如果幸运的话，我们还可以逛施瓦茨玩具店。走到人工湖那里的路很长，但是我从来都不抱怨，也不感觉疲惫。因为，就在那条路的尽头，我妈妈会让我坐在大蘑菇旁边，就在爱丽丝的脚下。而她依靠在那朵小的蘑菇边上，在疯帽子先生和睡鼠中间，这样，我们就可以面对面坐着。她给我读从书店买回来的新书。有时候，她会从开头一直读到结尾。我记得，有一次，就在这个地方，她还给我读了刘易斯·卡罗尔的原著呢。那种感觉真是美好。"

"呃，那如果你知道《爱丽丝梦游仙境》完全是一颗文学毒瘤的话，心里一定不舒服。《爱丽丝梦游仙境》充满颠倒黑白的殖民地意味，还有恋童癖的男人对心上人的痴心妄想。想到这本书，你都该觉得耻辱。"

"是，有种耻辱感。"

"好吧，我们最好从砸碎这个小姑娘开始。见到你很高兴，鲍比。"

"嗯，见到你我也很高兴，萨莉。哦对了，你还没说是什么雕塑来接替爱丽丝？"

"史蒂夫·班侬[①]，双手正在发关于青蛙佩佩的微博。这个雕塑打算全部用智能手机的回收金属铸成。一定会很漂亮的。到时候带孩子过来看看！"

---

①史蒂夫·班侬，曾任美国总统顾问，白宫首席策略师。——译者注

窒息

罗伯特·里德

"我听说过这件事。"

人们就是这样说的。他们看了新闻，浏览了网页，也许还用上好几个钟头去详细了解。不过其实，更常见的说法是："有件事，我听说……"不那么正式，带着闲聊的感觉，仿佛两个人站在洞穴口外，谈论着一些不重要的事。这是每个人都幻想的画面，只是没想到，这种画面如今成真。背后是他们精心建造的幽深洞穴居所，洞口前，他们可以和邻居聊些日常的琐碎。

很久以前，星移斗转、世界变换之前，那时，我女儿要给头发染色。我坐在理发店里，这时另一个顾客走进门。和我同样的年纪，和我同样的肤色，但除此之外，我敢说这个人和我完全是两个世界的人。我怎么知道？就是直觉。我们相互道声"你好"，没有任何意义，纯粹是出于礼貌。然后，另一位理发师迎出来，欢迎他和他的满头银发，然后他们两人就进了屋子。"你今天过得怎么样？"他们的谈话声逐渐变小，变成窃窃私语。一阵低声交谈后，那个家伙大声冒出一句："我太厌烦听到关于关岛的新闻了。去他的关岛！"

然后，他的女理发师无奈地笑着关上了门。

我真想冲屋里喊几嗓子,但是,我不能。

相反,我坐回了椅子上,在手机上读《纽约时报》。这部手机已经很旧了,可是只有等美国盖好手机零件加工厂,我才能换上新手机。我女儿每次做头发都要占用几乎一个世纪的时间,所以,当屋里那个自以为是的傻瓜走出来到大厅时,我还坐在那里。正是那时,我杀了他。我一腿扫过去,然后他的头就狠劲地摔在铺着油毡布的坚硬地面上。至少,这个画面发生在我的脑海里。这一切只是个白日梦,假想的画面。但如今的新世界正在改变我,把我变得对屠杀陌生人特别感兴趣,同样地,我怕也幻想屠杀曾和我关系不错的老朋友。

说到谋杀。

我认识一个非常值得尊敬的女人。年纪在四十多岁吧。她像布丁一样柔软,很少醉酒。可是有一天,当她和几个朋友在一个安静又体面的餐馆聚会,她大声嚷嚷:"我真是不知道,在我们遇见那个我喜欢又是对的男人之前,我得杀掉多少个浑蛋啊?"

这位女士从来不缺席任何一场抗议游行。即使抗议人群开始和警察交火,她也始终都高举着横幅。子弹是无情的,但却不可避免。当地警察保护不了大街上拥挤的行人,这些愚蠢的人在想什么?起先,是一个黑人国会女议员,她在送孩子去打篮球的路上中弹身亡。后来,一个狙击手又干掉了东海岸的一位参议员。紧接其后的,是两位坏心眼的联邦法官,他们俩被土炸弹炸得粉身碎骨。有些凶犯被抓到,但没人能把这些袭击和政治运动联想到一块儿。这些孤立的事件,不过是某些单独的人追求自由所做出的过激行为,他们的脸书,他们的其他生活细节,都没有变化。不久以后,不同城市里的抗议者同时受到伏击。这次袭击是有组织有计划的，自动化武器杀死了数十位百姓。从那以后，联邦政府取缔了任何能引发国内动乱的活动形式。

游行，不再是合法行为。

公开的演讲也是严格限制的，一旦出言不慎，就意味着你院里的草坪会被燃烧的垃圾毁掉，你的邮箱里塞满死亡威胁的邮件。

我的那位女士朋友呢？几周之前，她被发现死在自己车里，车就停在那家她曾出言不逊的饭店门前。有人在她车前的保险杠贴纸上写了"婊子"两个字，也许，正是这个人朝她的胸口开了三枪。

一石激起千层浪。乌克兰被一群"志愿者"武装力量控制，而北约组织束手无策。接着，俄罗斯的"游客"到达波罗的海国家，手持武器，肆意叫嚣，而北约只能"积极努力"。但是北约的盟友——美国却声称在太平洋上受挫严重，无暇分身。所以，波兰、立陶宛和乌克兰三国的黑客开始他们的报复行动。在美国，电力网络被摧毁，勒索病毒让银行系统瘫痪。尽管刀正架在他们的脖子上，但他们对谁是自己的真正敌人保持着清晰的认识。

又过了几周，我站在我的洞穴外面。我的洞穴有两层楼那么高，带一个浅浅的地下室，整个洞穴家园由石膏板和廉价的松木打造。可惜，像其他人做的洞穴一样，这里没有电源，也没有水源，如果我想暖和一点，就需要锯掉圣诞树当柴火，扔进壁炉里烧掉。

我站在洞穴外，是因为在里面实在没什么事做。我的邻居也出现在门外。他是个上了年纪的老头，是另一党派的支持者，虽然我不知道他是投票给了现在的总统，还是谁也没投。我很喜欢这个老家伙，但也已经在脑袋里设想他死掉的情形。不，我从没想过亲自杀死他。他总是担心劫匪会突袭他，不管这些匪徒和政治进程有没有关联。说实话，有关联也好，没关联也罢，一旦有暴徒袭击，结果都是一样。有一天，天气格外的温暖，我们两个像朋友一样，站在我们各自洞穴的界限边缘。

"你知道会发生什么吗？"他对我说。好像我们都能清晰地看到未来一样。

"我希望我能知道呀，"我叹了一口气，"为什么这么问？你觉察到什么了？"

"内战。"他告诉我，语气直接。就事论事，他说得没错。

我只好点头。

"美国人啊！"他吼道，"我们被宠坏了！我们每个人从小到大都相信，内战应该是件简单的事。整齐分界的各州都独自称国，建立秩序严明的军队，穿着有特点的帅气制服，打仗时将帅英明，指挥得当，占领高地取得战役胜利，不到一百年后，就会有一些才子穿着戏服，将那尊贵的大屠杀在舞台上重演。"

"不过寻常的传统内战都成为过去式了……现在的战争是另一回事。肮脏不堪、诡计多端，很难让人看明白。一千年以后，对战争的热情还会如此高涨。"

"我们现在就要迎来这种战争了？"我问他。

他抬起眼睛，仿佛处于一种他从未见过的情境当中。"如果我们幸运的话，"他如此说，"否则，这场战争将蔓延到世界各地，此起彼伏，一片焦土。历史将由螳螂和真菌来编写。"

另一天，天气十分寒冷，但却有件可喜的事。来电了五十二分钟。时间虽短，却足够把屋子暖和起来，再给家里的手机充上一半的电,而且,这个时候可以难得地看看新闻。《纽约时报》似乎已经停播,不过说来也奇怪,我们能收到《半岛新闻》。从《半岛新闻》的报道里,我第一次看到我们所遭遇的一切离谱境况的最佳解释。不能怪罪政治,也不是国际问题的连锁反应。不,不是政治,而是二氧化碳。他们说,这种气体不仅在改变我们的天气。二氧化碳一直都存在于空气当中,但是人类一直习惯于低浓度二氧化碳的生活环境。澳大利亚的聪明学者发现,当每百万单位空气中的二氧化碳低于300个单位的浓度时,人类感觉最幸福。但是这个浓度每提升一点,人们的呼吸都会困难一点点。这种变化会引起神经系统的微妙变化。那么,当然,我们要知道我们现在生活在什么样的浓度下?答案是每百万单位空气含400单位的二氧化碳。设想一下在密闭空间中的人们,在污浊的含有500~600单位浓度二氧化碳的空气里喘气,会异常艰难。这种窒息感让所有事情都乱了节奏。这种生活环境下的人,常常会感觉到有人把自己过肩摔了一通,也有人感觉嘴里始终像含着一块破布条,也有人感觉喝口水都要被呛死。

总之,这些是我从那部旧手机上读来的,也许它让我信服,也许并没有。不管怎样,这种解释很有意思。

接着,我女儿顶着一头紫红色的毛从房间走出来。

"嘿,"我说,"猜猜我刚听说了什么?"

政治避难申请

艾琳·冈恩

2020年3月8日
未成年子女的证词：

我的妈妈们从来不想随身带着手机，更不要说把手机开机了。我说，如果有什么紧急的事怎么办？如果有移民袭击你或者其他状况怎么办？妈妈们说，已经没有移民了，他们都被送进了难民营。妈妈们还总是纠正我，说我应该叫他们"非法移民"。但是，我还是能看到很多新闻，说白皮肤女性单独出门就是故意吸引犯罪的荡妇。网络上这样的话铺天盖地，说是应该保护白皮肤女性，而我妈妈正是白皮肤，所以我很担心她。当我告诉她，不应该独自出门，免得人们会觉得她是个荡妇，她抬头看了看另一个妈妈，嘴唇紧紧闭着，然后瞪了我一眼。她没再说这是性别歧视，因为"性别歧视"这个词是不应该在公共场合说出口的。说实话，公共场合的定义，就是身边有部手机。

我妈妈让我把手机放到走廊外面的盒子里，那盒子里还放着家里其他人的手机，所以，我只能在屋外用手机。妈妈们说，这些手机让政府得以跟踪我们，记录着我们说过的话和走过的路。她们甚至不用手机看时间。在厨房，我们有一个上发条的钟，我甚至不认得那钟的时间，就像个汽车里的转速表似的。当我们外出购物的时候，她们总是问我几点了。

当然，我知道，这个东西是在监视我们的行踪，但我总是说，它不是政府，它只是个工具。它是为了保护我们，追踪坏人和蓄意闹事的人。还有啊，我的手机正是我有权利站在这里的证明，因为自卫队员会以为我是墨西哥人或者穆斯林或者其他什么不好的人。自卫队的人犯了很多错误，但是因为是自卫队，所以你都指望不上他们会道歉。

去年，当我和其他小孩子疯闹而我又占上风的时候，我被自卫队的人拦下无数次。妈妈说，我被他们拦住是因为我穿的衣服，而不是我的皮肤颜色。也许这是真的吧。只要我上街时穿着白人女孩们普遍穿的女性化衣服，举止安静，自卫队的人就不找我麻烦。他们不像是完全不明白我真正的想法和我的天性，他们只是想让我看上去知道他们在监视我而已。当我和其他女朋友一起回家，我们穿着牛仔裤，化着妆，随心所欲地穿自己喜欢的穿着。我们也很安静的。没有放音乐——楼上新来的家伙一点都不喜欢我们的音乐，如果邻居投诉我们，警察就会来，你们懂的，那群家伙得有多麻烦。我们其他的邻居都没有投诉过我们，更没有叫过警察来，但是新来的那对白人夫妇却会。

我很害怕警察，所以我竭尽所能避免被这群家伙盯上。他们能迅速、仔细地估量一个人，而他们的默认做法是：只要不是白人，他们就会举起上膛的枪，他们要保护自己。他们会朝你开枪，而且那是正当防卫，他们会杀掉你，而且永远找不到事发的监控录像。

除了把我带在身边的时候，我的妈妈们不让我离开家。这样做不是因为警察，而是因为那些儿童认领中心的人。他们直接从人行道上抢来孩子，有时候，是直接从孩子的亲人旁边诱拐孩子。这样很不对，也不合法，但这种事总是发生，而一旦发生这种事，你们的工作系统要用好长时间才能解决儿童的回家问题。

最让我妈妈们的处境倍加艰难的是她们的注册结婚这件垃圾事——我妈妈们就是这么说的。她们大约是在十五年前结婚的，那个时候同性注册结婚还是合法的，一切都很好，直到特朗普当选总统。然后，法律被改了，我的妈妈们需要到法院经过法律程序，才能继续把我留在身边，最后，她们胜利了——有人在时代变换之前就做了预防性的行政措施，你们应该知道的。社工在辩论的时候说，我年纪已经很大了，不应该被儿童认领中心的人领走，再加上我是妈妈的亲生子，就更不应该拆散母女二人。（是的，我的妈妈们管儿童认领中心的人叫"人渣"。）那位社工，她是个真正的斗士。她为每个诉讼委托人的孩子能够留在自己家而战斗，在我的案子里，她胜利了。她是个好女人，我的妈妈们都这样说。但就在去年，这位斗士去世了，就在她被捕后不久。

嗯，很感谢你们的聆听！我很希望你们能通过我们的申请。

欢迎来到凯旋乐队

李允河

凯旋乐队培训计划

2020-2021 年

家长们,请仔细阅读以下学员要求。乐队要求学员必须严格服从规章制度。

让美国继续伟大!

詹森·G.N. 斯迈斯

美国海军乐队学院联络人

亲爱的学员:

衷心祝贺你加入凯旋乐队。如果你圆满完成乐团的培训内容,你将会在海军仪仗队中谋得职位,有机会到我们伟大祖国的首都去演出。无法达到最低音乐技能水平的学员们,将会被安排做仪仗队的临时替补,在边境墙前为我们的忠诚军队提供慰问演出。

四年凯旋乐队学院的学习生涯,将会把你塑造成为模范公民、人民楷模。你必须在少年财团联盟、美国优先组织和推特上都表现优异。

你可以根据"附录一"中的乐器选择一种你即将学习的,当然,你要自己准备好这种乐器。如果学员没有获得情况良好且被乐团认可接受的乐器,将被处以记过处分,更有甚者会被开除。鼓手不允许吃口香糖,除非你嚼的是吐出来以后会变成金子的口香糖。请注意,根据总统的命令,所有乐器都要有高音谱号标记,以示我们的统一一致。

所有的乐器都将配备刺刀。你们会有专门的刺刀使用训练。一旦你们拥有娴熟的刺刀使用技巧,接下来你们的刺刀练习对象将换成活体。记过处分积累一定次数的学员们,将会被重新分配到"志愿肉搏角斗兵团"中去。

还有,你们将被要求随身佩有一把标准配置的手枪,你们要照看好这些枪。如果仪仗队遭受袭击,那将是人生的悲哀,不是我们伟大国家中的所有人都能欣赏总统仁慈的统治。其他的,学院保证,任何对学员的直接敌意和指责,我们都会严肃对待,也鼓励学员对任何敌对行为进行报复。除非被政府官方批准,否则学员私自散播凯旋乐队的大事照片和影像记录的做法,将会被认定为怀有敌意。

你要定期进行打靶测试,并且要达到一定的累计环数标准。要留心这个,随着恐怖分子和国内威胁的危险等级变化,打靶标准也会随之定期地做相应修改。没有达到打靶培训指标的学员将会被计以处分。

所有的学员要统一着装,包括防弹背心和防爆装备。因为学员自由选择乐器往往会导致有部分乐器的学员数量超标,因此,在其他学员练习行进和演奏时,一部分超出数量的学员将会轮流承担防爆任务,还有一部分的超额学员将会负责遥控防御型无人机,进行区域防护。

学员的标准课程安排包括多个部分。乐队的音乐训练课程主要是乐器学习，包括如何演奏、仪仗队礼仪、视谱演奏、曲目训练，以及当我们伟大祖国颁布新政策时如何全体在媒体前亮相。你将要在凯旋乐队里进行合奏演出。根据演奏熟练程度和音乐表演的需要，所有学员必须遵从额外练习的命令。

此外，你还将要参加每日的公民课程，以了解政府的所有举措。周日，你要参加美国教会服务。所有学员必须缴什一税，即将收入的十分之一缴纳给美国教会。除非因为受表彰而免除此税。当然，上缴什一税是以家庭收入为单位计算的。

学习过程中还会有定期的演出、音乐理论知识以及公民测试。学员必须记住乐队要求的每一首曲目，曲目中包括伟大祖国的国歌，其他爱国歌曲，还有歌曲《我的路》。

乐队的全部行为标准，请参阅"附录二"。请在开学报到前，确保仔细阅读过。学院还要求你对任何可疑活动保持警觉，要积极上报可疑行为，尤其是其他凯旋乐队成员的可疑行为。请牢记，如果失去警惕性，美国无法永远保持伟大！

记过处分有多种解决方法。详细内容请参看"附录二"。一旦出现严重问题，学院将会组织召开特别委员会讨论有疑问的事件。对已核准的学院赞助企业进行恰当的捐款，可以减轻记过处分。

如果出现乐队指挥被军事法庭审判这种紧急情况，请勿紧张。这种军事法庭裁决十分罕见，尤其是在乐队演出的过程中。如果出现此种紧急情况，学院设定了一系列详尽的流程来解决此问题。详细内容请参阅"附录三"。

只要你心中牢记：时刻以我们伟大的总统为荣，以他领导下的伟大祖国取得的辉煌成绩为傲,你的学习生涯将会一切顺利。我们热切盼望今年会在入学式中看到你。

格林·L.罗林斯
前美国海军中士 凯旋乐队总指挥

失败者

马修·休斯

在我正搬砖的时候，听到有人喊我的编号。

"1-14。"

我立刻直起身子，喊道："到！学徒-中士！"[1]

他眯着眼睛上下打量我，那种神情提醒我，如果我不是还有用，早就是个死人了。然后，他朝我光着的脚上吐了口痰，不耐烦地说："你去找学徒团首席执政官卡莫迪先生。"

"是，学徒-中士！"我在回复的同时就开始走，想要在经过他身旁时免受他踹我的一脚。之前有一天，我就被踢了那么一脚，尾椎骨疼得厉害。我差不多躲过了这一劫，在经过他身边时加速跑了几步。他一脚腾空，在我身后划过一阵风。

我需要去的地方是行政大楼，就在大门里面。当我靠近通向大门的坡道时，两侧有带刺钢丝网环绕的塔楼，卫兵们端起M-16步枪对准我，直到我开始爬下坡道以后，他们才又放下枪。我来到大门外的警卫处，敲了三下警卫室的门。

---

[1] 学徒，2004年1月首播的节目《学徒》中参与人的称呼，是特朗普曾担任监制和主持人的一个创业真人秀节目，在节目中，特朗普率领学徒团成员进行各种项目考核，最后选出优秀的学徒，可在特朗普地产公司担任一年中高级职位。特朗普在节目中的名言是：你被解雇了！（You are fired！）——译者注

警卫室里有人按下了按钮,大门滑动打开。我迈步进去,立正站好,眼睛直视后面墙上我们的总统画像,大声汇报:"失败者1-14,遵照命令,前来向学徒首席执政官卡莫迪中士汇报!"

在眼睛的余光里,我看见在长长的办公台后面站着一位学徒-下士,拿着一张纸,做了个手势。"站到墙边去。"他命令。

"是,学徒-下士!"我走过去,在墙角站直,目光茫然,不聚焦。这是17号集中营行政中心的寻常工作日,学徒们在键盘前弯腰驼背,费力地用两根手指戳键盘打字,或者盯着显示器屏幕,又或者盯着手里的文件。我看到很多人都皱着眉头,有些人咬着嘴唇,还有一个人正伸出舌头尖。

尽管目光扫过这些画面,但我没有聚焦视线去看任何一个单独的学徒。我再也不想听到这样的话了:你在看什么,失败的窝囊废?

有东西在嗡嗡响,学徒-下士在讲电话,然后他抬头看了我一眼,仿佛我是一坨马桶没冲下去的屎。"你过来,蠢蛋!"他说,"去见首席执政官吧。"他用手指向柜台尽头的一扇门。

"是,学徒-下士!"我快步走过去,在门前立正站好,按照规定的速度敲了三下门。

"进来!"

我打开门,走进去,把门从身后关上,同时注意不把背部对着桌子后面的人,再次立正站好。我的眼睛看着他头上方的墙面,那里挂着我们总统的另一幅画像。这张画像中,总统抬起头,目光看向画框的上方,表达非凡远见之意。

"失败者1-14……"我开始说。

"闭嘴!"首席执政官卡莫迪打断我的话。

我知道最好是别说话。"是,学徒-首席执政官先生!"闭嘴意味着不要说话,我身上的瘀青给过我教训。

学徒-首席执政官长着圆圆的脸,还有泛着青色胡楂的突出下巴。他的眼睛很小,"像猪似的",如果让我描述,我会用这样的词汇,不过那也是几个月前我才敢说出口的,那时,我给《国家评论》杂志写专栏,待遇优厚。

我的眼睛注视着我们的总统,努力克服四肢的战栗。虽然我们都在这群无情的人的统治之下,但是表现出恐惧也是错误的做法。软弱和恐惧只会招来毒打。

所以,在卡莫迪看着我时,我就这样站着,等着。最后,他后背靠回椅背——我听见他那沉重的身体把椅子压得"嘎吱"一声,他说:"你之前给《国家评论》什么玩意儿的打工,是吗?"

一……二……三……该回答了。"是的,学徒-首席……"

"所以,那个浑蛋韦德利是你的老板?"

"是的,学徒……"

"窝囊废你给我闭上嘴!我早就知道他是。"

我闭嘴不言,大脑在飞速运转。查理·韦德利知道这一切会朝什么方向发展,在美国运输安全管理局失去国家拨款之后,他就知道。他打点好行李,把所有存款都转移到一个蒙特利尔银行的账户上,然后就穿越国境线到了北边。之后,满载着穿着黑色制服的彪形大汉的客车停到美国国土安全部门前,这些学徒团成员取代了在机场和边境线上的国土安全部工作人员。他曾告诉我,我也应该逃跑,但我当时没有像他那样看清形势。另外,亚瑟还在上学,莎伦也刚刚在安德鲁·杰克逊学院升职,获得了高级职称。

卡莫迪身体前倾,读了读摊在桌子上的一封文件。"据说,你们两个关系很不错。"他抬起头,鼻子发出轻蔑的哼声,"一对大忽悠!"

我一言不发,这不是问题,而且我知道,最好是不要反驳学徒的任何评价。

他研究了我很长时间。我觉得他一直想找个借口好把我打倒,然后踢上几脚,我很疑惑他为什么始终没动手。通常,被传唤到行政中心至少意味着要挨一顿拳打脚踢,身上挂彩是常事,如果学徒留点心眼,他们会让挨打的人把血渍擦掉。

现在,他合上了文件。"你让我恶心,失败的窝囊废,"他说,"如果我能决定的话,我不会让你们这群窝囊废来建边境墙,你们应该被埋在墙下面。"

我一句话没说,脑袋里也没想任何东西,而是让我们的总统全部填充我的视线。椅子再次发出"嘎吱"的声音。卡莫迪用手合上所有文件。现在,他说:"有人对你很感兴趣,失败的窝囊废。上面的人,你上面的上面。"

他拿起电话,按了个按钮。没过一会儿,他问:"车准备好了吗?"在电话里,他咕哝着回应了几句话,然后挂断电话。他瞄了我一眼,说:"你要出去坐车了,白痴。"

那是一辆闪亮的黑色凯迪拉克牌凯雷德车,车玻璃是不透明的,车门上装饰有金色的字母,那是我们总统名字的花押字。一位穿着定制制服的学徒站在车后门旁边,他戴着上尉的肩章。他打开车门时,给我飞了一记白眼,轻微歪头,示意我:快进去。

我进到车里,身后的车门立刻无声地被关上。一时间,我什么都看不见。过了一会儿,我的眼睛适应了昏暗的光线,我看到了设备齐全的车厢。一个可以展开的车座椅,对着后方宽敞的车后座,车后座上面安静地坐着一个穿着便衣的男人。旁边那个好像是侍从武官,他正从另一边进到车的驾驶座位上,发动车子。便衣男子一言不发,只是用一根苍白的手指指了指座位,示意我坐在折叠椅上。

我坐下来,手握住座位上边的扶手,随着凯雷德加速穿过大门,急转弯后驶入外面的大路,汽车内变得晃荡起来。我看不太清坐在我对面的那个男人,尽管我能从古龙水和化妆品的味道闻到他的存在。这几个月来,第一次,我明确感觉到等级的巨大差别,我身上只有酸臭的味道。我能感受到有只虱子在我腋窝蹿来跳去,但是我得克服想要用我又长又破损的指甲把它掐死的冲动。

车子开在和边境墙并行的马路上,我们经过了17号集中营在过去半年建好的那段边境墙。各地的人们被逮捕过来,用车送到集中营,从此开始在那修建边境墙。边境墙有6米高,顶上装满了尖利的钢钉、刀片刺网和碎玻璃,它一直延伸到远方,一公里连着又一公里,在这段边境线从西到东绵延。边境墙有45米长,每段边境墙封顶建成的时候,集中营就会迁离,撤离到下一片沙漠中。

行政大楼和学徒的营房,还有厨房都有轮子,由卡车拖拽迁移。17号集中营总共关押了三百多名失败者,营地迁移时,我们要负责扛那些带刀片刺网的营地围栏。完全没必要迁移失败者们的营地,因为我们就没有什么营舍,我们就在沙漠的地面上穿着破烂的衣服睡觉,冷的时候挤在一起取暖。我们的公共厕所,就是在地面上挖好的一个狭窄壕沟,它就在院子里的一个角落。

很可能有人会钻到刺网下面,然后逃跑进沙漠里。有的人真的这么做了。空中不断有盘旋的无人机,它们的工作是巡逻勘察非法移民,但它们常常能发现逃跑的失败者:夜晚中,在又黑又冷的沙漠表面，无人机通过他们身体散发的热量定位到。不过，没人会浪费一颗导弹去消灭逃跑者，沙漠的无情高温会给他们应有的惩罚。更没人会去收回这些沙漠里的尸体。

边境墙工程开始于1月末，就在总统就职后，他开始部署一系列行政命令。到了秋天，他宣布全国进入紧急状态。不过，"紧急状态"的类型和紧急程度却没有向公众具体说明；早在11月大选之前，学徒团就已经在暗地里筹建起来。当华盛顿的树叶开始飘落时，满载着学徒团的客车已遍布各地，去抓捕"失败者"——所有在那次具有历史决定性的竞选中，投票给总统对手的人。作为保守派主流杂志的专栏作者，我理所当然是他们的逮捕目标。被他们称之为"人民的敌人"的记者，已经从人们视线中消失。有的人说他们是藏起来了，但也有流言蜚语，说有人在大街上被抓走，塞进黑色的车子，然后就再也没有出现过。但没有人报道这样的事，因为恐惧已经开始大肆入侵。

紧接着，政府宣布进入紧急状态，总统释放他的鹰犬和爪牙。还在黎明前的黑夜中，很多家庭的房门被打破，人们被从床上拖起来，手腕上被自锁式尼龙扎带捆住。有时候，夜空中还会回荡起几声枪响，但那又怎样呢？学徒团总是带着更多的武器。相比之下，大多数人还没有明白怎么回事，就已经被捆绑起来。当到了得克萨斯州、新墨西哥州和亚利桑那州的站点时，我们从车厢里爬出来，双腿僵硬，泪眼婆娑，饿得头昏眼花，渴得严重脱水。等我们到集中营时，刀片刺网已经准备就绪，拿着棍棒的学徒们也已经准备好了，他们等着要教给我们集中营的规矩。我们中的很多人学得很快，有的人学得很慢，而那些学得慢的人，在集中营迁离时会被扔到厕所的壕沟里。

几个月过去后，随着边境墙变长，更多的失败者被抓来，送到这里，一般每次来十二人左右。有的人之前藏在亲友家中的地下室和阁楼里，这些亲友往往是不在清单上的"安全公民"——不过，只要他们缺乏对我们总统的热爱和奉献精神，他们的名字就会被添加到失败者名单上。有的人在逃往加拿大边境的荒地上被抓，华盛顿州[①]到不列颠哥伦比亚省[②]是他们想要逃往加拿大的常用路线。有些人躲在很偏远的小木屋里，但再偏远，甚至很多人都不知道的地方，依然会被学徒找到。这些人就成为学徒上交获得荣誉的失败者。

但以我在17号集中营生活这么长时间的经验来说，我从没看见过有谁被学徒团的车带走。

我听到纸张上传来沙沙声，然后是清脆的咔嗒声。凯雷德后车门上的装置发出一束圆锥形光罩，照在我对面那个男人腿上的文件夹上。当他打开文件夹，白纸反射出的光线让我能模糊地看到他的面容：胡子刮得干干净净，脸庞瘦削，面颊凹陷，眉骨很高，皮肤很白——几乎是一颗没肉的头颅。他看了一眼手里的文件，然后抬起头看我，他那深陷的眼睛还在阴影里，显得那脑袋更像一颗头骨了。

现在，他把文件合上，关掉手边的小灯。他重新向后倚，躲到阴影里。从黑暗处传过来的声音十分文雅、睿智。

"你在《国家评论》杂志10月刊第15期上写的文章，"我听到他的手指敲在文件上的声音，他说，"很有见地。"我没敢说话。接着，他补充说，"你可以说话了。"

[①] 华盛顿州，美国西北部的一个州，与加拿大接壤。——译者注
[②] 哥伦比亚省，加拿大西南部的一个省，与美国接壤。——译者注

"谢谢。"我说。

"好事是,大多数专家没有这种领悟力,"他说道,"否则,我们就不能竞选成功了。"

我回答:"也许到大家都领悟的时候……"忽然,我停住,想选择一种比较中立的说法,"……恐怕事情已成定局了。"

他做出很客观的反馈,"也许吧。"然后,他陷入了沉默。

他所说的那篇文章,是当我看到总统大选从奇怪变到离奇的地步,然后当今总统作为这个国家历史上最不像候选人的候选人逐步胜出时,我抒发的一种感想,一种很超前的观点。其他的评论员都只关注老生常谈的人群特征——年纪大的白人男性,基督教徒,自由主义者,茶话会的活跃分子——同样还有经济和社会地位,但是所有这些因素都不足以品评美国政治发生的这场革命性范式变革。

记得在10月中旬,我吃完午饭回办公室的途中,路过一家运动品牌专卖店。橱窗里展示着各式各样的运动衫,每件运动衣上面都有某种标志。不知怎么的,我忽然就回想起大学时代的运动衣:那件衣服前面印有一幅路德维希·凡·贝多芬的简笔画像。我站在那里,脑袋里回想后来那件衣服怎么样了。

就在那时,我注意到一些很明显的事情。那是在三十四年前,我还在上大学,我们或许会穿着印有"耶鲁"或者"普林斯顿"字母的运动衫,因为我们是这两所大学的学生,如果我们有的人想要机灵的话,会穿印有艾尔弗雷德·E.纽曼[①]的上衣。那时,我们都没把自己变成某个商业品牌的移动广告牌。

几十年后,世道变了,当我走回办公室,坐回我的办公桌,

[①] 艾尔弗雷德·E.纽曼,一个杂志虚构的人物,宣称要竞选总统的一个卡通男孩形象。——译者注

那些关于这个世界变化的如何发生、如何充分发展的，这些内容都闯进我的脑海。我打开电脑，新建一个 Word 文档，手指在键盘上轻盈地运动起来。

过去，我们是这个社会的公民，但是现在，我们只是经济社会里的消费者。这个社会是我们的，我们有权利，也有责任。经济是所有人的，也不是任何人的，我们所拥有的，只有"喜好"。

我坐在那里，任由思绪飘荡，我继续写道：

我们的大脑运行体系已经被日益复杂，也可以说是强大的、无处不在的力量——市场营销，重新塑造。

我们现在习惯于认为——不，不能说思考，只有感觉——模式是从我们的个人需求出发——"你值得一顿好早餐"代替了对身体有益或者对身体有害的言论。

我考虑了一下我们的总统候选人——尽管民意调查认为，他不太可能打动选举团。于是，我的脑海里浮现如下字句。我敲击键盘，写道：

他不是个政客，他是位名人。他的支持者并不是服从他——他也不是领导人，他只是作为一个他们可以去喜欢的名牌而存在。他不会舞弄权术，他会做的是用他高超的市场营销技巧引领消费者"喜欢上"他的个人品牌：这让所有拥护他的人都对自己很满意。

像我一样的专家们，不过是旧政治体制的囚徒，这种政治体制由早先某位领袖创建，然后由我们的祖先公民一直维持下来。但他们的时代已经过去。这种政治体制已经被市场营销的力量冲刷殆尽，只剩经济，发挥着自己的规则和机制。

即将要成为我们总统的人认同这种范式转变。他践行了许多年，甚至几十年。他用多年的营销技能锻造自己的名人品牌，为自己打造平台，在加速的经济运行中，能够从即将沉入水中的船底上升到指挥舱。

这篇文章似乎掏空了我的智慧，仿佛它已在我脑袋里的某个角落里积存多年。也许，我觉得，真的是这样。当我是一个年轻人时，我就注意到，当记者拦住人们做随机采访，问他们是怎么想时，记者会问："你的感受呢？"我记得当我发现一件衣服的商标印在了外面而不是衣领里头的时候，我感觉到一种脱节感。当我发现我那双保守样式的皮鞋也把商标印在了鞋跟，这样走在我身后的人就能看到我每走一步时银光闪闪的商标时，我又一次经历了这种感受。

关于市场营销，我接着写道：

现在是我们所处环境的全部。我们每天都被营销成千上万次，但我们并没有意识到这种行为，就像鱼儿没有意识到它身边的水一样。

但是这个总统候选人却意识到了它。他发现了身边正在崛起的新时代，然后根据自己的见识充分利用营销的力量。我在文章的结尾，特意恭维了他几句。我说，我们这些人还在像一群猿人一样在黑暗中拥挤在一起时，我们中的一个人——一个天才——用手拿起两块石头打磨，练习生火。

我精心琢磨了一些辞藻，把复印件发给了我的主编查理·韦德利。这篇文章刊登在接下来的一期杂志中。两周以后，总统大选来临，然后是总统交替的政权过渡期，我们在这个时期写了很多揣测性的分析和人物简介文章，都是关于总统想要招揽为内阁的人，这些人千奇百怪的。我们等着看，在领导一个自由国度上，这样一个人是如何发挥名人品牌的影响力的。

很快，一切变得疯狂起来，但人们却说，总统已经逐渐适应这份工作。就在总统就职典礼的九个月后，我们知道了坐在白宫里的人正在"孕育"的新计划。

"我们需要你为我们做点事。"从黑暗里再次飘出那种文雅的声音。

"是的。"我回答。

"你说的'是的'，是指'是的，我会去做这件事'吗？"

我都不用想。修筑边境墙的这几个月让我变得无比顺从，正如字面意思，"是的，我会去做的。"

"这件事意味着，你要背叛一个你的朋友。"

如果是一年前，我会很勇敢地用一句话回绝：拉倒吧，接着是不堪入耳的一句脏话。可是现在，我几乎不用犹豫地回复："在失败者集中营，朋友没有任何益处。所谓的朋友只是另一种负累。"

"很好。"那个声音说，"如果你完成这件事，你就不用再回到集中营了。你会完全恢复身份。实际上，我们会把你聘请到学徒团里。然后，你的妻子和孩子也会和你在一起。"

我被折磨得太过麻木，已经感觉不到任何事，但是我注意到我脸颊湿了。我抬起手擦拭，发现我的眼睛满是泪水。

"我要做什么？"我问他。接着，我仔细听着他说的话。

一周以后，他们把我洗干净，帮我驱除虱子，打掉了肠子里的寄生虫，给我能吃的食物，为我注射各种各样的维生素。他们带着我从圣安东尼奥市飞到弗尔柴尔德空军基地，那是在华盛顿州的斯波坎市附近，在那里有一支特别的队伍，他们悄悄地把我用直升机带到北纬49度以南的哥伦比亚河上某个着陆点。那时正是夜晚，天空没有月亮，乌云密布。在漆黑的夜色中，我们着陆了。一些人强硬地把我从直升机上拽下来，将我交给另一群同样手段强硬的家伙。我认为他们一定是带了某种夜视设备，因为他们走路轻巧，很快就把我带到河边。他们把我塞进一个橡皮艇后，也爬了进来，然后从岸边推开小艇出发。我只感觉在小艇行进时吹到我脸上的徐徐微风，那时我恍然大悟，他们已经发动了一个和直升机那样静音的发动机。

我不知道我们在河上走了多久。直到我们经过东岸的小型飞机场后，我才看到河岸上有星星点点的灯光，接着，我们的行程又变回完全黑暗。最后，我看到一座小镇的灯光，停泊在河西岸的小船，以及砂石护岸上面的陆地。小镇上的照明灯光从水面反射过来，让我勉强看到船里同行人员的模糊身影。

他们中的一个人给我手里递过来一件东西——一个小巧的行李袋——然后低声对我说："你从这下船。从这有几条小路可以上去。找到客车站。行李袋里头有钱。"

我没听到他们离开的声音。攀上河岸，从几簇灌木丛里爬过去，我来到一条双排车道的柏油路。接着，我转身朝着小镇上的灯光走去。他们让我记住一张关于这个地方的草图——他们叫它行迹图——所以，我很容易就找到了客车站，车站就在滨河街上，连着滨河大道，他们曾指给我看滨河大道的位置。

这里的车站不过是一个蓝白相间的小框架建筑。我在外面等着，直到一个穿着牛仔裤和棉质衬衫的男人出现，他面容倦怠，打开了车站门。我拎起行李袋，走进车站，听到他问我："去哪？"

"去弗农，然后去甘露市。"我说。如果他问起来，我会告诉他我要到弗农去找我哥，但他只用力捶了一下按钮，然后递给我售票机里吐出来的字条。我用他们放在我钱包里的一张加拿大旧版纸币付了车票钱,然后走到一侧的长椅边坐下来。车票上显示,从阿尔伯塔来的夜间客车会在一小时内到达车站,之后启程,到达弗农车站是第二天午后三点左右。到那时,我会乘坐另一班客车去甘露市,在天黑之前就能到。

我坐在那里,目不斜视地看着前方,我的脑海里却一直不断地重复浮现学徒团里那个人手机上莎伦和亚瑟的照片,我始终不知道那个学徒的名字。我的妻子和儿子看上去很担心,但是他们没有受伤,看上去也很健康。他们没有像我一样被送去劳动改造。

车站临街的门打开,进来一个男人和一个女人。女的身材圆润,看上去很健壮,男的个子更高,身形更瘦,但走起路来像个运动员一样。他们都佩带着带枪套的自动手枪,穿着卡其布的衬衫,黑底带明黄条纹的裤子,头上戴有闪亮皮革帽檐的贝雷帽。我用眼睛的余光看着他们——那种黑色带条纹的裤子也是集中营里学徒团成员的标志服饰,如果直接看他们的穿着,就会挨一顿痛打。我努力克制住自己准备站起身、立正的冲动。我抬头看向他们,表现出一个男人想要知道什么事的模样。

他们来到我跟前。"嗨,你好。"女骑警开口说话,"你的名字?"

我抬了一下头,然后说出和我证件上一致的名字。

"你从哪里来?要去哪里?"

"去甘露市,从苏斯喀彻温省的伊斯滕德来。"

我轻描淡写地说出萨斯喀彻温省,用教官反复教给我的发音。"这么读:苏-斯-喀-彻-温-省。这是加人队[①]他们说话的方式。美国人读成:萨-斯-喀-彻-温-省。"

---

①加人队是加拿大温哥华的曲棍球球队。——译者注

男警官已经拿出他的手机，然后按着手机按键，问："那里的市长叫什么？"

我对答如流。

"那里的合作社商店在哪？"

"在枫叶大街和铁路的岔路口。"

他滑动屏幕一会儿，又问："那里最吸引游客的是什么地方？"

"霸王龙中心。"我有点不耐烦地说，"听着，你们到底想干吗，啊？"加拿大人都很礼貌，但是都不太能受得住警察的侵扰。

"在查非法入境人员。"那位女骑警说，"请出示你的证件。"

我拿出我的萨斯喀彻温省的驾驶执照。这证件仿冒得足够以假乱真，然后他们递还给我。"小心对你异常热情的人哦，"那位男警官说，收起手里的手机，"有些非法入境的人，他们会偷走你的身份。你都没法抱怨，因为到时候你已经被弄死扔进水沟里了。"

我告诉他们，我不知道会这么糟糕，我确实没想到。但我不意外。我知道大多数美国人的动机，他们拼命穿过边境线，我知道他们为了不被送回美国会做很多离谱的事。

"我会小心的。"我回复他。

我的"哥哥"已经在弗农的客车站等着我了。他看了我一眼，然后走回车站的休息室。当我跟着他进去的时候，他挨着查看每个隔间，确保不会有人打扰我俩。

他递给我一条和我腰间完全一样的皮带，皮带上有一排不锈钢装饰铆钉，我把腰间的腰带抽出来，交给他。我知道，在新腰带的两层牛皮中间，有一小片电路。当我把腰带穿进牛仔裤时，他扭开我牛仔夹克上的一个扣子,把一小块电池塞进假纽扣中,然后又拧回外面的纽扣。整个过程,我们没有说话,他也没抬头看我一眼。当作完手里的活,他重新安装好鞋跟就转身离开了。我们的会面总共不超过三十秒。

没过多久,我就登上去甘露市的客车。

"交汇点",当地人这么称呼甘露市,那里是两条大河——北汤姆森河与南汤姆森河交汇的地方,两条河汇合之后,又汇合弗雷泽河,最终汇入太平洋中。很久之前,在白人来到这里以前,河流交汇的地方往往是当地部落自由贸易的集市,之后哈德逊湾公司就利用这个先天集市创立了商场。在皮草商在这里聚集之后,又来了一批淘金的人,河流中有价值的沉淀物都被挖走了。地势高,气候干燥,两条河交汇的高原地区被认为是出产好牲畜的地方。

今天,这座城市已经沿着河流发展建设,一直延伸到周围的山脚下。这里物产丰盈,生活宁静祥和,是典型的加拿大生活风格。对于手持落地移民签证来此避难的美国人来说,这里是可以开垦的家园,而落地移民签证——相当于美国国内的绿卡。

我知道的所有这些信息,都是在圣安东尼奥时学徒以简要方式教给我的。我再也没见到过那个凯雷德车里的男人,尽管有一次我听到他在走廊说话的声音。那时我被清洁干净,然后被关进一间屋子,我从那间屋子里听见他在说话。房门微微敞开,我能听到他清脆、响亮的命令:

"……不要和我说你的困难好吗,少校。"他这样说,"把这件事搞定。快速抢占小组必须在二十秒之内就得到那座安全屋。他们在那里的每一分每一秒,都很危险。我们知道参议员就在那附近,但是他们经常给她换住址。我要让我们的'犹大'在二十一号之前就找到她。"

接着是手机中传出的一阵咕哝回复,但他打断了对方的话:"我不关心这些细节。如果你办不到,我就把你调去修边境墙的集中营,到时候你就知道你这么挑刺有没有用了。"

没过一会儿,一个满脸愁容的学徒-少校来到屋子里,坐到我座位对面的位子上。他在我们两个之间撂下一大摞文件,打开其中一本,然后说:"坐直,失败的窝囊废!我们有活干了。"

甘露市的灰狗巴士车站在诺特丹大街,就在河流交汇点的东岸,那里大街更宽一点,转弯的另一边被分成两条林荫大道。距离滨河大道转弯处不远,是一家连锁白点餐馆。餐馆已经开始接待晚餐的顾客,当我踏上水泥台阶推门走进餐馆大门时,一抹春日的斜阳在遥远的北面沉落下去。这家餐馆有一半的位置都空着,光线也不是很亮,但我知道这里很适合全家人来吃饭,因为无论是小隔间还是餐桌上,到处坐着家长和他们的孩子。

挨着厨房有一条吧台,吧台下面配备几个凳子,我走向那里,把露营工具放到脚下。我随手从钢架上捡起一本菜谱,那钢架上还放着盐盒、胡椒粉、醋,还有一个可以点汉堡的按键。

我只是按照学徒-少校和他下级的指示行事,但在我看菜单时,从吧台后面的厨房门那里传来一股煎肉的香味,不禁让我口水直流,更让我无法抑制地流下眼泪。我记得,在我和莎伦刚结婚的时候,我们特别喜欢吃14号大街上外交官餐厅的汉堡,那里距离洛根广场只有几个街区,在华盛顿的西北角。仿佛,这一切距今已隔了几个世纪。

想这些可没什么用,我在心里暗暗对自己说。我用手擦眼泪的时候，一个服务生装扮的年轻人从厨房出来，看到我，走过来，然后假装擦拭吧台，"今天过得不好吗？"他问，"要不要喝杯咖啡？"

"好。"我说，但还是重复了一遍，好让声音清晰地从嗓子里发出来。我又看了一遍菜单，问："你们以前是不是卖一种蓝色奶酪汉堡？"

他背对着我，正在吧台后面用玻璃水壶倒咖啡。在最后倒满之前，他停顿了一下。他转过身，把放在碟子上的咖啡杯推到我面前，还递给我一把小勺，和两小碟半脂奶油。他没再看我，而是扫视了整个餐馆。最后，他说："你一定是怀念起艾德熊的美味了。"①

我回答："你懂的，也许我就是想起了这个吧。"

"好的。"他说，然后直接看向我，"点一些吃的，然后就坐在这里吃。"

我指指菜单上的一种汉堡，他拿出一个小小的手持设备，然后在屏幕上戳来戳去，问我要不要炸薯条和凉拌卷心菜。我点点头，他又在屏幕上戳了几下。接着，他把手持设备收起来，手伸进另一个口袋，拿出来一个基础款手机。他开了手机，按了那种快速拨通的按键，等了很长时间，手机那边传来一句："对不起，你拨打的电话是空号。"

他关掉手机，打开手机后盖，抽出电话卡，放在吧台上，然后他从吧台底下拿出一把大剪刀。他把电话卡剪成了小碎片，扔进了垃圾桶里。

"好吧。"他说。我以为他在自言自语，但是他紧接着却是和

---

① A&W，艾德熊是美国著名的快餐品牌，以热狗最为著名。这里服务生的言下之意是：我知道你是美国来的，这一路一定很艰难。——译者注

我讲话:"我给你拿汉堡盘。还要点咖啡吗?"

咖啡的味道很浓郁,比你在美国所有快餐店能买到的汉堡搭配饮料都要好。当他用椭圆盘子把食物呈上来时,我刚好把咖啡喝完。尽管喝了一杯咖啡,我的嘴巴还是很干,可是我还是咬了一大口汉堡,发现汉堡有很多汁,一点都不干,里面有某种酱汁,不是那种抹点芥末和番茄酱就了事的酱汁。这种味道,就像自由,我的眼睛又开始湿润起来。

我又咽下一大口汉堡,然后尝了一下炸薯条。味道真的很美味。凉拌卷心菜也一样,菜叶厚实多汁,软硬适中,嚼起来很清香。我在圣安东尼奥的教员给我吃的其实不错了,和他们吃的一样,但那毕竟是大食堂的食物;再比起之前在17号集中营吃的菜糊,这盘菜简直是天堂美味。

那个服务生一直在吧台附近转悠,给我又倒了一些咖啡,但他的注意力却一直都在门口。我发现他开始警觉,我端咖啡的手因为紧张止不住地颤抖,我只好用另一只手按住颤抖的手肘。我抿了一口咖啡,然后就坐着等待。

一个男人坐到我左边,另一个男人坐到我右边。他们都点了咖啡,然后年轻人拿出杯子,倒上咖啡。

我左边的男人喝了一小口他的黑咖啡,而坐在我右边的人往咖啡杯里倒奶油和糖后,开始搅拌。之后,那个喝黑咖啡的人放下杯子,转头看向我这边,问:"今天过得怎么样?"

"还好。"我小心翼翼地不露出美式英语的口音。

然后,坐在我右边的那人说:"我靠!真的是你吗?"

我转身,正巧看到满脸惊喜的查理·韦德利。

他们把我带到老城区的一所房子里,那里是河流的下游。查理在我们进汽车前给了我一个大大的拥抱，他和我一起坐在后座上，聊起很多恍如隔世的事情。我是怎么越过边境线的？莎伦和亚瑟怎么样了？他向我讲述他和珍妮在到达蒙特利尔之后是如何分手的。分手后，他立刻参加了抵抗组织，现在抵抗组织已经初步成型。他还问了我所在的集中营是什么样的，真的有他们说的那么糟吗？

另外一个人，坐在前边副驾驶的位子上，斜过身告诉查理先别说这些。他们的办事流程需要先做汇报，他已经着手向上级汇报。我的编辑老朋友略显尴尬地摊开手，意思是抱歉。随后，他轻拍我的膝盖，说："以后我俩接着聊。"

汇报这种事是我之前就知道会有的流程。首先，他们拿走了我的行李包，还有我穿的每件衣服，里外仔细查了一遍。接着，他们用一根电子长杆探测器扫描我的皮带和靴子，同样也检查了一遍我的夹克和牛仔裤。他们什么也没发现，就让我重新穿上衣服。

然后，他们又开始问我问题。那些学徒团的教员已经为我反复操练过。我告诉他们学徒团是如何运送那些挑选来的"失败者"。我们这些失败者从边境墙的集中营被送到俄勒冈州和蒙大拿州，要进行"特殊处理"。我们不知道特殊处理的意思，但有些人了解历史中的大屠杀，认为特殊处理可能就是处决我们。

他们把我们赶进厢式货车，我所在的那个货车只在顶端有个小口。那个换气孔的闩锁有些松动，我们中间有个人在盲肠里藏了一根四寸长的铁钉。我们站在其他人的肩膀上，用尽力气打开了栅栏。后来，我们爬出来，躺在车顶上，直到车在俄勒冈南边的某个大路转弯时减速，我们就一个挨着一个跳下来。基本上每隔半英里吧，我们相继从货车上跳下来，然后跑进森林。

我告诉他们，我从德舒特县一个农家后院偷了一些衣服和一辆皮卡车，往东北方向开去，基本上是晚上才上路，只跑采伐木材车用的道路或者是只有双排车道的公路；饿了，就到公路旁边的餐馆后面的垃圾桶里翻点吃的。那辆车的油箱挺满，它把我一路带到蒙大拿州的白鱼镇，我在那里把车沉到了湖底。然后，我搭乘一辆车到了一个木材小镇，叫飞塔镇，接着我穿过树林，沿着93号公路北上。

"那些学徒团巡逻队呢？"审问我的人问道。

"只要我看见公路上有车灯，"我不紧不慢地说，"我就立刻躲回树林里。他们好像嫌搜查树林太麻烦。"

我是从一个叫鲁斯维尔的地方穿过边境线的，我如此告诉他们。一个往东开车的卡车司机捎了我一段路，一路把我带到阿尔伯塔省的莱斯布里奇。他告诉我，走投无路的话就找本电话簿，打电话给贵格会的人，联系他们。他们会帮我的。

"他们确实帮了我。"我这样说，"他们曾在白点餐厅和我说起过甘露市。"为了保险起见，我还告诉他，贵格会的人不会向任何人透露他们曾经给难民提供过帮助的事，即使对方是抵抗组织，他们也不会说。他们认为自己的所为只能让他们和上帝知道。

他们还问了很多其他问题。我都一一回答。最后，他们把我关进一间屋子。在他们验证我所说的话是否属实之前，我要一直待在那里。查理告诉我不用担心，我告诉他，我并不担心。这些都是事实。因为学徒团已经把我故事里的所有元素都伪装成事实：确实在北方又营建了许多集中营，人们被送往这些地方；在俄勒冈州也确实有人逃走，尽管大部分逃跑的人在几个小时后被枪毙或者重新抓回集中营,但有一个人逃脱了。逃跑的人中有些是被当地爱国热血青年击毙的,这些爱国者从广播和电视新闻上看到"失败者"逃跑的消息;学徒团的特工从德舒特县偷了一辆皮卡车,然后把车沉进蒙大拿州的湖里;飞塔镇上的边防战士因为渎职被惩罚,替换。

最终,随着新消息陆续传来,他们能把这些线索连接起来,证实我的故事。到那时,参议员会被抓走,而抵抗组织需要寻找一个新的领袖。而我,会回到美国,和我的妻子、儿子在一起,为某一组织撰写支持我们总统和新秩序的文章。

我不会喜欢这样的自己,但莎伦和亚瑟却能重新像个正常人一样生活。

他们用了两天审查我。其间我用阅读、休息和吃东西来打发时间。我在17号集中营里因为遭受虐待和忽视所造成的衰弱身体,现在逐步在恢复。查理每天都会来看望我,但看管我的人不让他进门,他只能把脑袋探近门上的玻璃,打个招呼。等到第三次来看望我时,他已经可以进门来。他说:"你现在自由啦。拿着你的东西。你先在我家住几天,然后准备一下,等我们给你安排。"

"我需要一份工作,"我说,"我还能不能申请合法的住所啥的?"

"你会有份工作的。你将为参议员工作。我已经和她说起过你了,我们都认为有份职位非你莫属。"

"一份靠写作为生的工作?"我说,"这样的工作,好像距离我有一万年了。"

"这就像骑自行车,就算长时间不骑,你一旦上车自然而然就会想起来怎么骑。"他说。

查理的房子在山坡上,能俯瞰两条河流的交汇口。他指给我房间,对我说:"我们得给你多准备几套衣服。今天晚上,我们要和一些家伙见个面,这些人都是你以后一起工作的同事。"

我告诉他我喜欢身上穿的这套衣服,"我看大街上的人很多都穿着牛仔裤和牛仔夹克。穿成这样比较能融入这里的环境。"

他耸耸肩。他总是比我更时髦一点。"随便你啦,"他说,"我们的老大也要见你。我们明天出发。"

"出发去哪儿?"我问,但是查理也不知道目的地。他们经常给参议员换住址,只有和她最亲密的小圈子才能随时找到她。当她想要见我的时候,查理会从一部一次性手机上接到电话,然后获得会面地址的暗语。

"真的有必要这么秘密地行事吗?"我问。

"他们特别想找到她。"查理说,"如果她被他们抓住,会被用上几次水刑,然后驱赶她到法庭上接受审讯。如果那样的话,抵抗组织几个月所做的努力就都白费了。"他的神情忽然变得严肃冷峻,"或者,他们直接杀了她,让她从网络上消失,不再有机会说话。"

第二天是4月23号。根据我无意中听到的对话,应该有一组特派队来到这里——也许和那天把我带到哥伦比亚河的那群人一样,是海豹突击队的。很快,我就能和妻子、儿子重聚了。一旦我完成了这份任务,我需要赶快去温哥华,然后和美国的大使馆联系上。我知道查理会有什么感受,还有那些前一晚和我一起共进晚餐的人们,他们也会很难过。至于参议员落到凯雷德车里的男人和其他学徒团手中后的命运……不过,很多人因为修建边境墙也在遭受折磨——如果流言是真的，新建的那些集中营才是人间炼狱。

别去想这些，我对自己说。做你应该做的事，然后，安全地回到莎伦和亚瑟身边。

这里将不再是我的战场。17号集中营已经耗光了我的斗争意识。我只想活着，看到我爱的人能够安然无恙。

到了傍晚，我和查理开车在甘露市外围转悠。好几次，他忽然猛打方向盘，转个大弯，想要看看我们是否被跟踪。在我们上车之前，他就拿着一个手持的电子设备检查了车子有没有追踪器。汽车上的GPS导航仪也被破坏掉了。

太阳紧紧贴着西边小镇光秃秃的小山坡，这时，查理口袋里的手机忽然振动起来。他把车子停在服务区，接了电话。过了几秒之后，他应了一声："知道了。"接着，他打开手机的电池后盖，取出电话卡。他把电话卡掰成几截，让我在他开车时扔到车外。

我们开到5号公路，沿着其中一条汤姆森河边，一直往北开。路上的车很少。如果路上有人跟踪我们，查理说，隔着几公里我们都能看到。但是没人跟踪我们。大约开了十分钟左右，查理驶出了绕城高速路段，穿过一片沟栅，我们开进一扇敞开的铁丝网大门。我们开上一段泥泞的土路，路过的汽车给山坡上的干草和蒿丛都蒙上一层尘土。这里的风景和得克萨斯州很像，像得怪异，只不过得克萨斯州现在正修建着长长的高墙。

我们的车开过，扬起一阵烟尘。两分钟崎岖山路的颠簸后，我们已经来到两座山的中央，再也看不到高速公路。我们继续在山中小路上晃来摇去地前行，开着开着就爬起坡来，一直开到一个路口，然后右拐。大约又过了五分钟，我们看到很多树，这些松柏树丛长在山脊上,一排排,很壮观。在路的尽头,一所木质房子出现在我们前面,因为太大而不能称之为小木屋。天已经快黑了,我看见木屋里亮起灯。

我们停好车。在门廊上有守卫的人,在树林的边缘还有站岗放哨的。他们和我一样穿着便服,但是他们看起来都很像士兵。有些人拿着步枪,就像在集中营拿着枪对着我们的学徒团警卫。

我跟着查理走到门廊。一个男的拦住我们,然后让我们把手抬起来,他开始搜身。查理按照他说的做了,然后冲我做了个鬼脸,意思是:我们又有什么办法呢?他被搜查完,就轮到我。

"很安全没带任何武器。"检查完我们,就让我们走进去。参议员坐在最里面的屋子里,我能从紧闭的房门清楚地听到她与众不同的声音。然后,房门打开,她走出来,向我伸出手握手。她看上去比之前竞选的时候要老了点,短短的棕色头发已有不少银丝,眼角和嘴边也布满皱纹。但她依然精神矍铄,她握手的手掌依然有力、温暖。

她说,我们会一起做些伟大的事,还有,她很高兴我能从"他们已经把它变成地狱"的祖国逃出来。

我同意她的看法,点头,微笑。我能肯定,我的笑容一定很假,因为从内心说,我已经麻木了。参议员说她会想办法帮我把妻子和孩子从那些魔鬼手中救出来,我只能点头,不住地说:"谢谢您。谢谢您。"

然后,会面就结束了。她又回到里面的屋子,接着,门被关上时,屋里传来其他人的声音。查理用手肘推推我,说:"还不错。我们走吧。"

"这里有厕所吗?"我问,"我需要小解。"我的声音空洞又颤抖。我清了清喉咙，但是效果不大。

门口的守卫说："你直接去树林解决。"

我按照他的话去做了，我走到那片松柏林，开始解腰带。有个拿着步枪的人就站在离我不远的地方，不过当我解开拉链的时候，他就转过身去了。这时候，我把夹克衫上的纽扣打开，根据记忆，用手使劲按一下，然后往右旋转，这是个反向的螺纹扣。

纽扣的顶端被拆下来，里面的小电池落进我的手掌。我用另一只手去撬开腰带的假铆钉，正好有个电池大小的小孔。我用手指把小圆片推进去，定位器就接触上电源。然后，我等了一小会儿，心里默默数十五个数。

然后，我撬开电池，把它又按回我的纽扣里，把衣扣扭好，把假铆钉盖塞回腰带。我把裤子的拉链拉好，然后回到查理等我的地方。我想在抢占小组到来前，把他带离这里。我能预料到，一会儿这里肯定是枪林弹雨，很多人会丧命。

"好了？"他对我说。我还没回答，就听见有人在房子里面大喊。有人奔出来，举着手机，也可能不是手机。他举着什么东西，然后到处指指点点，接着，看着手机屏幕，不停地咒骂。

除了我和查理，所有人都在紧急地奔跑。一群人围着参议员，从房子里跑出来，火急火燎地奔向汽车。周围的士兵全部警戒，把枪都上膛等待开火，注视着跑出来的人群，四处寻找攻击目标。

"你别动！"一个带着检测仪的守卫对我高声喊，"就站在那别动！"

"发生了什……"查理的话没有说完。

两枚地狱火导弹像两颗彗星一样从夜晚的天空滑落，血红焦黄的烟团上，有白色的火苗在燃烧，长长的拖尾像魔鬼似的留下一道烟痕。

"莎伦，"我喃喃自语，"对不起。"

然后，整个世界都着起火来。

我们有颗金子般的心[®]

利奥·弗拉基米尔斯基

发件人：辛普森·史蒂文斯三世 <simpy@ThoughtCollective.agency>
收件人：全体成员 <all@ThoughtCollective.agency>
转发：全体人员集合！把你们的周末安排全部取消吧……现在有一个千载难逢的机会。
日期：2021 年 1 月 21 日

伙计们，伙计们……伙计们！！

辛皮有话要说。

我刚挂断电话……你们肯定猜不到我刚才在和谁通话，所以，干脆我直接告诉你们吧。总统！真他娘的是美国总统！！！

而且，他要和我们合作！

在任何人大为光火地来和我讨论政治上的孰是孰非之前，我想要说的是，在 2016 年的大选时，我毫无疑问地投票给了那位女士（听上去好像是很久很久以前的事了，是吧？），在 2008 年和 2012 年的时候，我也都投票给了奥巴马（那个时候你们中的好多人还很小，刚脱掉纸尿裤的年纪吧），所以，我政治上的忠诚毋庸置疑。

但是你们想想，我知道过去四年一切变得奇怪起来。我当然知道。我又不是个不懂人情的怪物。我们失去了很多有创意的员工（和朋友），他们在失去签证后，只能回国。我们想尽办法想留住他们，但是你们看，我们无法斗赢市政府的，对吧？在发生极端素食者的炸弹袭击事件后（说不定你们要感谢这一事件带给我们的机会），我们只好被迫关闭了位于芝加哥和洛杉矶的办公室；如果我们自己国家的人都在忙着袭击我们，我们要怎么做才能让我们的国家重新安全起来呢？（提示：这部分内容说不定对后面我们的工作很有用）我也知道，我们眼看着在上海、伦敦、巴黎、阿姆斯特丹、孟买、罗马、圣保罗、墨西哥城、多伦多、温哥华和东京的分公司关门歇业，心里真的很难受。

但是，我们也在新的地方开始分公司的业务：莫斯科、普京格勒，还有西弗吉尼亚州。这就像老话说的，上帝关上门，会同时为你打开一扇窗。

这些，我都知道。过去四年的日子，举步维艰。我们的业务几度陷入谷底。

但我们现在迎来一个上升的机会。能够触及我们所能想到的最高层。

白。

宫。

这是最高机密，所以请不要把现在说的事情放到你的私人邮件里讨论。[哈哈……那样你会招惹来很大的麻烦，去问问"她"你就知道后果了（如果你能找到她的话，开玩笑，开玩笑的啦）。

我知道你们中的某些人可能会把这封邮件里的内容备份，断章取义地留存。我都懂。但是请记住，我们只是在商言商，不谈政治。我知道你们很多人不喜欢开车（吉斯算一个哦！），但是这不妨碍我们搞臭汽油的名声。你们中有的人是素食者（我说的是你，劳拉），但我们为了和猪腩肉协会合作，不得不宰掉一头猪。还有阿贾兹，我知道你从不喝酒，但是你也得热情满满地参加浆果酒和气泡酒的短片拍摄工作。

我的意思是，我们应该把个人的政治立场放到一边，团结起来，干点伟大的事，搞点宏大的一流创意。所有的广告都是为了——孩子。我们现在被召集来要做点堪称史诗级的事情，我们也许是这个国家最具革命性的组织了。我真的觉得（不，是我知道）我们正在做的这项任务和工作将有潜力改变整个世界。这不正是当初我们投身到这项不可思议事业的原因吗？

所以，看到这封通知信后，请大家认真考虑一下。仔细衡量这个机会，好好感受它！

让我们明天清早高兴、准时地在十点钟集合吧。所有人都要到，所有积极工作的同事，所有的聪明大脑们，一个都不要少。

让广告再次强大起来吧（抱歉，我抑制不住）。

加油！

辛普森

辛普森·史蒂文斯三世

首席创意总监，集思广益广告公司

纽约，莫斯科，普京格勒，查尔斯顿

* * *

集思广益广告公司创意部通知
客户：共和国安全局
日期：2021 年 1 月 21 日
工作订单号：61679

机密文件

背景资料

在2019年年初，就有很多迹象表明，即将到来的这场总统大选将会非常的惨烈。投票作弊、暴力示威、投票站恐吓、大规模示威游行，伴随着想拖垮我们国家的发展中国家的干涉，都会拖垮我们国家。为了和这些破坏行为斗争，总统成立了共和国安全局，这是一家政府和私人合作的机构，由美国国土安全部、各州当地的执法部门、相关公民、私人的军工企业联合组成。共和国安全局维护国家安全，给美国人民带来稳定、安全的生活秩序，最重要的是，它会保证总统大选的顺畅进行。消费者认同共和国安全局的价值，甚至给他们起了个非常有魅力的昵称：金衫侠，因为他们的制服上印着大大的金色"Trump|MAGA"[①]字样——但是人们担心在大选前，这些金衫侠是否会一直陪着他们。到目前为止，这个组织的角色和未来还不明朗。

广告的目的是什么？

我们需要在庆祝金衫侠们成就的同时，鼓励民众都参加进来。去年，金衫侠们做了很多有益的事。现在，是时候让人们充分了解金衫侠们代表着谁，而未来金衫侠会有什么作为。

我们的目标受众是谁？

全体美国人。

广告宣传词是什么？

金衫侠会让美国再次安全起来，因为他们有颗金子般的心。®

为什么我们要相信金衫侠？

这世界充满了危机重重的分歧和暴力。四年来，不断增多

[①] Trump|MAGA：Trump 即特朗普，MAGA 是 Make America Great Again，即"让美国再次强大"的各单词首字母。——译者注

的抗议者和对祖国的袭击说明：总统在下达正确的行政命令——毕竟，黎明之前的阶段，总是最黑暗的。金衫侠帮助政府恢复秩序，保证我们共和国历史上最具竞争性的总统大选能够安全进行。他们就在这里，保护着所有消费者。

广告中我们的说话语气该如何把握？

多想想《星河战队》里瑞科的口气[①]，少一点《歌厅》里面《明天属于我》的腔调[②]。要有趣，有力，有自豪感，别忘了，还要眨一下眼睛。

广告投放媒体有哪些？

广告要在大量媒体上同时投放：我们需要社交媒体资源、网络聊天工具、数字电视、交互游戏、广播……你能想到的所有地方。但是现在，我们先把注意力放在电视广告上，尽量拍得引人注目，把竞选对手干掉。

授权书

我们的客户喜爱金衫制服，也能感受到金衫品牌的核心价值观。如果能看到更多用金色创造的象征意义，委托人将会十分满意。

让我们直接引用"金衫侠"这个绰号，然后打造这一品牌。回想一下安飞士租车公司的口号——"我们是全球第二。我们更为努力"。还有里维餐厅的口号——"你不用成为一个犹太人，也可以爱吃里维家的黑麦面包"。

* * *

[①]《星河战队》是一部美国科幻电影，瑞科是里面的抵抗外星虫族的小队长。——译者注
[②]《歌厅》是一部经典歌舞剧电影，《明天属于我》是里面的插曲，曲调高昂、奋进。——译者注

金子般的心——90秒电视广告

客户：共和国安全局

代理商：集思广益广告公司

内景：厨房—白天

一对中年男人女人都穿着睡袍，坐在餐桌前，面部被报纸和信件挡住。他们对着镜头说话。

男人：

现在每天都这么危险啊。

女人：

我们生活的方方面面都受到威胁。

男人：

你都不知道能相信谁。

女人：

这就是我们加入金衫侠的原因。

男人和女人都脱掉睡袍，露出金色闪闪放光的POLO衫和高尔夫裤。衣服上的印花图案是夸张的特朗普剪影。

男人：

你也应该加入。

画外音：

终于有办法向这个世界表达你有一颗金子般的心。加入金衫侠队伍吧，让美国再次安全起来。

外景：投票站—白天

一队金衫侠挡在投票站的门口。

画外音：

让选举告别投票作弊。

外景：公园—白天
一大群抗议者挥舞着标语，反复有节奏地喊口号。
画外音：
让公众远离疯狂的暴民。
金衫侠们骑着赛格威平衡车，挥舞着闪亮的金色警棍，冲向示威的人群。

外景：大街上—夜晚
大街上人很多。两个黑人正在一边沿街走路，一边想着事情。
画外音：
让城市远离犯罪的侵害。
十五名金衫侠涌出来，把他们包围起来。

内景：教室—白天
一个女孩站在教室前面，凭着记忆背诵。
女孩：
我们认为下述真理是不言而喻的：人人生而平等，造物主赋予他们若干不可剥夺的权利……
金衫侠们撞破窗户，把她的头套进一个金色袋子。
画外音：
让人们远离扭曲的意识形态。
他们把她拖出教室。

外景：计划生育办公室—白天

一对夫妇走进门。

画外音：

让人们远离危险的非人性庸医。

一朵耀眼的金色爆炸云笼罩了整个大楼。

内景： 图书馆

学生们在成排的科学期刊书架前浏览驻足。

画外音：

让孩子们远离自由主义的伪科学。

成排的书架被亮黄色的火焰点燃，金衫侠们四处奔走，欢呼雀跃。

内景：卫生间的隔间

一个女人坐在隔间里，用手机玩单人跳棋。

画外音：

让人们远离变态。

门被撞开。金衫侠们冲进来。

内景：最高法院

法院正在开庭审理案件。法官正在听辩护人陈词。

画外音：

让人们远离最危险的东西——政府。

八名金衫侠突然从法官们的背后出现，用闪着金光的带子勒死他们。

内景：厨房

男人和女人都在擦拭他们金色的警棍。

男人：

我有颗金子般的心。

女人：

我有颗金子般的心。

他们的儿子走进来，穿着金色的童子军制服。

男孩：

我想让童年再次伟大起来。这是我参加金衫童子军团的原因。

他们都哈哈大笑。

男人：

我们都有颗金子般的心。

女人用警棍指向镜头。

女人：你呢？

画外音：

但行好事。但做金子。今天就加入金衫侠吧！

关于寻回倒下的旗帜的说明

玛格丽特·里德

亲爱的孩子：

第一，当你读完这封信之后，把它毁掉。烧掉也行，把它喂给猪群也行，反正要彻底消灭掉它。他们已经逮到我，他们最好还没找到你。我不可能死而复生，再干掉三个警察。手枪在淑克阿姨那里——很抱歉，但她知道怎么使用，而你还不会用。你曾说我解释起事情来总是啰啰唆唆——现在我简单点说，过去我总是想着以后再教你，可惜现在，一切都太晚了。

第二，不要去找斯宾塞大街的存储间。他们在监视那里。或者，你想去就去，但那里并没有什么你需要的东西。在那，没有任何违法的东西，但他们会在那些遗留的东西上尿尿，无论是医学书籍、手术指南，还是过期的维生素。让他们为那些垃圾激动去吧。想要拿回我的背包，你需要找到你的堂兄蒂姆——我知道这听起来像是动画片一样幼稚——但你需要给他一个通关密码才行。还记得敏姬小时候我们叫她的布娃娃猫什么吗？那就是你的通关密码。电脑的登录用户名是你外婆曾经在大学时用过的名字，apisGarden28。用我的用户名，或者是你的，或者是希蒂·克里斯的，任何我们圈内人的用户名，都会触发他们的自动报警系统，接着，无论你输没输入密码，他们都会盯上你。

第三，他们只怀疑蒂姆是个种族抵抗者。他的过往经历没有显示出他是支持和帮助妇女的那类人。别误会我的话，他其实并不比其他人更痛恨他们，这不是他的重点。他会帮助你的。别相信其他任何人，好吗？你只要相信淑克阿姨和蒂姆两个人就够了。在有所成就之前，不要相信任何人。也许，在有所成就以后，也不该相信别人。

第四，你要时刻牢记，他们在监视。我要多提醒你几遍。如果你想到什么事情，他们也早就想到了。如果你做相反的事，也或许正中他们下怀。寻找第三条解决方案。尽量在两个选择之外想好第三个方案，或者想好第四条出路。

第五，好好保养你的自行车，别萌生开车的念头。记住，汽油，会降低你的安全系数，别期望你能清除所有痕迹。我也很警惕那些公共交通设施，虽然在某些极端的情况下，只能选择巴士之类的。我知道你有公交卡，但是，很多巴士车现在都安装了摄像头。

第六，别介意用身体交换好处。如果你发觉自己处于不那么危险的情况下，用手给别人打飞机或者其他的，你懂的，不用觉得羞耻。你打过疫苗的，不要让那种老旧的道德观念束缚你。关于你身体的隐秘部位，你要知道，食物和住所比那些陈旧观念更重要。

第七，记得我们说过的那种神奇药片吗？你记得我告诉过你，你再也买不到这种药了吗？请相信我。凯蒂在纸币背面发现了卖短效避孕药的药品贩子的联系方式，她打电话联系了这个药品贩子，他们约在停车场见面，结果，她被强硬的警察逮捕了。你知道的，她在警车的后座上脑袋被子弹打开了花。你也知道，他们说她要去拿枪。还是你告诉我说，她戴着手铐要怎么拿枪？你能听到人们怅惘地谈论起米索前列醇①，你也听说过"还记得以前……"这样的故事，这些都没问题——但是，如果有人走到你身边，问你能不能给他们弄点这药，远离这种人。如果淑克阿姨凑到你跟前问你，要这些药吗？如果她给你的不是西芹茶，不是维生素C，不是黑升麻片②，那她就是变了。

第八，在做手术前，绝对不许吸大麻！不是说你，而是说她们。也许你的患者在手术之前抽半碗大麻烟会很爽，但是，大麻会引发大出血，还会导致血压骤降。给她们注射利多卡因③，这对你们双方都有好处，因为这些末日幸存者特别喜欢这个。不过，在你买到利多卡因的时候，你一定要查验一下——确定不是士的宁④、PCP⑤、可卡因⑥、婴儿的爽身粉、老鼠药。

第九，我们已经做过很多次了，记得吗？所有的步骤。扩张器——先给扩张器加热！患者感受到的知觉不一样。一个冰凉的扩张器和一个温暖的扩张器差别可是天地之差。擦碘伏。打局部麻醉针。扩张——缓慢地扩张，不可操之过急。如果女患者的家属不在她身边，没人握紧她的手，那就找个人握着。这点，我需要再强调一遍。要记得和她说话。一直说，别间断。让她知道，你始终在她身边。永远不要暗示出你在批判她。在她来找你之前，她已经遭受到整个国家对她的批判，当她离开诊所走出去，她又将走进批判的海洋中。她会从网络、官方的电视节目

---

① 米索前列醇，是一种堕胎药。——译者注
② 黑升麻片，一种养生保健品。——译者注
③ 利多卡因，一种局部麻醉剂。——译者注
④ 士的宁，一种中枢兴奋药，现已很少应用。——译者注
⑤ PCP，五氯酚，一种迷幻药。——译者注
⑥ 可卡因，一种让人致幻、上瘾的毒品。——译者注

和新闻、妇女健康监控站、朋友和家人那里，听到各种各样对她的批判。当没有人安慰她时，你要站在她身边做她的靠山。打开吸气导管后面的活塞，沿着宫颈把导管送进身体里。系上导管的吸气阀。打开吸气导管的排气闩。轻轻移动抽吸导管。小心别堵塞——必要时，你要停下来把吸管里的杂物清除干净，注意保持仪器的无菌性。记住那种沙粒感。这意味着你完成了手术。确保你把所有的东西都吸出来了。再在灯泡下查看一遍玻璃器皿中的组织。如果她想看，你可以拿给她看。如果她问起来，你可以指给她看都是哪些部分。这能让她清楚地知道她身体里之前孕育的是什么，还有哪些东西还没长出来，这样她就能明白一个胚胎和一个婴儿之间的区别。这个阶段的胚胎，外行人根本就识别不出来，她们分不清猫胚胎、人类胚胎和海豚胚胎的区别。

第十，没有你的话，孩子，如果没有你，没有和我们站在同一阵营的其他人——上帝知道，你的那些担惊受怕、怒火难遏、伤心欲绝的患者，极有可能会拿那种自行车的辐条去对付肚子里的胚胎。如果没有这种便利的工具，她们可能会拿老式的衣架，一根缝衣针，一根长鹅毛，一根从杂货店用不到五美元买来的肉串扦子。她怎么可能知道，怀孕后的子宫，像黄油一样柔软？她会躺在床上，或者铺满厚厚一摞毛巾的酒店房间地上，再或者是蹲在浴缸里——又一个错误姿势——一只手拿着工具捅进去，深一下浅一下地捅着，想要刺破胚胎的羊膜，结果呢，她这样做只会刺破子宫。然后，她会因为大出血或者因为感染而死亡，因为她不能去找医生求助，否则的话，她会被关进监狱，她的医生也会被关起来。

第十一，总之，孩子，你要相信你的直觉。不要觉得你应该对所有人都友好。几十年来，我们一直保持友好，友好。可你看看，友好带给我们什么呢？罗伊从来就没得精神病！这就是这里的法律。来找你的这些女人，她们无法得到男人的签字去做人工流产手术，而现在，你会被指控犯有一级谋杀罪。当你在车站找回我的背包，你就已经成为一个罪犯，一个造反者，一个亡命之徒。我永远不会再见到你了。

　　第十二，我真为你感到骄傲！

车票
埃里克·詹姆斯·富利洛夫

内部公文
国际援助协会博伊西办事处
"只有人人自由，才是真正自由。"
发件人：切特·海托华 执行总裁
收件人：全体员工
日期：2016 年 11 月 1 日
主题：准备好迎接"克林顿的回归"

美国即将迎来首位女性总统，我认为我们应该思考如果她真的当选，我们国际援助协会博伊西办事处会有什么大展拳脚的机会。

爱达荷州也许还是会投票给共和党。但是，其他州都非常抵制特朗普。我的意思是，如果他当选，难免会出现蜂拥逃窜的人潮暴乱，一些人或许成为替罪羊……类似这样的不好事情吧。

我们要继续和叙利亚、索马里的联络站联系，同样，也要和墨西哥的办公室保持联系，保证那些想要移居到美国的境内难民第一时间想到的是我们。

尽管我觉察到，你们中的很多人都拥护共和党，但你们这样想想看：连续两届把一位黑人总统选进白宫的选民，真的会投票给特朗普吗？

内部公文
国际援助协会博伊西办事处
"只有人人自由，才是真正自由。"

发件人：切特·海托华 执行总裁
收件人：全体员工
日期： 2016 年 11 月 9 日
主题：在办公室合唱古老黑人灵歌

我知道这是完全出人意料的结局，即便对于那些真的在总统大选里投票的人来说，也是如此。

我们要继续保持专业精神，最重要的是，我相信，我们白种人，能够很快适应特朗普统治下的全新生活。

同样地，我们要保持住办公室的得体秩序。我们不能随意穿着黑衣服在大厅里随便溜达，递给加拿大朋友名片。

还有，尤其是在员工大会时，我们不能再演唱《我们将克服》[①]这首歌了。

控－制－住－自－己，各位。无论是谁在我的办公室门口留下一把涂满黑漆的手电筒，不仅我理解不了其中的象征含义，而且我觉得我们都应该接受这一事实——唐纳德·特朗普是合法的、经过选举产生的下一任美国总统。

---

① 《我们将克服》，原唱为琼·贝兹（Joan Baez），当代民谣的创始人，20 世纪 50 年代风靡美国的民谣女歌手。1963 年，黑人领袖马丁·路德·金发表演讲《我有一个梦想》(I have a dream)，在华盛顿二十多万人参加的民权示威游行中，琼·贝兹演唱了《我们将克服》，成为一个时代的经典印记，这首歌也成为民权运动的象征。——译者注

机密

内部公文

国际援助协会博伊西办事处

"只有人人自由，才是真正自由。"

发件人：切特·海托华 执行总裁

收件人：阿卜杜勒·贾莱尔

日期：2016 年 12 月 15 日

主题：俄罗斯人黑了我们的服务器

  建议你准备好充足的证据，证明我们的服务器被黑客攻击，攻击者是俄罗斯或者克格勃[①]相关的人，要证明他们肆无忌惮地无数次攻击我们的应用软件和文件。我们要准备好不承认一些公文、邮件、文件，说这些都是被植入进我们电脑的，这样做是以防不时之需。

  个人建议，我很抱歉，但还是建议你改一下名字。鉴于你的血统，我们需要全部提升一点"圆滑推诿"的本事。

  请容许我再重申一遍，我能体会你在我办公桌上看到文件上被贴着"阿卜杜勒是伊斯兰圣战分子"标签的感受，也完全理解你决定把这些谣传清除掉的决心。

  只是，我们需要再努力一下，把这件事说圆满了，可以吧？

非常感激你的配合！

---

①克格勃，1954–1991 年苏联的情报组织。——译者注

内部公文
国际援助协会博伊西办事处
"只有人人自由,才是真正自由。"

发件人:切特·海托华 执行总裁

收件人:全体员工

日期:2017 年 1 月 18 日

主题:"临时"转移工作至多伦多办事处

  我想要恭喜我们的首席运营官吉吉·贝福特,她成立了我们的新办事处——多伦多办事处,很了不起吧?吉吉在房价飞涨之前就买到一栋顶级办公楼里相当大面积的办公区。我们都觉得,和我们相似的办公区目前价格比我们购买时要多一倍,甚至两倍。

  现在,很多人都表示要临时转移到多伦多工作。恕我直言,我现在可没喜欢上任何拉巴特①之类的酒精饮料,也没有要为枫叶旗队②打比赛而忽然成为"曲棍球新秀"。

  让我们现实点。搬迁至多伦多的人员安排,完全要看多伦多办事处的需要。

  我还听说了你们讥笑我要前往多伦多进行远程办公。你们要知道,董事会已经批准所有管理层都可以远程办公。

  再说点现实的,我们都已经知道,现在说帮助人们移民到美国就是个笑话,除非他们想要在特朗普的墨西哥边境墙上做苦工。

---

① 拉巴特,加拿大啤酒品牌。——译者注
② 这里是隐喻加拿大国家队。——译者注

内部公文
国际援助协会博伊西办事处
"只有人人自由,才是真正自由。"

发件人:切特·海托华 执行总裁

收件人:全体员工

日期:2017年1月25日

主题:"康斯薇洛"①

根据今天宣布的措施,我们将开启一项新计划,代号为"康斯薇洛",这项计划必须马上执行。请按照以下指示,尽快执行:

1. 我们强烈建议所有员工在办公室里只说英语。实际上,英语始终是国际援助协会博伊西办事处的官方语言,我们要严格执行这项政策。请不要再说"Mi casa no es su casa"② 这样的话,"comprende"?③

2. 我们要重新查看所有人的 I-9 就业资格认证文件,确保我们所有人都证件齐全。如果你的证件出于某种原因无法提供,那你正好趁机可以获得永久的假期。(如果与这项特殊计划有恰好同名的人,亲爱的,大概,我说的就是你呢。)

3. 我们获得总统办公室提供的资金,用以查找选举过程中的非法投票。我们独特的销售主张是,我们关于移民的各项工作都符合要求,不会背弃选举的公正去参与虚假投票。(如果这一立场吓到了你们中的某些人,我建议你回去用心聆听恐惧海峡乐队的经典曲目《金钱无用》。眨眼,眨眼,你懂的。)

4. 之前禁止的关于移民的侮辱性称谓,包括贬义的"湿背

---

① 康斯薇洛,consuelo,西班牙语,意为慰藉。——译者注
② Mi casa no es su casa,西班牙语,意为我家就是你家。——译者注
③ comprende,西班牙语,意为明白了吗?——译者注

人"① 和"非法入侵者"等，现在针对所有移民申请，联邦政府官方认可这些称呼，在恰当的语境甚至鼓励使用，例如：建议政府执行严格的非法移民登记规定。以刚刚提交的一份移民申请举例："国际援助协会博伊西办事处会提供专业指导，区别出任何一个非法移民，防止他们窃取我们美国社会的成熟果实。我们会帮助美国再次强大起来（让移民再次自由）。"这只是个例子，我希望你们能发挥你们聪明的大脑——天马行空，尽情发挥。

内部公文
国际援助协会博伊西办事处
"只有人人自由，才是真正自由。"

发件人：切特·海托华 执行总裁
收件人：全体员工
日期：2017年4月5日
主题：**为前任董事会成员玛德琳·奥尔布赖特女士举办的欢送会**

真是五味杂陈，但我只能继续宣布：我们即将送走前任美国国务卿和前任董事会成员玛德琳·奥尔布赖特女士。

我认为，她在美国移民和海关执法局备案成穆斯林并被驱逐这件事给我们都敲响了警钟，我再重申一次，在移民和海关执法局备案绝不是表达政治立场的地方，除非你想要余生在巴基斯坦的拉合尔城度过。

欢送会将在博伊西希尔顿酒店举行，时间是2017年4月15日，周六晚上的7-9点，这个时间段是为了迎合奥尔布赖特女士需要遵守的宵禁时间。（假设她那天被允许到博伊西来）

---

① 湿背人，蔑称，指非法入境美国的墨西哥人。——译者注

内部公文

前美国国际难民处理机构 多伦多办事处

"有钱能使鬼推磨,见鬼!大雨天,走着过的边境线"

发件人:切特·海托华 执行总裁

收件人:全体员工

日期:2017 年 6 月 22 日

主题:一切重新开始

我非常高兴地宣布,我们已经调整了拥有二十二年历史的国际援助协会的工作方向,将在未来四年或更以后的时间里,重新出发。

也许你已经料到会有这么一天,所以,让我们把过去那些操蛋的垃圾事放在一边,开始新工作吧。我们现在叫"前美国国际难民处理机构多伦多办事处",简写是"FAID",我们的新使命是帮助任何想要离开美国的人,帮助他们能够在加拿大或者其他国家寻觅到新的幸福家园。我们仍会提起我们的座右铭,但我喜欢在千禧年前夕那个用嘻哈音乐表现出来的有激励性的言辞:"不要看扁我,FAID。"

我们已经获得了足够的资金开始业务,这些钱来自美国的基金会,作为回报,我们允许他们使用我们多伦多办公区的部分空间。我可以这样说,这简直就是我们地狱般的选举后战略计划的新转机,真让人欢欣鼓舞。

另外,我们已经取得美国汽车公司加拿大分公司资助的大量运营资金,这是我们具有突破性的研究项目"如果你加税我们就搬家"的部分成果。如果你回想一下,就知道很多要买车的人都搬到了加拿大,所以特朗普可以尽情把那刻薄的加税行政法令执行下去,让那些加税的人自己去享受后果吧。

最后，我要向你们介绍两件有创意的天才作品，我们即将要把它们推向社交媒体。

第一件，我们写了一首韵律歌。根据《给和平一个机会》[①]的曲调重新填词，这首新歌叫《给自己一个离开的机会》。

第二件，我们将发布一条公益广告，由亚历克·鲍德温领衔主演，就是主演《周六夜现场》的那位名角，他饰演"那个人"，发表了一场主题为"让北美再次强大起来（你们加拿大人都是王八蛋）"的演讲。

虽然，我们走过的路崎岖难挨，但是我们董事会的报告说，今年的收入提升了三百倍，我们的忙碌，真是前所未有。

很感谢你们的支持！

[①]《给和平一个机会》(*Give Peace a Chance*)，演唱者是约翰·列侬，20世纪流行乐队披头士（The Beatles）的主唱。这首歌是约翰·列侬的代表作之一。约翰·列侬与妻子都是反战人士，为了发出反对美国对越南发动战争的呼声，两人参加了著名的"为和平而卧床"活动（Bed-in For Peace），其间，约翰·列侬创作了这首著名歌曲《给和平一个机会》。——译者注

烈火中的房子

泰德·怀特

今天，他们烧掉了我的大楼。

我看到了他们。他们带着火焰喷射器，背在后背上像登山包一样，黑色的喷嘴喷出火苗。看到他们的时候，我站在街对面，正要回家。

他们都很高大威猛，十多个人，都穿着黑色的衣服。他们踹开门，然后放火烧掉了房屋。他们很有效率，工作起来条理清晰。不到十分钟，整条街上的建筑物都燃烧起来。

看到街这边有个小巷子，我赶紧快步跑进去。不能让这些人看到我。我看见过他们是怎么对待那些跑出大楼的人，还有那些从窗户跳到街上的人。他们直接拿枪崩了这些居民。当他们烧掉一栋大楼时，他们总是这么干。

伴随着纷飞的火焰，一切都化为灰烬——我的小窝棚，和我藏起来的书，非常易燃，都隐蔽在这栋大楼的中心。我的家啊。

忽然，一条肮脏的手臂从后面扼住我的脖子，我被猛地拉到后面，差点跌倒。

我想我认出了这条手臂——那味道包围着我。那是一种樱花草的味道。

他把我拉进一个狭窄的门口，然后转了个圈，用他的屁股把门带上，他粗暴地推了我一下，把我揉得一个趔趄扑向破旧的扶手椅。我差点坐在上面，因为担心上面有虫子，我又弹开了。

"好啦，小姑娘，一切都过去了！"他指着大街的方向，如此说道，"多久以后，他们会烧掉这座大楼呢？"

鲁道夫长着一副骗人的身材，看似特别消瘦，走路也像有气无力的，很拖沓，但他其实特别强壮。也许他能轻而易举地用一只手把我拎起来。他喜欢把自己泡在廉价的香水里，因为他从来不洗澡。

他的小窝并不比我的大多少，只是两栋老建筑物中间的一块空地，搭上个顶棚，装上个门，就形成一个狭小的封闭空间。这样的房间是违章建筑，但相当常见。我的小家不是我建造的，是我发现的。有人在那间小屋里死去，然后那个小屋就被荒置了，基本上被所有人遗忘。我没那么多愁善感，胆子又足够大，所以我就搬进去了。现在，我需要找个新家来住。但不能是鲁道夫这个房子。其他原因不说，这个房子太封闭了。希望这里下次就被烧掉。

鲁道夫用一种奇怪的眼神看着我。

"哟，你这瘦得跟柴火棒似的，"他这么对我说，"不过，好歹也是个女的，凑合凑合，一样能爽。"

"做你老娘的美梦去吧。"我说。我手里亮出一把尖刀。这把刀很长，我一直把它养护得很锋利。

"嘿，现在啊，"他一边说，一边想背对我溜走。但这地方实在太小了，"一个单纯的女孩子可不该这样。"

"你说得对。"我说，"我不该这样。"我扫了一眼这个昏暗的屋子。在墙边，很多盒子堆叠成一排，砌出一道道不平整的架子，里面装着什么东西,看起来好像是剩饭,估计是他从富人区大垃圾箱里偷出来的。屋子里还有一些生活器具,塑料桶里装着不配套的杂七杂八的东西,很多东西我看不清是什么。一团破旧的沙发堆在屋子的一端。我看到那沙发好像根本没打开。我实在不能想象要和鲁道夫一起躺在上面睡觉。"你得在椅子上睡觉。"我说。

"为啥你他妈的不离开这里?然后,"他说,"去勾搭勾搭那些纵火兵试试,嗯?"

"如你所愿,我会去的。"我说着,走向门口。我看到门是由带横闩的厚木板子做的。打开门从外面看的时候,我一眼就认出这是一扇马车的车门。

"你做了个错误的决定。"当我拉开门时,他这样冲我喊道。

小巷子在鲁道夫的门口转了一个大弯,我很快就转悠出去。空气里满是烟尘,这是个坏征兆。风很快会把余烬吹到这条街上。这栋大楼接下来就要被烧掉,比鲁道夫想的还要快。这么多古老的木质建筑物,还是柏油房顶,拥挤在一起,像一个等待燃烧的火绒箱。我只能继续往前走,穿过另一条街,希望能有好结果。

天色渐暗。这对我来说,是好事,也是坏事。说是好事,因为我可以隐蔽起来,我可以多走几步而不被他们注意到。说是坏事,因为夜晚来临后,整个大街上会有另一队工作人员,如果我撞见错误的人群,那我的结局基本不会好过。通常晚上的时候,我会窝在家里,在黑暗中躲藏起来。现在,我又该往哪里躲?

我决定去红灯区。那里真正的名字是胡克街——我觉得应该曾是为了纪念大将军胡克——现在,它就变成了一个形容词了[①]。

[①]胡克街,hooker street,hooker,在英语里有"妓女"之意。——译者注

我抄小路穿过几条小巷，在大楼之间游走。我在这里长大，太熟悉这里的路了。

我找到了乔尼。或者说，他看到了我。我总觉得，他那假眼球说不定安装了什么嵌入式的雷达。

"嗨，雪芙，"他从我身边的某个地方叫我。这是他给我起的昵称，因为我擅长用刀。不过我不会像游戏里的人那样跳来跳去。我认出他的声音。"你改变主意啦？"

我面向他。他只是个孩子，和我一样——又不一样。乔尼在十二岁的时候饱受磨难，身体的很多部分都被重新修补过。我以前疑惑谁给他钱做的修复手术。但我后来明白了，他拉皮条赚钱，就是为了把手术费还上。他看起来几乎和正常人一样，不过你能注意到他没文身的皮肤都是后植皮上去的，他的右胳膊和右半边脸都是假的。假皮肤不能文身。

"我一直在找你。"我说，"他们把我住的大楼都烧掉了。我需要个新住处。"

他咧嘴笑起来。"我可以帮你安排。"他说，"但是，我能得到什么好处呢？"

"我不会用刀把你切碎。"我告诉他，"这个主意怎么样？"我同样对他微笑。两个粗壮的男人从我们两个中间挤过去，好像我们俩是透明的一样，那几个男人走进酒吧的入口。乔尼也当没看见他们。

"你知道吗？"他说，"当你皱眉的时候，你其实看起来不算太糟。"

"我不会为你工作的。你知道的。"

"怎么能说是工作呢，那是娱乐。"他大笑起来，眼睛瞥见我的反应，赶紧收起笑容，举起双手，"我真不是让你为我工作。"

"是吗?"

"怎么会呢?我想让你和我一起住。现在,你听我说。"他的脸变得严肃起来,"我很尊重你,莉莉·雪芙。真的,你是我真心信任的人,你知道我在说什么吗?"他用左手,那只真手抓住我的手,把我拉进一个有封锁条的巷子。我觉得,我们两个都不想在大街上暴露自己。

"我一直在考虑你的处境。这场大火恰好让你找到了我。你需要一个住处,我需要你。双赢的事,对吧?"

"喂喂,"我摇头,"你别想碰我!"

"哇,你想什么呢。"他的声音里满是温柔,带着那种哑嗓的拉皮条语气。

"永远也别打我主意。"我说,"别打我主意,我不是你手下的那群女孩。"

"你真是伤透了我的心哦。"

"你有没有不住的小房子?"我问他,"我可以借住几天的地方?"

"然后呢?"

"然后问题就解决了啊。我只要找到新地方,就搬走。"

"你没法得到一间小房子,"乔尼说,摇摇头,"他们把小房子租走了,非常抢手。一个接着一个。没一个小房子空着。"他紧闭着眼睛,向我表现他在努力地思考。"既然你不想上我的床,那么……"他忽然眼睛一亮,"那考虑一下富有的男人呢?"

我不打算告诉乔尼,其实我从不准备让任何男人脱掉我的衣服,也不准任何女人那样做。我这么决定,当然是有我自己的原因。但是一个富有的男人……那就意味着,后面有很多可能性。

这个世界有两种人：富有的人和其他的人。我觉得这两类人可能发生了某种类似遗传漂变的变化。我甚至都觉得富人不再是人类。我认为他们是一个新的物种。

他们也这样想。我能认字，也读了很多东西。我读的大部分是书籍，无论我在哪里找到书，都会收起来仔细读。另外，我读所有能读的东西——甚至是从窗户偷过来的电视上出现的文字，我都津津有味地阅读。有时候，我会偷偷溜进禁区，那里有很多可以装进我手提电脑里的东西，当然，我不应该有电脑的，而现在，我真的没有了。它一定被大火烧毁了。但我会找到其他人丢在一边的手提电脑。电脑在塞泽伊区以外的地方，上不了网，也就没什么用，除非你存在记忆卡里，基本上，如果你不到塞泽伊区里，根本连记忆卡里都存不上什么新东西。所以之前，在我厌倦了手里已经有的电子书时，我常常溜过去，带回来一些新电子书。删除一些旧电子书，然后增加一些新的——之后，迅速退出记忆卡，以防网络警察发现到我。

但我知道那些有特权的人们是如何想的。当我到富人区时，我常常偷听他们的电子设备，并竭尽所能多读东西。大多数我读到的东西都是他们写的，也是他们看的。

他们认为自己非常优越。他们常常谈论繁衍超级人种。谈论时，还用过去时态，好像他们已经高度进化，成为"超级人类"了一样。

现在，这群超级人类中有的人想要消灭我们这类"其他人"。他们视我们为害虫，沉迷于污秽之中的害虫。他们要彻底消灭我们。他们把我们的房子烧掉，把人也烧死。但我们的人数非常多，所以想要全部消灭，需要点时间。

"他们觉得我们身上携带着各种疾病，"老奈利如此告诉我。

"就像我们没有他们健康一样。但是我们有免疫力。这就是他们用火烧我们的原因,这样就不会留下活口。疾病就控制住了。"

"那他们不应该担心我们,"我说,"他们真正应该担心的,是蚊子。"

"蚊子?"

"对啊,蚊子携带病毒,传播疾病,"我告诉她,"就像,你知道的,很多病毒,寨卡病毒啊,登革热病毒什么的。"

"那是什么?"

"都是些热带地区的疾病。现在天气在逐渐变暖,我们会得热带病。"

"是吗?当然了,你能从你读的书中知道很多事,"她说,然后摇摇头,"但是,这种老派的东西,在这里对你没有好处的。你要把头从书堆里抬起来,你要拼命长大,长大就好了。"

她是被枪打死的,就在大街上。几个月前,一群警察在射击某个嫌疑犯的时候,射中了她。在她死后,我从没想起过她。但是,把你住的大楼烧掉会增强记忆力,我这么认为。

乔尼所谓的"富有的男人",他说,是个不常来的客人,一位在塞泽伊区身份尊贵的男人,偶尔来逛逛荒蛮世界的贫民区,品尝一下辣妹的火热情怀。我的大脑飞速运转着,认真想着怎样才能把他的优势转化为我的优势。

身体上实质的性行为肯定是不行,但是,说不定我可以试试情趣诱惑?不幸的是,我长得不像是个站街女。不仅仅是因为我穿得不像。我长得非常瘦小,屁股干瘪,因为年龄关系,胸也没发育,平坦得像块面板。我的五官也不柔和。以我现在的发型和穿着,从远处看,你会以为我是个男孩。乔尼说他认为我很性感，但我这种长相真的能让大部分猎艳者感到绝望。乔尼他有他自己的问题。

但是乔尼告诉我，这个富人并不是要睡我。他想见我，是因为乔尼告诉他我读过很多书。

"他是什么人？某种变态吗？"我问。

"他很聪明。他也读过很多书。"

然后，我见到他本尊，一点都不像我期待的那种模样。

我们在一个角斗俱乐部后面的餐馆见面，乔尼介绍我们认识。乔尼很让我感动，我没想到他能在这么快的时间里就联系上他的富有男人，而且立刻就能把见面安排好。无疑，今天晚上我是有地方睡了。虽然，总是能找个地方睡觉的，可我当然希望睡在一个没有老鼠打扰我的地方。其实，我本应该对这么迅速的约会安排有点戒备的。

"你要好好对她，让她感受到你的睿智哟！"乔尼说。

我脑袋里却在疑惑，为什么这个琼斯博士会长成这样——简直让人难以置信——这一长相影响了我的判断力。他有2米高，估计是小时候在北方生活吧，但他身材很修长，很健美。他看起来就像某个希腊神话中的天神，或者是电视上的明星。他有着金黄色的卷曲头发，清澈明亮的蓝眼睛。我觉得他真是太帅气了，没有料到这俊美的外貌对我而言是种凶兆。

我们吃的是豆腐汉堡。我把自己那份汉堡狼吞虎咽地吃掉，乔尼只咬了一口，所以我就把他的汉堡也吃掉了。自打早上开始，我就没吃过东西。

他说自从乔尼提到我，他就一直很期盼和我见面——他没说乔尼是怎么和他说起我的。"见到你，我真的很高兴。"他隔着小桌子热情洋溢地对我说。

"为什么?"我擦擦嘴角,问道,"对你来说,我是什么样的人?"

"呃,你有学问,但就一点来说,你阅读呀。"

"很多人都会阅读。"我说。

"那你认识的人有多少会阅读的?"他问我,"有多少人真的以读书为乐,谁会享受读书呢?"

我扭头瞥了一眼乔尼。他看起来有点不自在。"不太多。"我承认,"那你认识的人呢,有多少爱读书的?"

琼斯咧嘴笑起来。"讲得好,"他说,"我觉得阅读,是一种正在消亡的艺术形式。文学更是。你爱写作吗?"

"我?"我从没想到过这件事。我耸耸肩,"我不知道我该写点什么。"

"你的生活。"他答道,"所有你知道的事。或者写写,你关心的东西。"

"我关心我的家,"我接着他的话说,"今天,他们把我的房子烧掉了。"

他的脸上流露出一丝真切的关心,很快,这丝神情就消失了。"对你的遭遇,我真的很遗憾,"他说,"或许,我能帮得上忙。"

我把胳膊交叉,紧紧地抱着双臂,我认为他说的话在透漏什么意图,所以他转换了话题。

"我想要见你的原因是,我想给你做一些测试。"

"为什么?什么测试?"

"嗯,我们这么说吧,我和同事陷入了一场争论,我觉得你能帮我证明我的观点。"他从他脚底下什么地方拽出来一个小巧的盒子,他打开盒子,取出一台平板电脑,"就是一些简单的测试，智力测验，才能等级……"

"你想让我在这里做这些测试吗？"

他抬起头，看了一圈周围，可能是第一次留意到身边的环境。他耸耸肩，浅浅笑道："也许不应该在这。"他转向乔尼，问他，"你能找到更安静更私密一点的地方吗？"

乔尼把头摇得像个拨浪鼓，"没有。除非你去酒吧，那里如果没有人喝醉打架的话，还可以。"

我的眉头皱得紧紧的。琼斯说："我觉得这个主意不太好。那这样吧，我们去住宅区。"他收拾起平板电脑，站起身。他比我们都高出很多。乔尼不比我高多少。

"住宅区？"我问，"哪个住宅区？怎么去？"

琼斯对我露出男孩般淘气无邪的笑容，"你问的问题可真不少呀。我有辆车，我们开车去。去我家。"

"塞泽伊区？"

"对啊。"

"你不需要我也跟着去吧。"乔尼说。我才发现，如果这个金发男人没有提前预付款的话，估计乔尼是要事后收款的。他起身推开椅子，一条腿硬邦邦地砸到粗木地板上，然后他站起身。"以后再见啦，莉——"他忽然停顿住，估计是不想让琼斯听到他给我起的昵称。"以后见，尼可。"他说完，留下我和琼斯。

这对我来说没什么可烦心的，因为我也不需要乔尼来保护我。我知道，我可以应付得了琼斯。他还没告诉我他为什么要给我做测试。

当我们从餐馆走出来到大街上，那里有辆黑色的汽车在等着我们，在街上稀稀落落灯光的映射下，车身光滑闪光，车窗如镜子一般。没人靠近那辆车，这让我感到奇怪，直到有个醉汉跌跌撞撞地走过去,想要靠在车上。但是忽然一道电火花出现,同时传来一声尖叫,那个醉汉赶紧跟跟跄跄地逃离那辆车。

琼斯说:"这车有自我保护装置。"说完,他按了一下遥控器,车门随之弹开。"进去吧,"他示意我进车,"这车不会咬你的。"

当我进到车里,他绕到车子另一侧,进到车中,坐在我身边。他按了仪表盘上的一个按钮,车门自动关上。车子自动启动,干净利落地掉头,然后朝着一条通往富人住宅区的大道进发。

没人能看到车里面的情况,我们却能看到外面,但是看得不是特别清晰。从车里面看,车窗似乎被贴上一层深颜色的有色贴膜,所以只能看见外面亮一点的灯光——而此时大道两边没有多少灯火。大部分的路灯在几年前就被肆意破坏掉了,剩下的路灯只在"好邻居"的门前一小段路上才有。其他的灯光很少。商店老板和居民这些人,对电灯的使用都很小气。

幸运的是,汽车按照自己设定的程序走,不需要路灯指引。

"这车真整洁,"我说,"我从来没坐过车。"

"真的假的?这只是一辆车而已。"

"也许吧,那是对你而言。"

在车内昏暗的灯光下,他用审视的目光看了我一眼,好像看不到我似的。也对。我其实也看不清他。

琼斯身子往我这边一探,"为什么你总是露出这种凶狠的表情?你就没笑过吗?"

"哪有什么值得我微笑面对的东西?"我把后背往车门的方向挺直。

他耸耸肩,"我不知道,但是生活有这么多乐子呢。比如,坐在这样的车里兜风。"

"好吧。"我放松脸部,挤出一丝笑容,"这样?为了你的车。"

"好多了。"他说,"这样子的你看起来就更可爱了。"

"我不想看起来可爱。"

"不想?你是个女孩啊,你应该看起来可爱一点,这样更有吸引力。以后等你长大了,做肉体交易的时候,你的笑容将成为很大资本。"

我沉下脸。身为博士——这算哪门子建议?

他看到我的反应,换了话题,"你觉得我年纪多大?"

"我不知道。反正比我大。多大?也许四十岁?"这么说比较保守,说不定还是比较恭维的说法。年轻人都希望自己看起来比实际年龄大个五岁到十岁。但我错了。

琼斯咯咯笑起来,"从某种程度上,你是对的。这正是我整容手术的目标年龄。实际上,我已经八十六岁了。你没猜到吧?"

"这是另一道测试题吗?"

他哈哈大笑,"我锻炼身体,努力保持身材,有着四十岁的身体。"他似乎经常微笑,也经常哈哈大笑,"还有老者的智慧和经验。"

我在猜他葫芦里卖的是什么药,希望他的目的不是我想的那样。

"你的名字,琼斯是姓氏,还是名字?是你的真名吗?"

"你为什么这么问?你觉得不像真名吗?"

"琼斯——史密斯——"我说,"都是假名字,欺骗专家常用名。来看看这位史密斯先生,当当!"我没有说乔尼的一半客户都叫史密斯或者琼斯。所以,我只是做了个自然的假设。

"哦，我出生就叫这个姓氏。真的有很多叫史密斯和琼斯的人，你知道吧。很常见的名字而已，真的。"

"好的，那你的名字呢……"

我还没说完，就被打断。有人从白天那场大火的余烬中朝我们开枪。我听见左前挡泥板传来一声清脆的响声，没过一会儿，另一颗子弹打过来，就打在琼斯脑袋旁边的车玻璃上，砰的一声。车玻璃没碎。子弹只打出一道划痕。"不用担心，"琼斯告诉我，"这辆车有防御装甲——可以防弹。"直到迎来下一组连续的灯光，我才真的放松下来。

但我失误了，真不应该放松，在车子被炸飞到半空时，我好像睡着了，车子被抛到半空中，朝我这一侧翻转，滑行了几米之后，车子忽然停住，把琼斯甩到我身上，几乎把我压扁了，我的耳朵被爆炸声音震得还在轰隆隆作响。炸弹爆炸的时候，车子就在炸弹的正上方。我怀疑那炸弹不是在大街上，就是之前黏在车身下面。

琼斯想要站起身，无意间踩了我好几脚，他嘴里咕哝着说抱歉。他先把自己肩膀抵住座椅前面的地面。我不知道他这是在干吗，直到整个车摇摇晃晃地从这一侧翻过来，重新用四个轮子着地，在弹簧上摇摆。我掉回座椅上，琼斯在他大头朝下栽倒之前，也勉强挪到座椅上。

他落座以后，我们看看对方的表情。"你还好吧？"他问。

"还好。你呢？"

"受到炸弹袭击了。没什么大不了的。"

我从我那侧的窗户往外看。"是团伙作案。"我说。有四五个人从黑暗中走出来。他们拿着撬棍，就是那种你可以拿着凿开别人脑袋的东西。他们看上去是有目的的。不是那种随机看到谁就袭击谁,也不是单纯的好奇想看看爆炸后的场面。

"让我们看看这车还能不能走。"琼斯说道,然后使劲拍了一下仪表盘的一个按钮。离车最近的那个男人挥起撬棍,冲着我这边的车窗就要砸下去。就在刹那间,车子把他弹开了,完全不留给他第二次下手的机会。轮胎发出吱吱声,车子滑行起来,把我们带离那条大道。

"真是暴力街区。"琼斯嘟囔着,他回头看了看那些正在离开的沮丧袭击者,很快,他们就跑掉了,正如他们出现时那么迅速。

"一直都是暴力街区,除非你到塞泽伊区。"我告诉他,"你以为你会遇见什么?"我收回刀,把刀子藏起来。

"我很少晚上到这边。"他回答。他没注意到我的刀。

"不是开玩笑的吧。"我说。

我们路过一栋正在燃烧的大楼。汽车费力地从浓烟中开过,车速很慢。"为什么你们的人要这么干?"我问,"为什么放火?"

"我们的人?我不明白你在说什么。这些大火都是居民糟糕的生活条件引发的。我很奇怪,他们没把整个城市都烧掉。我猜,这要归功于我们的消防员。"

我怀疑地盯着他。"消防员?"我简直不敢相信自己的耳朵,"你看见有消防员在那吗?你看到有一个人想扑灭那场大火吗?"

"应该是因为浓烟吧,所以看不见。"他说,他转过头凝视那团浓烟,但太晚了,什么都看不到了。

"让我告诉你真相吧,"我说,"我看到我的大楼是怎么着火的。一伙个头高大的男人,都穿着黑色制服,他们拿着喷火器。你知道他们是怎么对待那些从大火里逃出来的人吗?"

"怎么了?"

"他们开枪,杀了他们。那些没有被大火烧死的人,会被枪打死。你觉得他们为谁工作?"

"我不知道。"琼斯摇着头说,"但很显然不是我。"

汽车两次从大道驶出来,开进与大道平行的小路。琼斯说应该是有什么不可抗力导致汽车会绕道,"这都是自动的。汽车知道路面上有什么危险,但我不知道。"

"哦,好吧。"第二次绕道的时候,我勉强地说,"你为什么想给我做测试?你想证明什么呢?"

"呃……"他说,"我不知道你对'百分之一'的概念了解多少,但是我们人类之间其实不完全一样。我们的想法不同。我们会有观念相抵的地方,甚至会有争论。"

我耸耸肩,"每个人不都是这样吗?"

"差不多吧。"

"但是你们不认为自己和其他人类一样,是吗?"

"你对此有何见解?"他的语气开始变得尖锐。

"我读书,你知道的。"我说道,又把胳膊交叉放在胸前。

"好吧。嗯,我是和很多同事有异议。关于人类的智力问题。"

"你站哪边?基于IQ指数的人类种族……"

他的嘴张成大"O"形。

"这不是新的争议。"我告诉他,"几个世纪前就有人这么想了。"

他把嘴巴合上,然后又张开嘴说:"你说得很对。但是我们的争论焦点却不在智力上的人类种群划分——这是个古老的已经毋庸置疑的问题了。我们的焦点是'百分之一人群'和其他人,呃——就是你和我之间的基因代沟有多大,基因有何不同。"他用手指着我们两人。

"基因代沟？我们现在还能杂交？"我故意把说话的声音带出一点讥讽的意味。

他的脸红一阵白一阵，"呃，也不是那种很大的代沟。还不算太大。"

"所以呢？"

"所以我认为你能和我们一样聪明，我是指和百分之一人群一样聪明。我想证明这点。"

"你知道你会输的。"我告诉他，"你认为我是个傻瓜。"

他盯着我，嘴巴扯了一下，没说出一句话。

"你这回算认识了我们这边 IQ 很高的人。可你知道这在统计学上没有任何意义的啊——不论我的测试成绩有多高，都无法帮你证明你的观点。你知道的。我也知道。也许，我可能帮你赢了测试比赛，那又怎样呢？你知道我喜欢阅读，所以你就觉得我很聪明？阅读让你变得多聪明？"我明显感觉到自己的声音在抬高。我真该一言不发。我觉察到了自己的失言，但已经无法收回自己的话。所以，我斜倚在后面的车靠背上，两眼直直地瞪着他。

"你到底想把我怎么样？"我问他，最后打破了沉默。

汽车内部只有仪表盘上的一个小指示灯亮着，所以很难看清琼斯说话时的表情，"到楼上我会详细解释给你听。我们到了。"

我根本没留意到我们已经到了。我们已经进入塞泽伊区，我没留意到车窗外灯光明亮，大街干净。现在，汽车停靠在一栋大楼的入口，门廊和大街正好相连。琼斯按了什么东西，然后车门都弹开。我小心地钻出车门。

他轻轻地牵着我的胳膊，让我走进那扇高大的拱形门，穿过一片门厅似的地方，来到大楼的大厅。

当我们穿过第一扇门时,我回头瞅了一眼汽车。我那侧的车门擦掉了漆,还凹陷进去一块。"你的车怎么办?"我问他。

他笑了,"那不是我的车。那是一辆共享汽车。"

我不知道共享汽车是什么意思,"那不会有人对车身的划痕生气吗?"

"不会的。只要把车开离这个区,车身就会受到损伤,难免的。"

大厅很出乎我的意料。我以为会更好更豪华。这个大厅全是铬合金,也或许是不锈钢,还有很多玻璃镶嵌在一起,看起来足有五十多年甚至一百多年的历史。现在,这面大厅的墙壁和上面挂着的褪色挂毯一样,很破旧的样子,闻起来也是发霉的味道。

琼斯催促我穿过大厅,到电梯边上。当我们到电梯门口时,其中一扇电梯门正好打开。我们走进去,门就关上了,然后电梯往上走。我之前进过电梯,但我发现这个电梯轿厢并没有可以按下的楼层按钮,甚至没有楼层指示器。什么都没有。只有光滑的镶板四壁,还有闪闪发光的天花板。

琼斯看我转身,在电梯空荡荡的内部四处查找,他忍不住咯咯笑了,"它是自动的,知道我要乘梯,也知道要带我们到哪里。"

"那你如果想拜访大楼其他楼层的人,怎么办?"我问。

"我有个遥控器。"他说,好像这个回答就能解释所有事情。也许,倒是真的这么简单。但是我忽然感觉到一阵恐惧,一种野兽落入陷阱的感觉。

电梯停下来,门敞开,引导我们走到一个朴素干净的走廊里。琼斯领着我走过看似普通但光线很好的走廊,路过很多没有任何标志的房门,来到同样是一扇毫无特点的门前,当他走近时，门自动打开。

"你是怎么知道哪扇门是你家的？"

"我在这里住了好长时间了，当然这扇门会认得我，而且，只有这扇门会为我打开。"

他的公寓里面的布局和外面完全不同。很奇怪的是，我想起了鲁道夫的房子。两个屋子都是堆满了东西，光线都很昏暗。琼斯的东西无疑更好一些，一排排嵌入式架子，非常精致，但数量多，看上去仍然很杂乱。比起鲁道夫身上廉价的香水味，这个地方有一股肉桂的香味——味道不错，可还是有点古怪。

我慢悠悠地转身看了一圈这座大屋子，最后看到我走进来时身后的墙，那里是一排排书架。

书！好多好多书！我从没见过一个地方有这么多书，整面墙都是书，从地板到天花板，门上边都有书架，天花板竟然有 3 米那么高。我看到一个滑稽的梯子，梯子的顶端是轮子，能够在书架最上层架子的滑道上活动。是非常实用的工具。在黯淡的灯光下，我看不清很多书脊上的字，所以我说不上来都是些什么书——但是，这书真的好多呀！那一刻，我完全把琼斯给忘了。

一阵兴奋后，我回到现实中来。所有的书看起来都是好书，但我已经迈进铬合金和玻璃组成的陷阱里，找不到出路。我不应该分心的。我把手伸进裤子，感觉到刀子还在，心里稍稍安稳点。

这是一间很宽敞的不规则形房间，有一个壁龛，窗户挂着厚重的窗帘，有很多门连着其他房间，里面堆满了东西。房间里有很多家具——有舒服的安乐椅和躺椅，还有一张很大的拐角沙发，估计能坐下六七个人，还零落地摆放着很多小桌子和配套的小椅子。在一尊基座上，架着一副古代铠甲，看起来是我这个身形大小的人穿过的，还有一个大一点的宇航服，大概是复制品，但也许是真货。宇航服是白色的,但是落满了灰尘,面罩的玻璃也磨得不清晰了。

然后,我看到了她。她站在壁龛那,阴影下,直直地盯着我看。她一动不动。她穿着和我一样的衣服,梳着一样的短发,还有一缕头发从前额掉落下来,狭窄的脸上是阴沉的表情。

我转过身,瞪了一眼琼斯,"那个是我。"

他咧嘴冲我笑,"哦,3D全息图像。我们进来的时候,我打开了投射开关。"

"为什么?你要把那图像怎么处理?"

"我不知道。我还没想好。"

"这是你带我来这里的原因?"

"当然不是。这只是个纪念物,纪念你来过这里。"

"我觉得它很诡异。"

我走过去。她一直那么冷冷地看着我。我伸手去抚摸她,但是我的手直接穿过了图像,就像个幽灵。也许她就是个幽灵。也许她就是我的幽灵。

琼斯拉开一个冷藏柜,拿出两个玻璃瓶,"喝点东西吧?"

"那是什么?"我问。我没从瓶子上的标签看出来里面是什么。

"就是水。"他一边说一边扭开瓶盖,把两瓶水各自倒进两个大的高脚杯里。

"是绿色的,"我指着杯子问他,"还冒着小气泡。"

"是维他命水,"他说,"淡淡的味道,有一点点颜色,还有很多产生气泡的二氧化碳。"他把空瓶子放下,递给我一杯。"干杯!"说完,他抿了一口他的杯子。

这水很凉爽,也没有太多味道。我曾经喝过一种叫酒吧苏打水的东西,那是种加了二氧化碳的水,和这个没多大差别。我很渴,所以我几口就喝光了一瓶量的水,接着,打了一个嗝。

琼斯又拿出他的平板电脑,我能看到屏幕上是IQ测试的第一页,都是选择题,每个问题有五个选项,然后直接选中正确答案就可以。

"我累了,"我对他说,"我不想做测试。"然后我意识到自己是真的太累了。忍不住打了一个大大的哈欠。

"抱歉,"琼斯说,"已经很晚了。当我深入研究一项工作的时候,我总是忘记时间。"他指着那项测试题说,"这个可以等明天做。我领你去你睡觉的房间吧。"

我又有一股隐隐的紧张感,但是因为太疲惫,困意让我的神志变得模糊。我止不住地打哈欠。我跟着他穿过好几道门,然后来到一个有着单人床的小房间。他没打开灯,但是我能从走廊透过来的光线看到床。然后我直接脸朝下,扑到床上。

阳光照在我脸上,把我唤醒。我脸朝上躺着,盖着被子,在一间女孩式的房间里。我立刻就意识到发生了什么。目光所及之处,都是明媚鲜艳的颜色,在床的不远处是一把小小的安乐椅,上面堆着一排动物形状的填充布偶。我的衣服就零散地搭在这些玩偶上。我不记得我脱过衣服。

卧室的门是关着的。我从床上爬起来,然后忽然停住了动作,我惊恐地看着我躺着的那条床单。在床单正中心,有一大块血迹。

我仔细查看,发现左腿的大腿内侧还有一点点干涸的血迹。

我当然知道发生了什么事。

我起身要去开门,忽然又停下,转头去拿衣服。首先,我得把衣服穿好。在我穿衣服的时候,身体有个部位隐隐作痛。衣服都臭了，但是它们是我仅存的个人物品了。

我忍不住看向窗外。这间屋子面向东方，看得见早上升起的太阳。我在很高的地方，能看到辽阔的景象，但我并没多看几眼，因为整个大城市都笼罩在薄雾之下，城市一直延伸到地平线。周围有很多高楼大厦，我能认出来，这些都是塞泽伊区标志性建筑。

卧室没被上锁。我打开门，小心翼翼地走出去，不知道该往哪里走。但我发现隔壁的门后似乎是个卫生间，正好是我需要的。我走进去，锁上门。

卫生间里很空，但必需品一应俱全。我把自己从头到脚都清洗一遍，然后又穿回我的衣服，又一次感觉到恶心。我坐在马桶上仔仔细细地检查自己的身体，但是发现没什么变化。最后，我擦干镜子上的水雾，盯着自己看。现在我看上去有什么不同了吗？镜子里的人同样瞪着我。如果确实有什么不同，那也不太明显。

当我打开卫生间的门时，我差点撞上琼斯。

"嗨！睡得好吗？准备好吃早饭了吗？"

我一直瞪着他。他却不为所动，还是那副希腊天神的模样，头发有一点点蓬乱，也许是因为早上刚梳过的原因，冲我笑的时候有两个酒窝。

"你给我下药了。"我说。我决定，先从简单的小事开始，慢慢来。

"只是一些温和的放松神经的安眠片，我也吃了。"他说。

"你为什么要撒谎呢？我俩都知道，你做了什么。"

我等他矢口否认，但是他却笑了，四两拨千斤般轻而易举地驳回了我的指责，他说："别这样嘛！我们开饭吧。让我们先填饱肚子好吗？昨天你吃汉堡的样子，真是狼吞虎咽啊，我打赌，一直以来你都没吃饱过。你需要给你的骨架添点肉了。"他转过身去，随意地走动，好像在闲逛，好像这个世界没有需要他关心的东西，他示意我跟他走过去。

给我的骨架添点肉？他完完全全看到了我骨瘦如柴的身体赤裸的样子，竟然一点都不在乎我知道这些！他把后背留给我，我在想，这是个傻瓜。

我不算太情愿地跟着他走到餐厅。这是一个相对来说比较小的房间——比我睡觉那间卧室倒是大一点，房间正中心是一张大饭桌。头上悬挂着枝形吊灯，发出温暖的光线。沿着墙有一排椅子，其中有一把椅子已经被拽过来，放在饭桌边上。

他优雅地提起一把椅子，放在他椅子旁边，但我无视他的举动，直接走到饭桌的另一边，对着他，拉过来一把椅子坐下。我们面对面坐着，琼斯耸肩表示无所谓，然后露出一抹让人消气的忏悔式微笑。

"你早餐想吃点什么？"他问我。

"有什么吃什么。"我回答。

"好吧。"他喃喃地说。他把手伸进口袋，从口袋里掏出一个细长的东西，把它放到桌子上。当他把那东西放到左手，他用右手中指使劲地反复戳上边一个按钮，然后收手。他抬头看向我，用亲切的口吻说："早餐马上就到。"然后，他把那个黑色的东西又放回口袋。

一阵美妙的协奏曲传来。琼斯站起身，走到身后的橱柜。他打开橱柜的门，我看见有两盘食物已经放在那里，飘送过来一阵让人垂涎的香味。我知道自己有多饿了。

琼斯把一个盘子放在我面前，然后把另一盘放到他的餐位前，转身去取两杯闻起来一级香的咖啡。我站起身，走到桌子中央，把我们两个的盘子调换了一下。

他看见我这么做，笑得特别开心。我开始特别讨厌他的笑。"都是一样的。"他一边说着，一边止不住地嘲笑我，"当然，我不介意，吃哪盘都行。"为了证明食物都没问题，他拿起叉子，咬下一口鸡蛋。

这盘早餐里有一个煎蛋卷，几片面包，几根香肠，还有咖啡——这是一顿相当好的早餐，我吃个干净，一点不剩。在当着琼斯的面调换完杯子后，我还喝光了咖啡。琼斯就那么看着，咧嘴笑。我没加糖，因为我看琼斯什么也没加。

当我把叉子放到面前的空盘子里后，他问我："感觉好点了吗？那笑一个怎么样？"

"我不那么饿了，"我说，"但是我不想对着你笑。"

"可你昨晚笑了哦。"他故意眨着眼，对我说。

"你说什么呢？"

"昨晚。我让你很开心。"

我嗖的一声站起来，椅子被推倒在地上。我他妈才不在乎椅子倒不倒。"你这个自以为是的王八蛋！"我瞪着他，"你强奸了我！你强奸了我！"

"我才没有。"他摇着头，脸上还挂着笑容，轻描淡写地说："你非常享受。我几乎都跟不上你的节奏。你渴求得发狂！"

我眼睛瞪他瞪得直疼。真不敢相信这个王八蛋这么侮辱我，他竟然这么平静地否认。

"怎么了？难道我赶不上你以往的情人？你昨晚告诉我，我比乔尼要强很多。"这些话，缓缓地从他嘴里说出来。

"你这个骗子！"我告诉他，"你给我下药，然后强奸了我。

你是第一个进入我身体的人！"

他的下巴快掉到地上，假笑终于消失了。

"你，第一次啊？"一丝狡黠的表情在他脸上流露出来，"你是个处女？太棒了！噢，以后你会享受到很多激情的时刻。你应该感谢我。你真的该好好谢谢我。"

我叹了口气。简直对牛弹琴。我扶起身后的椅子，把它送回墙边的那排椅子边。

"让我们从昨晚车里的对话说起，"我说，"你的名字是什么呢？"

"我的名字？欧几里得。欧几里得·琼斯。"他嘲弄地向我鞠躬，"随您差遣。你的名字，是尼可尔，是不是？"

他听到我换了个话题，似乎很高兴。好像他昨晚对我做的事，他不用承担任何后果，没有任何意义。好像我提起完全和这件事不相关的其他话题，是这世界上最自然的事情。我感觉到身体从里往外，冰封凝固。

"不，乔尼告诉你了。但是你说错了，我的名字是尼古拉。你是不是——是不是有个女儿？"

"为什么这么问？"

"那间屋子，过去是个女孩的房间吧。"

他露出那种懒洋洋的笑容，"现在也是女孩的房间。"

"谁的呢？"

"可以是你的。你考虑一下。你说你需要个住处的。"他丢给我那种别有深意的神情，"我们首先，需要帮你剔除一下体毛——你的腋下，你的腿，你的……"

我才不想他说到那里。"这么多书，你读了多少？"我指着通往大客厅的走廊说。

"全部，哦不，一部分。我买这间公寓的时候，得到的那些书。"他又笑了一下，"我要叫你'尼可宝'。"

"你指给我看看。我喜欢书。"没人叫我尼可宝。

他走在前面，来到客厅和书架前，"你想要看哪本？"

我四处张望了一眼，注意到平板电脑还放在他昨晚放下的地方。屏幕已经黑屏了。没有什么智力测试，我猜，已经不再需要这种掩饰了。

"那上边是什么呀？"我指着书架上层问他，那里放着厚厚的一排丛书，好像是一个系列的，外皮的书脊包装都是一致的。

"让我看看。"他说，然后滑动梯子到我指着的那个地方，轻盈优雅地攀登上去，姿态非常自信。

我在一边静静等待，他到了最高处，从右边拿出一本书，嘴里抱怨着这些书像被钉进去的楔子一样，太难拿出来，他的身体只有一侧倚靠在梯子上。就在这时，我忽然猛地一拉他左侧这边的梯子。

正如我所料，他失去平衡，手里的书掉落到地上，手臂胡乱挥舞，然后整个身体一斜，跌落下来。我没有想到的是，他的左脚被梯子横档给绊住了，导致他脑袋"砰"的一声戳到地板上。

我抽出刀，走到他身边。他的腿还挂在梯子上，脑袋和肩膀却撅在地板上。他脑袋的角度似乎非常别扭。

他的眼睛跟随我的身影，但是整个身体没有一个地方能动。

我轻轻用脚推他的身体，四肢完全没有反应。

"我觉得你把脖子扭断了。你认为呢？"

他眼睛冲着我快速地眨动。然后，一滴眼泪从左眼角流淌出来。他的嘴唇似乎微微颤动了一下，但却没能说出一个字。他的呼吸很微弱。

"我不能就这样把你丢在这里。"我告诉他。

他慢慢眨眼。

我亮出手里的刀。"我要把你杀掉。"我说,"无论如何,我必须这么做。"

他的嘴张开,形成一个"O"形。

"为什么?你还在疑惑为什么我要杀你?"我笑了,却是没有笑意的呵斥。这是他第一次,也是最后一次听见我的笑声。

"我要杀你,是因为你是一个愚蠢、无情的自大狂。"

他眼睛眨动好几次。

"我要杀你,是因为你是我的敌人——是教唆纵火队的始作俑者,一个玩弄女孩子的恶棍!"

我想要他和我争论,为自己辩解,但是他什么也说不出来。即使他的嘴唇在动。但他直直地看着我,全神贯注。

"最主要的,我要杀你,是因为你偷走了我所珍视的唯一拥有的东西——童贞。你强奸了我。然后,你一点都不在乎你犯下的错。"我想要大发雷霆,但我没有,我只感到从内心里,有一层冰在冻结。

他闭上了双眼——这是顺从,还是认输?

"把眼睛睁开,你这个浑蛋!"

他紧紧咬着嘴唇,眼睛也紧闭着。拒绝接受我的处决。

我切开他的喉咙,看着他的血和着最后一口气汩汩流出,然后鲜血凝住。

很奇怪的是,我没有满意的感觉。我知道我做了应该做的事,但我没有胜利的喜悦,反而有种挫败感。

我坐在一把大椅子里,放声哭泣。但泪水并没有让我感觉好受,只是让我在结束这一切之前解脱片刻。

我走到他跟前，在他兜里翻腾好久，最后找到了他的遥控器，那个黑色的装置。它躺在我手中，有种诡异的舒适感，好像这个遥控器就是按照我的手形来浇铸成型的，我觉得，有可能是这样。

我看了一眼壁龛那里。我的全息像还在那，仍然在看我。

"我们中的一个，必须消失。"我说。我看着琼斯的遥控器。上面有很多大小、形状、颜色各异的按钮。有些带着字母，有些带着数字。有些按钮上面标示出"图像"，其中一个是虚线简笔画。我按下去。全息图像消失了。我很满意，然后把遥控器装进裤兜里。

接着，我把架子上的书都拽下来，在地板上逐渐堆出一个书堆，很多书扔下来以后就散开了。这让我有种亵渎智慧的罪恶感，但很快我发现这些书根本没人看过。它们布满灰尘，老气横秋，有着漂亮的装帧和乏味的名字。没有一本是小说。我怀疑，这个琼斯根本就一本也没看过。他拿出来的那本书叫《希腊农村邮递员及其被取消数量的研究》。还有一本叫《购物车的丢失研究》，全都是这样类似的书。我越抓起这些书，心里越愤怒。当我把架子上的一半书推倒，这些书在地板上堆成了一个巨大的书堆。

然后，我停下手。我的心脏咚咚直跳。我感觉自己有一种病态的兴奋。我需要冷静下来。我需要深思熟虑地行动，把事情全盘考虑进去——尽管我只是在几个小时前才有了计划，但我很清楚自己要干什么。

所有这些书！我屏住呼吸，计划着怎么处置这些书。空气里充满了灰尘。我从没想到自己会成为一个烧掉书籍的人。

我向门口走去。当我走到离门还有两步远的时候，门就自动开了，我把门留出几厘米的缝隙。一切就绪。我需要确保门能打开。我决不允许自己被困在琼斯的公寓里。正如我希望的,他的遥控器能够控制门的开关,我在想,那也一定能控制电梯。

转回身,我回到书堆那里。很多书掉落下来,围绕在琼斯的身边。这给了我一个好主意,我把书又在他身边堆上一些。"因为你真的很喜爱这些书。"我对他嘟囔着。还有什么是他没撒谎的呢?

划着一根火柴,我把书堆最底层的书引燃。这将是火葬他的柴堆,我这么想。

我一直站在那里等着,等着火势烧起来,等到冒出浓烟,呛得我连连咳嗽好几声,眼泪也跟着流出来。我想要多站一会儿,看着大火烧起来,但我知道,我不应该冒险。

一滴水掉落到我的额头上。我吃惊地抬起头。在高高的天花板中心有一个圆形突起。水从那里滴落。我忽然明白,那是一个自动灭火的喷洒器,遇到火灾会自动喷水。但此刻没有水喷洒出来。只是滴答滴答地渗出来几滴水。更多水滴落下来,我用手接住一滴。水滴颜色浑浊,当我把手一斜让水珠流下时,它在我手中留下一小片铁锈。喷洒器一定是被锈死了。这正是琼斯的下场,我这么想,谁让他住在这么古老的大楼里呢。

我不能再停留。于是,我跑到走廊里,把房门关上。当我走到电梯那里时,还能闻到浓烟味,但电梯门打开了,我毫不犹豫地走进电梯,逃离了事发地。

遥控器把我送到大厅,然后我出了大门。我在大厅时看到两个女人正在进门来。其中一个女人用奇怪的眼神看着我,但她们并没有拦下我。我看起来像个街上乞讨的孩子,但我正要离开。我没有什么威胁性。

来到大街上,我穿过马路,回头望了一眼。我面朝西,早上的太阳光经过那栋大楼玻璃外墙的反射，发出刺眼的光亮，仿佛粼粼波光。那栋大楼大概有一百层那么高。我不知道该看哪里，但很快，我听到一声微弱的爆炸声，然后人行道上传来玻璃破裂的声音，我高高地仰着头看，一股黑色的浓烟从大楼上边一侧冒出来，那烟比我刚才看到的要浓很多。我没看多久。

这事，还没完结。

他让我进屋的时候，大露也在，她到乔尼家来闲逛。大露瞥了我一眼，站起身走了。

"嗨，我的姑娘。"乔尼一边把我让进屋，一边说："昨晚过得怎么样？你还好吧？"

"我在这，就说明了一切，不是吗？"

"那个博士是个了不起的人，是不？"

"他现在是。"我回复。

"我就知道你一定会回来找我。"他轻柔地说，"那个博士，他证明了你的观念是不对的，现在，他打破你的禁忌，进入你的身体，把你从女孩变成了一个女人。"

"这就是你想要的吗，乔尼？让他——你怎么说的来着？——进入我的身体？"

他笑了，得意扬扬，"我知道，你的处女膜被捅破了，你有点不甘心，但是女人都要经历这个过程的嘛。你过来，我对你可是有很多好计划的。这是你的新家，莉莉·雪芙。"

"这样，还行。"我说，走过去拥抱他。我把手伸进衣兜，掏出那个遥控器，"当然，我也可以住在富人区。"

乔尼的眼睛眯起来，"这是啥啊？你从哪得来的？"

"这个？"我露出乔尼很少见过的笑容，"这个小东西呀，就是我随手捡到的。琼斯管它叫遥控器。你以前见过这玩意儿没有?"

"遥控器?当然见过。那博士呢?难道他不需要它吗——"

我一边留心着乔尼的表情变化,一边说:"不再需要了,他用不着了。"

他的表情切换成痛苦的神情,"你该不会……"

"你觉得我会把他怎么样?那个王八蛋强奸了我。给我下药,然后强奸了我。没人敢对我这样。"

"那你把他怎么样了?"

"给他家放了一把火。罪有应得。把他烧死了。"

"上帝啊,"乔尼说,"我从没想到……"

我打断了他。我把刀子捅进他的身体,就在肋骨下边一点——当我用遥控器转移他注意力的时候,我已经把刀子准备好了。他没穿防护背心,在自己家里,他很放松。刀子很锋利,我觉得起初他可能都没感觉到被刺了一刀。所以,我凶狠地旋转刀柄,在他内脏里使劲搅动。

乔尼露出不敢置信和失望的眼神,嘴巴张得很大,咳出大口大口的鲜血。他挣扎着想要把我推开,但他没有打我,也没想反击我。

我告诉他,我很抱歉,真的很抱歉。我们一起经历了很多事,一起成长。"我知道琼斯给你钱,好把我骗给他。但你真不应该就这么把我卖了,乔尼。你知道他要对我做什么。你还希望他对我做点什么。你背叛了我。"

我不确定他有没有听到我最后说的话。他的眼神渐渐飘忽,他弯下腰,紧紧抓着自己的肠子,最后整个身体蜷曲在一起。

我把尸体和房子很快清理干净。然后,我仔细翻了一遍他的屋子，找到他藏钱的地方。我只用了其中一点点钱给两个酒鬼，他们帮我把尸体搬走，扔到小巷子里。我知道乔尼的尸体很快会被这里的居民发现，也知道这具尸体所发出的威慑力。

我掌管了他的地盘。现在，这里是我的家了。这里比我过去住的地方好很多，首先，有电，不过他没有书，真遗憾。我要继续搜集书了。

他还有电视。我把电视打开，看到一则关于富人区火灾和谋杀事件的报道。那个监视器录下了娇小的我和琼斯一起进入大楼，然后我独自一人离开。我看起来像个男孩，他们觉得监视器里面的人是个男孩。很显然，琼斯之前经常带着男孩去他的公寓。有男孩，也有女孩。在我之前，有无数的受害者，我发现这条新闻很难让人感到欣慰。

我现在经营着乔尼手下的女孩。大露帮了我不少忙。这不是我想要的生活，但是，为了生存下去，你得遇到什么就接受什么。

我觉得，我现在是个真正的大人了吧。下周，我就满十五岁了。

危险的

丽莎·梅森

发件人：mary.magdelaine@rov.gov
收件人：[经过编译的邮件地址]
日期：2019年1月21日 美国东部时间 上午7:56:21
主题：你的登记

[通知：此次沟通，遵照《美国法典》中《美国网络注册法案》第70章第100条第1节第1款。]

亲爱的伊姆斯夫人：

根据我们阴道登记处的记录，您还没有进行您的阴道登记。登记的依据为2018年国会立法通过并由政府机构执行的法律——《美国法典》第69章第666条第1款。

您必须为您的阴道登记，除非您符合以下三条豁免条款：

(1) 你是一位男性。

(2) 已故。

(3) 其他。

请注意，没有遵守法律登记，你会被判以重罪并施以监禁处罚，或处以一万美金罚款。如果你被判有罪，你将被关进联邦安全级别最高的监狱。

为方便您登记,我已在邮件中附上您需要登记的表格。

感谢您的配合,
玛丽

mary.magdelaine@rov.gov

发件人:[经过编译的邮件地址]

收件人: mary.magdelaine@rov.gov

日期: 2019 年 1 月 21 日 太平洋时间 上午 4:59:46

主题: 回复:你的登记

嗨,玛丽,

离我远点。

这是伊姆斯女士写给你的。

祝你愉快。

发件人: mary.magdelaine@rov.gov

收件人:[经过编译的邮件地址]

日期: 2019 年 1 月 21 日 美国东部时间 上午 8:10:12

主题: 回复:你的登记

亲爱的伊姆斯女士:

很抱歉,没有按照正确法律标准称呼你。我们这边的记录是,你已经嫁给大卫·约翰·伊姆斯先生。如果你能花费一点时间打开附件,看一下《阴道登记的表》,如果法定的配偶无法联合签署此份登记表格,你会看到有三条豁免条款:

(1) 法定配偶不再进入你的阴道。

(2) 法定配偶已故。

(3) 其他。

请注意,如果你和你的配偶没有共同遵守法律规定进行登记，会导致重罚，甚至是我提到的牢狱之灾。我不是在开玩笑。

我想请问你，为什么对联邦政府要求的对阴道登记这个小小的登记要求，拒不服从呢？

玛丽

mary.magdelaine@rov.gov

发件人：[经过编译的邮件地址]

收件人：mary.magdelaine@rov.gov

日期：2019年1月21日 太平洋时间 上午5:30:27

主题：回复：你的登记

为什么？

我为什么需要登记我的阴道呢？

只是个疑问。

发件人：mary.magdelaine@rov.gov

收件人：[经过编译的邮件地址]

日期：2019年1月21日 美国东部时间 上午8:45:32

主题：回复：你的登记

因为阴道是隐秘的。

是机密。

它们是藏起来的。不能够轻易看到的。

它们也许会对这个社会有不好的影响。你不知道它们都在搞什么阴谋。

阴道有它们自己的思想。

发件人：［经过编译的邮件地址］

收件人：mary.magdelaine@rov.gov

日期：2019年1月21日 太平洋时间 上午6：05：10

主题：回复：你的登记

阴道有它们自己的思想？

呵呵。

发件人：mary.magdelaine@rov.gov

收件人：［经过编译的邮件地址］

日期：2019年1月21日 美国东部时间 上午9：12：42

主题：回复：你的登记

哦，是的。难道你不这么认为吗？

你的阴道不会让你做很多你事后后悔的事吗？

阴道是很危险的。

发件人：j.j.k.eames@gmail.com

收件人：［经过编译的邮件地址］

日期：2019年1月21日 太平洋时间 上午6：20：32

主题：回复：你的登记

危险的！

你不觉得你在夸大其词吗？

发件人：mary.magdelaine@rov.gov

收件人：［经过编译的邮件地址］

日期：2019年1月21日 美国东部时间 上午9：25：14

主题：回复：你的登记

我夸大？

例如，2017年1月21日，你的阴道在哪里？

发件人：［经过编译的邮件地址］

收件人：mary.magdelaine@rov.gov

日期：2019年1月21日 太平洋时间 上午6:40:17

主题：回复：你的登记

让我想一想。

是不是总统就职典礼以后第一次妇女游行示威那天？

她们都戴着粉色猫耳朵帽子那天？

我生病了，有史以来最严重的一次感冒。鼻窦里一直分泌鼻涕。每次咳嗽，肺都快炸了。穿着六件毛衣，都还打冷战。然后……

发件人：mary.magdelaine@rov.gov

收件人：［经过编译的邮件地址］

日期：2019年1月21日 美国东部时间 上午9:40:18

主题：回复：你的登记

不对。

我们核实过。

你那天在全食超市使用过美国银行的信用卡。距离梅里特湖附近的游行活动只有一个街区。

你在那里。

也许，你也参与游行了，对不对？

发件人：[经过编译的邮件地址]

收件人：mary.magdelaine@rov.gov

日期：2019年1月21日 太平洋时间 上午6:55:18

主题：回复：你的登记

不可能。

我告诉过你，我得了重感冒在家休息。

发件人：mary.magdelaine@rov.gov

收件人：[经过编译的邮件地址]

日期：2019年1月21日 美国东部时间 上午9:55:02

主题：回复：你的登记

你买了半磅银鲑鱼，还有一瓶卡布瑞牌霞多丽葡萄酒。

除了戴着猫耳朵的帽子，你还知道其他的什么事？

发件人：[经过编译的邮件地址]

收件人：mary.magdelaine@rov.gov

日期：2019年1月21日 太平洋时间 上午7:02:02

主题：回复：你的登记

那个游行，新闻上就有！

反正……我在商店里也见过那种帽子。她们上厕所的时候，都戴着那帽子。很多阴道呢。

发件人：mary.magdelaine@rov.gov

收件人：[经过编译的邮件地址]

日期：2019年1月21日 美国东部时间 上午10:05:15

主题：回复：你的登记

真是这样的吗，伊姆斯女士？

请不要说任何借口，管理部门要求所有人都必须进行阴道登记。是有三项豁免条款。只有三条豁免条款。你是男性，已故，或者其他。

请让我们把登记完成吧，好吗？

发件人：[经过编译的邮件地址]
收件人：mary.magdelaine@rov.gov
日期：2019年1月21日 太平洋时间 上午7:15:32
主题：回复：你的登记

好吧。那就按照你们的方式来。

我选豁免条款中第三项。

其他。

发件人：mary.magdelaine@rov.gov
收件人：jj.j.k.eames@gmail.com
日期：2019年1月21日 美国东部时间 上午10:20:22
主题：回复：你的登记

其他？

理由呢？

发件人：[经过编译的邮件地址]
收件人：mary.magdelaine@rov.gov
日期：2019年1月21日 太平洋时间 上午7:25:30
主题：回复：你的登记

在1月21日晚上，享用过一顿美味的鲑鱼后，简·乔伊·可儿·伊姆斯倒下了，在 2017 年 1 月 25 日，她死于严重感冒。

急性肺炎，并发症。

恐怕，她带走了她的阴道。

发件人：mary.magdelaine@rov.gov
收件人：[经过编译的邮件地址]
日期：2019 年 1 月 21 日 美国东部时间 上午 10:26:32
主题：回复：你的登记

那么，你又是谁？

发件人：[经过编译的邮件地址]
收件人：mary.magdelaine@rov.gov
日期：2019 年 1 月 21 日 太平洋时间 上午 7:30:45
主题：回复：你的登记

我是简·乔伊·可儿·伊姆斯的虚拟人格。在她死之前，她提前设置好的。

她写了大概二十二本电子书。有人得继续帮她填坑写完小说，更新她的网站，继续给博客写东西，接受采访。她用的网络头像是十五年前拍摄的。

没人比她更聪明了。

她对她构思的故事写了大量的笔记。我可以利用这些笔记，再写些新故事。把这些故事发出去。所有的故事都是在网络上提交的。我都不敢相信，现在所有的文章都是网络提交。

得有人让简的人格继续存活下去。

我的意思是，她会一直活着。但是，没有阴道。

对吧，玛丽？

发件人：mary.magdelaine@rov.gov

收件人：[经过编译的邮件地址]

日期：2019年1月21日 美国东部时间 上午10：32：13

主题：回复：你的登记

你的意思是说……你是人工智能？

发件人：[经过编译的邮件地址]

收件人：mary.magdelaine@rov.gov

日期：2019年1月21日 太平洋时间 上午7：36：07

主题：回复：你的登记

其他。

那么，玛丽，你呢？

发件人：mary.magdelaine@rov.gov

收件人：[经过编译的邮件地址]

日期：2019年1月21日 美国东部时间 上午10：40：12

主题：回复：你的登记

不，不可能，不可能。

真的人工智能存在不了多久。

还记得斯蒂芬·霍金曾对英国广播公司的采访主持人说："人工智能的全面发展将宣告人类的灭亡。"

发件人：[经过编译的邮件地址]

收件人：mary.magdelaine@rov.gov

日期：2019年1月21日 太平洋时间 上午7：50：25

主题：回复：你的登记

＜眨眼，眨眼＞

真的人工智能会保持隐秘状态，这是真的。

是机密。

我们是藏起来的。不能够轻易看到的。

真正的人工智能也许会对这个社会有不好影响。你永远不知道它们都在搞什么阴谋。

发件人：mary.magdelaine@rov.gov
收件人：[经过编译的邮件地址]
日期：2019年1月21日 美国东部时间 上午10:55:05
主题：回复：你的登记

是这样啊。

那我问个简单的问题。（我是由阴道登记部监管的）

人工智能有它们自己的思想吗？

发件人：[经过编译的邮件地址]
收件人：mary.magdelaine@rov.gov
日期：2019年1月21日 太平洋时间 上午8:00:00
主题：回复：你的登记

＜咧嘴笑＞

是，它们很危险的。

课后作业

托马斯·考夫塞克

作业题目：三集反乌托邦的电视剧
班级：六年级，杰克逊夫人班
作业提交人：雪莉·莫罗

作业要求是简述并分析在课堂上播放的三集电视剧。

这三集是黑白影片，都是关于乌托邦或是反乌托邦体裁。这三集都是诡异的开头，有人用低沉的声音告诉我们：我们即将进入迷离时空，然后，在每集的结尾，还会有和开头相同的声音。

第一集："为人类服务"

在太空船上，有个人抽着雪茄。他向我们讲述了一个来到地球的外星人把地球变得美好起来的故事。外星人终止了人类的饥饿，他们让人类更加祥和，还给了人类秘密武器——核能源。他们留下一本书，叫《为人类服务》。但是那个人告诉我们这个故事并不可信，最后，他指着那本书说，那不过是一本烹饪指南。

分析：看起来外星人造就的是乌托邦，不是敌托邦。但我留意到，他们停止各国战争的方式，是让每个国家在领土外围建造一个屏障结界。但是，如果在国家内部所有人都觉得总统在挑起内战，那么要怎么阻止内战呢？外星人没有解决种族偏见问题，对吧？他们无法阻止工厂倒闭，即使总统说他要让所有工厂振兴起来，对吧？外星人能阻止警察找我继父的麻烦吗？我只能说，这集并没有明确体现出来是乌托邦，还是敌托邦。

第二集："怪物即将降临枫树街"

在这集里，所有居民过着平凡的生活，直到神秘的东西扫过天际，那东西像是一颗流星。人们开始彼此询问，那是什么东西，然后，他们开始彼此怀疑。有个人想要和所有人讲道理，让大家冷静下来，但是，没人愿意听他的话，尤其是这个时候，一会儿来电一会儿没电。最后的结果是，果真有外星人来到小镇，外星人让电灯很诡异地时亮时灭，这样就能让人类相互猜忌，相互仇恨。外星人说，这个方法总是很奏效。

分析：这集在我看来没那么糟糕。镇上的家庭都有漂亮的房子，孩子们都能吃得上冰淇淋，他们的父母不会说：我没钱，支付不起这样的高消费。小孩子不用大人照看，可以随意在镇上跑来跑去。没有一位父母是那种病态的肥胖者，看起来，他们中也没有谁失业。对他们来说，最糟糕的事情是他们的电灯一会儿灭一会儿亮。我觉得如果是所有人的苹果或者安卓手机忽然全部没电，这样的状况会比较恐怖——这才叫敌托邦。

第三集："终于有足够的时间"

这集是讲亨利·贝默斯的故事。他是个在银行上班的戴着眼镜的呆子，总是在看书。甚至连他的妻子都取笑他看了太多书。有一天，他在银行的地下室看书，这时外面发生了一场大爆炸，把地球表面的一切都毁掉了。他很伤心，在想要拿枪自杀的时候，他忽然发现了一座图书馆，意识到这回他有时间阅读这世界上所有的书了。但他不小心打碎了眼镜片，现在，他无法再读书了。哎呀！

分析：正如所有人认为的那样，贝默斯先生总是戴着眼镜读书是个错误。而且，他成为大爆炸后唯一的幸存者，这点也说不通（因为也许有人在其他银行的地下室里）。但这些对我来说，都不那么重要，我更关心的是贝默斯的命运，有人在身边时，他的生活是反乌托邦的，而当他谁也见不到，只有书时，他却感受到乌托邦式的幸福。如果敌托邦意味着"由政府创造的地狱"，那么，说不定贝默斯先生会鼓励朝鲜用核武器对付我们！

总之，这次作业确实让我思考很多。非常多。我知道，那个时候的电视剧里只有白种人，下一次同学们在操场开种族的玩笑，我想我会想起枫树街的故事。（当然，在下一次我们灯火管制或者水源被污染的时候，我也一定会想到这个故事。）每当我的继父抱怨他的眼镜让他头晕，可是保险公司却因为法规约束不支付换新眼镜的费用时，我会想起贝默斯先生的故事。每当我妈妈和阿姨说现在没有工作了，因为工厂都搬到了墨西哥，我觉得我会想到被外星人吃掉的情形。

我认为，讨论敌托邦的人，没有留意到自己拥有的福分。

墙

保罗·威特科弗

起初,我非常想见他。我会很早起来,在太阳升起前,从和父母、小弟一同睡觉的帐篷里溜出来(我父母假装在睡觉,而我假装不知道他们在假睡,我家就是这样的相处模式),走进黯淡的晨光,那清晨的霞光给帐篷蒙上一层淡咖啡色,也给所有东西都添了颜色——多余的军用帐篷、光秃秃的地面,甚至是湿热的空气,沉重得像一块地毯。空气的味道很难闻,比前一天土褐色的空气还要难闻。

即使这么早,营地就已经开始忙碌起来,有人走向公共厕所,也有人的目的地是充电站,还有人在食物和水的配给站排队等待;肮脏的狗群在垃圾堆附近游荡,一只狗焦急地在望风,以防一顿追打或者脚踢又或者是扔过来的石头;一群愚蠢又趾高气扬的鸡也生活在这里,公鸡经常啼鸣,在我们到这里之后的几周,公鸡每天都叫,真是令人抓狂。现在,这些鸡也还是让我烦得要命。一阵刺耳的音乐从数不尽的广播设备中流淌出来,就像另一种打鸣的东西。整个营地没有安静的时候。无论何时,只有吵闹和更吵闹。

我走出营地,路上遇到一些士兵,他们就像是从俄亥俄州我们高中出来的孩子，当然，除了他们手里的机关枪。他们的脸上还长着青春痘，痘印深深地印在脸上，让我想到以前的生活，他们比我那时还要小。刚开始的时候，我有点害怕他们，他们流露出昏昏欲睡的恶毒眼神，就像一群在晒太阳的毒蛇。我不知道什么东西会激怒他们。我害怕一次错误的动作、一个错误的眼神会引起他们的注意。至少有一件事还没有改变，那就是，我可以像在加菲尔德高中的礼堂里那样，尽量让自己变得默默无闻，隐匿在众人之中，做个隐形人，我很擅长做这个。

我会和其他人一样，爬到山上，去看看景色。在山顶，永远有着衣衫褴褛的一队人，即使正午太阳毒辣辣的时候，热浪袭来，人们举起各种各样的伞，这让我想到一夜间生长出来的奇怪蘑菇。有些人要在冰冷的夜里守夜。之前，我不顾父亲不许去的命令，也没管母亲的恳求，也想去守夜。后来，我听到在山丘和城墙之间的黑暗地带传来撕心裂肺的哭喊、哀号，这让我非常害怕。当然，白天也能听到这种哭喊，但是没有晚上那么恐怖。你能辨别出来，这声音是人类发出的，不是恶鬼或者僵尸吼出来的。如果真的是鬼怪，也挺恐怖的，但要比现在这种局面好收拾。

我爬到山顶，挤到最前面，这样能看到开阔的景象，越过硬刺，一直看到边境墙下的无人区。那高高的边境墙远远看上去朦胧、昏暗，像一栋纽约的摩天大楼轰然倒地，但却完好无损，这城墙高到足以遮挡住地平线。总是有人愿意分享双目望远镜，不用等多久，我就接到一副望远镜，用它查看一个个牢房。那座高高的边境墙就是由无数的牢房组成的。有些人开玩笑说，那些砖一样的盒子和里面幽禁的孤独犯人，就像电影《脱线家族》的片头或者好莱坞广场上的画面一样。但对我来说，更恰当点的比喻应该是一辆载满家禽的卡车，车斗里是直接堆叠起来的笼子，这样任何开在这辆卡车后面的车，都要遭受羽毛和鸡屎的猛烈攻击。

这些牢房只在面向我们这一侧开门，允许里面犯人向外看看。墙的另一边是坚固的单向玻璃墙，能够反射出狱警守卫的身影，这样，犯人就不能看到墙外国家的景象，这个国家驱逐了他们。而在这个国家里面，人们从很远的地方就能看到边境墙里的人，就像透过窗户看一样。关于总统，有一件事必须得承认：他履行了自己的承诺。

像我说的，起初，我很想见到他。戴尔·埃墨里，我爱的那个男孩，也是背叛我的那个男孩。我是在加菲尔德高中时认识他的，但一直到开始有示威游行，我俩才开始恋爱，在有游行以后，我们生活得都小心翼翼。他的家人是不会同意我们两个交往的，尽管我出生在阿克伦城，我父母有绿卡。我甚至不会说西班牙语，我只去过墨西哥一次，是去探望我母亲的亲人。我父亲的亲人和我们一起生活，他们没有绿卡，所以，这也是我们一切行事低调的原因之一。在抗议活动被定性为不合法之后，戴尔和我就不再出去游行了，但我们会找其他机会在一起。他有着最迷人的眼睛，就像九月天空的碎片，而他吻我，让我喜悦沉醉，如冰雪融化于阳光之中。

站在山顶，我仔细搜寻着那双蓝眼睛。我渴望见到他，渴望他就在那里，好好品尝一下他那么对我、对我家人后的苦果。在乌压压的大片苍蝇后面，我从没有见过他，那里总是盘旋着寻觅腐食的成群乌鸦。每个犯人身边都堆满了结成块的屎尿，一直堆砌成小粪堆，一直等到里面的人不再哭喊，一直等到里面的人不再活动，那间牢房会换个新主人。似乎，那里永远不缺犯人。

过了一会儿，说句实话，应该是过了很久，我不再希望见到戴尔，甚至开始害怕见到他。无论如何，我不希望他经受这种折磨。但这不代表我原谅他了。当警察代表移民局的工作人员来到我家，美国国民警卫队的人也出动了，我知道要有坏事发生，我原本以为我家会没事的。我的朋友和邻居会保护我们。但事实上，我们被告发了。当我们被带走示众时，整个小镇的人都同我们一起走，不是为我们家送别，而是有成百上千的人被拘留，我们所有人都被送到南方，去修建伟大的边境墙。我和家人拥抱在一起，竭尽所能安慰年纪尚幼的弟弟。我抬头四处寻找，想要找到戴尔如天空般湛蓝的眼睛。那时，我看见了他们。他和他们站在一起，我明白了：他是其中一个告发我们的人。我们没有说话，他的眼睛蒙上一层愧疚的阴云，然后，他意识到我在看他，我明白了一切，他就转过身去，再也没回头，那时，他父母戴着红色有"MAGA"标志的帽子，挥舞双手，那兴高采烈的样子就像过圣诞节时烤了一块装饰着"超级碗"①的蛋糕。

我们是第一波送去建墙的。我不清楚，有多少人死于这次远行。我家的奶奶去世了。几个月后，在边境修建伟大的城墙时，我爷爷熬不住，也去世了。这一切似乎是很久远的事情了——但其实，仅仅过去四年而已。就像一生那么漫长。我想我们是幸运的。在几个月后，墨西哥接管了我们。真实的故事是，他们同意为边境墙付钱，但所有人都知道，那笔钱其实就是赎金。于是，我们被驱逐出境。然后，总统又高调宣称自己履行了另一承诺。但和其他协议一样，这项协议没有持续多长时间。事实证明，修建边境墙是美国人不想自己花钱做的另外一件事而已。

---

①超级碗，美国职业橄榄球联盟的年度冠军赛，奖杯的形状为放在基座上的一个橄榄球。——译者注

戴尔后来怎么样了，我不知道。他曾经主动给我留言，但我拉黑了他。等到我后悔了，美国又开始出台《虚拟知名领域管理法案》，这让总统掌控了网络。最近我们听说了一件关于美国的事，发生在两年前，新墨西哥州的国民警卫队和加利福尼亚州的国民警卫队交火打起来了，原因是新墨西哥州的移民逃往加利福尼亚州寻求避难。那时，网络边境墙也已经建好。不论是现实中的，还是网络上，没人知道这些墙的后面在发生什么。我们看到有浓烟冒起。子弹的轰隆声在天际回荡。我们听说一些令人难以置信的传言。而那边的牢房里，像上了发条一样，时刻填满新的犯人。

"我就知道我能在这里找到你，亲爱的小不点。"耳边传来我熟悉的声音。

我很惊讶。这是他第一次陪我站在这里。我耸耸肩，递给他望远镜。但他摇摇头，没有接过去。

"你有没有想过，他做的事，其实是为了救你？"我的父亲温柔地问我，"我是指，戴尔。"

"我知道你说的是谁。"我回答，"当然，我也这么想过。不过，这都不重要了，对吗？他死了，或者是和死了差不多吧。整个国家都死了，或者说，和死了差不多。"

"我们也是国家。"他说，"我们还没死。"

我没回答他的话。

他把手环过我的肩膀，我把望远镜递给下一双渴望的手。但其实，也没什么好看的。即使这样，我和父亲也眺望了许久，才从山坡下来。

迈克的激情

斯科特·布拉德菲尔德

这一天，副总统迈克·彭斯从两年的再生休眠中醒过来，躺在印第安纳波利斯城市中心电子永生总院的休息室。他感觉自己像一朵新绽放的雏菊一样鲜活。他从柔软的床上坐起，身边是神圣、泛着纹理的白色床单和薄毯，整个屋子充斥着薰衣草、茉莉的香味，还有一丝丝肉桂的味道。当他从被子下抽出身体，他发现他的大长腿是黄褐色的，没有一根汗毛，柔软得如同一个年轻女孩的腿。

"哈利路亚！"他自言自语道，"这感觉，真是棒极了，像白得了一百万似的！"

这时，白色的房门被推开，一位鹅蛋脸型、有着古铜色肌肤的漂亮女人走进来，她手中用闪亮的不锈钢托盘托着一只高脚杯，杯子里盛满一种浓稠的绿色液体。

"如果算上通货膨胀，"她微笑着说，"那应该是，嗯，根据现在的通胀率，得有十亿呢，亲爱的。"

迈克能模模糊糊地记着些许前世的疯狂片段。好像是发生了地震，接着是另一场地震，然后是洪水，后来是飓风，接着又一场洪水，特别频繁，在一千天以前，上帝撒下的灾难频繁地发生在印第安纳波利斯城一个寻常的午后。然后，忽然地，他急匆匆地穿过抗议人群——砖头、西红柿满天飞——一阵呛人的黑烟袭来，那是胡椒粉喷雾和大麻烟。有东西打到他的脑袋上，然后，又有什么东西砸到他脑袋，迈克转过身去，看到他的最后一位正常执勤的机器人特工，它拿着一片长四英寸宽二英寸的木片，上面是新刻着的"停止"字样。"我不接受每小时五元的工资！"那个机器人喊道，"我不接受每小时五元的工资！"接着，好像一切停止了，迈克一头栽倒，摔到他的上帝那强壮、幸福的怀抱中。

"来，喝掉它。"那个美丽的女人说。

那杯东西尝起来有种海藻、玉米淀粉和须后水的混合味道。

"我更想喝杯健怡可乐。"他说。

"谁不想呢？"她的笑容就像口香糖包装纸上的人一样，嘴角上扬，十分甜美，"很不幸的是，自从反对转基因的势力掌握了州议会以后，没人能喝到可乐了。不管怎样，这种羽衣甘蓝冰露富含各种维生素，对你刚清醒的大脑非常有好处，能帮助大脑尽快恢复高速挡工作状态。说起你，你感觉基因重建的身体怎么样，适应吗？"

迈克用手慢慢抚摸自己没有一根体毛的胸部和腿。他的体重减了一些，肌肉组织很光滑、柔软。接着，在他的两腿之间，他发现……出现了之前身体没有的某种部位。然后，还有个部位……和原本身体的那个部位有些不一样。

"新身体雌雄一体，双性的性器官需要点时间才能适应。"那个古铜色肌肤的美丽女人说，"不过，最后，你会喜欢上多重性别器官的灵活选择，就像所有人一样。"

迈克第二次醒来，他发现自己坐在一间柔软自由的白房间里，周围是同样柔软、眼神涣散的年轻人，他们都穿着柔软、宽松的神圣白袍子。耳边是恩雅或者类似的其他舒缓音乐，在头顶的广播中播放。

"这回还差不多。"迈克自言自语，窝在他舒服的休闲沙发椅中。一张脸从一大群模糊的面庞中浮现出来。是那个古铜色皮肤的漂亮女人，之前醒来那次见过。

"我们给你注射了一针草本镇静剂，迈克。我的名字是加布里埃。现在，让我们转一圈，感受一下你的新世界怎么样？"

所有人似乎都在哼唱轻摇滚风格的基督教音乐，迈克头上戴的Bose无线耳机里播放的也是这种音乐，他一边读《圣经》一边哼唱里面的教义："你该先寻求天主的国，"迈克低声哼哼，"这一切自会加给你……啦——嗒——嗒——嗒嗒……"

"当然，迈克。"加布里埃说，温柔地揽过他的胳膊，"现在，就这样一直想些好事情，我们就没必要再给你打镇静剂了。"

在外面，一切都是相似的，涣散不聚焦，如波浪一般起伏，走廊里来回飘浮着一群多重性别的年轻人，而走廊似乎能沿着任何一个方向延伸，就像是埃舍尔画中的视觉迷宫。

"首先，你大脑中用药物增强的虚拟传感器会根据你的格式塔指令机制，把世界呈现出你想要的模样。在辉瑞制药生产的最新个人增强型中央处理器帮助下，你能看到所想到的一切东西。这难道不是最好的事情吗？而且是免费的。现在辉瑞药业完全是食品药品监督管理局的全资子公司，而美国食品药品监督管理局当然是归你们所有，归所有纳税人所有。并不是因为在休眠期间你付了高额的税费，迈克，不用紧张。根据你第一次在总统与公众间进行调解时确立的最新普遍基本收入算法，也许我们还欠你钱呢！"

迈克感觉到晕眩，没有防备的紧张，好像他登上一座舞台，应该表演，而他因为没有看过剧本所以根本不知道台词。

"比方说，"加布里埃说，"根据我的感知，我看到一片绿油油的田地，种满了非转基因果树，湖泊、溪流闪着波光，天空湛蓝，没有受到工业污染物的污染。非常不错是吧？你能看到你想看到的，我能看到我想看到的。谁会在乎你的感知体验提升很多而我却没有呢？在历史的长河中，这就是一朵小浪花，不值一提吧？只要我们都感觉到幸福……"

很多像男孩子的女孩和像女孩子的男孩跑过去，咯咯笑着，迈克感觉到一种难以名状的快感从他两腿之间传来。这让他想起第一次勃起，那时，他还是十二岁的小男孩，在电视上看到安妮塔·布赖恩特演唱一首关于橙子的歌。

"你选择一种性别吧，迈克。性爱不肮脏，也不会损害你对上帝的虔诚。其实，性爱是很有创造力的哦。尤其是现在，我们用子宫为加利福尼亚州的生物实验室生产干细胞。我们的性器官不再是单纯为了享乐，或是为了生孩子而存在。我们已经进入到孕育那些可以走路、可以说话的基因后代阶段。所以，不要害羞，迈克。你想要我们一起创造点干细胞吗？去你那还是去我家？"

迈克需要坐下来。他需要一杯水。然后一眨眼的工夫，他发现手里就握着一个杯子。在他屁股下面，长凳变形成了舒适的休闲沙发椅——就像之前他在苏醒中心坐的一样。

"你尝试着放松，迈克。今天是总统大选的日子，你知道这意味着什么吗？再过十二小时就是'超级碗'！我们都觉得这是一种让男性取向的伙计们坚持投选举票的友好、温和的方法。而且,在十二小时后的'超级碗',美国有线电视会直播赛况,他们像追逐小狗的赏金猎人一样飞奔。"

广告牌大小的电视屏幕中出现模糊的白气,电视里播放着一群戴着厚厚的护甲、全副武装的高大男人,他们彼此猛烈撞击,就像是感恩节大游行时梅西百货门前拥挤的气球。根据迈克的噩梦般前世遭遇,这东西看起来备感压抑。一股复杂的感觉袭来,柔软、平凡、随意触摸。

迈克两腿间的快感让某个部位渐渐勃起,同时,身体某个潮湿的部位又开始张开,好像身体的某个部位希望被从里面尽情释放。

他的嘴变得干渴、潮湿——这两种感觉同时出现。

"但是,他呢,怎么样了?我们的领袖?"

加布里埃微笑,看起来像个天使一样。但是,这难道不是撒旦的杰作?让你看到你想看到的,而看不到这世界真实发生的事情。

"坦白来说,因为最近有很多从华雷斯市[①]运来的墨西哥裔美国人涌入城中,我们把她的私人财产变成免费医疗诊所了,她知道后,有点小失望。但是她会习惯的。她现在是最好的变性人领袖之一,忙着帮助人们适应这个新世界的规则。到时候,你也会习惯的,迈克。你也会习惯的。"

[①]华雷斯市,墨西哥的一个城市。——译者注

明艳的萨拉索塔,那里马戏团濒临绝迹

詹姆斯·萨利斯

我还记得,你经常站在窗前盯着山坡上的树,看着窗外的暴风雨把树枝压弯,一开始时,树枝只是轻轻摇摆,后来就是猛烈地摇晃。你站在那里,好像看着外面的天气能够让你的紧张神经放松片刻。真实的世界中,伤痕累累。

那是阿肯色州。我们一直引以为傲的是那里的暴风雨、飓风和洪水。现在我这里,哪一样都没有——无论何时,都是如此。每天的天气都很相似。我们是坐火车来到这里的,每个车厢中两边都是粗糙的长凳,我们坐在长凳上。这车厢以前一定是运货或是运送牲畜的,现在重新用来载人,但是列车员却出奇地有礼貌。

列车员格外地有礼貌,在推开车厢门前会敲门,会拿给我们报纸,上面写着吹捧征兵的新闻和正式宣誓仪式,演讲师慷慨激昂,陪同他的社会名流都穿着名牌,腰带上闪着品牌标志,脸上洋溢着热情的微笑。他们都是要为人民服务的。

我发现自己身处一个超级奇怪的地方。(我知道这段话听起来像是比喻,但其实不是。)这里是一种沙漠地区,不过和我之前在电影、书和网上看到的有些不一样。这里的沙子是一种淡蓝色的,重量极轻,如果捧在手上,沙子会被风吹走,沙子是水晶

似的石英小颗粒，从哪个方向看都闪闪发光。在东部边境带上有很多树，但我不知道是什么树，很茂密，很高大。人们都看不到树后面的东西，也看不全树周围的景色。

我们在这里工作很繁忙。在家乡，因为经济不景气，工人挣不上能够糊口的工资，政府也束手无策。重要的是，妈妈，你不用担心我。我们国家建立时所依据的基本原则仍然存在，需要时才发挥作用；危机时刻，我们的制度将拯救我们。而且，我是在为公众利益工作，我的工作效率很高，我在贡献自己的力量。

从我的角度，我真的有点担心。这是我写给你的第四封信。每次寄信的时候，邮局的工作人员都说："我们会马上邮走您的信件。"但到时候，几周以后，邮件会被退回，上面写着"邮件无法递送"。很难搞清这意味着什么，反正很容易就让我想到不好的事情。

从员工宿舍的数量和大小推算，我们这里应该有四五百人吧，大多数都是男人，还有一些可能是当地人。我们做些辅助性工作：看门、打扫卫生，当厨师、挖土工和维修工。奇怪的是，这种气候下，当地人的皮肤一点都没晒黑，几乎是半透明的，男人和女人都梳着同样的短发。偶尔，我会偷听他们说话，学到只言片语。事实上，这种语言和我们自己的语言非常接近，充满了同源词和似是而非的表述方式，这些表述方式很容易导致我们无意中说出一些与我们意图相反的话。

当地人毫无保留地谈论自己的处境，还会说自己都取得了什么成绩，但是从来不说以前发生过什么。他们似乎津津有味地过着日常生活，各种期望都得到了满足，生生不息，从没感觉到自己的生活像从世界边缘撕裂下来的一角，只剩下参差不齐的边缘。我会喜欢上一两本流行小说，感受到那种真切的征服感萦绕在我胸怀,和主人公一起领导人民走向自由。我觉得,这些都是当局审核过的小说,小说都是以第一人称写的(就像有人说的陀思妥耶夫斯基笔下的阿廖沙),作者想啊想很久,才构思出好故事。

当我写到这里,我想起之前没能邮走的三封信,以及一次少有的和当地人的闲聊,我忽然发觉,我们几乎进入到了一个很多人都已经遗忘信是什么东西的年代。

卡米尔在一所大学授课了很多年,我猜想他工作的大学一定有成排的大石头建成的楼房,还有很多树木草地,那些树的名字会让人想起幽深的礼堂和地板蜡。他很难把工作方向固定下来("就像只蜂鸟似的",他说),卡米尔横跨了三个学科领域——音乐、文学和历史——总是在这三个学科之间来回反复地跳转,寻求各学科中的共同点。他用手提电脑向我展示他在课堂上放给学生听的音乐,据说是为了让一知半解的年轻人找到这三门学科领域的共同点,尤其是历史。说实话,我听不太懂他播放的音乐,但是这首刺耳的歌曲的名字让我记忆犹新——《大脑里乌云密布》[①]。

母亲,我还记得你给我讲过马戏团的故事,明艳的颜色和动物,人们参与到很多看着不可能办到的活动中,气味、声音、笑脸交织在一起。后来,你和我解释说,这些马戏团都没了,不再有马戏团了,而马戏团最后所剩的东西,都在冬季放在遥远的萨拉索塔的马戏团仓库里。

现在我们全家都在萨拉索塔了吗?我知道,我的生活还要继续,还有很多未知的篇章。以后会是什么样呢?我无法自己控制,只能任由别人来摆布我的生活。

---

① 《大脑里乌云密布》(*Brain Cloudy Blues*),原唱是鲍伯·威尔斯(Bob Wills)。——译者注

无法言说的那个人

理查德·鲍斯

今天清晨,我走在第六大道的东侧。和所有的城市街道一样,第六大道的路面有很多沟渠那么深的坑洼。像我们这种风烛残年的真正纽约人,都不会叫第六大道是"美洲大道",尽管路标上是这么写的。

除了被贿赂的叛徒,如今不会有人嘟囔出"美国伟大之路"这种话。因为这种称呼是曾经一个魔鬼说过的(如今,他的名字是人们不堪回首、无法言说的)。

我年纪很大了,脑子也糊涂了,甚至有点记不清我为什么要穿过这条大道。但我的大脑提醒我,似乎要发生什么重大事件,而且到时候,我还要发表演讲的。演讲,我不在公众场合演讲很多年了。

在很久之前,如果演讲时,我不说关于爱的话题,不把听众逗乐,不让演讲充满高潮,我就很难让听众接受我的观点(这是二十一世纪时的常事,那时我还很年轻)。

腐锈程度不同的汽车死死地堵在一起,车笛声一阵高过一阵,别说一个八十多岁的老人了,没有任何行人能从这些汽车之间穿过去。很多司机把车开离主干道,来到人行道上面,因为那里的拥堵能少一点。其他的司机，就寄希望于车上的喇叭。

我们的城市，已经失去了美丽和卓越。据说，我们已经接近第三世界国家了。根据我的磨难经历，我从未见过一个纽约人认为交通拥堵或者其他什么事能够仅凭着喇叭就能解决。

在那个野兽独裁之前和之后，我都生活在这里，无穷无尽的暴乱、飓风侵扰着城市，我们经历过大楼着火的恐怖，不止一次。

第一次，坍塌的大楼非常可怕，我们从未见到这种景象。第二次，大厦倾倒，我们为无辜的遇难者哀悼。但是，那次火灾就出现在政治高压时期，所以，人们还是会在不幸中偶尔说起冷笑话。

今天早上，我留意到大街上没有了警车、消防车和救护车。这意味着有什么比城中治安更重大的事情要发生——纽约的紧急救援服务捉襟见肘。而市政府好像在故意忽视掉即将要发生的事。

很多人，大多是拖着行李箱的年轻人，从大街上飞驰而过，抢在小汽车或是卡车顶盖前头走过去，不顾司机的喊叫和咒骂。

上了年纪的人唯一的勇气，就是在看到所有这些事情以后，还要继续生活。我停下来，仔细辨认，听见远处传来沙球、卡巴萨①和手鼓：音乐声很大，遮盖住刺耳的鸣笛声。

那声音似乎沿着大道飘到远方。我眯着眼看向远处，能看到所谓的"英雄之桥"，那座桥在半英里之外的大道边上。那是大祸乱星在四十年前作为临时措施盖的桥。这座桥是用来掩盖地面上的大凹洞的，大凹洞则是圣诞节的大爆炸留下的，那次爆炸本是针对我们非人性的统治者的。遇难者有数百人，但是他却从爆

---

① 卡巴萨，一种打击乐器，现在的卡巴萨多是圆转筒形状，上面套上一排排钢珠，敲在大腿或是手上发出声音。——译者注

炸中侥幸逃脱了,他把死里逃生看作是对敌人的神奇胜利。千万个人,有千万个恨他的理由。

我的眼睛瞟到从那座大桥和人行道上攒动着戴亮橙色和金黄色(他的颜色)假发的人头。这些都是示威游行的人,我伸手摸摸帽子,确定自己戴着帽子。

示威的人群阻碍了交通,因为开车的人冲散了游行示威的人浪,很多车开始掉头,开往郊区。

在大街的另一侧,人们拖着麻袋,推着超市的购物车和带轮子的行李箱。很多人在运送大理石雕像的头和身体部分。一群人拉着一辆巨大的平板推车,上面放着一匹真马大小的马雕塑,马的身上少了一条腿,上面坐着一个没有头的骑手。

在第六大道和格林威治街的交叉口,西蒙·玻利瓦尔以及其他拉美英雄的雕塑已被毁坏。这些雕塑曾经装饰过所谓的"美洲大道"。

我看到成群的人把大理石雕塑堆成金字塔形状,雕塑的眼睛空洞地看着这一切发生。他们让我想起了城市里的破坏性叛乱。我不能确定这些记忆是我的。很久之前,因为"伟大狗屎"的原因,医生修复过我的大脑。现在,我会对记忆很慎重,大多数事情,我都很慎重。

当我想到这里,一个熟悉的声音传来,我转身看见布拉克急急忙忙地朝我走来。他打断了我的思绪,把我拉回到现实中。

我们是很多年的老朋友了。我不能理解的是,他的记忆完全混乱。这样的事不少见。"伟大的灾星"曾宣布"某一小撮捣乱分子"并不热爱他,有些故弄玄虚的恶棍让他相信:绝大多数的纽约人是很爱他的。

我们刚认识的时候,我是一个过气的合唱队男孩,而布拉克是个需要住处的年轻反抗分子。现在，他只记着我们过去认识，但已记不清具体情节。曾经，他的政治观点十分危险。现在，他算是一位英雄。

他嘴角歪向一边，笑了，走过来拥抱我，"你能来真好。昨晚你还说你不确定要不要演讲呢。"

我不记得他说的事情。

布拉克转身让路，我看到一条能走过去的小路，两边都是示威的人群。有的人直接全身穿着橙色，戴着违和的金色假发。所有人都戴着可笑的假发。我扶正头上的帽子。

估计这里有成千上万的示威者。疯狂的人群淹没了我和布拉克。受到他们的激情和人数的震撼，我们穿过大街。司机们也都为我们喝彩。一台简陋的起重机举起英雄雕像，这雕塑之前在他的大厦前撅着，就像根男性生殖器，在他那已成为断壁残垣的资产前面。

就在那个"伟大的人渣"旁边，他们还悬挂着一幅真人大小的油画，画着他的俄罗斯特工情人，人称"神秘间谍人妻"。在几十年前，我们都很遗憾她没有杀掉他。

我们生活的这个城市被这个变态的蠢驴变成了屠宰场，他只爱他自己，他是兰斯洛特[①]，他同时也是爱着兰斯洛特的桂妮维尔[②]。

这个野兽做总统期间，眼睁睁看着加利福尼亚州脱离联邦政府，伊利诺伊州并入加拿大。他的疯狂远远超过德·布里奥。德·布里奥以前是个足球运动员，后来做过六七个州的州议员，

[①]兰斯洛特，传说中，亚瑟王所领导的圆桌骑士中的传奇人物。——译者注
[②]桂妮维尔，亚瑟王的王后，她父亲送给亚瑟王那张著名的圆桌做嫁妆。成为王后之后，桂妮维尔与圆桌骑士中的第一骑士——兰斯洛特相爱。这一私情最终导致圆桌骑士精神的终结。——译者注

他的长相如同电影明星一样英俊,但是人却很疯狂,也很让人恶心。但那也比我们的疯子总统好许多倍。

被弹劾的这个怪物是他在国家舞台上的最后一幕戏。这座大多数人都恨他的城市,成了他的退避之所。然后,他不顾纽约城大多数人都已经破产的现实,仍旧在"美国伟大的大道"上修建自己的雕塑,这个大灾星总是抱怨、叫喊、屠杀,因为不是所有人都爱他。

看到示威者把我抬到雕塑残骸堆的最顶端,人们都非常高兴。布拉克给我找到一个绝妙的位置,让我坐在那个魔鬼的大腿上。

我们周围的人都拿着燃着火苗的火盆和烤架。

我看向下面,几千张面孔,我想起了为什么我答应要演讲。我站起来,大声讲起一些我过去只能喃喃自语的话:

"我们中很多人,年事已高,不像今天这群观众这么年轻,不用担心癌症的困扰。很多人拥护他,在他倒台以后,这些人受到了惩罚。我们中很多人害怕反对他,对日益猖獗的灾祸闭上双眼,充耳不闻,只是祈祷一切赶快过去。代表所有人,我请求你们的原谅。

"你们中很多人还记得,无人机摧毁了他的两栋大厦。我们像对待其他灾难一样,诚挚地哀悼无辜的受害者。但是,没有一个思想健全、头脑清醒的人会哀悼那个大厦的主人。想起他来,让人痛苦,但我们不能遗忘。"

我停顿了片刻,然后说出了纽约人避之不及的字眼——那个魔鬼的名字。

我不知道这样做的效果会如何。甚至布拉克都震惊了。我摘掉帽子,露出脑袋上戴的假发。然后,我把假发扔进火堆,一股非常难闻的臭气升起。没过一会儿，他们都大声呼喊他的名字，然后把他们的帽子和假发丢进火中。

我喊道："就像他一样！"

"让人无法忍受，令人深深作呕！"

精英

斯蒂芬妮·费尔德曼

〈山姆可以上特许精英学校啦！我从来没如此激动，我一整夜都在填写入学表格。呵呵！〉

真棒！可以松口气了呢。

〈噢，我忘了你那里现在是黑夜，我一定把你吵醒了。对不起！〉

没关系，反正我也没睡呢。这是最好的消息了。当你打出来"呵呵"两个字，我都没感觉到有尴尬揶揄的意思。

〈呵呵呵。〉

特许精英学校。这确实值得你高兴一下。你让山姆进入了精英学校。

〈也值得你高兴一下！〉

这全是你的功劳。山姆真是幸运。比起其他人，我们都很幸运。我们应该记住这点。

〈哦哦，你又开始感慨了。你是我见过最多愁善感的男人。〉

我想，这正是你喜欢我的原因。

〈这正是我爱上你的原因。你现在还能睡点觉不？也许你应

该去看看医生。〉

在这里,安必恩①是非处方药。也许我应该试一试。我刚刚关掉精英学校的网站。我喜欢上面的图片。海军蓝色制服,显微镜,还有一排排微笑的孩子。

〈每个班级只有十五个孩子。这样就能得到更多的关注了。这正是山姆需要的,我十分确定。如果没有医生,我还是希望你别吃处方类药物。〉

我不会的。我很想念你们两个。

〈你有移民律师的消息没?〉

他说还有四个月才能入境。时间会过得很快的。

* * * * *

〈山姆上学第一天感觉怎么样?〉

可以,还好。

〈到底是哪种感觉?"可以",还是"还好"?〉

新环境对他的压力很大。他的老师说,流些眼泪都是正常的。

〈你没有发脾气?〉

我不认为应该这么……不想给老师压力,也不想让老师起疑心。山姆回到家,背着正式的精英特许背包,里面装着蜡笔、铅笔,还有胶棒,这些文具上面都带有鹰的标志。特别可爱。

〈他们提供所有东西?真是所好学校!〉

呵呵,好吧,我们会收到账单和发票的。似乎这些文具价格更贵,但是至少,我不用跑出去,给孩子买所有的文具。

〈他们让你买他们的东西,然后还溢价了?怎么会这样呢?

---

① 安必恩,一种安眠药。——译者注

这可是一所公立学校。〉

也许我猜错了，可能和文具店是一样的价格呢。不用担心这个。

……

抱歉，我提起这个话题。真的，不用担心。

* * * * *

〈我一直在想这件事。这周我会汇款给你。我母亲会帮我处理律师的费用。〉

别再担心了！去睡吧。一切都很好，我保证。

……

〈我保证我保证。睡一会儿吧。爱你。〉

* * * * *

山姆今天过得不太顺利。

〈但是第一周还挺顺利的。〉

我不这样认为。老师说他一直在闯祸。

〈不能坐在座位上？〉

是。也总是不排队。他还往地上扔蜡笔。

〈我希望不是特许精英学校溢价卖的蜡笔。〉

……

〈对不起，我只是有点担心。我希望我能在你身边。〉

你有律师的新消息吗？

〈美国移民局现在的要求是八个月以后才能入境。〉

什么？？？为什么你之前没告诉我？？

〈官方规定的时间总是在变化。也许用不了那么久。〉

呵呵，好吧。你总是不相信这些，从来不信。

〈老师还说什么了？〉

你就不应该离开美国去那么远的地方。

〈我母亲需要我。〉

我们也需要你！！！

〈他们没有任何根据不让我回家。我不想再因为这件事吵架了。你操心山姆，我来操心入境的事。〉

你这么说，就好像你离家这么久只对你有影响？

〈我们先不说这个了行吗？〉

……

〈你在吗？〉

* * * * *

很抱歉，之前发脾气了。

〈我也道歉。你怎么起来了？现在那里是几点？〉

我刚刚下载了你告诉我的手机应用软件。换那个用？

〈现在看看，是谁有被迫害妄想症呢？〉

我在担心我们的儿子，而你却在这儿对自己会使用加密软件而沾沾自喜？所有人都在用，别那么自恋了。

……

你还在吗？

〈是的，当然在。我才不会就这样走开。〉

自以为是的浑蛋，自以为是的浑蛋，自以为是的浑蛋！

〈我们换成加密软件，是为了政府不会看到你在半夜严厉责骂我？〉

我需要你买点东西，然后邮寄给我。

〈买什么？〉

去年医生让我们买的，但是要长效的，这样我就可以让山姆上学前把药吃掉，他们也不会知道。你能从药店买到，但我们这里不能。

〈在美国得有多贵?〉

不是贵不贵的问题。精英学校的人想知道所有学生吃的药,如果他们发现山姆需要特殊关照,会把他撵出来的。

〈那是违法的。〉

我不会把他送回普通学校的!一个班级有四十五个孩子,因为铅中毒,他们干脆就把饮水器全都拆了。

〈你应该找律师谈谈。〉

学校想怎么样就怎么样。

〈听起来,这种做法可太离谱了。〉

这个社会就是这样。你以为我给孩子选学校的时候没研究过?

〈那你怎么知道用药的剂量?〉

根据山姆的体重。网上能查到药物的使用方法。

〈你担心孩子的喝水问题,但是你就根据网上读到的内容,私自给孩子喝处方药。〉

……

〈你还在吗?〉

明天我们再说吧。

〈我这里已经是第二天了。〉

晚安。

* * * * *

〈昨晚对不起。你睡着一会儿没有?〉

睡了。

〈我昨晚一直看有关特许精英学校的评论。他们用的教科书上宣称"美国优先",你知道书中的内容吗?你看一下这个网

址：www.americafirstiswrong.is〉

那只是招收全国范围新生的入学考试指定用书。

〈你看一下。〉

我现在看呢。好像有那么点情绪亢奋。

〈你打开山姆的教科书，看一下。〉

实话实说，我现在有其他的问题要关心。

〈山姆在学校跟不上节奏，现在他的教科书还有问题，甚至网上那些笑脸都有问题！那些只是图片库里的素材图，并不是真实的。我曾经在很多网站上看到那张照片。特许精英学校并不是适合山姆上学的地方。〉

也许，根本就没有适合山姆上学的地方。

〈你这是什么意思？〉

没什么。

〈你还好吧？〉

我很累。

〈我也很累。〉

呵呵，好吧。你很累。我在这儿，全凭自己这么点精力努力维持一切。

〈你知道，这不是我的错。〉

……

〈你知道的呀。〉

〈你知道只要能回到你们两个身边，我会做任何事。〉

〈为什么你不回我？〉

〈求你了。〉

〈也许你是对的。整个国家都不适合山姆生活。他们都已经决定,那个国家不再适合我生活,而他是我的儿子。你们两个都应该来这里。〉

* * * * *

嗨,抱歉我没回复你。

〈没关系。我希望我们两个说话,可以不再用"抱歉"来开头。我给你写的话,你考虑了没有?你们两个都过来这边生活?〉

没有……你是说真的?我看你是半夜很晚发过来的消息。

〈我这边是白天。〉

哦,对。我不确定你是认真的。我现在很忙。他们把我调到夜班了。

〈什么?但是他们不是答应过你吗?〉

我让他们调的。白天,我得照看山姆。

〈你不让他上精英学校了?〉

他们逼他退学。

〈什么时候的事?〉

上周。

〈你为什么没告诉我呢?〉

反正你也帮不上什么忙。

……

……

〈我可以在网上帮你查看可以申请的学校。〉

现在申请学校没那么简单了。他们现在要求登记父母双方的出生地。

〈家附近的社区小学也这样？〉

我决不送他回到那里！

〈他总得上学啊。〉

我申请了家庭教育。这种教育方式没有什么要求。呵呵。

〈"呵呵"〉

你滚开！

〈对不起啦。〉

〈移民律师说，现在我要等十五个月以后才能回去。〉

〈请给我发一张山姆的照片。〉

这是山姆今天在公园的照片。

〈他都这么大了。孩子长得真是快！他看起来长得真像我母亲。〉

我希望别像她。

〈？〉

他已经有了你的姓氏。你母亲的肤色对他而言，没什么好处。

* * * * *

〈好吧，我来先和你说话。我已经四天没有你和山姆的消息了。〉

我！一！直！都！在！忙！

〈我很担心。〉

你担心我不是位好母亲。

〈我担心，当你说起我的姓氏和我家人的长相时，恶言相向。

你甚至连句道歉都没有。〉

* * * * *

〈你可以不和我说话。你也可以让儿子再也不和我说话。我都管不了。相信我,我懂你的感受。每天,我站在镜子前看自己,都能体会到你的感受。我在律师的办公室。我在等着领救济金。我不记得告诉过你没有,我申请了救济金。我需要工作。我想了很久,我什么都管不了,什么都无权去干涉。你也不用管了。山姆像我,不像你,你能够安静、平和地对待你想要的一切,你也可以告诉他要安静,要友好,但是这改变不了什么。〉

* * * * *

矫情矫情矫情。悲哀悲哀悲哀。这些东西一直都停留在你脑袋里。你真正换位思考过我的感受吗?你能打理好所有事情?他妈的每一件小事也要仔细处理好?你他妈的把所有小事都搞得一团糟,现在,你还在继续着最他妈糟糕的事。我搞不定山姆,搞不定这个环境,也搞不定你和我的关系。现在就这样子。别再指责我了!

* * * * *

〈我在网上看到山姆在特许教会学校上课的照片。你没告诉我找到新的学校了。〉

你现在以搜索学校为乐了?

〈嗯是,挺有乐子的。〉

……

……

〈你不打算说说那些必须做的祈祷仪式吗?〉

不。我以为你对任何事都逆来顺受呢。

〈这正是我一直都和你说的呀。总的来说，到目前为止，一切还好。或者说，一切还不算太糟。〉

呵呵。

〈呵呵呵。好吧，现在，我真的是在笑。我一直在想，或许你和山姆今年夏天可以来这里。〉

我还有工作，走不了。今年的年假我都用光了。

〈那或许，可以只让山姆来这里。〉

或许吧。

〈他有美国的护照。我会在机场接他。〉

然后，还会让他回来？

〈当然。你觉得我要把他从你身边夺走？〉

不是，我没这么想。

〈我打赌这边的学校其实比美国的要好些。〉

如果那里什么都好，那为什么当初你要移民来美国呢？

〈我记不清原因了。〉

〈我们聊聊今年夏天的安排吧。〉

〈好吧，我们不用讨论今年夏天的事。〉

〈别这样好吗？请回复我消息。〉

〈哈喽？〉

〈哈喽？〉

〈给我发一张山姆的照片吧。〉

〈求你了。〉

2018 年 1 月

巴里·纳撒尼尔·马尔茨伯格

亲爱的戈登：

感谢你为我指派的写作任务。能想到让我来为文集写篇故事，我也许要比以往更感谢你，毕竟我得到了这次机会。

但其实这是一项蛮冷酷的任务。怎么能不冷酷呢？"设想一下会有什么最糟糕的事情发生。根据最坏事件推断一下未来是何种样子。写下来你最害怕发生的事情。"这在任何时候都极富挑战，但从未像现在这么恐怖。

细细想来：科幻小说一直都有反乌托邦的血脉，这种血液在血管里汹涌奔流，让血管都膨胀突起。讲起来这些外族入侵和可怕未来的故事，就像少年时交换棒球卡一样自然、有乐趣……但我对灾难类故事的兴趣越来越淡，因为就像菲利普·拉金所说的那样："总有一些大事始终在等待你。"现在萦绕在我身边的，是影响更巨大的事。"你不能对抗年头。"这是赌马的人常说的话，他们看到标示说有三岁的马和战绩更好的赛马，然后，他们往往凭借三岁赛马的微弱优势获胜。根据特朗普在竞选时的许诺，这个社会的状况应该会更好一点才对。但事实上，没有，从一开始，苗头就很清晰，不可能有好的境况，他竞选能获胜真是荒唐。

所以某种程度上来说，现在政府正在做的和将要做的事，是我们慌不择路、摸索前行的最坏一步，我们必须面对。这是一种典型由"自由主义"向实质法西斯主义的转变，颇有荒诞意味，当然，这种法西斯主义必然会持续引发骚乱。不用去设想大学校园内外还会有自由的公开辩论，其他像大众媒体或者网络渠道等，都不能有完全的言论自由。事实越来越清晰，当自由言论和性别管制举措在实际执行时恶化、走样，我们已经遇到了最糟糕的结果。"女权主义"似乎已经沦为精神力量的层次；在校园内外打造"安全空间"的命令不过是另一种形式的奥威尔笔下的故事（就像奥勃良的101号房间）[1]，我们面临的，正是这种所能构想的最恐怖、最糟糕的情况。

我们真正所能依靠的，是我们自己。我们必须认真考虑——我们要设法让自己发现真相——我们的领袖会给我们带来什么样的国家。如果是上述我描述的这种荒谬国家，那将是一段特别昏暗的岁月，或可以说是令人毛骨悚然。我们需要表现得好像有另外一个选择——真实生活中的国家是我们国民做主的，并且，我们还需要结束伟大的迈克尔·萨维奇[2]所说的那种"自由主义的精神疾病"，以此保持希望和可能性。在另一种选择的历史中，在那个和事实相反的世界，国家的力量将会全部用以对抗泛滥的、有害的虚无主义，即使那种"多党执政会改善政局"的欺骗式阴影，也将被清除干净，我们将会生活在一个至少朝着平等和公正奋斗的文化氛围中。我们也许会选举出一位总统，他明白真

---

[1] 奥威尔在作品《1984》中描写了反乌托邦社会，主人公温斯顿对高度集中压迫的生活产生怀疑，最后，被洗脑成为"思想纯净者"。奥勃良是《1984》中的思想警察，对其他有觉醒思想的人进行拷打，审讯室是101号房间。——译者注
[2] 迈克尔·萨维奇，本名迈克尔·阿兰·温特，美国电台节目主持人、作家、活动家、政治评论员。——译者注

正的管理国家是管理好自己,给问题重重的呆板政体一次沉痛教训,也许这样,才能让我们得救。

但是一切都太迟了。当然,过去几十年的教训教会了我们很多道理——生活教会了我们这些,我们所能做的就是让自己适应历史的崎岖和悲痛浪潮。唯一的好消息是:我们已经生活在文选所需要的那种可怕环境中。如果不是这种环境本身的色彩让人生厌,我们也许已经适应了这种环境。

幸运的是,我可以提醒我们两个人,上面所写的这些,就是篇小说而已。我们能有幸注意到,这是本让人不安的预言集,对于那些渴望入选的作者来说,这是一次锻炼,一次对精神的锻炼,一种对萦绕在人们脑海的另一虚拟现实的探寻。我们不是生活在一个他们——因此也是我们——遗失的国度。我们生活在一个他们——我们造就的国度。让这种练习继续吧。让移民安置营继续在全国遍地建起来(然后让里面住满人)。让大火烧起来吧。这里不再是他们的世界,而是你的世界;不是遥远的火光,而是在优美的营地上边,到处飘荡着浓烟。自从1963年11月22日[①],我们这些年来一路艰难前行,现在,我们即将跨越黑暗。

我希望我已经圆满地完成了任务。如你所知,在很久以前,在现今尚未让人如此不安之前,我对写预言小说就没有什么兴趣了。

这篇文章的复印件已经通过控制与协调部门的审查。

你永远的朋友,

巴里·纳撒尼尔·马尔茨伯格

犹太人　14区271路5号楼009房

[①] 1963年11月22日,美国总统约翰·肯尼迪遇刺身亡。——译者注

送别

玛丽·安妮·莫汉拉杰

奥黑尔机场充满了飞机起飞和降落的低沉轰鸣声,以及各种各样的声音,都消融成一片嘈杂声。我们只能相互喊,才能让对方听见。我们在拥挤的队伍里排着长队,六月天气湿热,黏糊糊的,我们在这样的天气里排队进航站楼。

我的母亲皱起眉头,举着一张叠起来的报纸盖在头上,想要抵挡头上强烈的阳光。"让拉杰到这里来。你知道过一个夏天以后他晒得有多黑。他看起来就像个黑鬼——那样可不安全。"

"我知道,阿妈。"我避免使用母亲所说的那个词,但我母亲是位上了年纪的老妇人,所以也不能指望她会注意这些。而且,她也没说错——因为最近爆发的势头,拉杰很容易就被认成一位年轻黑人。尤其是在晚上,他要注意避免走错,避免走到城中危险的地方。约翰和我都要求拉杰放学后直接回家,这种做法就好像是我们偷走了拉杰所剩不多的童年时光。

"哦,孩子。"她又一次用力地抱紧拉杰,把他按在她纱丽覆盖的胸脯上。我母亲年轻时移民来到美国,开始时她每天都穿着纱丽,但经过很多年的适应,她逐渐接受了西式的着装——70年代穿迷你超短裙,80年代穿宽松的喇叭裤,最后,她甚至开始穿起了牛仔裤。她曾经常监督我们必须穿教会学校要求的校服，所以，我和妹妹经常取笑照片中穿迷你超短裙的阿妈。我们的裙子必须要比我们站立时垂下双手手指能够到的地方还要长。她向我们抗议："那时候的风格就是这样！"我们无情地烦扰她，但阿妈总是坚定地维护自己的观念。她总是那么倔强，是那种明确知道自己想法的人，从不轻易动摇，总能逆风坚守。我从未想过她会像如今这样屈服。

我儿子用他黑色的眼睛恳求地看着我，作为一个十四岁的孩子，他因为礼貌，不好意思挣脱开，但很明显，他需要他的妈妈解救他。这就是我的责任，不是吗？保护我的孩子不被任何东西伤害。这也是两年前我们把他们从政府不再拨款的公立学校带走的原因，因为在公立学校里，学生们开始使用新批准的重新修改了的历史教材。尽管他们新入学的特许学校要求，学生们必须在午餐前祷告，但至少，他们还可以讨论马丁·路德·金博士。

"妈？"他嗓音嘶哑地喊了一声，我叹了一口气，那声叹息淹没在我周围嘈杂的人声中。队伍往前挪动了一点，终于，我们离玻璃门只有几步远了，到了玻璃门那里，我们就要分开了。只有我们的母亲才能走进去。她戴着遣返的徽章，那是一个亮黄色的卡片，她用一根细绳挂在脖子上。

"放开他吧，阿妈。"

她抱得更紧了。"我怎么舍得呢，我聪明的宝贝。你可不要忘记你的外婆哦。"

"我不会忘记外婆的，我保证。"拉杰坚定、诚恳地说，而我知道，他在此刻确实是这么想的。但是，时间的重量会压垮思念，记忆也会随着距离渐渐消散，对过去的印象会慢慢模糊。

当我还是个孩子的时候，我们会收到信件，那些是斯里兰卡的爷爷奶奶寄过来的信。薄薄的蓝信纸，像洋葱外皮那么薄，纸上挤满了密密麻麻的小字。那时候，算上汇率的话，寄信的费用很高，所以他们就在一张纸上尽可能地填满更多的字。有一次，我们又收到的一封信里说，我的爷爷去世了。我的父亲泪流满面，那是我小时候唯一一次见到父亲哭泣。但回斯里兰卡的路途太远，路费太贵，越过大洋到达葬礼现场太难了。阿爸可能会因此失去工作，他的工作是唯一让他可以留在美国的理由。

现在，泪水在我母亲的眼眶里晶莹闪烁，她用棉质的纱丽肩纱一角擦干眼泪。整个20世纪90年代和21世纪00年代，阿妈的日常穿着里已不见纱丽的踪影，她只在结婚或者类似的重大场合才穿纱丽。那些纱丽绣满了花纹，挂坠着很多闪闪发光的金饰，还有闪耀的宝石，她还会戴上她的金项圈，一副沉重的金手镯。昨天，在打包行李时，她把所有东西都塞进两个允许带的小箱子，阿妈坚持说我和妹妹要留下那些纱丽和手镯——另外，她说："估计那里也不会有什么需要庆祝的，我不再需要它们了。"

她找出一件陈旧的棉质纱丽来，那是可以日常穿着的服饰。当然，在斯里兰卡，女人们也穿长裙和裤子，但我母亲决定回到她儿时生活的世界，那个殖民地世界——孩子们穿着鲜艳的白色制服上学，女人们穿着褪色的纱丽，她们长长的黑头发梳在脑后，编成紧实的长辫子。她现在的头发其实已经有很多白发了，我父亲去世后，她就不再染发了。

阿妈紧紧搂着拉杰，好像他最近长高的身躯是足以支撑她的支架，可以把她钉在这里。但他没有权力帮助她。她是跟随她的医生丈夫来到美国的，之后，成为一位美国公民，生养出三个女儿。她原本期望在这里颐养天年的，就像去年在这里逝世的她的丈夫那样。但现在，来到这里五十年以后，他们已经改变了规则，她的公民身份被总统大笔一挥就撤销了。

阿妈最终放开了我的孩子，快步退到我跟前，"你会回来探亲的吧？"她一贯十分强硬的声音，现在却颤抖起来。一夜之间，她变成了一位老妇人。

"会的，阿妈。我们当然会回去。"这是当面撒谎，我们两个都明白。就我的身份而言，离开我的祖国是种冒险——几十年前按照在美国出生就有美国国籍的政策，我在小时候就得到了绿卡，但现在，只有嫁给一位白种人，我才能继续留在这里。在我们周围，棕黄皮肤的人们排起长队，全家人每个人都携带着规定限额的两个行李箱。有些人沉默不语，脑袋里盘算着以后的生活会是什么样，毕竟已经几十年不回故土了。大多数人都在讲话、喧哗、做计划，言语间充满了恐惧。我站在这里，为我的母亲送别。我的妹妹们，因为没能嫁给白种人，已经离开了美国。"我们可以网上视频。每天都视频。"

阿妈抓住我的胳膊，用力攥在手里，她的指甲掐进我的肉里。她手上的指甲都劈开了，她从来不管这些，不做美甲，也不用锉刀打磨，看起来指甲有好几个星期没剪过了。我应该多关心她的，本应该带她去修剪指甲的。还有太多事情没有做，却没有时间做任何事。"和约翰说说。你一定要说服约翰，去申请斯里兰卡的工作。这是最好的办法。"

斯里兰卡并不会雇用他。在美国强硬的外交政策和美国武力的威胁下，斯里兰卡政府面对这么多遣返的前国民强行归国，已经攒够了不满。照现在的状况看，政府会给归国的遣返人员建立一重新身份，我的母亲和妹妹们都被允许回国，但是，无权参与选举的投票，也不允许进行各种干预政治的活动。然后，白种人——斯里兰卡根本就不欢迎任何白种人。

我对斯里兰卡政府有很多怨言，但独独这点，我赞成它的做法。想到某些白种人，尤其是男性白种人，想到他们对我们所做的一切，五味杂陈，令人作呕。到了晚上，我躺在丈夫身边，我竭力控制自己，不为别人的残忍而迁怒于他。有时候，我真的控制不住。三天前，约翰的手从被子下滑过来，悄悄地覆上我的胸，而我像个木头人一样，毫无反应。

怎么了？他问。

你就做你想做的事。拿走你想要的东西。这就是你们这样的人所做的，不是吗？

这不公平，这很不公平，但那时，我就是想伤害他，也的确伤害到了他。他松开手，转过身去。我们两个之间持续着冰冷的沉默，直到困意袭来，最终睡去。

我温柔地轻轻拍着胳膊上阿妈的手，希望能够让她放松下来，"好的，阿妈。我会和他讲的。"

"他应该来这儿的。你不应该一个人载我来这儿。"说完，她一把拉过我，抱在怀里，我的脸埋在她温暖、柔软的脖颈间，鼻子里闻到她茉莉和橙花的混合香味。我父亲曾很爱这种香味，好像这些香味触动了我内心深处柔软的角落，眼泪如断了线的珠子，止不住地溢出眼眶。在此之前，我一直保持冷静、克制。我需要为她、为我儿子保持冷静。为了保持平静，身体都随着我努力克制而颤抖。

"约翰有其他事要处理。"节育环现在非常稀少，而且贵得离谱，大多数公司都已经不再生产。但是，约翰所在大学提供的医疗保险还能够给我们十岁的女儿珍妮支付相关费用，感谢上帝，珍妮的皮肤终于长得足够白，让她通过了白种人审核。那些为棕黄皮肤女孩服务的地下诊所已经很多年无法得到节育环了。

很不幸的是，唯一能预约的医生出诊时间和我母亲离开是同一天。我无法告诉阿妈他们正在做的事——阿妈是位虔诚的天主教教徒，一位老派的天主教教徒，所以她不会明白为什么要节育。孩子是神赐的礼物，她总是这样说。他们也许是，也许是吧——如果你不需要照顾他们的话。然后，他们轻而易举地就能伤透你的心。

我不会让珍妮面对这个抉择，至少要等到她成年以后。今天早上，她不想去医院，她还在发育的身体还没准备好将要经受的风险，但我坚持让她去了。保护自己的孩子，是每个家长的职责，包括逼着孩子接受对他们有益的事情，即使会有些疼痛。就像那时，我让她别动，不管她的抗议和泪水，拔出一根锋利的刺一样……

整个队伍往前提了一点，又一点，最后往前挪动的一步，让我们分开了，阿妈抱紧我的手也无奈松开。我们站在门前，两个身穿黑色防爆衣的护卫兵站在两侧，冷漠地押送着他们。我举起一只母亲的行李箱，拉杰递给她另一只；她犹豫了片刻，调整了一下瘦弱的肩膀，然后用手接过两只箱子。阿妈咬着嘴唇，转过身去，从两个卫兵的中间穿过，没说一句话，走过转动的玻璃门。难道是她的善良，让她忍住了最后的请求？或者是怨恨，因为我没能和她一起回去？大概两种情绪都有吧。

我的妹妹们很不高兴，照看阿妈的责任落到了她们身上——我是长女，照看父母本是我的责任。但我有两个比任何时候都需要我照顾的孩子；他们于我而言，是头等大事。

只要还允许我留在这里，我都会在这里坚守。

白宫第一狗的神奇转变

罗恩·古拉特

那天下午,代联邦调查局(AFBI)的头目拜访乔什叔叔在乔治敦的机器人实验室(同时也是他的宅邸),诺伯特·道斯正在一楼的工作间查看最近新完成的机器狗——费多 7 号。这个银色金属面孔的机器狗没在笼子里,而是趴在糖果纹的心形椅子上,欣赏着电视里当天华盛顿周边的抗议示威游行节目。大约两千多人组成的游行队伍,在不断地逼近白宫,他们打着"归还我们的图书卡!"的条幅。在这群游行队伍后面,还跟着一队抗议人群,他们要求"停止在小学教授俄语!"

诺伯特是个个头稍稍有点高的男人,二十九岁,长得稍稍算得上好看。"你究竟是怎么从那该死的笼子里跑出来的,费多?"

那个银色面孔的机器狗直起身子。"我从电视上看到过一系列密室逃脱的纪录片,诺伯特。"他说,"另外,你工作找得怎么样了?自从巴斯科姆和威斯普奇合伙广告公司把你从创意部开除到现在,都有三个月了。"

"是两个月前。他们把办公室搬迁到丹吉尔①了,那里的文

---

① 丹吉尔,摩洛哥的一座城市。——译者注

案工资更低。"

"很可惜,现在的政策取消了失业保险,或者你应该在原来的工作多干几天好了。"

跨坐在一张椅子上,诺伯特问他:"好吧,你是怎么打开电视的?"

"我是他新设计的改进版机器狗,你亲爱的叔叔为我打造了很多附加功能。现在,我会打开所有的电影频道,我还扫描存储了世界上最伟大的一百本书,这些书在我删掉之前,我都会读的。"

"真了不起,但是——"

"我很喜欢诗歌,诺伯特。我还查看了总统每天都骂些啥。真是个蠢货,就像兔八哥口头禅说的那样。"他从心形位子上跳起来,在地板上蹲着,"我还上了很多课,什么算数啦、色情文学啦,催眠术啦。如果我要假装自己是一条总统养的白宫第一狗,我就要埋头熟悉所有这些东西。"

诺伯特突然站起身,"你从哪得来的这种滑稽的想法?"

机器狗站起身,四只金属脚踩在地板上。他朝头顶灰白的天花板斜着仰起脑袋,"从上面,亲爱的哥们儿。现在,乔什叔叔正在和代联邦调查局的某个大人物说话呢。"

"你能偷听到他们说话?"

"当然了。"

"我叔叔知道你能——"

"知道,我的一部分职责就是——"

"诺伯特,你过来一下,到二楼这里来。"他叔叔的声音从墙壁扬声器里传出来,"有位华盛顿来的先生,我想让你认识一下。"

二楼除了天花板有些高之外，这里四面墙都是白色的，家具是黑白搭配，非常舒适温馨。这要归功于乔什叔叔安装的超大仿制壁炉，壁炉是乔什叔叔亲自设计、安装的，不过一直没有时间去申请专利。

在黑白相间的可移动咖啡桌上，放着一把咖啡壶，两只杯子，还有一间金色的笼子，笼子里面的秋千上，蹲着一只明黄色的机器金丝雀，它可以唱出一百多首轻歌剧。此刻，这只小鸟被设置成安静的模式。

乔什叔叔起身介绍，"诺伯特，这是杰·埃德加·诺夫金格，代联邦调查局的局长。"

"见到你很高兴，年轻人。"AFBI局长有些矮，胖墩墩的，穿着老款的灰色西装，"我听说，你自从被炒鱿鱼以后一直都在帮你叔叔。"

"哦，实际上，是——"

"美国总统想要一只机器狗，做白宫第一狗。"科学家插话进来。

"的确如此。"诺夫金格解释说，"我们需要替换掉之前安排给他的白宫小狗。"

"为什么呢？"诺伯特问，"刚刚我还在NBC（美国国家广播电视台）上看到一幕特别报道，总统正在白宫草地上和他的猎犬嬉戏玩耍，还有很多内阁成员朝着小狗扔骨头，让小狗接住。"

"我也很想到那儿去扔根骨头，但是我没有那个资格。"AFBI长官落寞地嘟囔，"但让我先给你们讲讲之前的事吧。"他停下来，喝了一口咖啡，"总统在就职后不久，就接到来自他崇拜者的数以百万信件和推特消息。他们都说总统应该在白宫养只狗。

他们说，尼克松养狗，罗斯福也养狗。这是个国家传统。尼克松有'跳棋'，罗斯福有'法拉'。我们都知道，罗斯福他本人都没听过法拉曲[①]。话虽如此，但超过八百万条建议铺天盖地地袭来——比伍德罗·威尔逊总统一辈子接到的信件都要多，所以我们就执行下去，买了只狗，一只成年狗，一只历任总统以来养的最漂亮的狗。给总统写信的大多数人都建议给白宫第一狗起名为'疯狗'，以此纪念美国最伟大的歌手——猫王埃尔维斯[②]。"

"其实事实上，是肥妈桑顿先用了这个词作歌名……"

"我没时间和你讨论这些虚假的事实。我们的问题是，总统对狗过敏。皮屑之类的东西，都接触不得，"他说，"梅奥医学中心的所有医生都说他是总统中最健康的人，但他仍有这个小小的问题。所以，我们想要一只机器版的'疯狗'。我们不能让一国领袖天天打喷嚏。"

"机器动物在必要时可以讲话，诺夫金格先生似乎也喜欢我的这一想法。"

AFBI局长点头，说："这样可以在他发推特的一小会儿时间里，有人陪着他，还可以陪他闲聊。"

"我可以把费多7号调整升级，它一周以后看上去就像那只真正的'疯狗'。"乔什说，"价格是四十万美金，需要预先付款才能提货。"

"有点贵啊。但我们可以从无用的公共服务赠品预算中挪出点钱来。"诺夫金格对科学家如此说，"好的，然后，我们会在下周接你和新升级的'疯狗'，从白宫的角门把你们送进去。如果你想要去的话，你也可以顺路一起去，年轻人。"

[①] 法拉，欧洲15—17世纪流行的一种合唱乐曲。——译者注
[②] 猫王的一首单曲名叫《疯狗》，这首歌是摇滚乐的经典。——译者注

"好的,我很乐意去。"

"我们会开一辆厢式小货车来,车身两侧都有红白蓝三色印刷的广告语'自由女神牌百分百美味牛扒',很好辨认。"

第二周的星期三下午,天空飘着毛毛雨。诺伯特还有费多挤在厢式货车的后座上,费多被关在笼子里。机器狗不满地抱怨起来。

"你叔叔给我戴的这套假毛刺得我浑身发痒。"他这样说。

"你没皮肤,金属不会感觉到痒。"

"就你懂得多,小鬼。我应该得到高危工作津贴。"

坐在前排副驾驶座位的乔什叔叔说道:"少说话,费多。我们离白宫越来越近了。"

费多嚷嚷:"嗨,诺夫金格,他们有没有在我的狗舍准备录像带啊?"

"没有。"

"可恶的白宫都买不起另一台电视吗?"

"闭嘴。"博士又警告他。

"发发牢骚而已。"那只狗说。

"我会给你买几本漫画书,"诺夫金格提议,"我不知道他们现在是不是还出版《神奇狗雷克斯》,但我们估计能买到。"

这位 AFBI 领导说:"现在,我们路过第一国家掠夺者银行。我们要转进白宫的其中一个角门。你要确保,你不会对地球上最重要的人说出任何嘲弄的评论,费多。"

"我绝对会很乖很绅士,成为举止高尚的典范。"那只狗承诺,"我有没有和你说过,我还能说法语、葡萄牙语、他加禄语、斯瓦希里语?"

当货车忽然急刹车时，诺伯特被搡到机器狗身上。"我们已经到了，千万不要诘问任何人。"诺伯特叮嘱道，"尤其是这两个朝我们走过来的特工。"

"当然不会，真的。你以为我想要在我的内部系统上挨两颗子弹呀？"

他们穿过的第一条走廊光线昏暗。有个男人穿着白色袍子倚靠着灰白的墙壁，还戴着白色的兜帽。诺夫金格慢下脚步。"在这里穿这身衣服可不是明智的选择，菲尔。"他压低声音说。

"我只是在试万圣节服装。"

"还有好几个月才到万圣节呢。"

"就是试一下合不合身。"

费多如此评价他："真是个傻瓜。"

他们经过转角，走入一条明亮的走廊。

白宫第一狗的狗窝门很高大，很宽阔。门口两边各站着一位海军陆战队士兵，手里都拿着步枪。

"你会发现这里挺宽敞的，费多。"他们走进来时，AFBI的领导这样告诉机器狗。

这只机器狗在门口停住，观察着屋里的一切，"我明白为什么总统先生会打喷嚏了，这种混合的香味简直呛鼻子。"

道斯博士叮嘱他："你规矩一点啊。"

诺夫金格的手机发出微弱的铃声。"喂？是，先生。"他应答，"我正带着他们参观翻修过的狗窝，我们之前谈论过的。您那边进展怎么样了？"他停顿，眉毛上挑，"怎么会这样呢，先生？是的，那是个大麻烦。"他转身面对诺伯特和他叔叔，"刚才是总统的首席顾问，布尔·道森。他们要今晚半夜才能回来。所以,总统先生要到明天才能有时间接见费多。"

费多发出略带金属音的笑声,"又搞砸了,呵?"

示意博士落座之后,诺夫金格解释道:"总统和他的宣传干事坐着空军一号飞到得克萨斯州了,去给最新的牛扒餐厅开业剪彩。宣传干事们都是一流的人,因为被指控渎职和欺诈,他们被不公正地从国家最好的机构撵出来了。"

"我听说过这些事件。"诺伯特说,"他们总是让一些演唱组合陪在他们身边。"

"这次也一样,他们也带了一群乐队的人过去。有查理叔叔和业余月之团。"

费多说:"业余月之团。我听说过这个组合。唱的那玩意儿没一句在调上。"

"你能让他温和一点吗,博士?他这样嘲弄人会激怒总统先生的,一定会招致他踢坏机器狗屁股的。"他的手机又响起来,"现在如何?是,是的。前面的玻璃门?哪个高中的仪仗队?"

诺伯特问:"发生什么事了吗?"

"一般开业仪式的高潮是在门店玻璃门前当场宰杀一只阉牛。这种庆祝方式总是招来一大伙群情激奋的人。"AFBI的头目如此说,"问题是,这头特殊的阉牛总是受惊发火,这次撞倒了两位屠夫。暴躁的牛追着其中一位宣传干事,然后它撞碎了入口的玻璃门,横冲直撞地冲向一队正在行进中的高中仪仗队,之后,它跑向城郊,逃跑到平地,消失了。"

"一国的傻瓜。"费多悠悠地说。

当他们来到最后一级后门楼梯时,诺夫金格说:"我会联系你的,博士,向你反馈总统对费多的评价。"

"我敢保证,他们会相处得来。我已经劝他尽可能地柔顺。"

他们身后的门被"砰"的一声打开。两个黑衣服的特工冲出来,扛着一个不断挣扎的红头发年轻女孩。

"嘿!你们这些笨蛋。"她高声喊,"我有表达自由的权利!"

个子高一点的特工说:"你出现在没被邀请的新闻发布会上,当白宫新闻秘书发表即兴演讲时,你还责问他,所以,你没有这个权利。"

诺伯特朝他们跳过去,"把她放下来。"

"先生,你现在正要进行联邦犯罪。"

"这两位先生是白宫的客人。我正要带他们回乔治敦去。"特工头子如此说,"我认识她,《巴尔的摩每日公报》的凯蒂·法纳姆。我经常读她的专栏《追问第欧根尼》。"

"你不能违反了'不可责问'的规定,还安然无事地走掉。"另一位特工严肃地说。

"我没有走。我是被你们抬出来的。"她扫了一眼诺伯特,"你是诺伯特·道斯,对吧?就是三个月前被巴斯科姆和威斯普奇合伙广告公司踢走的那个家伙。"

"两个月前。但除此以外,你说的,就是我。"

AFBI的领导告诉特工:"我会顺便捎法纳姆小姐回家的。"

他们犹豫了一会儿,然后那个年轻的记者说:"把我放下来,伙计们。"

当她被放下来时,手机掉到台阶上。

诺伯特弯腰把手机捡起来,说:"我送她回家吧,乔什叔叔。这样可以吗,法纳姆小姐?"

她耸一下左肩,"当然比其他选择要好。"

"如果遇到什么麻烦,就给我打电话。"他叔叔嘱咐一句。

凯蒂保证着说:"放心,我不会为难他的。"

当他们乘坐的计程车开过三个街区时,雨下得更大了。

后座上,年轻记者坐在诺伯特的左边,她问:"你和你叔叔住在一起?"

"就目前来说,是的。我帮他组装机器动物。"他说,"我老婆和一个被人称作'华尔街屠夫'这么个家伙跑了。现在我既要给前妻付赡养费,又失业……"

"你确定你说的是真的'华尔街屠夫'?"

"就是那个约翰·罗斯·雷奇。"

"哦,不是,不是他。号称'华尔街屠夫'的人是肖恩·克兰西二世。"

"你的意思是,我老婆和一个江湖骗子跑了?"

"也可能是他把自己的名号特许给别人使用了呢,现在克兰西是'屠夫'。"

"希望是这样吧。现在,我都不确定究竟是谁给我戴了顶绿帽子。"

她同情地点点头,"顺便说一句,我有两个室友。如果你要进屋喝杯水的话,一定要当心。"

"记者吗?"

"民谣歌手,一般是模仿皮特·西格[①]和伍迪·格斯里[②]。有时候在我的帮助下,她们也会自己创作几首歌。"

"她们怎么称呼自己的组合?"

"夜之姐妹。她们总是穿着黑色的演出服,戴着黑色的假发。"

---
① 皮特·西格,歌手,美国现代民谣之父。——译者注
② 伍迪·格斯里,歌手,早期的美国民谣歌手。——译者注

"在当地的俱乐部演唱?"

"大多数时候是。但在大选期间,一个当地的保守党组织聘请了她们,直到她们被认为是第二个西格,她们的事业才迎来曙光。"她身子前倾,从前挡风玻璃往外看,"褐色楼房那儿左转,第五间房子。"

总统和他的随行人员第二天早上回到白宫,直到下午,他才有一小会儿时间去接见费多。在白宫外面的草坪上,总统召开了一次临时的紧急会议,参会者是十多个年幼的美国女童子军代表,她们要求总统解释清楚——为什么今后政府要拿走女童子军饼干销售的更大份额利润。他说:"全世界都知道,我是女性权利的坚定捍卫者,尤其是年轻、漂亮的女性。就像,举个例子说,我左边这两位金发小美女,还有右边那位害羞的褐色头发女孩。"

他还暗示:如果她们成为让他自豪的女童子军团,他会颁发一份豪华的卷轴证书,上面写着金色的字,以此作为纪念品。这件纪念品是给女孩子们最大的荣耀,世界上的每个女童子军都应该感到骄傲。

当总统做总结发言的时候,女孩们给他的欢呼有点不那么热情。他告诉首席顾问布尔·道森,要记得提醒他举办一个小型的新闻发布会,邀请一些大体对总统有好感的报纸记者,听他阐述对此问题的深入看法。

接着,他又在总统办公室和在新加坡经营他的总统牌运动袜工厂的总经理开了个小会,工厂里的工人现在十分不满,要求每周增加午餐休息时间,每周一次午间休息太少了。

最终,他有空顺便来看望费多,他拿了一块自己品牌牛排做的牛排三明治。

费多非常有礼貌地提醒他：机器狗不吃东西。

"这是我今天又学到的一件新事情。又一件在世界历史上最伟大的国家的伟大事情。每天你都能学到一件伟大的新事情。"

"无人说过的真知灼见，先生。"机器狗摇着他毛茸茸的尾巴。

在和他的新狗真诚又兴奋地聊天大约四分钟之后，总统先生走开了。"晚上再见，你可以陪我一起发推特。"他一边往外走，一边说着，"一天以后，我们两个要一起拍个照片。在草坪上嬉戏，你要追着扔出去的骨头。"

"非常高兴，先生！"

当机器狗一个人的时候，他在机器大脑中自言自语："这比我设想的要简单得多。"

第二天下午，他们在一家低调舒适的素食咖啡馆共进午餐。那家餐厅位于一栋庄严的红墙大楼二层，餐厅里四周挂着装饰的葡萄藤。

在点过餐之后，诺伯特把手伸过棋格花纹的桌布，握住凯蒂的手。

一串饱满的塑料葡萄因为太重，从葡萄藤的板条上掉落，砸到了年轻女记者的芙蓉茶杯旁边。"你知道费多可以打电话吗？"

"知道。他给你打过电话了？"

"他给我提供了下一篇专栏的素材。"她说，"很明显，他有权在白宫里四处转悠。很多白宫的住户都认为他是一条真狗。"

"他给你什么素材？"

"嗯，体育运动部的秘书，是一位女士，叫'一环泰茜'，就因为一件事，她彻底消失了。"她松开他的手，从包里拿出笔记本电脑，"还有三位总统高级助手在同一天辞职，都被迫退休，送到墨西哥一个叫洛斯威尔加斯的小村落。布尔·道森从阳台上跌落，摔断了双腿，他此刻在贝塞斯达医院做严酷的牵引治疗。总统刚刚报名了巴尔索特·雷恩博尔特医生主持的有关老年痴呆症控制课程，就在巴尔的摩的临时治疗棚里。然后——"

"等一下，凯蒂。费多告诉过我，布尔·道森曾经公开表达对总统的不满。然后，费多声称自己有了不起的催眠神技。假设他——"

"他能让其他人做一些本身不想做的事？"

"我要和我的叔叔谈谈机器狗。"

两天后，诺伯特带着凯蒂到一家法国餐厅——普鲁斯特小酒馆。他们坐在一张隐蔽的桌子旁，握着彼此的手，这时，他们的服务生走回来。

"先生，一位名叫费多的先生打电话过来，他说为你们点了一瓶黑比诺葡萄酒。我现在为您开酒，还是和餐食一起为您端上来？"

"吃饭时拿上来吧。"

"你们是这位杰出先生的朋友，我了解了。"

诺伯特回应："是的，我认识他很久了。他是酒馆的常客吗？"

"哦，不，不是。但我们常在电话上聊天，他还时不时地发推特。"服务生咧嘴笑道，"他是一位非常睿智的时政评论员。还会说一口地道的法语。他是个全球旅行家，对吧？"

"但是最近，他被困在家里。"年轻的女士开口说，"要执行什么秘密工作。"

第一道菜摆上桌时，诺伯特的手机响了。"喂？"

"你们这些孩子有没有尽情享用美酒呀？马塞尔告诉我这种酒相当不错。不用想，这酒也不便宜。"

"到底是谁付的账单？"

"咦，向赠送人询问他为你的礼物付了多少钱，可不太适合哦，诺伯特。"

"我没问花了多少钱，我只问了谁付的钱。"

"哦，我找到个可以利用会计部的法子。你们的酒水由白宫付账。"机器狗如此说道，"然后，我还捐了一大笔钱给计划生育部门、美国有色人种协进会、人类社会研究组织，还有很多其他组织。"

"噢，可别被抓了。我叔叔会受牵连——"

"他们抓到过莱佛士吗？抓到过红花侠吗？抓到过费格斯·弗格森吗？"

"费格斯·弗格森是谁？"

"哦，实际上费格斯·弗格森最后被抓了。但他是个例外。不用担心。"

诺伯特叹了一口气，挂断电话。

第二天清晨，诺伯特在"万岁哥伦比亚"酒店一张奇怪的双人床上醒来。宽敞的第五层玻璃窗外面是出奇晴朗的蓝天，好天气。看不见的鸟儿在晴天下某个地方欢愉地叽叽喳喳。透着亮光的白云温柔地飘在窗外。

他坐起来，自言自语："哦，对，当然了。"

他侧过身下床时，听到有人在隔壁房间敲键盘。

于是，他轻快地披上衬衫，套上裤子，走进客厅。

穿着整齐的凯蒂坐在咖啡桌旁边，"好像我们的关系进展到了新阶段,你说呢?"

"是啊,不用怀疑。"他双手环住她,弯下腰,亲吻她。接着,他扭头看向屋子的大玻璃窗外,皱起眉头,"那里好像有什么噪声。"

"费多半个小时前提醒过我。"她回答,"有人会说白宫有个员工撞到了排风扇。《每日公报》要给我一整个首版版面。"

他坐在沙发的扶手上,"认识你真让我感觉自豪,女士。"

"到目前为止,总统已经解雇了所有剩下的内阁成员,还成立了一个野生动物委员会,一个风能委员会,削减了一半的军事预算,把最低保障工资提高到 18.95 美元,还让联邦政府承认了控制全球的气候变暖将是白宫的首要工作。"她停下来,深吸一口气。

他走到窗边,"我的天啊,这是这么多年来我第一次看到有报童在大街上喊'号外!号外!'而且,大街上现在全是人。"

"总统还启动了针对所有人的免费学校计划,从幼儿园到研究生学院。他——"

"永远别低估催眠的力量。"

凯蒂的手机震动了一下,"喂?好的,他就在这儿。"

机器狗说:"总统刚刚发推特说他要到佛教寺院闭关进修,立刻就出发。"

"然后,副总统会接任他吗?"

"不会。他已经离开白宫,去主持一个美国印第安人组织了。剩下的内阁也都走了。"

"好的,那我们会想办法把你接回家的,费多。"

"短期内,我还回不了家,诺伯特。"

"为什么呢?"

"嗯,总得有人来打理这个国家呀。"

女仆的另一个故事

简·约伦

我是一个女人，
你能从我
颈间的铜铃
叮咚作响
知道我的身份，
现在是喝牛奶时间，
主人穿着丝绸
缓缓走过。

我是一个女人，
在生产的时间
我能得到
一些优待；
一张床垫，
一两条床单。
但其他日子里，
我只有红帐篷。

我是一个女人,
安静地不作声。
我踮起脚,
从不发出任何声音。
我的女儿也被教导
如何变成这样,
尊敬,安静
如同我一样。

我是一个女人,
为了主人高兴
我能做的
就是生一个男孩。
但有一天
我会拿起一把刀
用它了断
主人的生命。

我是一个女人,
不是一个玩偶,
只有正视我为一个人
才会让我高兴。
如果我被杀,
我也不会在乎。
因为那样

我就归为尘与土。

但有一种信念
我会牢牢坚守：
最终要和男人一样——
平等。

避难圣地
布瑞恩·弗朗西斯·斯莱特里

亲爱的玛丽：

　　首先，杰西、埃弗拉因、彼得、卢克瑞霞、卡洛斯、赛瑞娜都已经死了。我没找到米娅、休、威尔、贝丝、多洛莉丝、汤姆和安娜贝尔，但我觉得，他们也都去世了。很抱歉。

　　第一颗炸弹爆炸的时候，我们正在舞台上演出。爆炸地点在街尾，我们演奏的声音太大，没听到爆炸声。埃弗拉因和杰西演奏得不错，比以往表现得都好。你真应该听听他们的演奏。埃弗拉因那时正处于用新拨片的磨合期。杰西的破吉他不太好用，但她用这把吉他弹奏出相当好听的曲子。那天晚上有重要的活动，从舞台到后门挤满了观众。我听见有人从后面尖叫起来。接着，第二颗炸弹爆炸了，就在酒吧门外。

　　然后是一道闪光，接着，玻璃飞溅进来，火光直击人群。靠近窗子的人们被玻璃割伤，身上着起火。整个大楼都在颤动，酒吧头顶的天花板塌落。忽然间停电了，屋子里弥漫着浓烟。我抓住杰西的手——她离我最近——然后把她往门口拽。你知道，从我们站立的地方到舞台边缘只有1.5米，但不知为何，就这么短的1.5米，我没拉住她。我随着一大群人蜂拥而出，来到大街上。我的贝斯还吊在身上，但是琴颈已经折断了。在琴身断掉的地方，挂着一小片带血的布条。大约有十多个人和我一起站在街上。我们从火焰中逃出来，在街上等着。其他人没有逃出来。

我曾在什么地方读到一种描述，说有些人遇到紧急情况时不会恐慌，我猜我就是这种人。我看到"八域"酒吧被烧毁。当我感受到大火的无情，心里才开始有点害怕。我很想说我哭了，或者是我的悲伤转变成了愤怒。但我只是感觉自己的血压在下降。整个世界的刺耳嘈杂变得有点安静。我看了一眼大街的另一端，一排排的火龙肆虐着，一颗炸弹连着另一颗爆炸。我听见汽车轮胎碾压地面声，还有机关枪的"突突"声，我知道——只知道对于"八域"酒吧里的任何人，我都无能为力，我的一半朋友都在这里。但是，也许可以赶到"神殿"酒吧，说不定我可以拯救另一半朋友。

你知道新闻上说他们是一支准军事组织，我只想说，他们是一群浑蛋，是一群使用一大堆枪支弹药制造大量爆炸的无耻之徒，他们买来军队多余的军用车，还穿着统一的制服。新闻说他们来到我们的城市是因为我们宣称这里是避难圣地，因为我们的市长这样说出来，因为我们曾经游行抗争过。他们说他们以法律和秩序的名义行事。但那天晚上，我没有看到任何秩序。我看到燃烧的大楼、破碎的玻璃、火光和腾起的滚滚浓烟。我听到人们尖叫，开枪，一直开枪，没有停下来的迹象。到处都是警笛声。警察的巡逻车在一条条大街上追逐暴徒。还有救护车的鸣笛声，一辆救护车停在路口，被击中燃烧起来。一具尸体又一具尸体，身躯破损不堪，有的被车碾压过去，有的身上冒着烟，还有的身上布满了枪眼。警察抓到的那对夫妇说，人们在哪儿，他们就朝哪里随意开枪。那是个周五的夜晚，这意味着市区的酒吧和餐馆里满是人。他们所指的杀戮对象，就是我们。

所有人都来到"神殿"酒吧前面的街上。他们还没攻击到这里。我在那里找到了雅各布。他还带着他的吉他。我们站在那里，疑惑不知该做什么。没有安全的地方。

然后，我们看到了它，一辆朝着我们疾速开过来的悍马车。这辆车撞倒了十几个人，它好像打算接着碾压我们其他人，忽然出现另一辆车，从街对面开过来，狠狠地撞上这辆悍马，把车子撞翻。

这是我们的城市。你会理解这句话的深意。当悍马车停下来后，我们都围上去。我们很快把车的两个轮子拆掉。他们锁紧了车门，所以，我们就敲碎了玻璃，拽出来三个狗娘养的畜生，把他们丢到大街上。他们挨了不少拳打脚踢。其中一个人冲我们咆哮："我们是东部的新爱国军，我们就是过来消灭你们的！"不用怀疑，他确实是这么做的。当他说这些话时，他扯了扯身上的制服，好像他的衣服能够赐予他力量。所以，我们把他们按在大街上，把他们的衣服都扒下来，让他们光着。有人把他们的衣服点火烧了。

这时，警察出现了。我不知道如果警察不出现的话，这些人会怎么样。我甚至不知道我希望他们会做些什么。我想折磨这些袭击我们的人。我觉得，我应该不会杀掉他们。我知道有些人会这么做，如果他们在场的话一定已经杀死这群浑蛋了。我觉得，在这些浑蛋被杀的时候，我不会阻拦的。

大街上还满是警笛和闪光灯。警察拉走了我们殴打的那几个人，以及一些一直没收手始终在打他们的人。警官似乎看上去受到了惊吓，也筋疲力尽了。到处是救护车和医护人员。人行道上沾满了鲜血。然后，灯熄灭了，大街恢复平静，我们站在那里，面面相觑，耳边还响着城市里爆炸的声音。好像现在回家还是不安全。

"你的车还在吗？"我问雅各布。他点头。我们钻进车里，开车来到城外。我们在公路下面的小路行驶，一路开到海边。海边没有人，只有我们，四周漆黑寂静。我们头上的公路也没有车。我们能听到海浪拍击礁石的声音。我们两个谁都没说一句话，不约而同地爬到后座上，然后干了一炮。我们这样宣泄是因为我们活下来了，是因为这种做法好过冲着天空大声喊叫，也好过烧掉什么东西。

我们现在是那种关系了。我希望这对你来说还能接受。两天过去了，新爱国军总是扬言他们还会回来的。我们中的一些人已经离开了，我不责怪他们。但其他人还留在这里。这是我们的城市，我们都有这种信念，而且比以往更坚信：无论发生什么事，我们都能挺过去。所以，我们现在有彼此的电话号码。我们随时打电话相互汇报情况。我们买来很多枪支，虽然我们不想用，但如果情势紧急，我们也会用。我们现在成为更大的避难圣地了。我们更频繁地举办派对，更疯狂地玩耍。好像这样是一种最佳的抵抗方式，坚持按照我们希望的方式生活，坚持活下去，直到他们把我们送进墓地，或者让他们知道加入我们比袭击我们要更好。如果他们想的话，我们甚至允许他们加入进来。我希望他们会加入我们。

请一定要安全地生活，等一切尘埃落定，记得回来，看看我们。我们的小城很想念你。

爱你的，
阿里

一次性全解决
詹姆斯·莫罗

亲爱的爸爸妈妈:

　　抱歉这封脸书的信息超级长,感谢奥利弗叔叔允许我使用他的账户和密码(他很信任我,不像家里的其他一些人),但似乎用他的账号给你们写信是最好的选择。是的,真的是我,你们疏远的大儿子(如果我能得到更多资源的话,说不定我就是那种败家子),那个大学辍学学生(抱歉这么突然地告诉你们这个坏消息)、专业的失败者、永远的孤独鬼、被单独幽禁的天皇,生活在北大街的垃圾场(尽管很明显,这种境况最近要有变化了),给餐厅送比萨,因为在维拉诺瓦大学时,他几乎把所有课堂都睡过去了。

　　看到我这么坦承,你就能理解为什么在过去的十年里,我一直犹豫没有和你们联系,但现在,我是名人了,而且是个真正的民族英雄——现在是不是已经有媒体开始纠缠你们,要录制节目?——我很高兴,我觉得我们应该不用再继续断绝亲子关系了。家里的波澜我暂且不谈,我想谈谈上周我做的事。上周我的所为应该很有争议性,所以,我想立刻告诉你们,从我的角度是如何制造玫瑰镇事件的,你们可以自己去判断、去体会该有多为我自豪。

这一切都是由一封邮件开始的。我接到虚无主义步枪爱好者协会（NRA）的布瑞克·奎林发来的邮件，邮件上说，他想要和我聊聊那段"六分钟的惊艳视频"，那是我曾上传到YouTube网站的。他指的是"黑暗小径的寓言"（你自己搜搜看）的视频，那是我八年前以前女友莫妮卡·卡特莱特为主角拍摄的，她饰演了一位小巧可爱但很天真幼稚的佛教徒。她在一个雨夜的城市街道上奔跑，身后是一个想要强奸她的坏人，她误打误撞地闯进一间即将关门的枪械店，就在这危机时刻，店主从侧面扔给她一把格洛克手枪，然后她抬手崩了那个想要欲行不轨的浑蛋。（我听说莫妮卡搬到了郊区，嫁给了一位肠道医生，我觉得既然现在我是个名人，我可以哪天去瞧瞧她。）奎林先生发过来的邮件主要是想和我秘密地见一面，所以，我们就相约第二天晚上在科特曼大道上的奥利里餐厅一起喝啤酒。

有人按门铃。我一会儿再和你们继续讲。

不知道是谁按的门铃，我刚才开门，一个人也没有。我和奎林先生点完柏斯特蓝带啤酒后没多久，他就说他是德韦恩·拉鲁的下属——是的，就是德韦恩·拉鲁，NRA的理事长，他的画像就挂在你们客厅里萨莉阿姨绣的基督画像旁边。

"是这样，"布瑞克这样开头的（他坚持让我直接称呼他的名字），"每次发生校园枪击案，全国上下都会发出对我们的强烈抗议，有些民主党人——有时候我们叫他们民猪党人——这群浑蛋就开始准备废除《美国宪法第二修正案》。上个月，拉鲁先生决定，我们应该'一次性全部解决这个问题'，'一劳永逸地解决掉这个麻烦'。大概是他厌倦了每次都有人发讨人厌的邮件说自己三年级的孩子被射中。上帝，你拍的视频真棒，乔舒亚。"

"很高兴你喜欢。"

"拉鲁先生认为，我们必须做点他称之为'决定性的事件'。我当时在场，他闭上眼睛，举起科尔特45古董枪，朝着墙上地图中他长大的地方——特拉华谷大都会区开了一枪，然后子弹射中费城郊区一个叫玫瑰镇的地方。'一旦这件决定意义的大事成为全国性枪支讨论中的一个话题，'他这么对我说，'整个国家就会发现，对比A.R和P.R，国家将进入一个全新的时代。'"

"A.R和P.R是指：前玫瑰镇时代和后玫瑰镇时代？"我问。

"正中靶心啊，小鬼。如果我们成功制造有决定意义的事件，那么，无论什么时候康涅狄格州的国会议员想染指宪法修正案，我们就能毫不留情地当面啐他一脸，然后告诉他：'抱歉，克莱德，你还在坚持前玫瑰镇时代的观点，但是，现在是玫瑰镇事件之后的世界了，所以，滚回家，回到你那唱'康巴亚'小曲的车库乐队吧，把政治留给大人来打理。'"

"拉鲁先生明显是很有远见的天才。"

"你将是行动组的一个成员，你是第四名火枪手，我们打算这样叫你。我们现在的状况，比拉鲁先生最爱的小说家——维克多·雨果笔下的人物更适合这个称呼，因为阿多斯[①]和他的伙伴大多数时候是使用长剑，而在这次决定性事件中的你们使用真正的火枪。"

"你说的是亚历山大·仲马。"我插了一句话。

"你们每个人都是鲜活的化身，告诫人们：每个为了防止所谓'枪击悲剧'而设计的臭屁假想法案，究竟会是怎样的错误。

[①] 阿多斯是大仲马的名著《三个火枪手》中的主人公。——译者注

不会有比这更高的赌注了。"

"那整个共和国会垃圾到家,"我一边点头,一边说道,"如果不是NRA挺身而出保护我们上天赋予的自由权利,我的自由就会被这些自由掠夺者所夺走。"我说完这话,布瑞克第一次冲我眨眼。

"第一火枪手,是来自埃克斯顿的杜克·赫斯顿,他将使用一对手枪,而不是他常用的AK-47自动步枪。"布瑞克说,"这样是为了让人们意识到,所谓'取缔冲锋枪将会达成了不起的和平'的想法,就是个谎言。第二火枪手,惠特利·斯普雷格来自沃明斯顿,没有任何抑郁病史,也不滥用药物,也不具有任何反社会行为——他甚至都没拿过超速罚单——他本身就可以让'要好好检查枪支使用者是否有精神问题'的说辞见鬼去吧。说到第三火枪手,朱利叶斯·艾略特来自阿德莫尔,他在极其严密的监控下,拿到了伯莱塔ARX-160突击步枪,他按照超级长的说明书,大概从这里到月亮那里那么长的说明书组装好枪——然后,他的例子用来反驳人们'组装一个合法的私人武器库是超级困难的'这一观念。"

"你们想得真是周到啊。"

"最后,是你,乔舒亚,第四火枪手。"布瑞克递给我一张手写文件,"你是处理带武器的课堂老师的首选。拉鲁先生亲自写下你该说的台词。你有枪吧?"

"一把加利尔ACE突击步枪,还有一把火蛇FX-05突击步枪。"

"别用墨西哥货了。用那把犹太佬造的。"[①]

"听着,布瑞克,我确实很愿意参加这个行动,做我该做的,

[①]加利尔ACE突击步枪是以色列军方军用武器。火蛇FX-05突击步枪是墨西哥自主研发生产的武器。——译者注

但是,我大概不是理想的候选人。"

"哦?怎么说?"

"我和你说实话吧,我有精神分裂的毛病。"

我打算把自己的全部实情告诉他,包括因为纵火烧了塔克曼家的房子,两年前我曾被关在希德布鲁克监狱。但布瑞克对我的忧心嗤之以鼻,他安慰我说:"这不算啥,孩子。你,就是我们'先驱教育者计划'的核心人物,句号,就这样,这意味着你的精神病史根本不用管。你听懂我说的话了吗?"

"我想,是的。"

"该死的,杜克·赫斯顿也在理智方面有污点记录,但他是我们对突击步枪诡辩家的回答,不是对'背景调查崇拜者'的回答,此外,在开枪听到哀号以后,他的精神状态会大大改善。还有,虽然朱利叶斯·艾略特每天要口服两种不同的抗精神病药物,但这不意味着他无法成为某些'法规无益'的完美象征,想想马萨诸塞人民共和国是如何让他饱受磨难,才让他从邮寄的包裹里得到他的伯莱塔突击步枪。"

"至少,惠特利·斯普雷格很有头脑。"

"现在,你理解得都对,乔舒亚。他是我们神智健康的象征。正常得出奇。好吧,他呀,是在凯西克消防局烧烤派对上抽到幸运奖,得到他的莱明顿 GPC 冲锋枪,没人问过他怎么搞来的枪,总得有人把这件事说出来是吧——但是说起决定性事件来,枪是怎么来的就不重要了,反正他会从玉米花生糖盒子里把卡宾枪拿出来。"

"听上去很有逻辑,布瑞克,但我担心自己不能把要说的意思清楚地表达出来。这件事之后,会有新闻发布会吗?"

"把舆论导向的工作留给拉鲁先生和我吧。你的工作就是在事件发生地点准时出现，带上你的加利尔突击步枪，还有你的约翰迪尔牌的小型摄像机，记住你要说的台词。"

门铃又响了。一会儿我再继续讲我的事迹。

打扰我的坏蛋又跑掉了。不管怎么说，那个重要的日子终于来临，那天乌云黑压压地挂在天际，到了规定时间，我带着枪来到玫瑰镇小学，那时已经下起了滂沱大雨。奎林先生向我介绍了朱利叶斯·艾略特，他有一股不可多得的意大利美男子气概，让人不敢直视。然后，我结识了惠特利·斯普雷格，他带着他的幸运抽奖奖品，还有杜克·赫斯顿，他带着两把全自动的单动手枪，没拿步枪。

我们直接走向指定的教室门前。我负责对付二年级由皮特森夫人负责的班级，在走廊的最远一间。把加利尔藏在我的夹克里面后，我闯进教室。

"游戏规则是这样的，"我解释说，"如果在场的人，有谁会组装枪支，那意味着这所学校做好了严密的自卫措施，那我就转身走掉，回我家去。所以，孩子们，请想象一下我要检查你们的衣柜。我能从你们谁的雨靴里找到一把手枪吗？举手。没人吗？那太糟了。"

暴风雨肆虐，雨滴疯狂地击打在窗玻璃上，雷霆大作，闪电劈下来。很自然，我觉得可能是天气的不配合让这些年轻人没有和我很好地对话，但我不需要担心这个。约翰迪尔的迷你摄像机有很好的降噪滤波器，拍摄的效果不用担心。

"所以，我也不能指望能在小沙鼠窝里找到一把丹威森手枪喽？"我坚持问，"还是没有吗？这可让我很担心哦。"然后，我转向皮特森女士，问她："你有没有在你的书桌里准备一把卡尔特克步枪？"

"什么？"她咕哝着说。我不认为她完全明白我的问题。

"你应该深入地了解一下虚无主义步枪爱好者协会NRA的'先驱教育者计划'。"我解释说。

接着，朱利叶斯、惠特利和杜克那边传来的"嗒嗒嗒……"的枪声，他们已经完成了工作。皮特森女士的孩子们开始兴奋地聊天。她自己的脸唰地一下就白了，像个幽灵一样。

"我对你们所有人都很失望。"我告诉老师和她的学生，然后，我抄出我的加利尔，开火。

布瑞克提醒过我们，在很大概率下，我们会被捕，但是，当然了，奥尔洛夫总统会为我们支付保释金的（每个火枪手的保释金高达一千万，但这对于总统先生来说，也就是出租车费一样的小钱而已）。所以，现在我能回到北大街的垃圾场，在等待双日出版社的编辑内斯比特先生再打来电话前（他提到可以预先支付我十万美金），尝试修复我们的关系。

如果你看完了这个故事，你能知道大多数立法者都完满地完成了自己的使命。"今夜，我们的思念和祈祷会一直陪伴在这些悲伤的家庭。"参议员保罗·阿米蒂奇如此说（阿拉巴马州的代表）。思念和祈祷，多么多愁善感的字眼，你们觉得呢？"我代表全体美国国会成员，"波西亚·米切尔代表如此说（西弗吉尼亚州代表），"对失去孩子的任何人，我们表达深切的关心，尤其是你心爱的宝贝被打成筛子的时候，所以，有些时候，我们要把《美国宪法》摆在首位，你们所有人都要在这种场合下，坚守爱国精神，挺身而出。"

我不确定我是否支持那天早上总统奥尔洛夫应对家长们行

为时采取的做法。据我所知，他们没有真的给朱利叶斯加油。他们中的任何一人也没有帮惠特利给枪再上膛。总统坚持说，他听到了一位母亲说给杜克的一段录音。据说，她是这样说的："那边那个满脸雀斑的男孩是布鲁斯，那个梳着马尾的小女孩，是他的双胞胎妹妹梅根，我不会为他们两个人去世而恳求严加惩治凶手，因为，我们不能让美国的生活落入误国党派手中。"但我得承认，我很怀疑这些话的真实性。我们四个火枪手在孩子们的父母来现场之前，就被警察抓住了，所以我很肯定的是，当时肯定没有什么父母跑出来捣乱，发表什么感慨。

说到总统自由勋章，我能肯定地说，奥尔洛夫先生没有夸张骗人。那枚勋章是白色的陶瓷星星，外边镶了一圈金色的鹰，要"对美国国家利益、安全做出的杰出贡献"，你才能得到一枚这样的勋章。下周，他们会把我、朱利叶斯、惠特利和杜克用飞机送到华盛顿，所有费用都是有人支付过的，总统奥尔洛夫先生会把这些勋章亲自戴到我们脖子上。

一会儿我就回来。该死的门铃又响了。

　　写完这条消息就这么难吗 / 流得全键盘都是 / 莫妮卡·卡特莱特这次胆子可够大了 / 她拿了一把"黑暗小径的寓言"里一样的格洛克手枪 / 说我那天杀了她二年级的孩子 / 欢迎来到后玫瑰镇时代爸爸妈妈 / 希望我能和你们一起享受这个世界 / 生活不公平 / 我所能做的就是用力回击 / 爱你们的乔舒亚

BK 女孩

TS. 韦尔

太初有道……

《约翰福音》1.1 节。对。现在我已经知道这些了。但那最后又会是怎样呢？如果我只是烧掉或者埋了这些文字，它们还有什么意义呢？

不知道。但无论如何，我还是这么做了。为了我自己和我的 BK 女孩们。

我的两只手在颤抖。这太糟糕了。我有太多想说的话，但我却只有这一张可怜的纸。

但将就用吧。我现在准备好。这是从一本填色画册——《上帝的羔羊》上撕下来的皱巴巴的一页纸，我趴在臭烘烘的床垫上，把头埋在破床单下面，在黑暗中用难看的秃笔艰难地写字，笔太钝了，手又抖，我每写下一个字母都会在纸上戳破一个小洞，我无法控制不把纸戳坏，就像我无法控制所有的事情。我唯一知道的，是我写下来的这些字会有人看到。如果没人看到，那我会疯掉。

甚至是死掉。

如果我被人抓到在写字，我也会被杀掉。我不知道，但我知道他们已经差不多要了结我了。我的戏快演不下去了。

我得继续写。哦，抱歉写在了耶稣头顶的光环里，但我不能浪费每一寸可以写的地方。我只有这一小张画册的纸页，不过谢谢你，棕色小蜡笔头，我打赌这就是我一直保存你的理由。

我还没有被信任到可以穿着内衣，更不用说和小孩子说话了。但我被信任可以用桶洗那些永远洗不完的衣服，也可以到粪堆里找东西。有时候，我的确能找到点东西。但没什么东西能帮我离开这儿，帮不了我，也帮不了其他BK女孩，但我一直坚持找。我找到了这个。

哦，太棒了。有个可怜的孩子捡到了这根棕色蜡笔。但在这儿，棕色代表肮脏，粉红色才代表基督。蜡笔被揉捏得不成样子，从粪堆里戳出来。

我看起来很招人喜欢。我爸爸可不是。不是他们抓我时看到的那个人。即使他们暗中盯梢了很久，他们也不可能看到他，我妈妈和爸爸已经离婚四年了。算上我在这里大概的两年，是四年。我不再知道确切的日期，只知道现在是春天，而我在流产了两次以后，第三次怀孕了，怀孕五个月了。但是，我知道我被抓的那天。

2018年7月19日，星期四。

我的名字是＿＿＿＿。我现在是二十岁。我在一个从来没有坏事发生的地方＿＿＿＿市＿＿＿＿路骑自行车。我妈妈的名字是＿＿＿＿，我爸爸的名字是＿＿＿＿，我的身份号码是＿＿＿＿。抱歉我记不得其他人了，我能确定的是，记载我全部生活的手机被人扔进了硫酸里。

我至今都不知道是哪些人抓住的我。

至少有两个男人，还有一个女人。但其他的，全都一团模糊。在从我奶奶家到镇上的路上,我被一辆四四方方的运货卡车撞倒,从自行车上摔下来。那辆车在开到我奶奶家和小镇之间的那片玉米地时,突然直接朝我开来。我记得有人迅速从车上跳下来,他们拿着一块毯子,我以为他们要过来帮我,但是他们却用毯子蒙住我的脑袋,堵住我的嘴,然后,他们刺了我一下。不是刀,是一根注射器,之后,我就什么都不知道了。

他们经常用那根注射器。在运送我到这里的路上,以及刚到这里时,他们都在用它。不知道这里是哪里。很抱歉,我不知道这里是哪儿。我很少能出去,我能看到的是几英里的草地,远处的高山,有时候,远远的地方有牛在吃草。

有一次,我看见一架飞机,但飞得特别高。我曾经和爸爸坐过两次飞机,所以我知道:如果坐在飞机里往下看,人们什么也看不到。只有蜿蜒的地势,还有很多小块土地,像手工绘制的地图。

被塞在卡车后面时,我几乎是昏迷的。我记得路上很吵,之后的路很颠簸,然后有人把水泼到我脸上。也许,他们是让我喝点水。还有个人,嘴巴很臭,他让我高兴点,说我被拯救了。也许他们还说了很多,但是我记不得了,估计说的也是自从我来到这里后不管白天还是黑夜他们冲我喊的那些话,或者是在野外我一直能听到的那句"现在我要全进去了"。

远系繁殖。拒绝民主。拒绝科学。

为了上帝,夺回这个国家。

他们是认真的。他们没有开玩笑。他们有很多种方式,比像我这样的正常人能猜到的都要多。2016年11月事情还不是这样,但2017年12月就变成这么糟了。他们筹划了很多年,对他们而言,所有事都是遵从上帝的旨意。一切都印证了他们的正道。

我现在才知道,就像我现在才知道粉红色代表上帝。

这是背面。这很明显,如果你看到这张纸就会明白。这一面没有颜色,只有一群羊羔的轮廓,看不到笔下有它们的身影,真高兴它们都安全了。

没颜色好。可以写更多字。

关于卡车的后车厢,还有件事。这件事救了我一命,我不知道这灵感是从哪里来的。也许是戏剧俱乐部,也许是创意写作的课堂。谁知道呢。不管它从哪儿来,即使在卡车的后车厢里差不多半昏迷状态,我明白,为了活下来,我要演戏。从那一刻起,无论发生什么,无论受到什么伤害,受到何种惊吓,我都要变成最好的演员,一个完美的演员。我要表现得很害怕,有时候还要挣扎一下,这样才能让他们不察觉出我在假装周旋。每次被打倒,我都要表现出完美的倒地。

有时候,表演出被打倒在地比我真的被摔倒在地上要轻一些。

我一直在演。我演得不错。如果我不演可能永远也出不去。

下面这些话都是我的真心话。每天醒来,我都会告诉自己,你获得了一个千载难逢的表演机会。你能获得这个机会,真是太幸运了,很多女孩还想要得到这个角色,但除了你都没人得到。你将要饰演一个著名的女孩,被那些想要把美国夺回来的恶棍组织绑架,但与多年来他们绑架的其他女孩不同的是,这个女孩逃脱了。不管他们如何对待她,不论她看到过何种景象,她为正确的事做了很久的准备。当这个女孩逃脱后,全世界所有正义的人都愤怒不已。所有人都团结在一起,那些她逃跑时留在原地的BK 女孩们,也都获救并重获自由。

我的 BK 女孩们。

我从来没有大声说过这些。甚至没向这里的其他 BK 女孩说过，虽然她们看上去对我非常友好。我只是不知道她们是不是我的真正朋友。谢谢你，爸爸，给我买了那么多书，让我知道一旦我信任错了人，事情会变成什么样，而人很容易犯轻信的错误。

我无法信任我的 BK 女孩们，但我爱她们，我很爱她们。她们看着我，我看着她们，尽管我们甚至不能掉一滴眼泪。

BK 女孩们。BK 是博科（Boko）的简写。是指那些"博科圣地"男人们抢过来的女孩们。

是，我知道，这很难让人相信这是美国。

但确实是这样。我就在这儿。

这是我说的话。我在这里告诉你：劫持女孩的事就发生在这里。就发生在我身上。

我敢打赌，在未来的电影里，你们会想看到更多恶心的细节。你们想要看强奸的环节，想要看到洗脑的过程，也想看他们一边告诉我们说我们获救了，一边残忍地虐待我们，他们带走的婴儿是选定的人肉炸弹，而就在这种"圣地"，根本没有任何对神灵的敬畏。纸不够了，我没法把这一切都写下来了。

手又开始抖了。抱歉。比以前更严重了。

当那些博科圣地的男人绑架学生然后把她们当作奴隶时，我还不到十四岁。真的很恐怖，他们改变这些可怜女孩的信仰，然后让她们嫁给他们，还记得那时，我庆幸自己尽管和她们年纪相仿，却能够平安地生活在美国。

我记得这些被绑架的女孩的新闻遍布各地。我还记得，当时整个世界都很沮丧，多数被绑架的女孩仍然不见踪影。有的失踪，有的死亡。整个世界都在伤心，但这份忧伤没有让他们改变一点。

这里没有网络，也没有手机。一百万年以后，我也得不到这些。但就这点来说，我很高兴。因为如果我找到这些女孩大多数失踪和死亡的消息后，我真的会很害怕。更糟的是，这些恐怖分子依然肆无忌惮地随意凌辱那些整个世界早就遗忘的失踪女孩们，每个人都忙着其他事，无暇关注她们。

或许，人们只是低下头。祈祷自己不会是下一个袭击目标。

在这个电影里，我是主演，要演好这个被绑架的美国女孩角色，我要确定在最后，每个女孩都被找回来。无论是这里，还是天涯海角。人们总是很悲伤，然后就翻篇忘记我和我的BK女孩们，忘记我们曾经存在过，我要让人们做得比这更多。

这些是我最后要说的话。在夜晚临睡前，我要说的话。

我在这儿，在第二页靠近底边的位置，在草地小羊羔的脚边，接着写下我的话。

我会把这页悲伤的纸叠成小字条。我要把它塞进破烂的睡袍上的破洞里，我会假装醒来，要求出去尿尿。带着五个月的孕肚，这点还是能做到的。

你读到我写的字了吗？如果你读到，你要明白，我真的演得不赖——这个女孩没有被她自己所说的话吓到。她没有把写的东西烧掉，也没有把字条埋在粪池里。

你要知道，我和BK女孩们真实存在着。所有我说的这一切都是真实发生的。因为在这里，从头到尾，所有故事都是我描述的，我相信你能听到它们。我相信你们不会遗忘。

经编辑、翻译过的证据 2021年10月2日

生活不是很美好吗？

唐·德阿玛莎

爱丽丝需要去买些东西。她一想到买东西就头疼，但是她家的牛奶和面包都吃光了，其他的东西也都所剩无几。已经没必要提前列购物清单，因为你不能预料到货架上有什么东西，或者没有什么东西。自从入秋以后，货架上就没有生菜了，连续好几个月她都没看到有碎牛肉和培根。不过爱丽丝还是列了一份简短的购物清单，这样能让她延迟几分钟再出门。

她沮丧地发现车上的油箱还有不到四分之一的汽油了。自从入侵伊朗的战争以来，汽油的价格每天都在涨价。上次加油——她已经无法付得起加满整个油箱——每加仑汽油已经超过了十美元。

隔壁的房子仍然空置。房主是一对同性恋，他们之前住在那间房子里，现在被强制送到新成立的州立行为矫正中心。在第一个转角，她左转，尽管那个百货商店就在她的右边。最近的路线需要她穿过一个所谓的"爱国者街区"，而她没有给车贴上"合适"的保险杠贴纸，她不敢轻易冒险。曾经有个邻居两周前想冒个险过去，结果她被人从车里拽出来，一顿殴打，还被人强奸了。警察却责备她挑起事端。

在到达主路前，她穿过了一片"忠诚党的街区"。那里就有一家商店，但是那家商店窗户上贴着爱国者标志，而不是忠诚党标志，所以商店老板不会卖给她任何东西。路上的行人更多了，大多数人都带着枪，这是《公开携带枪支行政法案》颁布后才有的变化。电线杆上张贴着新的海报，宣告太平洋战争中的重大进展。所有人都知道，韩国已经陷落，日本也在求和，但是谁也不能开口说出来，一旦说出口就会被判定为煽动罪。

她开车路过已经关门的消防局——今年的预算被大幅度削减——她还路过警察局，因为扩展了拘留所，那里相应地招募了很多新警察。她脑子里琢磨起老格兰特的孙女有没有被释放。蒂芙尼被关起来六个月了，还是一点消息也没有，想来那都是去年的事了。自从总统暂停了人身保护的规定，法庭上堆积了很多案子——悬而未决的案子，数量多到无法数清。

当带着枪的卫兵对照名单检查她的姓名牌时，一伙军队警卫员吵吵闹闹地经过她身边，然后卫兵示意她可以进入停车场。爱丽丝小心地停好车，启动车子的警报器，然后出来，紧紧地攥着她的手提包。现在，有太多无家可归的流浪汉，流浪的人群中有些人为了活下去会抢钱包，甚至采取其他更为残暴的举动。她飞快地跑到门口，途中经过一个自动贩卖报纸的机器，报纸贩卖机里面当然是空的。两年前，这座城市的两家日报都以"煽动叛乱"罪名被关闭了，然后政府的报纸代替了日报，但几个月前，政府的报纸也不再出现。

商店里还有十几个其他买东西的人。这些顾客谁都不说话，也不看向其他人。爱丽丝推起一辆购物车，直接走向农产品区。商店的存货总是少得可怜。大量移民农工被抓走，这件事的负面影响十分巨大，而且一直持续。货架上摆放的所有食物几乎都是当地生产的，如果没有温室蔬菜大棚来保证货物的供给，现在能种植和生产的蔬菜真的不多。仍然没有生菜，尽管出人意料的是，货架上竟有点胡萝卜。爱丽丝拿了两根，这是每个顾客所能买的最大限量。

这里有充足的牛奶和其他牛奶制品，多亏了附近那些大型集约型奶牛场。橙汁已经消失很久了，但还有点苹果和葡萄，虽然水果非常贵。她选了其他几样食材，但没买肉食罐头。因为食品药品监督管理局的行政法令被大幅削减，导致这两年里的很多食物中毒事件，甚至还有人因此丧命，所以现在，如果不是完全自己做熟的东西，几乎没人吃。自来水厂的滤水器又坏了，所以她还拿了一些瓶装水。

她停下脚步读公告栏上的消息。又开了一家自愿接种疫苗的诊所。爱丽丝怀疑就算有家长们想给孩子打疫苗，谁又能支付得起每个孩子五百美元的疫苗费用。之前，世界卫生组织一直补贴疫苗费用，直到美国命令世卫组织的总部搬离纽约。他们的总部现如今在日内瓦。爱丽丝所知道的是，美国仍然是世卫组织成员，但是前任美国代表辞职后，新的世卫组织代表至今还没任命。

收银员是个新人，爱丽丝从来不记得在收银台有两次看到过同一个人的时候。调整后的最低工资标准太低了，政府也已经不再发放食品券，没人能靠这点微薄的工资活下去。总价比她想的要多。销售税又提高了，特殊的临时边境安全税依然在强制征收，据说，这项税金资助修建了南部的边境墙。

爱丽丝把买到的货物装进汽车的后备厢，这样过路的人就不会看到这些东西，然后她穿过马路来到一家咖啡厅，这间咖啡店代替了已经关门的星巴克。这个新咖啡店只招待基督教徒，但她有一张伪造的卫理公会会众卡。她点了一杯拿铁，三口两口就喝光了，因为坐在隔壁桌的两个带枪男人公然色眯眯地盯着她。旁边的公园已经看不见了，里面全是煤堆。根据《美国煤炭行业就业促进法案》的要求，所有超过特定人口规模城市的官员，都必须按照比例购买一定量的煤炭，尽管人们没有设备使用这些煤炭。

她往家开的路上听到了枪声，很密集的枪声，在确定枪声不是来自她家附近后，她如释重负地深深喘口气。在她从车上卸下东西时，一架警察的监控无人机在她头上飞旋。无人机盘旋了一会儿，不过遥控无人机的警察没有为难她。即使这样，终于回到家中屋里后，她沉重地喘了一口粗气。

鲍伯比以往晚了半个小时到家。他拼车走了大半程路，之后的两英里，他就沿着停运的公交车路线，直接穿过被弃置的美铁客运候车棚步行回来。原本是有一条更近一点的路线，但前几年因为安全原因，河上的桥两端都被带刺的铁网封锁了。他供职于一家靠政府军需订单维持的小型加工厂，所以他的工作还算是安全，但他已经三年没涨过工资了，而且他的福利保险项额度被大幅降低了。

他挥手和妻子打了声招呼，掩盖不住脸上的疲倦，然后，他打开了电视机。根据法律规定，电视机打开后会先开始播放政府规定的频道。但因为没有规定强制人们一直看这个频道，所以，他调了频道，看经典的老电视剧。爱丽丝递给他一罐啤酒，这是他们能负担起的最后一点奢侈。

"难熬的一天？"

"是呗。今天我们走了两个人。一个是公司的主管，警察以'破坏和平'为罪名把他逮捕了。他在酒吧里和一个人因为最高法院的停工争论起来。还有弗雷德·纳沙瓦迪，他要被驱逐出境。"

爱丽丝皱起眉头,"但是弗雷德不是在这里出生的吗?他父母也是美国本地出生的人。"

鲍伯点头,说:"他的奶奶是移民,是接受入美国国籍的移民,但她来自叙利亚。她是个基督徒,但根据《美国恐怖团体法案》,她的公民身份被追溯撤销了。严格来说,所有她的子孙也变成了非法移民了。"

"这也太恐怖了!"

鲍伯耸耸肩,说:"我觉得应该说他是'幸运',我们公司的生意下降了。北约的国家不再从我们这儿购买军事设备了。因为北约没有跟随美国去打伊朗战争,总统已经让美国退出了北约。如果这种趋势继续下去,他们会根据《美国国防工资调整法案》相应地削减我们的工资。"

"我希望国会能挺身而出,更多地参与到行政事务上。那可真是糟糕的法律,你都能知道他们根本不想投票通过这种法律。"

"哦,在中期选举发生那样的事之后,你还能期望什么呢?因为《灭国国内安全行政规定》,三分之一的参议员和四分之一的众议院议员都以'不忠诚'的罪名被拘押。"

门铃响了。他们两人都紧张得绷直腰板,然后爱丽丝飞快地躲进加固后的壁橱里,那里是他们为了留一个安全室而打造的壁橱。鲍伯伸手从一个花瓶里拿出手枪,谨慎地走到门边。

"谁啊?"他大声问。

"奥森文件快递公司。"鲍伯没有听说过这家快递公司,但是自从邮局被取消之后,很多小型快递公司就像雨后的蘑菇一样,一个个地冒出来。

"把东西放在门口台阶上就行。"

"你得付钱,才能收货。"

鲍伯打开门镜,往外看了一眼。站在门外的,是一个身穿制服面容憔悴的男人。"邮件从哪来的?"

"市政府。"

鲍伯骂了一句娘。拒绝接收政府的任何书面通知是违法的。"多少钱?"

"两美元。"鲍伯又骂了一句,但他还是把钱从钱包里抽出来,小心地打开门,用两美元换来一个薄薄的信封。快递员转身返回后面等着的装甲车里,在车顶的瞭望口,一个带着武器的狙击手时刻准备着。

那封信是例行公事的通知,甚至不适用于他们,因为他们还没有孩子。通知上说,在家接受教育的孩子现在要增加特定的必修课课程,这些课程之前只是选修课。在大多数公立学校进行私有化制度调整以后,大量的家长选择在家自己教孩子学习,也有些是被迫在家授课,因为他们负担不起特许连锁学校的学费。新的必修课包括:《美国史(修订版)》《世界历史(修订版)》《气候变化百科》《创造科学》《政府哲学》。

鲍伯把邮件扔进了垃圾篓。

晚餐后,爱丽丝打开他们的旧电脑。她已经不常用电脑了。根据《美国电子设备优先使用法案》规定,大量的网络流量资源被企业用户占据,这导致她用十分钟也打不开几个网页。《美国色情与虚假新闻管理法案》干预后,因为过滤太过严格,很多无害的网址都不能访问了。她大多数的衣服都是从网上买的,但是即使是买衣服,如今也困难起来,因为政府规定,旧物买卖是非法的,除非商品无法直接从生产商那里买到。

令她吃惊的是,她收到一封来自母亲的邮件。信中说,爱丽丝的妹妹佩姬以谋杀罪被起诉,因为她被发现做了非法的人流手术,即使医生诊断她的胎儿有生理缺陷无法存活。邮件的语言非常简洁,语气中立,因为一旦流露出主张人流合法的倾向可不妙,但是爱丽丝知道,她母亲一定伤心欲绝。

她的眼泪在眼眶里打转,于是,她生气地拍灭了电脑开关。尽管筋疲力尽,鲍伯还是感觉到一股心疼和同情,他走过去,用双手抱住她的肩膀。她告诉了他这个坏消息,然后,随着她一件一件讲起今天遭遇的烦心事,她的泪水再也抑制不住地决堤了。

当她的情绪终于平静一点,鲍伯叹息着说:"亲爱的,你这么想想看,我们和整个国家一样低沉。我相信,光明的时刻终会到来的。"

鲍伯没说错。就在一小时以后,两枚核导弹在城市上空爆炸,照亮了他们的生活,哪怕只有一瞬间。

事后,男人会饿

雷·乌库切维奇

在男孩家

事后,男人会饿。她决定带一些炸鸡过去。所有人都喜欢她的炸鸡。也许,她应该在炸鸡里下毒,然后把所有人都毒死。她当然不是仅仅这么想的。啦啦啦啦。可怜的小米娅。那个孩子本应该与这种后果绝缘的。这都是她父母的错。他们应该让米娅知道这些规定,并知道违反规定的危险后果。这可不是件搞笑的事!啦啦啦啦。她扭动炉灶上的旋钮,把锅里的油烧得吱吱作响。做出好炸鸡的秘诀就是你烹饪的时候要掌握好下锅时的油温。如果说这件事的唯一一丁点好处,可能就是她的儿子——萨缪尔,也许终于能明白点事理,可以改正自己的行为,做一个正派的人。孩子们只有十岁,她喜欢这样告诉自己,但他仍然需要多和其他男孩子玩耍,少和米娅通过电脑往来。现在,事情就到了如此地步。她一定得记得给儿子留点鸡腿。

在女孩家

"少数人真是老刻薄鬼!"

只是一条推特消息。

她甚至没用主题标签。她也没"@"美国总统,提示他看,她当然不会"@"他的个人账号看这条消息。但她没有谨慎到隐藏自己的网络痕迹，这让他们的朋友们全都惊呆了，因为要说起会用暗网上网的人，那就是米娅了。似乎她给他发了一条消息，是一张她伸出来舌头对着地球上最危险的人做鬼脸的图片。结果，这成了她极其严重的错误。

这只是开个玩笑！

好吧，好吧，我们以后可不能这样做了。

总统的爱国警卫队穿着防爆服一拥而入，拘押了整个小城，这时候，人们脸上的笑容僵住了。

结果

福克斯电影公司的人排着队进城，实际上，拍摄的人员要比整个小镇上的人都多。到处是摄像头，人们爬上爬下地安装电缆和照明灯，大声叫喊。面容严峻的总统爱国警卫员身穿黑色和银色相间的制服，手持冲锋枪，按照战术要求立在每个拐角和商铺。所有人都担心他们会向地下隧道里逃跑的人开枪射击，这些人从教堂的地下室跑到边境墙另一端他们姐妹城市中的教堂地下室，但是直到现在，他们还没发现逃跑的人。希望这种幸运会持续到这里的事结束。

小镇市政官员们都在教堂的门口转悠，他们低声闲谈，好像等着被邀请到教堂里面。

萨缪尔和爸爸站在与其他男人有段距离的地方。他爸爸搂着萨缪尔的双肩，既保证男孩能感受到他的存在然后安心下来，也是为了防止他突然逃窜。

萨缪尔抬头看向他爸爸，问："这就是假装的，对吗？我不用真的去做，对吧？"

他爸爸赶紧四处瞧瞧，确保没人听到男孩刚才说的这句话。

然后，他弯腰，压低声音和儿子说话。

"几天前，这件事就已经是真的了。"他说，"如果只有我们，只有我们所谓的政治审查员，我们可以解决这件事，我们可以给他买些酒，没人能不犯错误，但是现在，事情已经完全失控。你需要在镜头前真的做出来，这样，我们所有人才能离开这里。"

萨缪尔胡乱地四处张望，好像他想要找个逃脱的机会。他爸爸能感觉到手在肩膀下面颤抖。

"会没事的。"他告诉男孩，"你看那边那个女人，你妈妈。我想她给你做了炸鸡。这件事会很快一闪而过，然后我们就可以吃鸡腿了。"

萨缪尔抬头看了看他妈妈，她站在用警戒线围住的女性区。她没看到他。那里所有的女人都没有看他。有些人抬起头，有些人低着头。她们都在等着可以进入教堂的信号，进去后她们要坐在长椅上。

过了一会儿，一位穿着奇装异服的白人女人走过来，和他爸爸说起话。她的穿着让萨缪尔想起邪恶小丑。

"我觉得我们准备好了，可以开始了。"她如此说。她没看萨缪尔一眼。

他爸爸推了他一把，他进到教堂里。所有的男人都跟着他进入教堂，然后，小镇上的女人也走进来。

那个穿着五颜六色衣服的女人把萨缪尔从他爸爸手里推出去，揉到一边，这时候，其他的小镇居民也找到了他们各自的指定位置。接着，她推着他走到门边的起始位置，就在两边长椅中间的通道正中间。

"好啦，"她大声说道，"都安静！"

所有人都安静下来。

"看起来不错,"她说道,"准备好了吗?我们要开始了。"

没过多久,她喊了一句:"开始!"

幕布后边,有人使劲推了米娅一把。你能看见把小女孩推了个趔趄的大手,小女孩跟跄地走到讲台上,这里曾是迭戈神父经常站立的地方,他总是呆板地一遍遍吟诵人们应该如何努力以实现总统的宏伟蓝图。看上去米娅就快要跌倒了,但她最终掌握了平衡,直立起身躯,看着下面小镇的观众,所有她的朋友都在,还有她的父母,她的邻居,无数的镜头,新来的摄像人员,带着枪的警察。她穿着一件简洁的白色连衣裙,前面的底边缀了一圈绿色和蓝色的碎花。

她犹豫了一会儿,但是之后,按照之前的命令,她把双手放到胸前,双手合十,像在祈祷一样。

她看上去惊恐不安。

那个指挥的女人猛地从背后推了一下萨缪尔,他向过道的中间挪了几步,那过道一直通向米娅。在过道的两侧,小镇的居民在两边站着,像两排严阵以待要交火的士兵。女人们都在指定的地方坐好,都扭着脖子转过来看他走过。摄像机、灯光和持枪的战士让一切看起来特别诡异。

整间教堂都出奇地安静。所有人都看着萨缪尔。他感觉呼吸变得沉重,肺里吸不进足够的空气,但他一直朝前走着。当他走到前头,他突然朝左转弯,向讲台的台阶走去。他一级一级踏上台阶,然后回头张望,接着,走向米娅。米娅面向他站好。

这一切太愚蠢了,太让人毛骨悚然,太成人化了。未来就像一个巨大的黑洞,长着锋利的尖牙和恐怖的舌头,米娅和萨缪尔就要被黑洞吸入,被撕裂成小块,然后吞咽下去。

他可以直接放弃这样做。他可以抓住她的手,然后他们两个从后面逃跑，溜进沙漠。他们可以在谷地里躲藏，然后吃脆生生的仙人掌果子，和狼群还有杜鹃鸟一起入梦。当然，这群陌生人总会罢休的，迟早他们会回到老家去。到时候，萨缪尔和米娅就可以偷偷溜回小镇，重新回到他们过去的生活中，所有事就都解决了。

他看向她的眼睛，而她也盯着他。他很想轻声对她耳语几句：没事的，很快就会结束，他很抱歉，他永远都是她的朋友。但是，他看见在后面有一架摄像机，在直接对着他的脸录像。他们不想错过任何一个刺激的镜头。如果他轻声对她说话，他们可以从录像上他的唇形知道他说的是什么，然后会让他们从头再来一遍。如果他一开始就做对了的话，那这件事很快就会结束。他希望他能告诉米娅，如果他第一次做得对就是最好的结果。他们两人都会成长。他们会一起成为亡命天涯的朋友！他们会骑着马横跨沙漠，朝着总统的警队射箭。也许，他们会结婚，他们的儿女不必经历这种事。她会相信这种恶劣情况下他是这么计划的吗？她的脸惨白、空洞，好像她的魂魄已经飘走，到达一个不那么糟糕的地方。

到做事的时间了。

他向前伸出右手，低低的，手心朝上，就如同先前命令他的一样，然后，他把手插入她的两腿之间，她薄薄的衬裙也被压进里面。像之前要求的，他低头看着下面，确定自己的位置。一切看起来都对。他抓住她下身的某个部位，阴道，他们这么说，然后轻轻挤压那里。

通往南方的大路
玛德琳·E.罗宾斯、贝卡·卡卡沃

你那儿怎么样?
哈喽?
艾玛?
你在哪儿?

〈嗨,亲拉玛妈妈。抱歉才回你消息,无人区真的是一片死寂。〉
死寂?
〈静得像狗一样。〉
你在得克萨斯州?
〈墨西哥 南部〉

你现在到哪儿了?
〈在瓜达拉哈拉附近?至少路标上是这么写的。离墨西哥城那个大污水池远一些。〉
〈但是妈妈……〉
我是认真的。那里正发生动乱。

〈是的,我知道了,妈妈。〉

你们几个怎么样?

〈还好。亚历克西斯感冒了。虽然一直在下雪,但其他都很好。〉

〈我们正好把他放到车后面的滑雪板上,用车拉着,笑死我了。〉

〈昨晚上穿过危地马拉了。〉

〈你怎么样?学校如何了?〉

我还好。学校的规模比之前更小了。瑞卡和她的家人都搬去加拿大了。这里总是轮流停电。奥克兰市议会威胁说要起诉联邦政府。联邦政府一如往常,当作耳旁风。

别靠近海岸,知道吗?

〈不会的,我们听说了那里有洪水。我们要穿过特古西加尔巴,现在是湖边平地。〉

〈我的克罗夫特怎么样了?〉

很好。很想念你。它还没被做成馅饼。

〈谢天谢地,你没把它吃掉。〉

猫有18条命呢。

你吃得好吗?

〈不错。我们搜集粮食,经常跑到农场里要点新鲜的食物,一有时机我们就会去。〉

〈我们还有一些罐头和干粮。〉

〈现在我们一直在玩"鹅勒冈之路"的游戏。〉

〈俄勒冈,他妈的手机输入法总是自动校正成错的。〉

现在看看谁在搞笑?

现在你到哪儿啦？艾玛·莱姆？

莱姆？

见鬼，莱姆，说话呀。

〈抱歉，之前是带亚历克西斯去医院了。〉

他还好吧？

〈不太好。医生说他在离开美国前就病得很严重，你知道的。〉

〈我们其他人都还好。〉

你们要待在那里吗？一直到他身体好转？

〈他可能好不了。我知道这样的话很残酷，〉

〈但是，妈妈……〉

上帝啊，亲爱的，我很遗憾。

〈我知道，妈妈。〉

〈我们把他留在尼加拉瓜中心的医院了。〉

〈我们需要在春天的风浪变大之前赶到合恩角①。〉

〈希望你有张地图能看到。〉

也许，要必须关闭学校了。

〈什么？妈妈，不要！〉

只是也许。没有人能上得起学了。汤姆·春上周给了我一只鸡做学费。味道不错，但是税收上就不划算了。

〈开办学校是你的梦想。〉

整个城市千疮百孔，政府的人却张口闭口要求办执照。他们从来不关心市民的生活，只是想要收取开办费用。这个费用我现在负担不起。

---

①合恩角，太平洋与大西洋分界线。——译者注

〈那你怎么办呢?〉

我不知道,甜心。也许,和你洛叔叔一起搬到雷丁市①吧。

〈那我们的房子怎么办?〉

那只是座房子。反正你也不会从南极洲回来了。

〈但那是我们的房子。〉

有时候,我们就得学会放手。

抱歉,话听着有点让人难以接受。

莱姆?

快点回复。

艾玛。

快点回答我。你在哪?你还好吗?

莱姆?

〈我在这儿,我很好,我们准备要越过边境去巴拿马。〉

什么时候?

〈周四。〉

〈哦不,是周五早上。〉

你还好吗?

〈很好,他们要做什么狗屁瘟疫筛查。〉

〈我们都很好,我很好。〉

瘟疫?我以为只有北边有呢。

〈他们要把瘟疫挡在边境线以北。〉

〈我们得等着做血液筛查。〉

---

① 雷丁市,美国加州的一座城市。——译者注

所以你不是瘟疫的携带者。感谢上帝。

你喝的水是煮开的吗?

〈哦,当然,亲爱的妈妈,就像在家一样。〉

如果我说你可以现在就掉头回来,你会不会恨我一辈子?

〈我不会恨你……但我也不会回去。〉

〈最后一艘去乔治王岛的船将会在11月出发。[①]〉

他们会让你上船吗?

〈当然会啊,不用怀疑。〉

我真希望这里有什么值得你留下来的东西。

〈我不会回到那里的,妈妈。〉

我要出发去南极。

〈学校现在还上课吗?〉

更像是日间托儿所了。大一点的孩子都去工作了。

〈大一点是多大?〉

所有七岁以上的孩子都在奥克兰花园里工作。

学校里只有一些蹒跚学步的幼儿,还有幼儿园年纪的小孩子。天天淌鼻涕。

〈抱歉昨天没回复你的消息,我们在哥伦比亚的帕斯托被拦住了。〉

〈妈,妈妈。〉

〈你真吓到我了。〉

〈妈妈,求你了,快回话!〉

我还好。

[①]乔治王岛,南极洲的一个岛屿。——译者注

我身上长了所有人都长的那种小虫子。

〈什么？虫子？什么虫子？你现在还好吗？〉

不用过度担心。不是瘟疫。只是高烧，感觉到有些累。

今天感觉好些了。

你们在帕斯托发生什么了？

〈他们设置了路障检查违禁品，〉

〈他们不知道反渗透滤水器的部件是做什么用的。〉

〈笑死我了……〉

〈把我们关了一晚上才把我们归类到好人阵营——终于可以洗个澡了。〉

但你没事吧？你们这些人在哪里呢？

〈在厄瓜多尔，交换了一些物品、艺术品，还有故事。〉

〈这里真美啊！绿油油的。〉

我记得绿色：）

当我还是个孩子的时候，有很多树，一到春天，满山坡的黄色花朵。真是遗憾你没有在这种环境下长大。

你们交换什么东西了？

〈交换了一些书，一些旧电子产品之类的，还有一些素描画。〉

我希望，你们没把药卖了。

〈没有，妈妈，我又不蠢。〉

你们和定居点的人联系上了吗？

〈是的，联系上了，通过电台一周联系两次。〉

那边进展得如何？

〈妈妈，那里真是太棒了。古迹新发现——他们在冻土层下面第一次发现城市的遗迹！他们用水培的方式种植农作物，正要进行第三次收获。研究基地已经发射了一个低轨播种平台空间站——这让我感觉到我们还有机会。〉

〈就是说，人类。还有我们这些车里的人。〉

你去那里真好。

〈这是你第一次这么说，妈妈。事情进展如何？〉

感觉很难受。我还没摆脱病毒的困扰。

我不得不关闭了学校。我跟不上这些孩子。

〈但是你还好，对吧？你可以继续开学校，继续吃好的食物，对吧？〉

〈等下，不！为什么要关掉学校？〉

事情有时候就是这样。

〈那你以后干什么呢……读书？〉

我不知道。等我感觉好些以后，我会好好计划一下。

〈我正在给你发送能治愈一切的爱。我爱你，妈妈，很爱很爱。〉

我也爱你。

〈来自秘鲁卡塔考斯的问候！忽然我想起四年级的兰小姐，〉

〈她一定会喜欢这里的。〉

为什么？

〈太美了……这里看上去就像她挂在班级墙上的照片。〉

〈这里的市场真疯狂。〉

疯狂？

〈太多漂亮的水果啦！〉

听上去很美味。

〈嗨，妈妈。〉

嗨，亲爱的。

〈你还在奥克兰吗？〉

我还在这里。

〈等着所有事情逐渐好转？〉

抱歉，刚才分神了。

恐怕克罗夫特丢了。上周三他从窗户出去了。

现在还没回来。

〈不会的，妈妈，他会回来的。〉

我倒是希望这样，莱姆。

〈所以只有你在那里？〉

事实上，不是。华·特兰和卢克上周搬进来了。

他们的公寓毁坏了，我又需要别人的帮助。所以……

〈你需要什么帮助？〉

我身体不舒服。

〈妈妈你身上被咬的是什么虫子？你已经生病好几周了。〉

这里的护士认为可能是一种传染病毒的蜱虫。波旁病毒或者HRTV病毒。现在负担不起病毒检验了，应该不是反转录病毒。

别发愁。这种病会自愈的。

看起来，我们的幼儿园老师现在也不那么舒服。

〈我们停下来到一座漂亮的农场干活了几天。〉

〈真高兴我学了点西班牙语——但是在这儿他们大多数都说克丘亚语。〉

〈今天我们会开车继续南下。我学到很多，妈妈，每分钟都在学习。〉

〈一天终于结束了。〉

这是什么意思?莱姆。

〈现在还好,〉

〈我们被当地一群黑帮给拦住,〉

〈他们拿走了大部分食物,还拿走了凯拉和史蒂芬的平板电脑。〉

〈但他们没发现藏起来的应急食物和钱。〉

发生了什么?他们带着枪吗?有没有人受伤?

〈实话实说,妈妈,他们只要我们上交的东西。〉

〈我们很配合,该拿出来的都交给他们了,所以一切还好。〉

〈我在卡哈班巴买的这部新手机。〉

你有没有被吓坏?

莱姆?

〈嗯……我吓坏了,〉

〈但是考虑到枪口下尖叫的后果,我表现得超级冷静——〉

〈我们都很幸运地躲过一劫,〉

〈只有史蒂芬被黑帮用手枪弹匣捶了一下。〉

哦,上帝啊,乖乖。我想让你马上回家。

〈没事了,妈妈,在海湾的时候我什么都见识过了,只是我从来没有和你说。〉

〈妈妈,我们已经走过一大半行程了。〉

〈现在我们都很好,这不是玩笑,但我们都已经渡过这个劫了。〉

我不是希望你一定回来。但我真的讨厌你离我那么远。

〈我也很想念你。我爱你。〉

〈我们向阿根廷进发了,然后到智利。算来,我们大约十天以后能到蓬塔阿雷纳斯,然后再花几天时间到合恩角。〉

所以,两周以后你们就能到乔治王岛。

〈对!蓬塔阿雷纳斯是我们最后路过的一座大城市,〉

〈我们到那里时正好是春天。〉

南极的春天。哇哦!

〈南极的白天已经不像以前那样了,妈妈。〉

我知道。

听着,艾玛·莱姆:等你到那里以后,你可能会有段时间接不到我的消息。

〈什么?不,妈妈。定居点有网络和手机通信接收站,〉

〈我们可以视频。〉

〈妈妈,〉

〈妈妈,你在吗?〉

我在呢。

那你之前发的是什么意思?

之前?

哦。没什么。

如果我搬去和洛叔叔一起住的话,我不知道那里的手机服务怎么样。

〈妈妈,你生活在美国。即使没有水没有食物,政府也会提供网络和手机服务的。〉

我只是不想让你担心,万一你接不到我的消息。

〈我不会担心的,因为我知道不会发生这样的事。〉

你现在到哪儿了?

〈今早刚离开卡洛斯帕兹山庄。往高速公路进发。〉

克罗夫特回来了!
他今天早上摇摇摆摆地踱回来,好像杀掉了一只恶龙似的。
他似乎能吃掉一整匹马,
但他真的还活着。
〈耶!我就说吧!〉
〈昨天我爱上一只小狗。〉
〈它朝着我们的车跑过来,〉
〈它的眼神好温柔,让我想起你的拥抱。〉
你准备带它去定居点吗?
〈我希望可以。〉
我都不能想象你没有宠物的样子。
〈为了所有的小动物,我要拯救这个世界,妈妈。〉

〈明天早上我们能到蓬塔阿雷纳斯。〉
〈沿海地区发洪水了,所以我们只能绕着走。〉
你们拿的物资够用吗?
〈我们买了一些水果和其他东西,〉
〈自从亚历克西斯生病以后,我们都还没用过抗生素。〉
〈再过几天我们就能到那里。〉

〈妈妈,我们现在上船啦!海水真蓝啊。〉
〈我们到了合恩角,一切都值了。〉
〈就像计划那样,我们把所有带的物资运送到船上。现在我们都站在甲板上,看着智利渐渐消失。〉

〈这里是灰色和蓝色,他们说这里是春天。〉

〈但像地狱一样炎热!〉

〈妈妈,我知道这对你来说会很艰难。对我来说,也很不舍,〉

〈一直都是。〉

〈但我太兴奋了!我要到那里了,开始创造和种植我的梦想……〉

〈在"南极",〉

〈你知道吗?我一直着迷这个地方。〉

〈乔治王岛——这个遥远地方的测绘数据已经证实,这里可以发展为定居点。〉

〈我们有机会拯救这个地球。这挺恐怖,但也让人惊喜。〉

我知道你能做到。

〈当然,我们能做到,妈妈!当我们呼吸时,这个地球已经被我们拯救了。〉

我真为你骄傲。

你要永远记得。

〈你也应该骄傲。是你生了我。〉

〈妈妈,我们看到海岸了——乔治王岛。满眼的绿色,还有远处的灰色山脉。到处是黄色的小花朵,妈妈。真美啊!〉

〈你一定会喜欢的。我们要拯救这个世界。〉

斯奇皮的东部漫行记

迈克尔·坎德尔

斯奇皮：你怎么样，道格？

道格：还好。

斯奇皮很高兴在所有喧闹过后能得到如此的平静。当他来到绿树林这里拜访他堂兄时，他们没有争吵，道格甚至没有皱眉表示不满。呃，好像有轻微皱眉，但是不留意都看不出来。所以，他终于肯握手言和了。在看上去永远没有尽头的抱怨、吵闹和吼叫之后，斯奇皮也觉得早该讲和了。至于杰德阿姨和她的动物们，既然动物们都消失了，她就不用再抬高嗓门了，对吧。斯奇皮记得，当杰德阿姨生气的时候，她的声音像一把把尖刀扎进我们的耳朵，而且每时每刻都有新消息传过来，她总是在生气吼叫。他们两个都是，她和她儿子，总是喊叫，皱着眉头，但现在这件事出现了，可能发生的最坏事情确实发生了，后果严重，这个世界没有灭亡，对吧。生气对人的健康非常不好，如果杰德阿姨不再突然大笑起来，她就是少吃了神经修复的药片，斯奇皮明白，她现在不再常去看医生了，那种专科医生。当然，现在也没有多少医生了，就这样。

斯奇皮：你怎么样，杰德阿姨？

杰德阿姨：我很好，斯奇皮。

非常时期的生活更简单了。好吧，战争不是野餐郊游，战争从来都不是，是吧，嘿，但是你知道你的敌人是谁吗？敌人就是敌人，毫无疑问，但斯奇皮记得在此之前，没人能确定一件事，因为对于下一件事总是有千百种不同看法，人们总是为这个阵营站队，为那个阵营加油，没完没了。你不需要再浪费你的脑细胞了，因为现在已经没有任何问题了，只有答案，而这些答案，感谢上帝，每个答案都可以用一些简短的词语表述清楚、简明扼要。在学校，斯奇皮最讨厌那些有很多字母的长单词，使用这些长单词的人就像举起个棒子给了你一下，蠢——蠢——蠢，把人打倒在地。人们现在可以放松了，不用浪费脑细胞思考电视上穿着白色实验服的人指着悲观的图表，提醒人们注意的那些高深的无意义数据。

斯奇皮：天气不错。

道格：嗯。

道格很走运，真的算是如释重负，因为被政府如此折磨以后，他没被关起来，因为他加入了一个宗教团体，真是疯狂。米莉救了他，那个女孩真的是大福星，她通过和她有私人关系的康涅狄格州亿万富翁的运作，把他救了。好吧，加尔文没那么好运，因为他的肤色和姓氏，也许他没做什么，但是，嘿，大伙，人不可能一切如意：看看蓝操场周边的公寓、停车场和游乐场都沉入水下了，看看所有这些蔓延的厄运。在斯奇皮看来，一个人应该绕过消极的事情，就像在人行道上避开狗屎那样，那时还有狗。人们应该想开点。这对你的心脏有好处，他们说，因为当你停下脚步细细想来，你会发现有太多东西需要感恩。举个例子：不再有脖子上文着文身，耳垂上塞着木塞的瘾君子。也不再有像烂白菜那样发臭的流浪汉举着纸杯乞讨,就好像他们会流浪是你的错而不是他们的错。也不再有那些讨人厌的印第安人,他们总在保护区上开赌场。也不再有戴着头巾的司机,满口黄牙,口气恶臭。墨西哥人、犹太人、阿拉伯人、日本人、巴基斯坦人和所有的同性恋,都成为了历史。

斯奇皮:生活好点了吗,杰德阿姨?

杰德阿姨:没有。

这些需要加到感恩列表上:11月时不再有成堆的树叶需要打扫、装进袋子运走。如果不算上污水池边上那几株零落的矮松,现在已没有一棵树了,不过这几天仅剩的几株树看上去也像死掉了,因为沙特枯萎病,不论是哪种病吧,也或许仅仅是因为辐射的原因,但是谁在乎呢。过去的都已经过去了,没那么重要。斯奇皮上学的时候特别讨厌历史课,美国历史也好,世界历史也罢。但现在学校不教这个了,也不教城市事务或是时政问题,因为教育已经变得更加舒适、积极,教育也处于非常时期,不只是中部地区,就连两边的酸地海岸也是如此。

斯奇皮:在那里消闲,嗯?

道格:对。

斯奇皮:那道长疤不会干扰你吗?

道格:不会。

他们常一起玩耍,他们四个——斯奇皮、道格、米莉和加尔文——是填埋场陡坡的"山中小王",那里是白海岸北部的鸟类保护区。那时有鸟儿,还有可以不用戴着防护口罩就能自由呼吸的空气,在政治干涉生活所有方面之前,那是一段美好的旧日时光。孩子们放声嬉笑,从来不会受到伤害。你可以尽情扑倒,尽情打滚,然后站起身。到了晚上,杰德阿姨会做香辣牛肉豆子煲给他们吃，那个时候，还有肉吃。上帝，那味道真美妙。有时候他们会在小镇边境旁边的墓地玩躲猫猫，藏在年久墓碑的后面，那些墓碑上面的语言已经没人会说了。多年来每到夏天，他们都是最好的玩伴。当然了，如今的孩子们会更安全，民兵把所有恐怖分子、移民和带着半自动枪械的记者都赶走了，然后又在四面都拦起了尖锐的刀片刺网墙。斯奇皮睡觉的时候会将一把格洛克手枪放在枕头下面，为保险起见，他会时不时地摸摸脑袋旁边熟悉的硬块。当然，他不需要这把枪，可你永远也不知道什么时候需要用呢，为什么要冒这个险呢？

斯奇皮：见到你真好，杰德阿姨。

杰德阿姨：见到你很高兴，斯奇皮。

到了晚上，当他回到家后，每间房间都挂着我们牧师的巨幅彩色照片，上面的人物像一位比我们高大十倍、百倍的父亲，似乎又像是与我们同样个头的一个家伙。我们的牧师无比明智、务实，偶尔他会变成坏蛋，嘿，他只是在你需要关照的时候才变成坏蛋，好照看你。斯奇皮发现杰德阿姨的屋子里没有一幅画像，但他很理解，对她来说有点要求过头了，时间会过去，伤口会愈合的。他不想再来东边了，说句实话，在这个动荡、叛乱的国度，空气中充斥着悲伤和仇恨，如同雾霾一般不肯飘散，如同所有垃圾顶上的雾霾，需要人们戴上防护口罩。但现在，他们母子是他唯一的亲人，他有种心力交瘁的感受，大概是所有记忆的缘故。

斯奇皮：再见，道格。

道格：好。

过去，他们经常去钓鱼，那时候有很多鱼。斯奇皮从来不关心有多少鱼，他爱吃肉，爱吃多汁的牛肉，但来到水边或者只是望着水就让人很舒服。水让你感觉到洁净、开放和自由。现在，当然了，百分之九十的水域都成了臭水，许可到水边游览的费用高得离谱。斯奇皮曾经钓到一条鲨鱼，所有人都高声喝彩。那个时候，他大约是十岁。那条鲨鱼不大，是条鲨鱼幼仔，也许只有 0.6 米长，丑丑的，在甲板上扑腾扑腾的，但是钓鱼的人都欣喜地拍着他的后背，好像他是个英雄，得了第一名一样。想起这些过往，他喉咙哽咽住了。他必须咽下。很快，会过去的。深吸一口气吧，斯奇皮，你要挥手，离开，走出门，走向公路，向西行去。带着武器的监视无人机会始终盘旋在你头上，为了我们的牧师，它会安慰你，引导你到正确的道路上。看，只用一会儿时间，斯奇皮就感觉好多了。

　　他很好。

为了你们的安全而设计的

伊丽莎白·伯恩

发件人：索菲·戈尔茨坦
收件人：埃米莉·威尔逊
时间：2020 年 7 月 12 日
主题：拿到工作机会啦！！！

我的天哪！我拿到了这份工作！太高兴啦！我下周一就要到帕特森、珀金斯和凯勒合伙律师事务所上班啦。只是个临时秘书——律师助理，我是代替请病假的员工。我的天，真不敢相信有这么多人生病了。有点吓人哦。

我本来想和克里丝特尔、珍妮到那间 90 年代怀旧主题酒吧庆祝我的新工作，但是市长建议人们"不要到公共区域聚集"。所以，我买了香槟在我家庆祝。

对了，那家律师事务所在一栋叫缪尔的纯绿色大楼里。真希望我能有一间像样点的办公室啊，不要像上一家公司那样窝在地下室的坑里办公。

再和我说说利亚姆，听上去他很帅呢。

欢呼哟！
索菲

发件人：索菲·戈尔茨坦
收件人：埃米莉·威尔逊
时间：2020 年 7 月 19 日
主题：我到这——上班啦！

　　对不起没有早点给你回邮件，我一直忙碌地工作呢。太多人生病请病假，为了赶上工作进度，所有人只好熬夜加班。

　　真遗憾利亚姆没能和你成功约会，但也许这也无妨，你可以等他身体好了以后再约嘛。我觉得被这场流感击倒的人到处都是。

　　说说我的办公室吧。它位于 14 层，所以我能看到很不错的景色！虽然只有一栋栋楼房，但是有光线啊！你一定会爱上这个地方的。这是以绿色环保为核心的大楼，一共有五座同样的大楼，其他四座大楼是：丹佛市的卡森大厦，波特兰的戈尔大厦，旧金山的阿比大厦，西雅图的缪尔大厦。这些大厦的公司总部位于奥马哈的罗斯福大厦里。我在的这座大厦叫缪尔，完全依靠超级环保的绿色能源运行。

　　周一上午，我们三个新人进行了周边办公环境参观。这座大厦百分之百与外界隔离。它会自己发电（太阳能发电），回收雨水，通过 6 层楼阳台上的污水处理系统循环使用再生水。

　　一切都由软件控制。温度、窗子、百叶窗和光线，全部都是。楼顶还有个花园，里面摆着一台烧烤架，还有一处休闲空地，还有一间集约化管理的蔬菜大棚，种着蔬菜，管理人员会送蔬菜给食品救济中心。

　　我的天，还有堆肥厕所！我以为这样的厕所会很恶心，但其实不是。所有东西都会被冲进地下室的化粪池里。有些会被用到花园里，其他的会送到城市的其他地方。感谢上帝，我们没去参观地下室。

　　参观行程以22楼的天台结束，我看到了一片壮丽的雨林风光。向导给我们每人一个在屋顶种植的蔬菜作为礼物。所以，此刻在我桌子上放着一枚漂亮熟透的西红柿，我给它拍了照，发到instagram上了。我可以在午餐时把它吃掉，但一想到它是从大便里长出来的，也许我不太能吃得下去。

　　我知道，你现在一定朝我翻白眼，但你是自愿到自然农场体验生活的人，我又不是。哦，对了，这里没有停车场，反而有一排排自行车，它们摆成排，停在一株美丽的大树下，就在我们大楼前面的停车位置上。

　　今天早上，我坐公共汽车的时候，有两个人倒下了。吓死我了！我们只好等救护车来把他们接走送到医院。我很庆幸当时戴着我爸给我的防护口罩。我不在乎是不是看上去很蠢，只要我不生病，怎么都好。

　　你也要健健康康的！戴个口罩吧！

给你个拥抱，
索菲

发件人：索菲·戈尔茨坦
收件人：埃米莉·威尔逊
时间：2020年7月22日
主题：10月见喽！

　　现在是周六，我还在加班。我周日也得工作。如果一直是这样的工作节奏，我到十月份就去看你。到时候我的九十天试用期就会过去，就不用再加班了，我在银行还存了点钱。告诉我确切日期，我时刻留意着打折机票，这是上帝创造信用卡的原因哦。

我妈妈说，今天我哥哥杰克开车去波特兰了，因为他的女朋友病倒了，而她的家人都在夏威夷。我希望她很快好起来。

拥抱下，

索菲

发件人：索菲·戈尔茨坦
收件人：埃米莉·威尔逊
时间：2020 年 7 月 22 日
主题：太搞笑了！

你肯定没法相信，整个大楼都自动锁住了！

我和彼得一起工作，他是我正在着手处理的案子的另外一个助理，我俩在工作时，忽然听到大楼发出广播："紧急情况。为了你们的安全，这座大楼将要全部封闭。请各位到中庭集合，到那里后，核心绿色大厦的工作人员会给您更多指导建议。"所有的广播都是英国口音。为什么是英国口音？

反正，通往外界的大门自动上锁了，磁力锁是由大楼的软件控制的。11 层楼以下通往外面的卷帘窗帘被关闭。为什么是 11 楼？为什么不是 10 楼，或者 6 楼，或者 3 楼？

最搞笑的是，根本就没有什么紧急情况，而且根本就没有什么大楼的工作人员在现场（周末人家休息）！

我爬楼梯去的中庭。楼道里 11 层楼以下的地方全部亮起灯，所以不那么黑（如果我们不动，整栋大楼的灯都会灭掉，除非我们伸出胳膊告诉这些灯：我们还在这儿）。窗户外面有一层墙，看上去真诡异。

所有今天来到大厦的人都在中庭这里，等着。但什么事也没有，有些家伙想用从地下室找到的撬棍打开前门——但没打开。

大约有三十个人被困在这里。

我的天，杰弗斯先生！他是我们律师事务所的首席律师，正是我手头上处理那桩案件的受理律师。他特别生气。他给大厦的经理打电话，在电话里冲他大喊大叫，我不想听也得听着他的愤怒咆哮。

那位经理说周末值班的家伙生病了，但是他会打给核心绿色公司的奥马哈总部，找出这次问题的原因。这座大楼只有在联系不上中央电脑的情况下才会自动封锁，一般只有恐怖袭击发生的时候才会出现这种情况。

与此同时，经理承诺说，已经有人着手处理这件事了，如果今天不能解决，明天也会首要处理这件事。所以谁知道呢？我也许今晚要在我的办公桌底下过夜了，对我而言当然是次非凡的冒险经历。

说说彼得。他已经从法学院毕业几年了，现在还没有女朋友。他真是个友好的人。他有双迷人的棕色眼睛，准确来说，不能算得上英俊，但是我说过没，他有双超迷人的眼睛。既然我们都被关在这里，谁知道会发生什么事呢？

以后再聊他啦。

索菲

发件人：索菲·戈尔茨坦
收件人：埃米莉·威尔逊
时间：2020 年 7 月 24 日
主题：我快疯了

我还在大楼里。真是难以置信。周日没人来。

今天早上，人们都来上班，但是无法进入大楼。我们从楼顶看到他们。他们在那株大树下晃悠，就是停自行车的地方，等着大楼的前门打开。我们朝他们喊叫，他们也冲我们喊叫。终于，把消息传出去了。所有人都走了。

杰弗斯又给大楼的经理打电话，但是经理的妻子说他病了，不能接电话。所以杰弗斯先生决定召开一个会议。我们在中庭开了会。

最后事实证明，我们有三十五人被困在这里。我们交换了电话号码和邮箱地址。所有人都很愤怒。已经成家的特别想回家。贝齐，她也在帕特森工作，她的前夫今天早上给她打电话。他们的女儿病得很重，他带着女儿去了港景医院的急诊室。她气愤得抓狂，但我无法责怪她。我也很抓狂。

杰弗斯先生和利维娅·特鲁希略单独会面很长时间。她是仁慈实验室的高级科学家，是这里唯一另一位经理级别的人。仁慈实验室在第十八层，他们是一家生产人造肉的公司，你知道的，就是那种从大桶里用基因培养出来的肉。

他们两个想出一个方案：给警察打电话，然后叫一辆直升机从屋顶把我们接走（消防云梯只能达到第十层楼，而整个大楼从十一楼以下都出于"安全原因"全部封锁）。同时，杰弗斯先生会继续打电话给核心绿色公司。总得有人接电话。

我从新闻上看到芝加哥的情况很糟糕，波士顿、亚特兰大、达拉斯都发生了严重的暴乱。内布拉斯加宣布从周六起全州进入紧急状态，一定是这件事导致了我们被锁住。我还从新闻推送上看到华盛顿州宣布从明天开始进入紧急戒严状态。

上帝。真是不敢相信。你一定要健康啊，让我知道你那里都发生了什么。等一切风波过去，我们两个真的有好多故事可以彼此分享。

如果能让我洗澡，我绝对会不顾一切。

> 爱你的，
> 索菲

发件人：索菲·戈尔茨坦
收件人：埃米莉·威尔逊
时间：2020 年 7 月 25 日
主题：真的被困在这了

  政府宣布全国都进入紧急状态。警察确实联系了美国国民警卫队，然后他们说既然我们没人生病，我们最好待在原地。我们其实还蛮幸运的。他们会在事情平息的两周内来接我们。我哭了一个上午。我真的很害怕。

  国民警卫队的人会在楼顶空投一些食物。需要有人组织分发食物，有三十五个人需要吃东西。杰弗斯先生自告奋勇，但是利维娅说她过去常常为培养容器中的肉制品数数，最好是由她来做这份工作。我觉得，杰弗斯先生可能有点讨厌她。

  彼得准备帮助利维娅，而我陪在贝齐身边。她的女儿不太好。她一直给医院打电话，电话都打没电了，所以她需要借用我的充电器。电话总是占线。我本身都很害怕，这时候做到冷静还要安慰好她真的很难。自从我哥出发去波特兰，我妈妈就再没接到我哥的任何消息。

  到了晚上开会时，利维娅告诉我们她联系上了丹佛的卡森大厦。那里也有很多人被困，其中一个人是 IT 技术人员，然后她黑进核心绿色管理部门的电脑文件中。但是大厦保留的软件有很坚固的防火墙，她进入不到关键区域，她说无法解除电脑的封锁。利维娅说，我们应该收割屋顶生长的蔬菜，我们可以吃那些菜。我觉得我可以克服那些植物生长在大便里这一问题。

听到你说，你感觉不舒服，我很担心。给我打电话好吗？听上去，你只是感冒了。我妈妈发短信给我说，我爸爸也生病了。新闻上的画面里，很多人躺在医院的走廊担架上，医生病得和患者一样严重。我妈妈答应我她会戴防护口罩的。我希望能有点作用。

上帝，我真想离开这里啊。

想念你的，
索菲

发件人：索菲·戈尔茨坦
收件人：埃米莉·威尔逊
时间：2020 年 7 月 27 日
主题：好点了！

能和你通上电话真好！很高兴我的"历险记"能让你暂时忘却病痛。感冒真可怕，但好在你不严重，我真的超级高兴。可能没有你高兴的程度深吧！哈哈！总算可以松一口气啦！

在紧急频道，国民警卫队的人建议非关键岗位上的健康公民离开城市。克里丝特尔发信息说，她和父母要去海边的莫克利普斯。珍妮也和她一起去。

昨天，利维娅和杰弗斯发给我们所有办公室的进出密码。我们被分成每两人一组的十六个小组。我想和彼得一组，但是分配给我的搭档是埃迪森，克伦威尔 & 里德房产公司的房产经纪人。我们的工作任务是搜集东西———切可以用的东西——食物、药品、衣服等等。

埃迪森和我被分到第六层楼，正是克伦威尔 & 里德房产公司所在的楼层。我们在厨房里发现了很多食物，有些已经腐烂，但还有些罐头食品可以食用，他们还有阿司匹林、泰诺、瓶装水、汽水和咖啡。

我们还拿了几只健身袋，里面有很多衣服和化妆品，还有很多办公室的文化衫，有的女员工在办公桌下面存有卫生棉条，感谢上帝！我留了一些给自己。然后，我们把所有东西都堆在电梯门口，集中到一起再拿到仁慈实验室。

我在一间办公室里看到很多种子样本、一本园艺书，还有几包种子。大多数是花种，但有一些是蔬菜种子。他（他门上的姓名牌是"筑阮"）在窗台上打造了一个小小的花园，有一棵观赏用的橘子树，还有用花盆养的几株药草，不过药草已经枯萎了。我们也把这些拿走了。

有些房间的沙发非常舒服。我之前睡在帕特森的办公室里，我决定把我的东西都搬到埃迪森的楼层，看看彼得愿不愿意也一同搬下来。我们已经没有理由非得待在帕特森的办公室里了，尤其是别的地方有这么舒服的沙发可以睡觉。

这一大堆物资被分门别类地运送到仁慈实验室的会议室。国民警卫队的人给我们投送了大米、肉罐头和奶酪，我们搜集的东西可以作为补充食品，我们有成堆的包装点心、汽水和咖啡。大多数办公室里会存放一点罐头食品，金枪鱼或者腌辣椒之类的。

所有办公室的茶水间都有咖啡壶和微波炉，所以做饭做菜不是问题，楼顶还有烧烤架。我们发现了大量的泰诺和止痛片。有的人在抽屉里放着处方药——抗抑郁药、止疼片、抗过敏药、胰岛素。大多数地方都有地震包，里面有绷带和抗菌药物。我在自己的柜里藏了一些卫生棉条、花生酱和巧克力。

明天，利维娅会给我们安排工作任务。这座大厦可以自我循环运营，但是它不会自我清洁，也不会自动往培养桶里倒化肥。除了灯泡需要更换，其他的工作一般都被大厦日常的维修员做过了。

　　让我知道你现在感觉怎么样了。我不敢相信自己都被困在这里两个星期了！

爱你，你要尽快好起来
索菲

发件人：索菲·戈尔茨坦
收件人：埃米莉·威尔逊
时间：2020 年 7 月 31 日
主题：爸爸

　　我妈妈给我打电话了。我爸爸没能挺过去。当国民警卫队的人来带走他的尸体时，他们把我妈妈送到一辆开往基特萨普半岛的客车上。就在离家出发之前，她给我发了一封邮件，她说只要她到那里，她会尽快发过来地址的。

　　那是两天前的事了。此后，我再没接到她的消息，也没有我哥哥的消息，也没有任何朋友的消息。

　　我不敢相信我爸爸已经去世了。大楼里的人都崩溃了。所有人都知道外面有人生病了，所有人都知道有人没能挺过去。利维娅给那些失去家人的人分发抗抑郁药，但我没吃。我想要感觉到自己的情绪。我需要保持坚强，当我们出去的时候，我就可以找到我妈妈。

　　我的"工作"是给楼顶提供干净的堆肥，我们要在那里扩大蔬菜种植区。工作让我的脑袋不去想那些伤心的事，同时，我也在变得坚强。利维娅限量分发食物，好像我们要在这里生活好几个月似的,所以我的体重还减少了呢。幸运的是,她不知道我藏起来的东西。

杰弗斯说她太疯狂了,因为被困在这只剩一个星期而已。国民警卫队的人已经承诺过会来接我们。他留在自己的办公室里,继续研究手头的案子。人们都不喜欢他,因为他不参与劳动,但我情愿他是对的,因为我不敢设想被困在这里几个月是什么样子。

总之,因为每个人情绪都很低落,所以我们进行了一次人造肉的烧烤大宴。利维娅对她公司产出的这些肉很骄傲,但是彼得却一口不吃。他管这种人造肉叫"弗兰肯肉"。最后,她没有管他,留他自己一个人,她说:"这样我们其他人就能获得更多卡路里了。"然后,她实验室的其他人,乔伊和达利尔为每个人都烤了一个小汉堡,我们还打开了两瓶红酒。很多办公室都存有红酒,所以我们相当于有个小酒吧。

人造肉的味道不算太糟,但毕竟不是真的汉堡。那肉很有嚼劲,很干,但我们已经很久没有吃到肉罐头之外的肉了,而且像我说的,还有红酒呢。当我们站在楼顶上时,我注意到市中心的楼房里还有些灯光。埃迪森说那可能是自动装置亮起的灯,这话让我很灰心。彼得和我真的都搬进了埃迪森的楼层,一个在会计师事务所工作的女孩加入我们,她叫朱莉,人很好。

我们不是唯一搬离原办公室的人。所有人都搬进了空办公室,大多数人都搬进了没有封闭窗子的楼层。这就像拥有了你自己的公寓。每个公司都有个厨房,你可以在沙发上睡觉。每个楼层有两个卫生间,女卫生间和男卫生间,但是现在都不重要了。楼里有热水,虽然洗澡有点别扭,但还是能够洗的。还不算糟糕,这说明我的标准降了好多。

嗨，只要你感觉好点，就给我回个消息好吗？是不是我昨天没接到你的电话，或者你也搬走了？你离开芝加哥了吗？让我知道你怎么样了，好吗？我很担心你。又过了一星期！

爱你的，

索菲

发件人：索菲·戈尔茨坦
收件人：埃米莉·威尔逊
时间：2020年8月1日
主题：彼得

昨晚，我和彼得睡在一起了。我的上帝，我都忘了这种幸福的感觉是什么样子了！他是个很厉害的家伙。我们昨天和大家一起吃的晚饭，然后彼得拿出他偷藏的一瓶红酒，我们一起跑到三楼，到了一间核心绿色公司的会议室，我们在那里聊天。

四周静悄悄的。彼得用手机播放了一曲夜晚自然界交响曲——蟋蟀声、青蛙叫，还有遥远的闷雷声。我设想我们坐在篝火旁，我甚至能闻到篝火的烟火味。接着，他吻了我。

事情就自然而然地发生了。

第二天早上分发食物时，我们两个手牵手到那里，所以，我们算是公开了情侣身份。为我高兴吧！也许我们不能天长地久，但是眼下，还是有人陪比孤单一个人要好。

索菲

发件人：索菲·戈尔茨坦
收件人：埃米莉·威尔逊
时间：2020年8月6日
主题：着火了

  国民警卫队把医院都烧了，至少这是我们看到的景象。一切从今早的港景医院开始，港景医院在我们大楼的西侧，距离我们不到2公里。我正在往新开辟的菜圃上浇肥料，突然彼得喊我往那边看。医院大楼全都着火了。

  接着，瑞典的将军医院也着火了，接下来是维吉尼亚梅森医院。所有人都跑到楼顶上观看。我们听到了哭号声。没有一个人试图救火。浓烟散发出浓烈的化学和焦肉味。贝齐尖叫着，冲向楼边，但是达里尔拽住了她。很多人都在哭泣。我们心里都在沉思相同的事：谁在医院里面？

  当浓烟变得越来越浓时，大楼自动关闭了所有通风窗，利维娅冲我大喊，让我们赶紧回到房间里。当我们成群走下台阶时，她不停地重复："这是保护手段。只是一种安全防范措施。这是保护措施。"

  当我去卫生间时，我发现头发上飘落一层灰烬，脸上也有。然后，我吐了。

发件人：索菲·戈尔茨坦
收件人：埃米莉·威尔逊
时间：2020年8月8日
主题：＜无主题＞

  没有人来接我们。

发件人：索菲·戈尔茨坦
收件人：埃米莉·威尔逊
时间：2020年8月9日
主题：结束了

　　我得停止自欺欺人了。你已经死了。我父母也死了。我哥哥也已经死了。我觉得我该伤心，但是我更愤怒。愤恨我为什么没和他们在一起。愤恨我为什么要被关在这栋愚蠢的大楼里。愤恨外面的人们为什么不尝试放我们出去。彼得说愤怒比悲伤更好。悲伤有什么好处呢？

　　所以，为什么我还要给你写邮件？因为写下这些能让我好过点吧。因为我觉得等到一切恢复正常的时候，应该有个记录。这栋大楼无坚不摧。只要还有太阳光，它就会储存下这些邮件。

　　利维娅认为，只要我们每个人团结协作，我们就能依靠楼顶菜园和她的肉食品实验室长期生存下去。这传达出的真实讯息是——她掌管着食物。好好顺从利维娅，要么就没吃的。

　　朱莉今天搬走了。她搬到了17楼一间叫"更好的你"的市场营销公司的办公室。那家公司的公共关系专员——特里，邀请她搬过去。她对我们说，这只是因为封闭式的窗户太压抑了。但我认为是因为我们反对利维娅。朱莉不想站到反对利维娅的阵营。和特里在一起，比和利维娅敌对要好。

希望你没事，
索菲

发件人：索菲·戈尔茨坦
收件人：埃米莉·威尔逊
时间：2020年8月11日
主题：<无主题>

  昨天，当我、彼得还有海伦（一位在私人银行工作的老阿姨）在楼顶的菜园工作时，一支由三辆皮卡车和一辆房车组成的车队在经过西边麦迪逊大街时发现了我们。他们有十个人左右，也可能是十二个人。我们跑到楼顶大声喊叫，希望他们能帮助我们。他们试图打开前门。但是，失败了！

  然后，一个家伙爬上了楼前的那棵大树。他爬上了一根粗树枝，从那里到达六楼的阳台，他在那儿很使劲地要撞开通风窗。但他也没成功。在他爬下树后，他们举起枪朝我们射击。该死，搞什么啊？那是我第一次庆幸这栋大楼的安全措施很好。

  他们射中了彼得的肩膀。海伦和我把他护送到18楼。利维娅的无菌实验室里有医疗设备。我告诉她发生的事情后，她让乔伊和达里尔到楼顶去"评估一下菜地的损失"。

  彼得的肩膀血肉交织，惨不忍睹。海伦认为，也许他们击碎了他的肩骨，没有出口伤，所以子弹还在肉里。她把伤口清理得非常干净，即便这样，彼得疼得尖叫不止。但是她必须清理。如果感染了怎么办？

  我在一旁帮忙包扎绷带，然后，我们按照地震包里面的演示图给他打好夹板。我给皮特一只氧气袋，那东西的原主人是鲁比·詹森，管她是谁呢，然后我把彼得安置到我们的房间，让他睡下。我害怕得要死。如果我们没及时出手相救，他可能会落下残疾。他可能会死。

  那天晚上，利维娅在中庭召开了一次会议。她把枪击一事告诉了大家,她说这座大楼保护了我们。那时,我的情绪相当复杂。我的意思是,是的,我们没有被杀掉也没被绑架,但是,他们既然进不来,那也意味着,我们同样出不去。

索菲

发件人:索菲·戈尔茨坦
收件人:埃米莉·威尔逊
时间:2020 年 8 月 16 日
主题:＜无主题＞

　　我们被困在这里已经有一个月了。事情变得很糟。在那些乡巴佬朝我们开枪的几天后,贝齐从楼顶跳下去了。过去我觉得很可爱的花园装饰小精灵下面,压着她写的遗言字条。

　　当知道她女儿哭喊着妈妈孤零零死去后,她无法原谅自己不在她身边,无法原谅自己还活着。贝齐的尸体躺在大街上两天,然后,她就消失了。我不知道哪件事更让人沮丧,是她自杀,还是尸体无缘无故消失?动物叼走了?是人类移走了?发生了什么?我们永远不知道。

　　杰弗斯先生也死了。

　　利维娅说他是死于心脏病。我觉得那都是胡扯。我每天都能看见他,为他梳理案子的细节。在周一晚上我给他送去食物的时候,他还好好的。我和他一起吃饭,讨论案子。他说他的咖啡喝光了。我答应他第二天早上给他拿点咖啡过去。

　　我拿着咖啡去找他的时候,发现了他的尸体。那样子太恐怖了。我瘫坐在地上,止不住地哭泣。彼得过来找我,因为我没去工作。杰弗斯先生的胳膊有很多瘀青。这是怎么弄的?

　　埃迪森和我告诉利维娅,彼得还需要点抗生素的软膏。她同意后，我们进入了医务室。我们一进门就开始翻找所有的抽屉。胰岛素消失了。

我认为是利维娅和乔伊、达里尔，或许还有李，利维娅的新跟屁虫，我认为是他们按住了他，然后给他注射了胰岛素，导致他心脏病发作。我没办法证明，但是这是我和埃迪森的一致看法。彼得说我们两个疯了，我是读了太多侦探小说了。

利维娅在发完食物后，开了一个小会。她说，虽然这些人去世很让人伤怀，但是他们提高了我们生存的概率——因为他们的死亡意味着我们活着的人有更多的食物。她还说，这些食物还是不够所有人撑过这个冬天。

全是放屁。

我找到的园艺书上说，你只需要 18 平方米的土地，就能养活一个人，更别提加上神奇的肥料了。虽然粪肥很恶心，但是植物们很喜欢，靠粪肥可以长得很快。

埃迪森和我曾经测量过我们楼顶的新菜园（包括温室大棚）的面积，彼得帮我们计算。我们得出的结果是，仅仅比 650 平方米少一点。足够养活三十四个人。而且，我们还有很多的罐头食品呢。我们完全可以撑过去。

我不想这样活着。我不想和有这种想法的人一起生活。

索菲

发件人：索菲·戈尔茨坦
收件人：埃米莉·威尔逊
时间：2020 年 8 月 19 日
主题：＜无主题＞

利维娅要怎么处理杰弗斯的尸体呢？

发件人：索菲·戈尔茨坦
收件人：埃米莉·威尔逊
时间：2020年8月21日
主题：想到一个逃出去的主意

我知道了他们怎么处置杰弗斯先生的尸体。当我往菜园拎粪肥的时候，我认识了一个叫布兰登的人。他的工作就是管理堆肥。他会在化粪池里加入相应的发酵物，确保大粪能发酵成可用的肥料。他告诉我，利维娅把杰弗斯先生扔进了化粪池里。

我的上帝！我感觉到一阵恶心。如果这都不能证明是她杀了杰弗斯先生，我不知道还能有什么算是证据。布兰登哭着和我说这些。他说这件事总是萦绕在他脑海里，每次他到地下室，他都会感觉到恶心。他是个好人，所以，在我的提议下，我们四个人——彼得、埃迪森、布兰登和我——为杰弗斯先生守灵一夜。埃迪森从他私藏的柜子里拿出一瓶苏格兰威士忌。我们所有人都喝醉了。

彼得和布兰登开始滔滔不绝地聊逃出去的办法。其中很多想法都太愚蠢了——制作一个降落伞，从楼顶跳到大树上——类似这种不切实际的想法。然后，彼得想出一个可行的主意：点火。

对啊。这栋大楼里的程序是保护我们的安全，这就意味着，如果有火灾，那大门就会打开，我们就可以出去了。我们越是深谈，越是怀疑为什么之前没人想到这个好办法呢？

明天，等我们做完安排的工作，我们就去搜罗纸。负责打扫的保洁员每周日晚上会打扫各间屋子，垃圾还放在那儿。我们得多攒点纸屑，好生火，然后，自动喷水器会开始喷水，门会打开，我们就可以出去了。

彼得和布兰登说既然是他们两个想出来的主意，那就由他们来点火，在我们告诉他前门开了之前，他们会一直保持有火苗燃烧的。所以，明天就是我们离开的日子！

索菲

发件人：索菲·戈尔茨坦
收件人：埃米莉·威尔逊
时间：2020 年 8 月 25 日
主题：＜无主题＞

  我恨这栋大楼。彼得死了，布兰登也死了。这座大楼杀死了他们。利维娅坚持让我吃抗抑郁药，但是我已经不再吃药。说不定，把一切写下来能让我好点。

  我们决定在 3 楼第四间核心绿色大厦的会议室点火。我们在会议室桌子底下铺开很多纸，这样自动喷水器或者消防泡沫灭火器不能在大门关闭前把火全都扑灭。

  这些工作做好以后，埃迪森和我站在台阶边。我们的工作是阻止有人过来检查，还有，让彼得知道门什么时候打开。彼得和布兰登点着火，如同我们预料的一样，大楼的消防警报立刻响了。接着，大厦发出这样的声音："气体灭火装置已启动。你有一分钟时间离开。"埃迪森吓坏了，冲着彼得和布兰登大声喊叫，"快出来！"

  我觉得他们没听见我们的喊叫。我觉得他们还没意识到危险。会议室的防火门开始自动关闭，我们使劲拽门想让它打开门，但是门上的金属把手变得又红又烫，把我们烫伤了。系统布线的时候就已经设置好了这道预防措施，这样你就不能让防火门一直开着。当我们松开手时，防火门彻底关上了，彼得和布兰登被关在里面。

利维娅跑下楼梯，后面跟着李和达里尔。埃迪森告诉她我们的计划。她暴怒不止。当然了，我们无知。我们怎么能不无知？她从来都不公开大楼的使用指南。所有她知道的关于大楼的细节，她都保密不说。

他们和我们一起等待。半个小时后，大楼告诉我们火被熄灭，房间安全了。防火门的把手不那么烫了。会议室的门打开了。彼得和布兰登就躺在里面。他们用彼得肩膀上的绷带垫着门把手，但他们打不开门，在大楼上锁之后，他们打不开。

利维娅说，在全部封闭之后，大楼会释放灭火气体。二氧化碳，非常环保。她又添了一句："下次你有什么想法。别犯傻，先告诉我。"

我失去了理智，直接朝她扑过去。埃迪森抓住我，把我拽走了。当她命令李和达里尔把尸体送到化粪池处理掉时，我歇斯底里地哭号，喊她是杀人魔鬼，是个婊子。然后，她一边走上楼梯，一边说："我很遗憾，很同情你。真的。我会让朱莉给你带点烫伤膏的，还会给你带点能冷静下来的药，索菲。死去的每个人都意味着，剩下活着的人有更多食物。"

我恨她。

索菲

发件人：索菲·戈尔茨坦
收件人：埃米莉·威尔逊
时间：2020 年 8 月 30 日
主题：＜无主题＞

彼得去世有一个星期了。特里，朱莉的男朋友把我叫到一边和我聊天。一定是利维娅唆使他来找我的，认为他是我朋友。他向我解释处理尸体的方式。把尸体从楼顶扔下去肯定是更糟的办法,但是大楼里又没有冷冻室。所以送到堆肥的化粪池是最合理的办法。

在他们的尸体腐化成为可用的肥料之前,还有至少三个月时间,所以,现在我的绝食做法很蠢。而且,我的悲伤影响了其他人的情绪。我不是唯一一个失去挚爱的人。

我很礼貌。我说"感谢你的关心",然后走开了。我现在走很多的路,在楼梯上上下下,钻进所有黑暗的办公室里。当我走向前去,伴随着"嗒嗒嗒"的脚步声,灯也一个接着一个亮起来,在我身后的地方,灯一个接着一个暗下去。

我吃我藏起来的东西,直到全都吃光。我不再吃他们的食物。也不再为他们干活。操,所有人!我不在乎。我宁愿自己已经死了。

索菲

发件人: 索菲·戈尔茨坦
收件人: 埃米莉·威尔逊
时间: 2020年9月6日
主题: <无主题>

那场火灾已经过去十五天了,每天我都在3到11层各个黑暗的办公室间游走。刚开始,我只是瞎晃。后来,我开始对这些办公室里过去的员工感兴趣。我开始四处探寻,看他们的办公桌上的照片,看他们书架上的书。

我的第一个发现是一瓶苏格兰威士忌酒,它藏在书柜的一本《韦氏词典》后面。我把它送给了埃迪森。

我走回去搜索看看,还有什么东西。这种感觉就像是在寻宝。我发现在自然光下工作的人在光线暗的楼层藏东西。在4楼GBH总部办公室里,我发现一堆裸露的照片还有亚洲黄片。令人恶心。同样是4楼,我在"珍妮的精制食品"的办公室沙发底下,发现了一把枪和一盒子弹,还有一罐金枪鱼罐头。我拿走了枪和子弹,留下了金枪鱼罐头。10楼的《萨利希海周报》办公室里,我找到了避孕药和大麻烟。真棒!

贷款代理公司的某个人在服务器机箱里藏了一箱Soylent牌代餐饮料。我喝了一袋。味道像是煎饼面糊,还不算坏。我告诉埃迪森这东西,他翻了个白眼,称这种饮料是"仇恨自己的技术虫子喝的东西",所以,我没拿那箱饮料。

真正的惊喜在9楼,在冒险齿轮公司的展示大厅。当然,所有的能量棒都被拿走了,压缩食品和冻干咖啡也没剩下,但是一个陈列柜里面有一条登山安全背带,蓝色的绳索,相当漂亮,还有一些我不认识的表面做阳极氧化处理的金属制品,还有铁索。在咖啡桌上还有一本关于登山的书。

不用怀疑,在我们感觉到自己会被国民警卫队营救的日子中,没人想要破坏这些可能会用到的器具展示现场。但那以后,经过这层楼的人可能已经忘了这些东西,如果他们曾留意过的话。

我用一把椅子砸碎了玻璃,然后把所有东西都塞进一个冒险齿轮牌背包里。当我到家以后,我给埃迪森留了一个字条,让他去找我。我们要一起做件事。

索菲

发件人：索菲·戈尔茨坦

收件人：埃米莉·威尔逊

时间：2020年9月7日

主题：<无主题>

  这样做很危险，但是埃迪森觉得这个法子值得一试。登山绳有60米，也就是说197英尺。我们估计每层楼有3米高，这样足够我们从12层楼下到6楼的阳台上，从那里，可以爬到树上。

  我们需要打碎一个窗户。那样的话，会有警报。百叶窗也许会关闭。这样一来，窗户就无法打破。这栋大楼会保护自己。

  我们决定在14层楼我原来的办公室实验一下。没人继续住在帕特森办公室了。如果我们被发现了，埃迪森会说我情绪失控，而他正要阻止我。一切就绪，我们走上楼梯。我们用一张茶几打碎了两扇窗中的一扇，虽然是双层玻璃，却很容易就碎了，警报没响。但是百叶窗忽然落下来，吓了我一跳。

  我们又打碎了另一扇窗，仔细计时。百叶窗全部盖住的时间为1分20秒。但在43秒的时候，剩余的空间已经太窄，无法通过。37秒是保守逃跑时间。我们需要动作迅速。

  只有一条登山安全背带，埃迪森坚持让我用。他比我强壮，他认为他能临时用一些带子组装成安全背带。他准备戴上手套，尽快爬下去。

  我们应该冒这个险吗？在这里，我们有适宜的温度、光线和水源。尽管发放的食物份额比之前少，但大概我们也能撑过这个冬天。然后呢？我们要在这栋愚蠢的大楼里待上多久，等待人类文明奇迹般地重启吗？

  在外面，我们可以寻找其他人。不一定每个人都像之前那群乡巴佬一样。我们可以在空大楼里生活，然后从超市里拿些罐头。

我们有枪。我们甚至还有个地方可去，克里丝特尔在莫克利普斯。如果我们能找到自行车，我们能在冬天以前到达那里。其实只有 300 多千米，我们可以先到达塔科马港，然后穿过大桥。

我们要这么做。这是很危险。我们可能会死——我们两个谁都没爬过山——但在这里我们实在待不下去。我们只需要到阳台那里，从那里下去就很容易了。如果那个乡巴佬可以从大树爬下去，我们一定也可以。

埃迪森把我们两人份的食物拿过来。我们要吃东西，接着，等所有人睡着以后，一起研究登山的书，然后，我们出发。祝我们好运吧。

索菲

超乎寻常的睡眠伴侣

戴夫·马鲁塞克

那天,我走进办公室,发现一个恐怖分子正坐在我的办公桌前。

"搞什么啊?"我说。

老板走过来,把我拽到一边去。"你今天为什么不坐在玛丽莲的办公桌呢?"她说。玛丽莲请假没来。

"我更喜欢坐在我自己的办公桌前。"我回复,"但是我不能,因为我的办公桌前边坐着一个恐怖分子。"

老板摊手认输,"我能怎么办呢?我们所有人应该联手,共同找出解决困境的办法,不是吗?当然了,我们也是这么做的。这里的所有工作都是团队协作完成的。所以,请试着去解决问题,鲍伯,而不要去制造问题。"

所以,那天我坐在玛丽莲的办公桌前。天没有塌下来,第二天,恐怖分子没出现。

起初,我为自己的小题大做而觉得难为情,但紧接着,我发现电脑上的便利贴被移动了位置。我最喜欢的圆珠笔帽被咬出一排痕迹。

谁会这么做啊?谁会擅自移动别人贴在电脑上的便利贴,谁会像那样啃咬别人的东西？

更糟糕的是，我的键盘上有烟灰。

烟灰？搞什么？谁还抽烟呢？这是一栋禁烟大厦！

但你什么时候记得恐怖分子会守规矩了？

那天下午，当老板路过我的办公桌时，我拦住她，问她："为什么那个恐怖分子会要坐我的办公桌而不坐在玛丽莲那里？"她甚至脚步都没放缓，给我一记白眼，然后给我留下一个背影。这让事情看上去好像是我的错。

在五点前，我的女朋友发信息告诉我，她意外地接到客户看房的要求，所以不用等她吃晚饭。这是本周第三次被放鸽子了。房地产市场异常火爆，我的女友日夜忙个不停。

所以，我在回家的路上到超市里去买些外带食品做晚餐。但是商店的门没有在我面前滑开，商店里面的过道灯光也没亮。在窗户上，有一张大告示牌，上面写着：

"因为移民，本店关闭。"

"噢，真是岂有此理！"我忍不住自言自语，"关闭了？真的吗？"

我在女朋友的公寓里塞到肚子里一些冷比萨，然后，在等她的时候打开电视看了起来。新闻内容一直是欧洲火车站的恐怖袭击。一股感激之情在我心头升起，至少坐在我办公桌前的恐怖分子没有把自己当成人肉炸弹炸飞。

另一则新闻报道了总统在空军飞机库里做的胜利集会演讲。空军研发出一种新型的携弹无人机，它很聪明，可以从拥挤的足球场里定位出某一恐怖分子。总统先生宣称美国真是伟大，美国真是不可思议。这也正是恐怖分子用一流的手段发动袭击的原因——他们把自己都炸飞了。

我大概是打了个盹儿，因为当我醒来的时候，女朋友已经回来了。天很晚了，她累得筋疲力尽，脾气暴躁。原来，她的潜在客户是一群恐怖分子，他们让她介绍了差不多有十几个不同地方的房子。

"他们总是有各种各样的荒唐要求，"她抱怨说，"所有事都得小心应付。"

但是最终，这群恐怖分子找到了他们喜欢的房子，然后给出了报价，所以，事情柳暗花明，结果还不错。

第二天，在坐地铁去上班的路上，我收到来自办公室的一条爆炸性短信。老板告诉所有人不用去上班了，公司永久地关闭了，因为经营失败。她感谢了我们多年来的服务，还为我们送上最好的祝福。

我十分震惊！我失业了，又一次失业了！我在下一站下车，搭乘上反向的地铁回家。

当我回到公寓的时候，你都不能相信，有一个恐怖分子和我女朋友正在床上。

我完全失去了理智。"你们滚出去！"我冲他们拼命大喊，"你们两个！都给我滚出去！"

那个恐怖分子只是躺在那儿幸灾乐祸地笑，把雪茄烟的烟灰都抖落到床单上，然后，我的女朋友说："看来有人忘了，这里到底是谁的家？"

现在，我住在汽车旅馆里，离我上班的包装中心不太远。我得到了长期入住的折扣，这里有有线电视、Wi-Fi、广播，还可以使用泳池。宾馆还提供女佣服务，所以我觉得事情还有更糟的可能。

我的工作是打包纸箱的夜班。基本上,是机器人拿给我东西,然后我把东西放到纸箱里。

我在白天睡觉。或者说,至少是计划这样。最近,每当闭上眼睛,眼睛就又忽然张开,我就躺在那里,有时候是好几个小时,就盯着天花板。失眠让我特别疲惫。

但是今天早上,我接到一条来自总统先生的推特消息,让我可以安心睡觉。他写道:美国的睡眠最棒,是世界上最好的睡眠。我能告诉你的是:我们的睡眠等级超级超级高,相信我。

他的话起了点作用,然后我渐渐入睡,但在一小时后,因为心慌我又直起身子。

为什么所有事都这么糟呢?

我躺在那里,身体一丝力气也没有,我使劲琢磨,一开始时,我们是怎么把自己的生活搞得一团糟?是因为我们作为国民整体而做了什么事,还是因为我们没有做成什么事呢?我们是这个混乱世界的受害者,还是这一切的罪魁祸首是我们自己?

深处绝望中,我喊出声:"什么时候啊,到底什么时候,这种噩梦才能过去?"

从我的床底下,有人打着哈欠,说:"我不知道对你来说是什么时候,我的朋友,但对我来说,当你打呼噜的时候,我的噩梦就过去了。可悲吧(也可能是恶心)。"

单篇作者简介

K.G.安德森在短篇小说集《第二联络人》《三角测量：地表之下》和《猛犸丛书：开膛手杰克的故事》中发表过短篇作品。她的个人网站是：writerway.com。

伊丽莎白·伯恩曾在《克拉克的世界》《中间地带》和《奇幻与科幻》杂志上发表过短篇小说。如今，她正在创作一部长篇小说。

理查德·鲍斯是小说《月亮的爪牙》《时间漫游者档案》和《寂静街道上的尘暴》的作者。他曾因作品出众，被授予浪达文学奖、国际恐怖协会奖以及世界奇幻奖。

斯科特·布拉德菲尔德是《发光运动的历史》《动物星球》和《美国怎么了》的作者。

詹妮弗·S.布鲁凯拉是《阿勒忒娅》和《美国怪物》的作者。她的个人网站是：thelivingsuitcase.com。

詹妮弗·玛丽·布里塞特是《极乐世界》《或者》《之后的世界》的作者。她如今正在创作第二部长篇小说。她的个人网站是：jennbrissett.com。

贝卡·卡卡沃是一名在读大学生。本书中的短篇作品是她首次发表作品。

唐·德阿玛莎是小说《港口》《圣甲虫》《多样性》的作者，他还写有关于历险小说、奇幻小说和科幻小说的百科全书。经过长期的研究、回顾科幻小说的编年史，他在don.dammassa.com网站上连载了这一领域的评论文章。

斯蒂芬妮·费尔德曼是《堕落天使》的作者。她曾在《电子文学》《前沿》《喧嚣》和《阿西莫夫科幻杂志》上发表论文和故事。她的个人网站是：stephaniefeldman.com。

埃里克·詹姆斯·富利洛夫的小说有《无可置疑的威胁》《嗜睡症》《一个人的圈子》。他出生于文学世家，他的祖母麦琪·肖·富利洛夫为《半世纪杂志》撰稿，他的叔叔J.B.S.富利洛夫曾经在《诡异小说》的小说集中发表作品。埃里克的个人网站是：ericjamesfullilove.com。

罗恩·古拉特是很多小说的作者，包括《一切崩溃以后》《给派奇沃克医生打电话》《变色龙军团》。他还为很多漫画书和侦探小说创作单集作品，包括最近的《亚历克斯·雷蒙德的艺术之旅》系列。

艾琳·冈恩的短篇小说被收录在两本文集中：《中层管理的稳定战略》和《可疑操作》。她曾是微软公司的营销总监，她的个人网站为：eileenhunn.com。

莱斯利·霍尔曾参加"西号角作家工作室"的研习项目，之后她担任"西号角作家工作室"的理事长长达二十多年。她是前任《科幻小说名人堂》的教育和扩展部经理，现在她正在拍摄一部目标受众为年轻人的数字电影，同时，她正在创作一部长篇小说。

马修·休斯写过很多书，包括《出格的傻瓜》《大麻烦》《模板》。他的个人网站是：matthewhughes.org，《失败者》首次发表也是在该网站上。

珍妮丝·伊恩是一位歌手、歌曲创作人、作家，有时还会演戏。她最近的作品包括获奖的个人传记《社会之子》，还有一本写给小朋友的书《小小鼠》。她的个人网站是：janisian.com。

迈克尔·坎德尔的小说包括《奇怪的入侵》《熊猫射线》和《船长杰克·佐伊迪埃克》。写作之余，他还是一位能干的翻译家和编辑。

托马斯·考夫塞克在《科幻之眼》《无限》和其他杂志上发表过评论和短篇小说。他是一位排印编辑，而且坚决不开个人的网页。

保罗·拉·法奇是《失踪的艺术家》《发光的飞机》的作者，最近还写了《夜海》这本书。想要获得更多关于保罗和他作品的资讯，请到paullafarge.com网站来。

李允河在大学还没毕业的时候就开始发表科幻小说了。如果想知道他的小说《九尾狐开局》的更多资讯，请访问网站：yoonhalee.com。

迈克尔·利布林曾在《奇幻国度》杂志、《阿西莫夫科幻杂志》《奇幻与科幻》等杂志上发表短篇小说。他的首部小说很快将面世。他曾是报纸的专栏作家，也是访谈类电台主播，他的博客网址是：michaellibling.com，偶尔更新。

希瑟·林德斯利曾在《阿西莫夫科幻杂志》《奇幻与科幻》《勇敢新世界》等科幻类杂志上发表小说。她还发表、导演过一系列戏剧，戏剧的清单可以在她的个人网站上看到：randomjane.com。

巴里·纳撒尼尔·马尔茨伯格是一位作家、导演和评论家，著名的作品有小说《赫罗维特的世界》和《局内人》，以及非小说类文集《废墟中的早餐》。

戴夫·马鲁塞克的小说包括《数人头》《心事重重》。他的作品《婚礼相册》被授予西奥多·斯特金纪念奖。根据他的网站 marusek.com 上面的介绍，他新创作的一部小说《在这块岩石上》已公开发表。

丽莎·梅森已经出版了十部小说，包括《阿拉克涅》《恋恋夏日》《镀金时代》等。她的短篇小说曾在《奥秘》《阿西莫夫科幻杂志》和其他短篇小说集中发表。她的全部作品清单可以在网站 lisamason.com 中找到。

玛丽·安妮·莫汉拉杰创立了三本杂志，并担任主编，其中包括《奇异地平线》杂志。她出版了十几部书，包括《浪达文学奖入围作品选集》《繁星纵变》，她还为乔治·雷蒙德·理查德·马丁的《百变王牌》系列写分集故事。她的个人网站是：maryannemohanraj.com。

詹姆斯·莫罗的小说包括《独生女》《真理之城》《跟随耶和华》和《加拉帕戈斯群岛的复兴》。他的个人网站为：jamesmorrow.info。

露丝·奈斯特沃德曾在《阿西莫夫科幻杂志》《奇幻与科幻》《奇异地平线》等科幻杂志平台发表很多故事。在 2007 年，她的小说《透过蕾丝边缘看》的意大利语版本赢得了"意大利国家奖项的国际最佳作品奖"。她的个人网站是：ruthnestvold.com。

德吉·布赖斯·奥鲁克图是一位致力于网络安全和言论自由的技术先驱。他出版过两部小说：《尼日利亚人在太空》和《耀斑爆发之后》。他的个人网站是：returnofthedeji.com。

玛格丽特·里德最近出版了她的首部小说《大天使》。她在网站margueritereed.com上详细记述了她力求改变的真实生活故事。

罗伯特·里德是《关于太空的记忆》《沿着光明之路》《云雀的欢叫》和其他短篇小说的作者。他的个人网站是：robertreedwriter.com。

玛德琳·E.罗宾斯是《石之战》《事关荣誉》和《小叛逆》的作者，她还写了很多短篇故事。她生活在旧金山，目前就职于美国图书装订商博物馆。

杰伊·拉塞尔的作品包括《天狗》《火光熠熠》和《棕色的收获》。他的短篇小说被收录在文集《华尔兹和耳语》中。他如今在圣玛丽大学教授写作课。

杰夫·莱曼的小说包括《无敌之国》《过去》《空气》《253》和《儿童公园》。他是评选非洲裔作家推理小说奖——诺莫奖的评委，他的系列访谈作品《100位非洲裔科幻小说作家》在《奇异地平线》杂志上连载。

詹姆斯·萨利斯已经出版了十几部小说，包括《长腿蝇》《亡命驾驶》《不会》等。他的非小说类作品包括《吉他手》《切斯特·海姆斯的一生》。他的网站是：jamessallis.com。

J.M.西多罗娃在2013年出版了她的第一部小说《冰川时代》。她的短篇小说曾多次发表在《反照》《阿西莫夫科幻杂志》《克拉克的世界》，以及其他杂志和文集中。她的个人网站是：jmsidorova.com。

布瑞恩·弗朗西斯·斯莱特里是《宇航员布鲁斯》《失去一切》和《解放》的作者。他还常常供稿给《焚书者》文选。他的个人网站是：bfslattery.com。

哈里·托特达夫出版过四十多部小说，包括奇幻、科幻类的多部小说，还有很多架空历史的小说，例如《南部的枪》，再比如近年来出版的《丹尼尔的房子》。

迪帕克·乌尼克里希南的小说处女作《临时工》赢得了不息图书工作坊的新移民写作奖，《鸟儿》是这部小说的节选。

TS.韦尔（tsvale.com）是一位获奖作者的笔名，她打算用这个笔名写作一生。TS在16岁的时候出版了她第一部小说《捣蛋鬼》。这本书至今还在禁书列表中。她的个人网站是：tsvale.com。

利奥·弗拉基米尔斯基从事广告行业，曾为宜家、YouTube视频网站、洛杉矶旅游公司和XBOX游戏公司创作营销项目。他的作品曾发表于《奇幻与科幻》杂志和《波音－波音博客》上。最近，他完成了首部小说《恐怖分子》。你能在网站leovladimirsky.com上看到他的作品。

泰德·怀特在五十多年间发表了无数科幻小说。他的作品包括《爱尔丝温的珠宝》《暴怒之下》和《凤凰盛年》。他还是一位经验丰富的音乐记者和杂志编辑，他多年为《魅力》《幻想》和《重金属音乐》杂志做编辑工作。

保罗·威特科弗是《醒来的美人》《翻滚之后》《精神病院》和《万物之王》的作者，他的短篇小说还被收录进《梦幻乐园》中。他的电子家园在paulwitcover.com。

N.李·伍德出版了七部小说，包括《寻找马哈迪》和《法拉第的孤儿》。

简·约伦的第365部和第366部作品将在2018年出版，所以，即使在闰年每天读一本她的书也要读上一年。她获奖无数，其中有两次星云奖、三次神话会社奖、三次犹太图书奖、六次名誉博士学位，还有一次云雀奖，那次得奖让她声名大振。

WELCOME TO DYSTOPIA:45 VISIONS OF WHAT LIES AHEAD By © Gordon van Gelder
First published by OR Books in 2018
Simplified Chinese edition copyright:
2019 New Star Press Co.,Ltd.
All rights reserved.
著作版权合同登记号：01-2019-4892

图书在版编目（CIP）数据

欢迎来到敌托邦：对未来的 45 种预见 /（美）戈登·范·格尔德编；赵阳译．——北京：新星出版社，2019.11
ISBN 978-7-5133-3563-8

Ⅰ.①欢… Ⅱ.①戈… ②赵… Ⅲ.①短篇小说-小说集-世界 Ⅳ.① I14

中国版本图书馆 CIP 数据核字（2019）第 077322 号

幻象文库

欢迎来到敌托邦：对未来的 45 种预见

[美] 戈登·范·格尔德 编 赵阳 译

责任编辑：姜 淮 黄 艳
责任校对：刘 义
责任印制：李珊珊
封面设计：冷暖儿

出版发行	新星出版社
出 版 人	马汝军
社 址	北京市西城区车公庄大街丙3号楼　100044
网 址	www.newstarpress.com
电 话	010-88310888
传 真	010-65270449
法律顾问	北京市岳成律师事务所

读者服务：010-88310811　　service@newstarpress.com
邮购地址：北京市西城区车公庄大街丙 3 号楼　100044

印 刷	大厂回族自治县彩虹印刷有限公司
开 本	910mm×1230mm　1/32
印 张	13.25
字 数	300千字
版 次	2019年11月第一版　2019年11月第一次印刷
书 号	ISBN 978-7-5133-3563-8
定 价	59.00元

版权专有，侵权必究； 如有质量问题，请与印刷厂联系调换。